KB057836

죽화의 꽃

1

신경진 장편소설

즉흥의 꽃

문이당

작가의 말

『중화의 꽃』은 초능력자들의 이야기입니다. 이 소설을 구상하면서 '초능력'이 인간의 삶에 매우 밀접하게 관여하고 있다는 사실을 새삼 깨달았습니다. 서브컬처의 대표적인 아이콘으로만 생각했던 초능력이 실제로는 주류 문화를 뒤엎을 정도의 잠재적인 파괴력을 지니고 있다는 사실을 자각한 것입니다. 서구에서 이식된 합리적 이성주의와 과학적 접근법만으로는 풀 수 없는 미스터리가 세계 곳곳에 존재하는 것이지요. 한 세기가 지나 22세기가 도래하면 우리 대부분은 지구에서 사라질 것입니다. 불확실한 미래지만 자신이 죽는다는 사실만큼은 누구나 쉽게 예측할 수 있습니다.

서구인들이 극동이라 부르는 지역이 21세기 세계의 중심으로 부상하고 있으며, 중국이 중심 역할을 담당하고 있음을 부인하지 못합니다. 그리고 이 무대에는 고대로부터 이어진 역사와 문명을 간직한 한국과 일본이 버티고 있습니다. 소설 『중화의 꽃』은 한·중·일 세 나라의 대결 국면을 초능력자들의 갈등과 투쟁으로 축소시켜 그려내고 있습니다.

우연의 일치일지 모르지만 현재 동북아 정세가 소설이 상정한 세계와 유사하게 변화하고 있습니다. 중국은 경제 개혁으로 이룬 부의 축적을 기반으로 패권주의적 야망을 드러내고, 일본은 제국주의의 깃발을 다시 드높이려는 극우파가 정권을 잡았습니다. 북한에서는 3대 세습 정권이 들어서, 정치 철학과 세계관이 베일에 가려진 불안한 얼굴을 한 이십 대 청년이 권력을 장악했습니다. 소설에서 언급한 것처럼 '언제 전쟁이 터져도 이상하지 않을 정도'로 정세가 급변하고 있습니다. 극단적으로 말하면 이 지역의 평화주의자는 모두 사라지고 정치적 신념에 매몰된 극단주의자, 울트라만이 득세하는 형국입니다. 진짜 초능력자들은 염력을 사용하고 미래를 보는 이들이 아니라 인류를 파멸로 이끌 군대를 움직일 수 있고, 자신의 의지대로 강력한 정치권력을 행사할 수 있는 이들 울트라일지도 모릅니다.

작가는 자의든 타의든 이기주의자가 됩니다. 자신은 하고 싶은 일을 하고 가족에게는 자신이 져야 할 짐의 일부를 떠맡기게 됩니다. 그 짐을 웃으며 받아 준 아내 유희와 아들 지수에게 사랑한다는 말을 전합니다.

이제 여러분은 한 회의주의자가 쓴 기묘한 미스터리 소설을 읽을 것입니다. 소설 속에 어떤 세계가 숨어 있는지 독자가 답을 찾을 시간입니다. 여러분이 도착한 장소가 어떤 곳이며 무엇을 볼지 저도 무척 궁금합니다. 제가 상상했던 세계와 독자가 그려 낸 세계가 일치하는 행복한 결말을 꿈꿉니다.

2013년 3월
신 경 진

민주주의적 세계관의 승리를 진심으로 바라는 자라면,
무력 투쟁만이 그 승리를 손에 넣을 수 있음을 인식해야 한다.

아돌프 히틀러

1

인천공항.

바람이 멎었다. 한반도를 향해 빠르게 북상하던 태풍이 제주도를 지나면서 세력을 잃더니 대기를 덮었던 불볕더위를 안고 동해로 빠져나갔다. 먼 산의 진초록 능선이 뚜렷이 보일 만큼 시야가 넓어졌다. 가을이 온 듯 하늘도 푸르고 높아졌다. 동남아 휴양지로 향하는 관광객의 발걸음은 가벼웠다. 비행기가 이륙하지 못할까 봐 조바심 내던 지난밤과 달리 승객들은 환한 얼굴로 여객 터미널을 메우고 있었다.

아래층 입국장, 8월 10일 오전 11시 20분. 베이징에서 출발한 에어차이나 항공기가 제시간에 착륙했다. 입국 수속을 마친 왕할쯔와 쉬징레이, 위제가 로비에 모습을 드러냈다. 평범한 옷차림이지만, 서울 나들이 온 중국인 단체 관광객들 속에서 세 사람의 모습은 두드러졌다. 리더인 위제는 훤칠하고 건장한 체격의 삼십대 초반 남자였다. 위제가 샘소나이트 여행 가방을 끌며 앞장서자 왕할쯔와 쉬징레이가 어깨를 나란히 하고 뒤따랐다. 173센티미터의 왕할쯔는 균형 잡힌 몸매에 어울리는 화려한 원피스 차림으로 다소 거만하게 걸었고, 쉬 징레이는 왕할쯔의 그림자라도 되는 듯 곁에 바짝 붙어서 고개를 숙 이고 걸었다.

터미널을 빠져나온 위제는 어깨를 활짝 펴고 숨을 깊게 들이마셨 다. 청명한 날씨에 어울리는 신선한 공기였다. 그러나 위제는 인상을 찌푸렸다. 모래 폭풍 사천바오沙塵暴가 부는 고비 사막에서 어린 시절 을 보낸 그는 거대 도시의 공기가 마음에 들지 않았다. 대기에 섞인 비린내를 감지하며 바다가 멀지 않음을 느꼈다. 자본주의와 바다의 뒤섞임이 위화감을 불러일으켰다. 상하이에서도 비슷한 느낌을 받았 다. 그러나 상하이와 서울은 두 개의 다른 세계이고, 두 도시가 주는 위화감의 진폭에는 본질적인 차이가 있었다.

왕할쯔는 보스턴백에서 럭키스트라이크를 꺼내 물고 라이터로 불 을 붙였다. 길게 내뿜는 담배 연기 속에서 그녀의 짙은 선글라스가 더욱 검게 보였다. 바람이 하늘거리는 그녀의 원피스 끝단을 살짝 들 어 올리고는 미끄러지듯 열린 자동문 속으로 사라졌다. 위제는 고개 를 돌려 왕할쯔에게 하얀 치아를 내보이며 싱긋 웃었다. 옆에 서 있 던 쉬징레이가 무표정한 표정으로 검지를 뻗어 택시 승강장을 가리 켰다. 위제는 어깨를 으쓱이고는 택시가 있는 곳으로 걸어갔다. 두 여자도 차가운 표정으로 뒤따랐다.

쉬징레이가 조수석에 앉고 위제와 왕할쯔는 뒷좌석에 앉았다. 수 년간 공항만 오간 중년의 택시 기사는 그들의 좌석 배치가 조금 특이 하다고 생각했다. 보통은 남자가 조수석에 앉기 때문이다. 기사는 생 김새와 옷차림으로 그들이 중국인 여행객임을 알아봤다. 왕할쯔는 가죽 소파에 몸을 깊숙이 파묻고 앞좌석의 쉬징레이를 관찰했다. 쉬징레이도 왕할쯔의 시선을 느꼈다. 무엇이든 첫 단추가 중요하다. 특히 외국어는 첫마디를 어떻게 시작하느냐가 관건이다. 첫마디를 더듬으면 전체 인상을 흐릴 가능성이 커진다. 쉬징레이는 짧게 숨을 내쉬고 창밖을 쓱 둘러본 뒤 기사에게 말했다.

"태풍이 완전히 지나갔나 보죠?"

기사는 앞서 달리는 공항 버스의 범퍼를 바라보다가 그녀에게로 시선을 돌렸다. 도착지 주소가 적힌 메모지를 받았을 때만 해도 그녀가 중국인임을 의심하지 않았다. 하지만 그녀의 유창한 한국어를 듣자 기사는 자신감을 잃고 멍한 표정으로 쉬징레이를 바라봤다. 중국 교포인가 생각했지만, 그녀의 말투에 교포 특유의 억양도 없었다.

"올해는 태풍 피해가 거의 없었죠?"

갓 스무 살을 넘겼을 여자의 목소리치고는 지나치게 메말랐다. 굵은 모래가 매끈한 철판 위를 미끄러지며 긁는 느낌이었다. 무표정한 얼굴에 정확한 표준어로, 마치 목소리가 나오는지 실험이라도 하는 듯했다. 잠시 후, 기사는 본연의 모습으로 돌아와 친절하게 승객과 대화를 나누었다. 택시가 바다를 가로지르는 거대한 다리에 이르자 대화는 한결 깊어졌다. 뒷좌석에 다리를 꼬고 앉은 왕할쯔는 택시 기사와 쉬징레이를 흥미롭게 지켜봤다. 쉬징레이가 한국어를 배우기 시작한 것은 불과 6개월 전이었다. 그녀는 유선 TV로 한국 방송을 들었고 한국 잡지와 문학 서적을 읽었다. 3개월 지났을 때는 이미 한국인 유학생과 유창하게 대화를 나눌 수 있었다. 제아무리 외국어 습득 능력이 뛰어나다 하더라도 평범한 두뇌를 가진 사람으로서는 불가능한 수준이었다. 쉬징레이가 배우지 않고도 외국어를 말하는 초능력자 제노글로시아가 아닌 점을 고려하면 놀라운 일이었다. 그녀는 미래의 일을 앞서 보는 예지豫知 능력을 지닌 뛰어난 와처watcher였다. 그녀가 무엇을 얼마나 정확하게 예지하는지는 아무도 알지 못했다. 비교 대상이 없기 때문이다. 쉬징레이를 지도한 교관조차 그녀의 능력에 대해 말을 흐렸다. "동이 트는 새벽의 숲은 늘 안개에 가려져 있다"라고만 설명할 뿐이었다.

베이징의 호텔 스카이라운지에서 출국 전야를 기념해 저녁 식사를 하는 동안 왕할쯔는 쉬징레이에게 미래에 대해 이야기해 달라고 청했다. 농담 반 진담 반으로 해본 말이었는데, 쉬징레이는 앉은 자리에서 냅킨에 그림을 그렸다. 그림은 마치 자화상처럼 보였다. 왜 그림에서 '순결한 처녀' 따위의 이미지가 떠올랐는지 모르지만, 그림을 본 그녀의 감상은 그랬다. 왕할쯔는 무심코 "너 아직 남자와 자 본 적 없지?"라고 물었다. 쉬징레이는 얼굴을 마주한 채 크고 검은 눈을 깜박였을 뿐 질문에는 대답하지 않았다. 왕할쯔는 차가운 스페인산 화이트 와인을 단숨에 마시고 나서 시선을 창밖으로 돌렸다.

중국인 초능력자 3인조가 예약한 호텔 방에서는 서울광장이 훤히 내려다보였다. 위제는 커튼을 젖히고 광화문로를 따라 멀리 북악산을 느긋하게 바라봤다. 한국의 주요 관청과 각종 단체의 헤드쿼터 건물이 밀집한 광화문로는 기대했던 만큼 감동을 주지 못했다. 비가 온 직후라 하늘은 푸르지만, 대기는 어느새 뜨거운 태양의 열기에 휩싸여 답답한 느낌이었다. 그 탓인지 보도를 거니는 행인들의 수도 줄어 천만 인구가 생활하는 메트로폴리스의 활기를 느낄 수 없었다. 위제는 사방으로 트인 톈안먼 광장을 떠올리며 회상에 젖었다.

인민해방군 제2포병 전략미사일부대 병사로 입대한 것은 스무 살

때였다. 입대한 첫해에 그는 건국 기념일 행사의 열병식에 참가했다. 중국 공산당의 최고 지도부가 그를 내려다보고, 텔레비전 생중계를 보며 수억 명의 동포가 자랑스러운 공화국의 군인들을 응원했다. 홍분은 광장을 빠져나가서도 가라앉지 않았다. 10여 년이 흐른 뒤, 위제는 텔레비전으로 건국 60주년을 기념하는 후배들의 열병식을 지켜봤다. 제2세대 핵 탑재 대륙 간 탄도 미사일 둥펑-31A와 중국이 자체 개발한 젠-11 차세대 전투기와 조기 경보기, 공중 급유기 등 최신 전략 무기들을 바라볼 때는 눈물이 흘렀다. 뜨거운 눈물이 흘러내리는 것을 느끼며 위제는 자리에서 일어나 거수경례를 붙였다. 구이린의 한 허름한 식당에서 끼니를 때우던 중이었다.

인민공화국의 수도 베이징에서 멀지 않은 곳에 서울이 있다. 이제 그는 남한의 주요 관청과 기관 건물이 자리 잡은 거리의 한복판에 있는 셈이었다. 위제는 일개 대대 병력이면 모든 주요 기관을 접수할 수 있지 않을까 하는 망상에 사로잡혀 자신이 만든 상상 속의 전투에 뛰어들었다. 평화로운 전쟁은 없다고 생각하며 그는 어금니를 깨물었다.

위제의 널찍한 등을 바라보던 왕할쯔는 공항에서처럼 피식 웃었다. 이 남자에게는 때 묻지 않은 순수한 구석이 있다고 여기면서도, 그의 폭력적인 상상 앞에서는 두려움을 느꼈다. 왕할쯔의 임무에는 리더인 위제의 감정을 조절해 주는 역할도 있었다. 그들은 이제 인민해방군의 군인이 아니다. 리더가 낭만적인 감상에 매달려 흥분하면 조직이 위태로워질 수도 있었다.

"무엇을 할 거예요?"

리드미컬한 왕할쯔의 목소리에, 위제는 선잠에서 깬 사람처럼 흐릿한 눈동자로 그녀를 바라봤다. 왕할쯔는 대답을 기다리는 대신 침대 위에 놓인 여행 가방의 잠금장치를 풀었다. 동시에 길고 탄력 있는 팔을 등 뒤로 뻗어 순식간에 지퍼를 내리고 원피스를 벗었다. 위제의 눈동자에 그녀의 균형 잡힌 몸매의 윤곽선이 보였다. 왕할쯔는 브래지어와 팬티 차림으로 손을 허리에 올리고 가방 속에 든 내용물을 천천히 훑어봤다.

"팡팡이 그림을 그리기 전까지는 기다려야지."

팡팡은 쉬징레이의 애칭이었다. 마작을 할 때면 곧잘 '팡팡'을 외치는 딸에게 부모들이 붙여 준 유쾌한 별명이었다. 당시의 십 대 소녀와 어둡고 침울한 얼굴을 한 현재의 이미지가 제대로 맞아떨어지지 않아, 왕할쯔는 그 애칭이 마음에 들지 않았지만 위제는 쉬징레이를 팡팡이라고 부르곤 했다. 친오빠 같은 표정의 웃음도 왕할쯔의 기분을 상하게 했다. 더구나 '팡팡'은 상하이 토박이들만 사용하는 사투리여서 위제가 그 단어를 사용하면 무척 어색했다. 왕할쯔는 가방의 내용물을 살핀 다음 호피무늬 브래지어를 흔들며 말했다.

"쇼핑부터 하는 게 어때요?"

왕할쯔의 아름다운 가슴이 출렁였다.

"그것도 나쁘지 않은 생각이야."

위제가 담담하게 말했다. 한 손에 속옷을 쥔 왕할쯔는 왼쪽 눈을 찡긋한 다음 욕실 문을 열고 들어갔다. 위제는 다시 창밖으로 눈을 돌렸다. 왕할쯔는 샤워기에서 뿜어져 나오는 미지근한 물을 얼굴에 맞으며 정신을 집중해 위제의 상상 속으로 다시 들어갔다. 위제는 무겁고 검은 기관총을 어깨에 짊어지고 일직선으로 뻗은 대로를 달려가고 있었다. 위제의 단단한 근육은 땀으로 번들거렸고 호흡은 빨라졌다. 뿌연 연기에 휩싸인 맞은편에 철제 바리케이드가 희미하게 보이고 그 뒤로 중무장한 위제가 대원들을 이끌며 거침없이 내달렸다. 왕할쯔는 끔찍한 장면이 튀어나오기 전에 서둘러 위제의 상상에서 빠져나왔다. 그녀는 스펀지의 비누거품으로 온몸을 닦으면서 위제의 벌거벗은 몸을 그려 보았다. 완벽한 육체를 소유한 남자가 성적 불감이라는 사실이 믿기지 않았다. 왕할쯔는 자신도 모르게 긴 한숨을 내쉬었다.

쉬징레이는 침대 위에 엎드려 이어폰으로 에이콘의 노래를 들으며 해방감을 만끽했다. 공항에서 택시를 타고 호텔에 도착하기까지 모든 것이 예상했던 대로 순조로웠다. 방 두 개를 예약해 하나는 자신이 차지하고 위제와 왕할쯔는 옆방에 묵었다. 쉬징레이는 혼자서 밥을 먹고 홀로 침대에서 뒹구는 데 익숙했다.

불과 몇 년 전만 해도 그녀는 상하이 명문 중학교에 다니는 평범한 소녀였다. 마작에 능했고 테니스나 달리기 같은 운동에 뛰어나 인기가 많았다. 그녀는 맥도널드에서 햄버거를 먹으며 친구들에게 이야기해 주는 것을 좋아했다. 친구들이 매료될수록 그녀가 만들어 낸 가상의 세계는 점점 더 구체성을 띠고, 상상의 세계를 구성하는 등장인물도 기하급수적으로 늘어났다. 그녀는 중국의 고전 문학과 서구의 판타지를 구분하지 않고 무작정 흡수했다. 열대우림의 검고 부드러운 흙에 뿌리를 내린 나무처럼 상상의 세계는 시간의 흐름에 따라 성장했다. 하지만 평화로운 시간은 한순간에 끝났다. 일요일 오후, 한 정신 이상자가 한가롭게 산책을 즐기던 부부에게 시너를 뿌리고 불을 붙였다. 불의의 테러를 당한 젊은 부부는 화염 속에서 목숨을 잃었다. 그 시각 쉬징레이는 아파트의 테니스장에서 친구와 운동을 하고 있었다. 뒤늦게 소식을 접한 쉬징레이가 병원에 도착하자 의사들은 어린 소녀가 받을 정신적인 충격을 고려해 부모의 시신을 보여 주지 않으려 했다. 열네 살 소녀는 의사의 만류를 뿌리치고 검은 뼈만 남은 부모의 주검을 확인했다. 그녀는 정신을 잃었고 며칠 동안 혼수상태에 빠졌다. 의식을 회복했을 때는 상황이 더 악화되었다. 그녀는 인간의 언어라고는 생각할 수 없는 괴이한 말들을 쏟아 냈다. 담당 의사가 정신과로 보내 그녀는 정신 병동에 입원했다.

사고가 나고 2년이 흘렀다. 사복 차림의 군인들이 찾아왔을 때, 쉬징레이는 정신 병동의 딱딱한 침대 위에서 당시 유행하던 가수의 노래를 듣고 있었다. 짧은 머리를 한 군인과 병원의 식당에서 만두를 나눠 먹은 다음, 쉬징레이는 짐을 꾸려 병원을 나섰다. 먼 거리를 자동차로 달린 뒤, 무지막지한 소음이 나는 수송용 헬기로 옮겨 탔다. 그리고 다시 군용 트럭을 타고 중국의 버려진 서역 황무지를 지났다. 그녀는 무심한 눈으로 중국의 거대함을 목도했다. 2년간의 정신 병동 생활과 3년의 군 생활로 그녀의 풍요로웠던 상상의 세계는 메마르고 단조로운 사막으로 변해 버렸다.

정신의 황폐함은 그녀에게서 육체의 성장마저 앗아 가버렸다. 태양이 작열하는 모래 위에 남은 미량의 수분처럼 성호르몬이 증발되자 그녀는 점점 내성적이고 침울한 소년처럼 변해 갔다. 가슴은 작고 엉덩이는 부실했다. 헐렁한 군복을 입고 연병장에 서면 철조망 울타리에 박아 놓은 깃대와 구분되지 않을 정도였다. 실전을 방불케 하는 야외 전투 훈련이 거듭되자 그녀의 얼굴에는 좁쌀 같은 주근깨가 돋아났다. 거울을 보지 않았기 때문에 정작 본인은 자신이 어떻게 변했는지 알지 못했다. 호기심으로 가득했던 십 대 소녀의 눈동자는 초능력 전문 교관의 훈련을 통해 서서히 흐릿하고 불분명한 미래를 보는 도구로 바뀌었다. 첫해에는 검은 아스팔트 위로 비대칭의 구조물들이 비현실적인 구도로 뒤섞인 그림을 주로 그렸다. "꼭 데 키리코의 그림을 흑백 사진으로 보는 것 같군." 쉬징레이를 지도했던 교관이 그녀의 그림을 보면서 말했다. 화가의 이름을 알지 못했기 때문에 쉬징레이는 잠자코 듣기만 했다.

꿈을 해석하기 시작하면서 그녀의 미래 그림은 구체성을 띠기 시작했다. 그러던 어느 날 신비의 돌 울트라라이트 19와 만난 뒤, 빅뱅이 일어난 것처럼 모든 것이 달라졌다. 중국 정부의 주요 내각 인사 발표 하루 전, 그녀는 교관의 탁자 위에 놓인 사진을 보면서 인사 내정자들을 뽑았다. 얇고 가녀린 검지로 한 번도 본 적 없는 중년 남성들의 얼굴에 동그라미를 그리면서 그녀는 중국의 미래를 예측했다. 다음 날 관영 CCTV로 정부 대변인의 발표를 확인하던 교관의 가슴은 흥분으로 요동쳤다. 그러나 쉬징레이는 검은 소파에 몸을 파묻은 채 헤드셋으로 팝송만 들었다. 눈길은 텔레비전을 향해 있었지만, 실제로는 아무것도 보지 않았다. 무엇인가 집중해서 보려고 하면 검게 타버린 부모의 주검이 보였기 때문이다.

왕할쯔가 방으로 들어왔을 때 쉬징레이는 널찍한 침대 위에 몸을 웅크린 채 대각선으로 누워 잠들어 있었다. 그녀의 검은 머리카락 옆에 놓인 MP3 이어폰에서 낮은 음악이 흘러나왔다. 왕할쯔는 이어폰을 귀에 꽂았다. 부드럽고 여린 목소리의 젊은 남자 가수였다. 왕할쯔는 이어폰을 침대에 던지고, 쉬징레이의 잠든 옆모습을 내려다봤다. 태평하게 잠든 쉬징레이의 모습이 천진난만해 보였다. 왕할쯔는 쉬징레이의 가녀린 몸매를 훑듯이 살펴보고는 중국을 떠나오기 전 쉬징레이가 냅킨에 그렸던 젊은 여자의 이미지를 떠올렸다. 흐릿한 그림 속에는 다가올 미래에 대한 힌트가 들어 있었다. 쉬징레이를 지도했던 교관의 말이 기억났다. '모든 정보는 추상적이다. 메타포가 들어 있지 않은 정보란 쓰레기 더미에 불과하다. 사실이라고 믿는 구체적이고 계량화된 정보 대부분은 사라지고, 오직 인간의 은유적이고 불분명한 꿈의 기록만이 보존될 것이다.' 그럴지도 모른다. 그렇다면 전쟁을 알려 주는 비유와 상징은 무엇일까?

왕할쯔는 어린 시절 먼 친척 아저씨로부터 한국 전쟁에서 전사한 할아버지 이야기를 들은 적이 있다. 그녀의 조부는 린뱌오 원수가 이끄는 제4야전군의 13집단군 소속으로, 국경을 넘어 한반도로 향하는 압록강을 건넜다. 스무 살을 갓 넘긴 초급 장교였던 할아버지는 당시 마오쩌둥의 출동 명령을 받은 50만 인민지원군의 부대원이었다. 인해 전술을 펴며 남쪽으로 파죽지세로 밀고 내려간 조부의 부대는 얼마 되지 않아 한강 남쪽의 늪지대에 이르렀다. 그러나 거기서부터 발걸음이 더뎌졌다. 총사령관 맥아더 장군의 오판으로 한강까지 밀어붙이는 것은 가능했지만, 연합군이 전열을 가다듬은 뒤로는 전세의 주도권을 빼앗겼다. 중공군의 지휘부와 공산당 정치국 최고 위원들의 생각처럼 전쟁은 쉽게 끝나지 않았다. 스탈린에게 공중 폭격 지원을 얻지 못한 중공군은 연합군의 물량 공세에 속수무책이었다. 왕할쯔의 조부는 길게 늘어선 인민군의 대열에 끼여 하늘로 솟구치는 황색 버섯 모양의 포연을 멍하니 바라보고 있었다. 서해에 정박한 미군의 전함에서 날아온 거대한 포탄이 하늘을 뒤덮었다. 1톤 넘는 대형 포탄이 터질 때마다 인민군 병사들의 머리와 몸이 절단되어 공중으로 튀어 올랐다. 굉음에 고막이 찢어진 병사들은 지옥에서 벗어나려고 몸부림쳤다. 전투라기보다는 도륙에 가까웠다. 함포 사격이 멎으면 하늘에서 미군 제트기의 융단 폭격이 시작되었다. 부상을 입은 병사들은 전우의 살이 타들어 가는 고약한 냄새를 맡으며 죽음을 기다렸다.

휴전이 선언되었을 때 중국군이 잃은 병력은 공식 집계로 160만 명이 넘었다. 참전 초기 미군과 연합군을 당황하게 만들었던 인해 전술은 결국 중국의 무능한 정치가들이 저지른 살육 행위에 불과했다. 그러나 중국 공산당 지도자들은 전쟁이 끝나고 나서도 당당했다. 마오쩌둥은 『소홍서小紅書』에서 이렇게 말했다. "구체적인 정치적 목적을 달성하기 위해서라면 인류의 절반이라도 희생시킬 수 있다." 그 문구를 보았을 때 왕할쯔는 자신의 운명에 대해 생각하지 않을 수 없었다. 과연 군인이 된 것이 자랑스러운 일일까? 내 목숨을 겨우 정치적 목적을 위한 소모품으로 생각하는 이들을 위해 싸워야 하는 걸까? 조부가 걸었던 불행의 길을 따라, 나도 부나방처럼 부질없이 희생되는 것은 아닐까? 그때나 지금이나 답은 나오지 않았다. 평화롭게 잠든 쉬징레이를 바라보며 왕할쯔는 상념을 털어 냈다. 오늘따라 특급 호텔이 주는 인위적인 안락감이 낯설게 느껴졌다.

2

한남동, 국정원의 안전가옥.

전 북한 노동당 고위급 관료 김평남은 잠을 이루지 못했다. 눈을 감은 채 에어컨의 여린 진동에 맞춰 잠을 청해 보았지만, 정신은 점점 더 맑아졌다. 경호원이 후식으로 가져온 초콜릿 케이크를 많이 먹은 탓이었다. 케이크와 함께 뜨겁고 검은 커피도 한 잔 나왔다. 소름이 돋을 만큼 차가운 실내 온도 탓인지, 아니면 입안에 끈적끈적 달라붙는 초콜릿의 단내를 지우기 위해서인지, 미국 체류 기간에도 사양한 원두커피를 벌컥벌컥 마셨다. 불현듯 금발로 염색한 동양인 창녀의 말이 기억났다. '잠이 오지 않으면 양을 떠올리는 게 도움이 돼요. 초원 위의 양들이 풀을 뜯어 먹는 장면을 떠올리는 거예요. 그리고 천천히 하나씩 세어 봐요. 양이 많아질수록 점점 잠이 올 거예요.' 어린 매춘부의 영어는 외국인 악센트가 심해 알아듣기 어려웠지만 김평남은 그녀가 마음에 들었다. 출신지를 밝히지 않은 여자아이와의 정사를 떠올리면서, 김평남은 여자의 조언대로 초원에서 풀을 뜯는 양 떼를 머릿속으로 그렸다.

목가적인 풍경은 개연성 없이 성적인 연상으로 이어졌다. 어둠이 내려앉은 수도 평양의 지하 세계를 떠올리자 말초적 감각이 되살아났다. 깊숙이 숨겨 놓았던 자극이 스멀스멀 기어 나오고 손끝이 저릿저릿해졌다. 김평남은 낮은 신음을 내뱉었다. 푸른 초원의 양 떼는 사라지고 없었다. 그는 양을 세는 대신 자신의 나이를 헤아렸다. 예순셋. 적지 않은 나이다. 그러나 몸은 젊은 시절의 성적 쾌감을 정확하게 기억하고 있었다.

평양의 밤은 향락과 부패로 얼룩진 자본주의 도시의 밤보다 길고 비밀스러웠다. 거리를 밝혀야 할 가로등은 이른 시간에 꺼지고, 동이 트기까지는 턱없이 많은 시간이 남았다. 김평남은 관용차인 벤츠를 타고 암흑에 잠긴 시가지를 질주하는 것이 좋았다. 시 외곽으로 나갈수록 어둠의 농도는 짙어졌다. 최고인민회의 대의원으로 활동할 때였다. 은밀한 초대를 받은 그는 인민들이 깊이 잠든 시간 육중한 돌기둥이 세워진 건물의 지하 연회장으로 들어갔다. 그날 연회의 마지막 하이라이트는 십 대 여자아이와 잠자리에 드는 것이었다.

김평남이 침대에 걸터앉아 넥타이를 느슨하게 풀자, 여자아이는 무릎을 꿇고 눈길을 다소곳이 바닥에 박은 채 그의 명령을 기다렸다. 김평남은 방으로 들어오기 전 상관이 말한 '특별 서비스'가 무척 궁금했다. 잠시 후, 조명이 어두워지고 무릎을 꿇은 여자아이가 그의 바지를 벗겼다. 들뜬 마음을 진정하기 어려워 잠시 눈을 감았다. 그 사이 여자아이가 입안에서 무엇인가를 꺼내어 바닥에 놓인 물컵 속에 넣었다. 기억은 모호하고 중층적이며 복잡했지만, 그는 느낄 수 있었다. 감각은 추상적인 기억을 앞질렀다. 어정쩡한 자세로 앉아서 여자의 검은 머리카락이 물결처럼 흔들리는 장면을 바라보며 그는 혼란에 빠졌다. 너무 일찍 절정이 찾아왔다. 여자의 입안에서 사정이 이루어지는 순간에야, 자신이 맥없이 스러진 이유를 가까스로 이해할 수 있었다. 그것은 절대 권력만이 줄 수 있는 특별한 선물에 대한 경이였다. 그는 숲에 도사린 안개처럼 비밀스럽게 퍼져 있던 소문을 들은 적이 있었다. 그날의 연회를 주최한 인물에 대한 불명예스러운 루머였다. 젊고 아름다운 여성들을 외국으로 데려가, 서른두 개의 이를 모두 뽑게 한 뒤 틀니를 끼웠다는 믿기 어려운 이야기였다. 소문이 사실임을 확인하자 온몸에 소름이 돋고 한동안 정신이 몽롱해졌다.

그날의 묘한 체험을 기억하는 것만으로도 흥분 상태에 이를 수 있었지만, 김평남은 이성을 깨우며 현실로 돌아왔다. 과거는 과거의 일일 뿐이다. 자신은 지하 세계의 어둠에서 양지로 나왔다. 과거는 잊어야 한다. 할 수만 있다면 태산을 가져와서라도 꼭꼭 숨겨 둬야 한다. 김평남은 모로 돌아누우며 눈을 질끈 감았다. 낮에 읽었던 몽테뉴의 『수상록』 한 구절을 떠올리며 잠을 청했다. 내일의 초청 강연은 그의 삶을 변화시키는 전환점이 될 것이다. 어둠을 빠져나와 태양 아래에 선 사나이는 당당하고 떳떳해야 한다. 대중의 이해를 구할 수 없는 불완전하고 불명예스러운 사적인 기억은 영원히 비밀의 무덤에 묻어 두어야 한다. 그는 위대한 계몽주의자 몽테뉴가 서재에 걸어 둔 문구를 떠올렸다. '유일한 확실성은 불확실성뿐이다.' 과거가 현실과 미래를 규정하지는 못한다. 김평남은 내일 있을 강연에 이 문구를 소개할 예정이었다. 흥분으로 요동치던 가슴이 조금씩 진정되자, 초원에서 한가로이 풀을 뜯는 양 떼가 다시 떠올랐다. 여자아이의 말대로 효과가 있었다.

다음 날 김평남이 준비를 마치고 1층으로 내려오자, 응접실에 앉아 있던 정보기관 인사와 이번 강연을 준비한 민간단체의 책임자가 동시에 일어났다.

"김평남 선생님, 잘 쉬셨습니까?"

활달하게 인사를 건넨 사람은 민간 보수 단체의 수장이었다. 김평남은 혈기왕성한 그의 얼굴을 바라보며 새삼 자신의 나이를 생각했다. 살아갈 날이 얼마 남지 않았다는 공포가 언뜻 가슴을 찔러 왔다. 대한민국 수도 서울. 물러설 곳이 없다는 것을 그는 누구보다 잘 알고 있었다.

강연 장소로 향하는 대형 리무진의 뒷좌석에 앉아, 김평남은 출근 시간이 지난 서울의 한가한 거리를 바라봤다.

"그런데 강연료는 얼마나 되오?"

간단한 질문이었는데도 옆자리에 앉은 보수 단체의 젊은 회장은 제대로 알아듣지 못했다. 김평남은 인상을 찌푸렸다. 다리를 건너자 행사가 열리는 호텔이 정면에 보였다. 김평남은 심호흡하며 긴장을 가라앉혔다. 앞으로 이 짓거리를 얼마나 더 해야 할지 모르지만, 먹고살려면 어쩔 수 없었다. 마침내 경멸해 마지않던 자본주의 세계로 들어온 것이다. '이곳에선 돈이 곧 권력이다.'

한 시간 반에 걸친 강연은 일사천리로 끝났다. 강연회에 참석한 사람들은 예외 없이 보수 단체에서 나온 사람들이었다. 강연이 끝나고 청중과 악수를 할 때는 마치 영웅이 된 기분이었다. 한국 전쟁에 참여했다는 노인은 거친 손으로 김평남의 두 손을 꼭 부여잡고, 감격스러운 눈빛으로 바라보았다. 그들의 순수한 열정과 애국심에 감염되어서인지, 김평남은 오랜만에 집단과 군중이 주는 신비스러운 기운에 고무되었다. 권력의 카타르시스. 그 순간만큼은 강연료를 완전히 잊을 수 있었다.

김평남의 초청 강연이 열린 R 호텔의 경호 상태는 위제가 생각했던 것보다 훨씬 허술했다. 어쩌면 암살 대상이 위제의 생각만큼 대단한 인물이 아닐지도 몰랐다. 위제를 포함한 중국인 3인조는 조직의 지휘부에서 내려온 임무에 대한 배경 지식이 없었다. 강연장을 둘러본 위제는 자동차로 돌아왔다. 왕할쯔가 손목시계로 시간을 확인한 뒤 천천히 주차장을 빠져나왔다. 강연이 끝날 때까지 자동차로 호텔 주변을 빙글빙글 돌 생각이었다. 한 바퀴를 돌고 다시 호텔 입구를 지나쳤을 때, 뒷좌석에 앉은 쉬징레이가 조용히 말했다.

"그림이 정확히 나타나지 않아요. 남자를 직접 봐야겠어요."

쉬징레이의 말을 이해한 위제가 고개를 끄덕였다. 목표물이 바로 옆 건물에 있지만 쉬징레이는 남자를 만나 본 적이 없었다. 남자의 에너지를 해독하고 미래의 그림을 불러내기 위해서는 근접해서 남자와 마주쳐야 했다. 단순한 암살이라면 위제 혼자 끝내면 된다. 허수아비 같은 경호원들을 제압하고 놈의 급소에 비수를 꽂으면 그만이다. 그러나 조직에서는 김평남이 사람들의 눈에 띄지 않고 조용히 사라지기를 원했다.

위제와 쉬징레이는 차에서 내려 호텔로 들어갔다. 쉬징레이의 숨이 조금 가빠졌다. 위제는 아직 소녀티를 벗지 못한 쉬징레이를 쓱 훑어보고는 곧장 강연장으로 향했다. 강연이 끝났는지 연회장 입구에 사람들이 몰려 있었다. 그는 재빨리 김평남의 위치를 확인했다. 김평남은 양쪽에 경호원을 대동하고 강연장에 참석한 청중에 둘러

싸여 담소를 나누고 있었다. 위제는 그들의 모습을 의아한 표정으로 지켜봤다. 조국을 배신한 탈북자에 불과한 인간에게 한국인들은 과도한 친절을 베풀고 있었다. 쉬징레이는 위제 곁에 바짝 붙어 김평남의 움직임을 포착하기 위해 애썼다. 시선이 마주치면 쉬징레이가 수월하게 미래를 읽어 낼 것이다. 쉬징레이의 이마에 흘러내린 머리카락이 에어컨 바람에 흔들렸다. 그때 쉬징레이가 고개를 끄덕이며 위제의 팔을 잡았다. 오케이 사인이었다. 마침내 그녀가 미래를 읽은 것이다. 두 사람은 폐쇄 회로 카메라의 영상에 오랫동안 노출되지 않도록 유의하며 서둘러 연회장 로비를 빠져나왔다.

조수석에 앉은 쉬징레이가 내비게이션의 화면에 한글을 입력했다. 목적지는 근처의 일식당이었다. 운전석에 앉은 왕할쯔가 천천히 차를 출발시켰다. 그녀의 얼굴에도 만족스러운 미소가 번졌다. 위제는 느긋한 자세로 뒷좌석에 앉아 두 여자의 모습을 번갈아 보았다. 조직의 지도부가 원한 것은 최강의 초능력 부대를 결성하는 것이었다. 원대한 그 계획이 마침내 결실을 보고 있었다.

20여 분 뒤, 김평남 일행을 태운 차량이 일식당 건물 입구에 도착했다. 중국인 3인조는 도로 건너편에 차를 세운 채 그들의 움직임을 살폈다. 뒷좌석에서 내린 김평남은 와이셔츠 차림에 넥타이까지 풀어 헤친 채 너털웃음을 지었다. 노회한 정치가는 저승사자가 뒤를 쫓고 있다는 위험을 감지하지 못한 채 눈앞에서 벌어지는 유희에 도취해 있었다. 최적의 조건이었다. 호텔 강연장의 군중보다 훨씬 줄었지만 김평남은 여전히 사람들에 둘러싸여 있었다. 게다가 어수선한 분위기가 제거되어 경호원들은 김평남의 일거수일투족에 집중하고 있었다. 일상적인 흐름에 맞춰 자연사로 위장하기에는 어려움이 많았다. 뭔가 반전이 필요했다. 김평남과 전담 관리로 보이는 이가 계단을 오르고 뒤따라 경호 차량에서 내린 청년들이 건물 안으로 들어갔다. 김평남을 포함해 모두 여섯 명이었다. 그때 김평남의 움직임에 초점을 맞추고 있던 쉬징레이가 말했다.

"식당에서 나와 사우나로 향할 거예요. 정확한 시간은 모르겠어요. 그건 좀 더 기다려 봐야 해요."

사우나? 목욕을 한단 말인가? 위제는 망설였다. 좁은 공간인 식당보다는 대중이 이용하는 목욕탕이 작전을 펼치기에 더 용이했다.

"사우나 위치를 알겠어?"

위제의 질문에 쉬징레이가 묵묵히 고개를 끄덕였다.

"그렇다면 먼저 이동해서 기다리는 게 좋겠군. 작전도 구상해 보고……."

쉬징레이가 이번에도 내비게이션에 장소를 입력했다. 왕할쯔는 선글라스를 끼며 액셀러레이터에 발을 올렸다.

통일부 박상현 사무관은 용의주도했다. 강연이 끝난 뒤, 그는 김평남을 강남의 조용한 일식집으로 데려왔다. 모처럼 바깥나들이를 나온 김평남을 위해 베푼 친절이었다. 기자들의 카메라 플래시에 지쳐 있던 김평남의 얼굴이 환하게 밝아졌다. 두 사람은 강연회에 대해 담소를 나누며 미지근한 일본 술을 마셨다. 술이 들어가면서 김평남의 말이 평소보다 길어졌다. 달콤한 음식이 연이어 나왔고, 새로운 요리가 나올 때마다 그들은 잔을 비웠다. 다소 감상적이 된 김평남은 오래전 끊었던 담배를 요구했다.

"건강을 생각하셔야죠, 선생님."

말은 그렇게 했지만 박상현은 그의 담배에 불을 붙였다. 김평남은 담배를 길게 들이마셨다. 그는 북에 남겨 두고 온 처자식을 생각했다. 박상현은 김평남의 두 눈이 붉게 충혈되는 것을 놓치지 않았다. 제아무리 냉혈한이라도 가족 생각 앞에서는 무력해지기 마련이었다.

"선생님, 몸도 피곤한데 근처 사우나라도 가시겠습니까? 잡념을 떨치는 데는 목욕이 최곱니다."

그들은 일식집을 나와 사우나로 향했다. 거리는 찌는 열기로 달아올라 있었다.

작전 구상을 마친 위제는 간단히 샤워를 마친 뒤, 수면실에서 눈을 붙였다. 아래층 여탕에서는 쉬징레이와 왕할쯔가 한가로이 목욕을 즐기고 있었다. 시간을 확인한 뒤 위제는 자리에서 일어나 목욕탕으로 향했다. 쉬징레이가 예고한 대로 경호원의 모습은 보이지 않았다. 그들은 지하 휴게실에서 양복을 입은 채 주스를 마시며 휴식을 취하고 있었다. 김평남을 보좌하는 관리만 동행한 상태였다.

위제는 온탕에 앉아 눈을 감은 채 콧노래를 흥얼거리는 관리를 힐끗 쳐다본 뒤, 곧장 핀란드식 증기 사우나로 향했다. 김평남이 홀로 벌거벗은 채 나무의자에 앉아 땀을 흘리고 있었다. 김평남은 위제의 등장을 주목하지 않았다. 모든 정황은 쉬징레이가 묘사한 그대로였다. 위제는 뚜벅뚜벅 걸어가 김평남 앞에 섰다. 인기척을 느낀 김평남이 고개를 들어 위제의 얼굴을 쳐다보았다. 위제의 강건한 얼굴과 탄탄한 몸의 근육을 훑어본 노회한 정치가는 본능적인 위협을 감지했다. 앞에 버티고 선 사내는 그동안 자신이 지도해 온 정치총국의 제1급 대남 요원과 닮아 있었다. 미처 비명을 지르기도 전에 사내가 손을 뻗어 머리통을 우악스럽게 움켜쥐었다. 김평남은 두개골이 깨질 것 같은 고통을 느꼈다. 눈의 초점은 정체불명 사내의 눈동자에 꽂혀 있었다. 최면이 시작되었다. 불가사의한 에너지가 위제의 손과 눈을 통해 김평남의 늙은 육체를 잠식해 들어갔다. 김평남은 양손을 벌벌 떨며 위제가 내뿜는 무자비한 기를 모두 흡수했다. 위제는 살인 충동을 억제하며 김평남의 눈이 희번덕이는 것을 확인한 뒤 머리에서 손을 뗐다. 그러고는 아무 일 없었다는 듯 증기 사우나를 빠져나갔다.

김평남은 흐릿한 초점으로 고개를 약간 숙인 채 터덜터덜 걸어서 사우나를 나왔다. 목욕 보조사에게 몸을 맡기고 있던 박상현은 침대에 누운 채 눈을 찌푸려 김평남의 거동을 살폈다. 땀을 많이 흘려서인지 노인의 몸은 멀리서 봐도 번들거렸다. 김평남은 샤워기 앞으로 가서 찬물로 땀을 씻어 냈다. 박상현은 목욕 보조사의 지시에 따라 몸을 돌려 천장을 보고 누웠다. 그는 눈을 감고 잠시나마 긴장을 풀었다. 이곳은 대한민국 수도 서울의 공중목욕탕이었다. 벌거벗은 노인이 북한에서 온 망명자라는 사실을 아는 이는 아무도 없었다.

김평남은 샤워를 한 뒤, 혼자 목욕탕을 빠져나와 선반에 놓인 티셔츠와 반바지를 착용하고 목욕 가운을 걸쳤다. '사우나에서 나와 샤워를 한다. 그리고 가운으로 갈아입은 뒤 위층 휴게실로 향하는 엘리베이터를 탄다.' 최면에 걸린 김평남은 주문을 외우듯 위제의 명령을 반복해서 머릿속으로 되뇌었다. 그의 뇌는 사고 기능을 상실한 채 텅 비어 있었다.

붉은색 카펫이 깔린 휴게실에서는 두 여자가 목욕 가운을 입은 채 김평남을 기다리고 있었다. 그들 외에 다른 손님은 없었다. 엘리베이터에서 내린 김평남은 느릿느릿 걸어서 검은 가죽 소파에 앉았다. 양팔을 팔걸이에 올린 채 흐릿한 시선으로 천장을 올려다보았다. 위제가 건 최면은 완벽했다. 언뜻 보면 사우나에 지친 중년 남성의 모습 같지만, 그는 완전히 의식을 잃은 상태였다. 왕할쯔가 일어나 옆자리에 앉았다. 김평남은 그녀의 등장을 알아차리지 못한 듯 여전히 허공만 쳐다보았다. 왕할쯔는 목욕 가운의 소매를 살짝 들어 팔을 팔걸이에 올렸다. 그러고는 맨살을 김평남의 팔에 밀착했다. 조금 떨어진 자리에서 쉬징레이가 두 사람을 관찰했다. 왕할쯔의 행동은 군더더기 없이 자연스러웠다. 왕할쯔는 김평남의 기억을 읽어 냈다. 왕할쯔의 머릿속으로 영화의 스틸 컷 같은 장면이 나타났다. 정신을 집중해 김평남의 기억을 더듬었다.

중국 지린 성의 한 도시가 나타났다. 한국어 간판이 달린 허름한 식당은 북조선이 운영하는 곳이었다. 식당을 나온 김평남의 손에 서류 봉투가 들려 있었다. 김평남은 눈이 수북이 쌓인 보도를 조심조심 걸어 황량한 거리에 주차된 검은 승용차 앞으로 다가섰다. 뒷좌석의 창문이 내려오더니 한 남자의 모습이 보였다. 턱수염에 짙은 선글라스를 끼고 있어 인상착의가 분명치 않았다. 김평남이 조심스럽게 서류 봉투를 건네자 남자는 봉투에서 내용물을 꺼내 확인했다. 완전히 드러내 놓지 않아 정확히 보이지는 않았다. 왕할쯔는 정신을 집중했다. 내용물을 봐야만 한다. 하지만 내용물은 이내 사라졌다. 어둡고 탁한 북중국의 겨울 해는 하이라이트 조명으로 알맞지 않았다. 왕할쯔는 포기하지 않았다. 다시 장면을 반복해서 돌렸다. 턱수염의 남자가 김평남이 건넨 서류 봉투의 내용물을 확인했다. 사진이다! 왕할쯔는 찰나의 순간을 놓치지 않았다. 사진에는 대여섯 명의 여고생이 웃고 있었다. 갑자기 턱하고 숨이 막혔다. 사진에서 압도적인 힘이 느껴졌다. 불가사의한 힘은 처음으로 울트라라이트 19를 맞닥뜨렸을 때 받았던 느낌과 유사했다. 긴장으로 왕할쯔의 손끝이 떨렸다.

다시 김평남의 기억이 흘렀다. 턱수염의 남자가 만족한 표정을 지으며 김평남에게 두툼한 봉투를 건넸다. 봉투에 돈이 들었음은 확인하지 않아도 되었다. 그때 송곳처럼 날카로운 에너지가 왕할쯔의 가슴을 찔러 왔다. 맞은편에 앉은 쉬징레이가 보낸 경고였다. 왕할쯔는 급하게 자리에서 일어섰다. 심장이 빠르게 뛰었다. 왕할쯔가 성큼성큼 걸어 엘리베이터로 향하자, 쉬징레이 역시 자리에서 일어나 그녀를 뒤따랐다. 복도 끝 엘리베이터의 램프가 켜지고 문이 열렸다. 깔끔한 정장 차림을 한 김평남의 수행 경호원들이었다. 왕할쯔는 남자들이 엘리베이터에서 내릴 수 있도록 길을 터주며 묘한 미소를 지었다. 여자들이 엘리베이터에 타자 한 남자가 무심코 뒤를 돌아봤다. 왕할쯔는 미소를 지은 채 닫힘 버튼을 눌렀다. 경호원들의 모습이 사라지자 왕할쯔는 얕은 한숨을 내쉬었다. 쉬징레이가 경고 사인을 주지 않았다면 김평남에게 접근해 정보를 빼내는 장면이 그대로 노출될 뻔했다. 정신을 차린 왕할쯔가 마른 입술을 살짝 깨물고는 말했다.

"중화의 꽃을 판 놈이 틀림없어."

김평남은 휴게실에서 나와 엘리베이터를 타고 다시 목욕탕으로 향했다. 복도에서 경호원과 마주쳤지만 김평남은 그들이 건넨 인사를 무시했다. 평소에도 거만한 편이어서 경호원들은 신경 쓰지 않았다. 김평남은 최면 상태로 위제가 입력해 놓은 명령어를 되뇌며 목욕실로 들어갔다. 그는 최면에 걸렸던 핀란드식 증기 사우나로 곧장 되돌아갔다. 그곳에는 노인의 몸뚱이를 조종하는 중국인 초능력자가 기다리고 있었다. 김평남은 사우나를 나가기 전과 같은 자리에 다소 곳이 앉아 처분을 기다렸다. 위제가 다가가 노인 앞에 섰다. 노인은 몽롱한 표정으로 허공을 응시하고 있었다. 위제는 두 팔을 들어 올리며 기를 모았다. 정신을 집중해 한 번의 타격으로 온몸의 에너지를 방출해야만 한다. 살과 근육을 통과한 에너지가 아무런 외상을 남기지 않고 심장에 충격을 가한다. 에너지를 견디지 못하면 도리어 자신이 죽는다. 숟가락을 휘는 염력과는 비교할 수 없는 폭력적인 에너지가 마침내 분출되어 나왔다. 에너지는 정확히 노인의 심장을 때렸다. 노인은 입을 벌린 채 앞으로 고꾸라졌다. 벌거벗은 노인의 죽음을 축하라도 하듯 때마침 바닥에서 뜨거운 증기가 고약한 소리를 내며 솟아올랐다.

위제가 건물 밖으로 나왔을 때 왕할쯔와 쉬징레이는 시동을 켠 채에어컨 바람으로 젖은 머리를 말리고 있었다. 위제가 자동차 문을 열자 기분 좋은 샴푸 냄새가 코로 밀려 들어왔다. 왕할쯔가 선글라스를 쓰며 가속 페달에 발을 올렸다. 차는 몇 분 뒤 도심을 벗어나 넓은 강변도로에 진입했다. 세 사람은 아무 말 없이 창밖의 풍경을 바라보기만 했다. 태양이 내리쬐는 강에는 물결에 반사된 햇빛 조각들이 출렁이고 있었다. 광화문의 호텔로 돌아왔을 때, 중국인 3인조는 이미 김평남의 얼굴을 기억에서 지워 버렸다.

세 사람은 잠깐 낮잠을 잔 뒤 차이니스 레스토랑에서 이른 저녁을 먹었다. 위스키 스트레이트 잔에 백주를 한가득 따르고 위제는 술의 향을 음미했다. 과묵한 표정으로 술을 마시는 위제와 달리, 두 여자는 잡담을 나누며 즐겁게 음식을 먹었다. 갑자기 쉬징레이가 위제를 바라보며 말했다.

"김평남은 죽어 마땅한 사람이었어요."

위제와 왕할쯔는 아무 말도 하지 않았다. 쉬징레이가 무엇을 보았고 어떤 생각을 했는지는 그들이 파악할 수 있는 영역이 아니었다.

"한국 정부가 냄새를 맡을 가능성은 전혀 없나요?"

왕할쯔의 말에 위제는 빙긋이 미소 지었다.

"걱정하지 않아도 돼. 그들은 우리를 쫓아올 수 없어."

위제는 뜸을 들인 다음 말했다.

"예로부터 한국은 우리 중화 민족에게 조공을 바치던 나라였어."

"그렇지만 그들은 새로운 교육을 받았어요. 탈아시아를 선언한 일본에 가깝다고 보는 게 맞지 않나요?"

왕할쯔의 목소리는 가벼웠다. 위제는 개의치 않고 말을 이었다.

"그렇게 볼 수도 있지만, 문명이란 순간에 뒤집히는 게 아니야. 오히려 한국과 중국의 격차는 좀 더 벌어졌어. 단적인 예로 서양 귀신에 눈이 뒤집힌 물질주의자들은 우리의 존재를 보지도 못하고 인정하지도 않지. 서양인들이 가져온 과학과 합리적 이성주의에 물들었기 때문이야. 그런 한국 경찰과 정부 관리가 우리를 뒤쫓아온다? 불가능한 일이야."

위제는 맥주병을 들어 여자들의 컵에 술을 따르며 말했다.

"나는 중화로써 오랑캐를 변화시켰다는 말은 들었어도, 오랑캐가 중화를 변화시켰다는 말은 아직 듣지 못했다吾聞用夏夷, 未聞變於夷."

위제는 맹자의 말을 인용한 뒤, 자신이 한 말을 음미하며 기분 좋게 웃었다.

김평남의 갑작스러운 죽음에 당황한 박상현은 냉정을 잃고 허둥댔다. 지하 휴게실에서 시간을 보내던 경호 요원들은 마치 자신들의 잘못인 듯 침통한 표정으로 서 있었다. 단순한 심장 마비인 줄 알고 출동했던 소방대원들은 박상현과 경호 요원들의 ID를 확인하고서야 비로소 사태의 심각성을 인식했다. 김평남의 시체가 안치된 J병원으로 정보기관 담당자들이 달려왔다. 박상현이 나서서 상황을 정리할 시간이었다.

김평남의 사망 소식은 다음 날 통일부의 공식 발표를 통해 언론에 공개되었다. 그의 죽음과 관련된 기사는 모든 매체가 다룰 정도의 비중을 차지하는데도 일반 독자와 시청자들의 관심을 끄는 데 실패했다. 독자들은 기사 제목만 읽을 뿐 세부적인 내용은 무시했다. 애국심과 충성심에 목마른 소수의 우파 독자만이 '북한 공작원 암살설'을 제기하며 댓글을 남겼다. 그러나 '심장 마비의 개연성이 높다'라는 통일부의 공식 발표가 있었기 때문에 그들의 주장은 억측 이상의 수준을 넘지 못했다. 부검을 마친 국립과학수사대가 김평남이 돌연 심장 마비로 사망했다고 공식 선언하자, 음주 뒤 사우나를 해서는 안 된다는 당연하고도 미미한 교훈을 남긴 채 사건은 종결되었다.

국과수에서 올라온 '김평남 사인 보고서'를 읽으며 국정원 최창석 전무는 한숨을 쉬었다. 의학 전문 용어로 쓰인 보고서는 그를 지치게 했다. 김평남은 예순을 넘겼지만, 건강하고 정력적인 사내였다. 그런 남자가 어이없게도 대낮에 목욕탕에서 심장 마비로 죽었다. 김평남이 그동안 쌓은 이력을 살피지 않더라도 너무 황당한 죽음이었다. 국정원의 정보 관리 책임자로 있으면서 최 전무는 여러 사건을 맡아 해결했다. 그에게는 제6의 감각이라고 해도 좋을 직감이 생겨났다. '이 사건에는 뭔가 부자연스러운 것이 도사리고 있다!' 그러나 심증만 있을 뿐 수사를 진행할 증거는 나타나지 않았다. 김평남의 장례는 조촐하게 치러졌다. 북한의 대남 선전 매체에서도 김평남의 죽음에 대한 언급은 없었다. 사고 소식이 알려졌을 때, '조선 인민을 배신한 천벌'이라는 짧은 논평이 있었을 뿐이다. 최 전무는 장례식장을 대충 둘러본 뒤 곧장 회사로 돌아와 다른 업무를 보았다.

정보 분석관에게서 면담 요청이 온 것은 사납게 내리던 빗줄기가 잦아들기 시작한 늦은 오후였다. 노트북을 옆구리에 끼고 나타난 정보 분석관은 최 전무가 평소 마음에 들어 하지 않던 젊은 요원이었다. 입사 당시 성적은 좋았는데 기대 이하라는 내부 평가가 있는 직원이었다. 좋지 못한 선입관 탓인지 그를 맞이한 최 전무는 떨떠름한 표정을 지었다. 이름이 차지수라고 했지? 차지수는 간단히 묵례한 뒤 묵묵히 서 있었다. 최 전무는 눈짓으로 가죽 소파를 가리켰다. 차지수는 입을 꾹 다물고 자리에 앉아, 테이블 위에 노트북을 올리고 전원을 켰다. 최 전무는 놈의 반듯한 얼굴과 여자아이같이 섬세하게 뻗은 길쭉한 손가락이 마음에 들지 않았다. 이런 녀석이 어떻게 정보 기관까지 흘러들어 왔지? 최 전무는 이마에 주름이 잡힐 정도로 인상을 쓰고 그를 노려보며 말했다.

"뭔 일이야? 난 바쁜 사람이야."

퉁명스러운 말에도 차지수는 노트북 모니터를 응시할 뿐이었다.

"김평남 사건과 관련된 자료입니다. 전무님께서 확인해 주셨으면 합니다."

"김평남?"

최 전무의 목소리에는 언짢은 기색이 역력했다.

"일주일 동안 쉬지 않고 비디오 판독을 했습니다. 전무님께서 흥미로워하실 정보를 얻어 냈습니다."

"좋아. 하지만 날 실망시키면 각오해야 할 거야."

차지수는 의미가 불분명한 미소를 지었을 뿐 대꾸하지 않았다.

"이건 김평남이 죽은 사우나의 폐쇄 회로 카메라에 찍힌 영상입니다. 지금 보시는 장면은 매표소 입구와 신발장에 설치된 카메라에서 뽑아낸 것입니다. 낡은 카메라여서 화질이 흐립니다."

최 전무는 신경질적으로 이마에 손을 댔다. 그도 같은 영상을 지난 일주일 동안 물리도록 봤다.

"이봐, 이 사건은 이미 다 끝났잖아. 네 상관이 아무것도 발견하지 못했다고 정식으로 보고했어."

차지수는 눈을 살짝 치켜뜨고 최 전무를 바라봤다.

"네, 저도 알고 있습니다. 그렇지만 여길 보십시오. 이건 김평남의 강연회가 있었던 호텔 로비에 설치된 카메라의 영상입니다."

"그것도 분석 팀에서 보고서가 올라왔어. 뭐라고 했지? 이렇게 많은 사람 중에서 수상한 자를 가려내는 건 불가능하다고 말이야. 용의선상에 올릴 만한 인물은 없다고 했어."

"맞습니다. 김평남의 사인이 심장 마비라고 생각했기 때문입니다. 마음속에 확정된 답을 가진 상태에서는 사실을 제대로 볼 수 없는 법이죠."

최 전무는 차지수의 당돌한 어투에 어이가 없었다.

"그럼 네 생각은 다른가? 이번 사고를 정치적 사건으로 돌릴 만한 결정적인 증거라도 잡았어?"

최 전무의 말에 차지수의 얼굴이 조금 굳어졌다. 그 모습을 보며 최 전무는 회심의 미소를 지었다.

"괜히 공명심에 들떠서 일 망치지 마. 서두르면 탈 나게 마련이야."

차지수는 아랫입술을 깨물고 다시 노트북을 움직였다.

"여길 봐주십시오. 호텔과 사우나에 나타난 사람 중에서 동일해 보이는 인물을 잡아냈습니다. 사우나의 영상이 흐려서 추적하는 데 시간이 꽤 걸렸지만, 이번에 새로 개발된 프로그램을 이용해 어느 정도 가능성은 타진할 수 있었습니다."

"새로운 프로그램?"

"네, 비디오 분석을 통해 동일 인물일 가능성을 확률로 제시해 주는 프로그램입니다. 자료가 많으면 많을수록 정확도의 신빙성 또한 높아지는 거죠."

"난 처음 듣는 이야기야."

"디지털 시대니까요."

최 전무는 기분이 나빴다. 젊은 놈과 말장난을 할 기분이 아니었다.

"좋아. 그래서 자네 게임기 같은 프로그램이 뭐라도 발견했나?"

차지수는 대답하지 않고 노트북을 돌려 최 전무 앞에 놓았다. 자연스레 최 전무의 시선이 모니터로 쏠렸다. 화면에는 두 개의 다른 화면이 양분되어 있었다. 한쪽엔 사우나 입구에서 캡처한 사진이, 다른 한쪽엔 호텔 로비에서 찍은 사진이 보였다. 호텔 로비에서 찍은 사진의 남자는 비교적 선명하게 보였다.

"이 둘이 동일 인물이란 말이야?"

"네, 여길 보시면 그럴 가능성이 플러스 70퍼센트라고 되어 있습니다."

"그건 숫자일 뿐이야. 내가 보기엔 너무 흐릿해."

무심한 듯 말했지만, 최 전무는 눈을 가늘게 뜨고 모니터를 바라봤다.

"물론 프로그램에 오류가 있을 수 있지만, 이런 일에는 확인 조치를 취하는 것이 옳다고 생각합니다."

최 전무는 오른손 검지로 뒤통수를 긁었다.

"그래서 뭐가 어쨌다는 거야? 사진 속의 이 남자가 김평남을 죽인 용의자라도 된다는 이야기야?"

"가능성이 제로는 아닙니다."

"가능성이 제로는 아니다?"

최 전무는 굽혔던 허리를 폈다.

"그럼 자네가 생각하는 암살 가능성은 몇 퍼센트야?"

"김평남은 강연이 끝나고 통일부 박상현 사무관과 늦은 점심을 들었습니다. 일식집에서 술을 조금 마셨고 계획하지 않았던 사우나까지 갔습니다. 논리적으로 볼 때 사진 속의 남자가 김평남 일행을 미행했다고 보는 게 옳습니다."

최 전무는 팔짱을 끼고 차지수의 이야기를 들었다.

"일식집 주변의 폐쇄 회로 카메라는 확인했어?"

"네, 일식집 주변에서는 이 남자의 얼굴이 나오지 않았습니다."

"그래? 그건 또 매우 이상한 이야기군. 사우나는 우발적으로 갔는데 미행하는 인물이 일식집 주변에 보이지 않는다는 건 논리적으로 맞지 않아."

"저도 그 점을 생각해 봤는데 용의자가 차에서 내리지 않고 미행했을 수도 있다는 결론을 내렸습니다."

"차에서 기다렸다? 그럴 수도 있겠지. 그런데 자넨 왜 이 사건에 집착하는 거야?"

"의학적으로만 따지면 국과수의 발표가 맞습니다. 하지만 동일

인물이 김평남을 뒤쫓고 있었다면 그 이유가 무엇인지 밝혀내는 게 우리가 할 일이라고 생각합니다."

"자네가 즐기는 게임의 퍼즐을 풀고 싶다?"

"김평남은 심장 마비로 허무하게 죽을 인물이 아니었습니다. 그 건 누구보다 전무님께서 잘 아실 것으로 생각합니다."

"북한이 직접 암살을 실행할 만큼 위험한 인물도 아니었어. 김평남이 가져온 허접쓰레기 같은 정보만 봐도 그래. 놈은 멍청하고 기회주의적인 관료에 불과했어."

"이번 사건에서 정치적인 사안은 고려하지 않았습니다."

차지수의 대답에 최 전무는 헛웃음을 지었다.

"좋아, 그럼 자넨 사진 속의 인물을 용의자로 생각하고 수사라도 벌일 생각이야?"

"처음엔 그랬습니다. 분명히 뭔가가 있다고 생각했죠. 그러나 이 정보에는 풀기 어려운 수수께끼가 들어 있습니다."

"그건 또 무슨 소리야?"

"여길 잘 봐주십시오. 호텔 로비의 사진에는 문제가 없습니다. 사진 속의 인물이 김평남을 뒤쫓고 있다고 생각해도 무방하죠. 그러나 사우나에서 찍힌 사진은 다릅니다. 논리적으로 같은 결론을 내리기 어렵죠. 김평남이 점심을 먹고 일식집을 나온 시각이 대략 15시 30분입니다. 사우나까지는 차로 5분 거리로 김평남과 박 사무관은 15시 43분에 사우나에 도착했습니다. 두 사람의 모습이 카메라에 찍혔죠. 그런데 동일 인물로 생각되는 이 사내가 사우나 카메라에 찍힌 시각은 13시 47분입니다."

"뭐?"

"그 시각에 김평남 일행은 강연회를 마치고 점심 식사를 하고 있었습니다."

"요지가 뭐야?"

"그러니까 사진 속의 이 남자는 김평남보다 두 시간이나 일찍 사우나에 도착해서 김평남을 기다리고 있었다는 이야기가 됩니다."

최 전무는 잠깐 생각한 다음 말했다.

"그게 말이 된다고 생각해? 김평남과 박상현이 사우나를 간 건 순전히 우연이었어. 그런데 그를 미행하던 인물이 사우나에서 먼저 기다리고 있었다?"

"제가 전무님을 찾아온 이유가 그것입니다. 답을 구하고 싶었거든요."

최 전무는 기가 막혔다. 이야기를 들어 준 게 실수였다.

"분명히 연결 고리가 있습니다. 저 역시 우연의 일치라는 가능성을 배제한 것은 아닙니다. 또한 사진 속의 두 남자가 동일인이 아닐 가능성도 있습니다."

"결론이 뭐야?"

"사진 속의 남자가 김평남을 살해한 인물인지는 확신할 수 없습니다. 그러나 그가 김평남을 뒤쫓고 있었던 것은 분명합니다. 추리하면 그가 김평남이 목욕하러 갈 것을 사전에 알고 있었다는 겁니다."

"낮술이라도 한 거야?"

차지수는 아무 말도 하지 않고 최 전무를 바라봤다. 상사에게 질책을 당하는 부하 직원의 태도와는 거리가 멀었다.

"초능력을 쓰지 않는 한 그런 일은 불가능해. 미치겠군. 돌아가서 일이나 봐. 할 일이 태산처럼 쌓여 있어."

차지수는 최 전무의 말에 즉시 자리에서 일어났다. 상황 판단이 느린 편은 아닌 듯싶었다. 최 전무는 순간 두 가지 모순된 감정을 느꼈다. 자신은 회사 내에서 김평남의 죽음에 의문을 가진 유일한 사람이었다. 그런데 어쩌면 의문을 풀 결정적인 단서가 될지도 모르는 일에 터무니없이 반응하고 있었다. 최 전무는 문을 열고 나가려는 차지수를 다시 불러 세웠다.

"군대는 갔다 온 거야?"

차지수는 잠깐 얼떨떨한 표정을 짓고는 대답했다.

"13공수 출신입니다."

"13공수? 증평의 특전사?"

"네."

"도대체 거기서 뭘 배웠어?"

"……."

"됐어, 그만 가봐."

최 전무는 손을 휘휘 젓더니 회전의자를 돌려 등을 보였다. 차지수가 나가자 주위는 다시 조용해졌다. 최 전무는 컴퓨터로 차지수의 프로필을 확인했다. 무심히 읽어 가던 그의 눈이 한 지점에 꽂혔다. 국정원 요원이 되기 위해 반드시 통과해야 하는 특수 훈련에서 차지수는 거의 만점에 가까운 점수를 받았다. 특수기동대 SWAT의 일원이 되기 위한 모든 과목을 통과했고 일반적인 공수 훈련과 심해 훈련은 물론 적을 기만하는 위장술과 심리, 생존 전술에서도 높은 점수를 받았다. 신입사원 전담 심사단은 예외적으로 그에게 AAA라는 높은 점수를 줬다. 최 전무의 입가에 미소가 어렸다. '트리플 A라?' 비정상적인 점수였다. 녀석의 곱상한 외모로는 도저히 연상할 수 없는 점수였다. 뭔가 실수가 있었던 게 틀림없었다. 조사실에 처박혀 서류 검토나 하며 시간을 보내는 이유가 분명히 있을 것이다. 최 전무는 성가신 일이 생긴 사람처럼 못마땅한 표정으로 이내 모니터에서 시선을 돌렸다.

그는 눈을 감고 깊은 생각에 잠겼다. 정보기관에서 살아남으려면 별별 일에 신경을 써야 한다. 그는 손가락으로 탁자를 톡톡 두드리며 사고의 흐름에 박자를 맞추었다. 어쩌면 가설적 존재에 불과한 대상이 현실로 나타날지도 모른다는 생각이 떠올랐다. 그러나 설령 카메라에 찍힌 사내가 암살자였다고 해도 김평남의 직접적인 사인인 심장 마비를 어떻게 설명할 것인가. 김평남의 몸에는 외상 흔적이 전혀 없었다. 손을 대지 않고 인간의 심장을 멈추게 할 수 있는 무기는 아직 존재하지 않는다. 최 전무는 자리에서 일어나 블라인더를 젖혔다. 두꺼운 유리창 밖으로 여름의 찬란한 빛이 천진난만한 사내아이처럼 뛰놀고 있었다.

최 전무는 약속 장소인 한정식 식당의 주차장에 도착했다. 널찍한 방으로 들어서자 술에 취한 선배와 후배의 모습이 보였다. 참석자 대부분은 군에서 요직을 맡고 있는 핵심 인물들이었다. 최 전무는 선배들에게서 차례차례 술잔을 받았다. 지각에 대한 일종의 벌주였다. 그는 폭탄주를 시원시원하게 들이켰다.

"어이 최창석, 여기로 좀 건너와 봐."

방바닥에 앉아, 손짓으로 그를 부른 사람은 특전사 여단장 강민호 준장이었다. 최 전무가 방첩 부대에서 정보 장교로 군 생활을 시작할 때 만난 선배였다. 강민호가 은밀한 목소리로 속삭이듯 말했다.

"방우 소식 들은 적 있나?"

방우? 최 전무는 재빠르게 강민호의 인맥을 머릿속으로 훑었다. 이방우. 강민호의 사관학교 동기생으로 키가 크고 잘생긴 미남자였다.

"올 초에 전역하셨다는 이야기는 들었습니다."

"맞아, 그랬지. 그건 뭐 어쩔 수 없는 일이고, 그 친구 지금 뭘 일하는지 알고 있나?"

"아뇨. 군을 떠난 지 오래돼서 군의 사정에는 어둡습니다."

강민호는 최 전무가 볼 수 있을 만큼 힘 있게 고개를 아래위로 흔들었다.

"그 친구 말이야, 그냥 조용히 지냈으면 이번 진급 심사에서 기회를 잡을 수 있었을 텐데 아쉽게 됐어."

"대령으로 예편하셨으니 생활에 별 지장은 없으시겠죠."

무심코 뱉은 말이었는데 실수라는 느낌이 들었다. 군인은 자부심과 명예로 사는 사람들이었다. 대령 진급을 하느냐 못하느냐에 따라 연금이 달라진다는 식의 사사로운 계산이 끼어들면 그들은 상처를 받았다. 최 전무가 무안한 표정을 짓자, 강민호는 환하게 웃으며 후배의 실수를 덮어 주었다.

"그런데 자네, 그 친구가 옷 벗은 이유에 대해 들은 적 있나?"

최 전무는 선배의 눈치를 살피며 조심스럽게 말을 꺼냈다.

"전략전술회의에서 초능력 부대를 만들자고 하셨다는 이야기는 들었습니다."

"맞아. 그 일을 놓고 군 내부에서 한참 말이 돌았어. 방우가 미쳤다는 거야. 나도 현장에 있었는데, 방우 그 친구가 너무 엉뚱한 이야기를 해서 거기 참석한 사람들 대부분이 깜짝 놀랐어."

최 전무는 대답 대신 싱긋 웃으며 빈 술잔을 만지작거렸다.

"염력인가 뭔가로 숟가락을 휘겠다고 직접 시연해 보이기까지 했어. 외국의 유명한 초능력자 있지?"

"유리 겔라 말입니까?"

"그래. 자네도 텔레비전에서 봤지?"

"그자는 사기꾼이었습니다."

"그럴 거야. 방우가 가져온 그 스푼도 휘지 않았으니까. 그런데 자넨 초능력자들에 대해 좀 알고 있나?"

최 전무는 잠깐 생각한 다음 말했다.

"제임스 랜디라는 마술사가 초능력자라고 주장하는 사람들은 모두 거짓말쟁이라고 했다는 말 정도는 들었습니다."

"그래? 국정원에서도 이런 터무니없는 일에 시간을 낭비하지는 못할 거야. 우리 잠깐 밖에 나가서 이야기할까? 에어컨 바람이 너무 차갑군."

두 사람은 덩굴나무 아래 의자에 앉았다.

"자넨 내 이야기를 받아들이지 못할 거야. 그걸 기대하고 이야기를 꺼낸 건 아니야. 다만 이렇게 해보는 게 어떨까? 나는 말이야, 방우 그 친구가 터무니없는 소리를 했다는 건 인정하지만, 좀 더 조사해 볼 필요가 있다고 생각해."

"초능력 부대를 말씀하시는 건가요?"

"그렇게 거창하고 우스꽝스러운 이름을 붙일 필요는 없어. 다만 방우 그 친구가 무슨 생각을 하고 있는지 궁금해졌어. 내가 조사한 바로는 그 친구가 '정신사연구소'라는 이름의 단체를 설립했다는 거야. 직접 확인해 보고 싶지만, 자네도 알다시피 방우 그 친구와의 관계가 좀 미묘하거든."

"정신사연구소요?"

"우리 정보기관도 뭔가 새로운 시도를 해볼 필요가 있을 것 같아서 하는 말이야. 군은 그런 일에 힘을 쏟을 여력이 없지만 자넨 다르지. 구미가 당기지 않나?"

강민호와의 대화는 거기서 끊겼다. 식당 현관문으로 거나하게 취한 군인들이 무리를 지어 나왔다. 그들은 기분 좋은 표정을 지으며 소리 내어 웃고 있었다.

최 전무의 호출을 받은 지수는 얼떨떨했다. 최 전무는 현관 입구에 차를 대고 차지수를 기다리고 있었다. 지수가 조수석에 오르며 씩씩하게 인사하자 최 전무는 아무 반응 없이 메마른 얼굴로 운전대에 손을 올렸다. 지수는 무심한 시선으로 창밖을 응시했다. 시내의 유명한 삼계탕 집 식탁에 자리를 잡자 마침내 최 전무가 입을 열었다.

"현장에서 일하고 싶어? 특전사 출신이라고 들었는데 체력은 자신 있겠지?"

지수는 대답하지 않고, 빤히 최 전무를 바라봤다.

"회사에서 진행하는 공식적인 사업은 아냐. 해볼 마음 있나?"

"공식 임무가 아니라는 건 무슨 의미입니까?"

최 전무는 지수의 희멀건 얼굴을 바라보며 눈살을 찌푸렸다.

"개인적으로 알고 싶은 정보가 있는데, 네가 이 일을 맡아 줬으면 해. 내 마누라 뒷조사는 아니니까 걱정하지 않아도 돼."

썰렁한 농담을 했다는 듯 최 전무가 헛웃음을 지었다.

"최근에 퇴역 대령 한 명이 수상한 연구소를 만들었다는 첩보가 들어왔어. 네가 가서 이런저런 조사를 해줬으면 해. 김평남 사건 말이야, 어쩌면 이 일이 사건을 푸는 데 도움이 될지도 몰라."

지수는 어리둥절했다. 왜 갑자기 김평남 이야기가 나온 걸까?

"자세한 건 네가 알아서 해결해. 내가 원하는 건, 그 단체가 뭘 하는 곳인지 알아봐 달라는 거야. 이해하겠어?"

지수는 대답하지 않았다.

"싫으면 관둬. 평생 비디오 분석이나 하면서 사무실에 처박혀 있든지."

그렇게 말하고 최 전무는 입을 닫았다. 이후 두 사람은 땀을 흘리며 들깨가 듬뿍 들어간 삼계탕을 먹었다. 반주로 나온 인삼주는 손대지 않았다. 지수는 생각에 잠긴 채 묵묵히 숟가락을 들었다.

식사를 끝내고 회사로 돌아오는 중에 길을 잘못 들어 고궁 옆 좁은 도로로 접어들었다. 차들이 꼬리를 물고 있어, 정체가 쉽사리 해소될 것 같지 않았다. 차를 돌려 되돌아갈 수도 없는 상황이었다.

"하겠습니다, 전무님."

지수가 결정을 내렸다.

"그럼 이번 작전은 언더커버의 성격을 띤 블랙 오퍼레이션인가요?"

최 전무는 풋내기 요원의 요란한 용어에 어이가 없었다. 영화를 너무 많이 본 탓인지, 젊은 녀석들은 작전에 나서기 전부터 폼을 잡았다. 뭐가 언더커버고 뭐가 블랙 오퍼레이션인가? 그러나 최 전무는 고개를 짧게 끄덕이며 호응해 주었다.

"우리 일이라는 게 가끔은 전혀 엉뚱한 곳에서 답이 나오는 경우가 많아. 삶이란 인간이 생각하듯이 그렇게 완전무결한 것이 아니거든."

다음 날 지수는 부장에게 짧은 지시 사항을 전달받고 나서 책상의 짐을 꾸렸다. 지수는 운전석에 앉아 전화를 걸었다. 신호음이 서너 번 울리고 무료한 느낌의 여자 목소리가 나왔다.

"네, 정신사연구소입니다."

지수는 방문 의사를 밝히고 여자에게 주소를 물어서 받아 적었다. 여직원은 순순히 응해 주었다. 전화를 끊기 전 여자가 덧붙였다.

"건물 옆 공터에 보면 작은 철제 대문이 있어요. 그 문을 열면 컨테이너 박스가 보일 거예요."

"컨테이너 박스요?"

전화를 끊고 지수는 짧게 한숨을 내뱉었다.

"맙소사. 가건물이란 말이지."

최 전무의 충고가 떠올랐다. "이제 그 양복과 넥타이는 벗어 버리는 게 좋을 거야." 그렇게 말하며 최 전무는 의미심장한 미소를 지었다. "권총? 그런 거 필요 없어. 한동안 거기서 이상한 공부를 좀 해야 될 거야."

지수는 선글라스를 쓰고 가속 페달을 밟았다. 어찌 되었든 현장 임무를 맡았으니 긍정적으로 생각해야 한다.

지수는 녹이 잔뜩 슨 철제 대문 앞에 차를 세웠다. 니스가 채 마르지 않은 것처럼 번들거리는 목재 현판에는 한글로 '심령정신사연구소'라고 쓰여 있었다. 지수는 '심령'이라는 단어가 머릿속으로 입력되지 않아 한동안 멍한 표정을 지었다. 선글라스를 벗고 읽어도 분명히 '심령'이었다. '정신사연구소'라는 이름을 들었을 때도 황당했는데, '심령'이라는 단어가 주는 충격은 꽤 강했다.

철문을 열고 들어서자 포장하지 않은 흙바닥의 공터가 나타났다.

여직원의 말대로 공터 맨 끝자리에 회색 페인트칠을 한 컨테이너 박스 두 동이 보였다. 기역자 형태로 꺾여 있고, 인접한 건물 벽과 붙어 있어 휑한 느낌은 덜했다. 앞마당처럼 쓰이는 공터는 깨끗하게 비질이 되어 있고, 건물 벽과 가장자리를 따라 국화를 심은 아담한 화단이 있었다. 그리고 컨테이너 박스 정면에 꽤 값이 나갈 것 같은 개집이 보였다. 개집에서 반쯤 몸을 내민 하얀 개가 엎드린 채 지수를 올려다보았다. 가까이 다가가도 목줄에 묶인 백구는 꿈쩍 않고 누워서 눈만 껌뻑였다. 지수는 개에게서 시선을 떼고, 컨테이너 박스로 다가가 문을 열고 안으로 들어섰다. 모니터를 바라보던 여직원이 깜짝 놀라 자리에서 일어났다.

"소장님을 만나러 왔습니다. 차지수라고 합니다."

여직원은 당황한 기색이 역력한 표정으로 어설프게 고개를 숙였다. 태연하게 전화를 받던 목소리와는 조금 다른 분위기였다. 여직원이 급하게 컨테이너 박스를 나가 다른 쪽 컨테이너 박스의 문을 두드렸다. 응답이 없었지만, 여직원은 문을 열고 지수를 안으로 안내했다. 서늘한 에어컨 바람이 훅하고 얼굴로 쏟아졌다. 널찍한 사무용 책상 너머로 돋보기를 쓴 중년 남자가 구부정하게 앉아 지수를 바라보았다. 남자는 자리에서 일어나지 않은 채 손짓으로 접대용 가죽 소파를 가리켰다. 지수는 잠깐 망설인 다음 소파에 앉았다. 남자는 여직원에게 차를 주문하더니, 돋보기를 벗고 서류 더미에서 무엇인가를 끄집어 내며 부산하게 움직였다. 잠시 후 남자는 자리에서 일어나 지수의 맞은편 소파에 앉았다. 지수는 천장에 닿을 것 같은 남자의 큰 키에 놀랐고, 그 나이에도 윤곽이 뚜렷하게 살아 있는 잘생긴 이목구비에 또 한 번 놀랐다. 남자는 큼직한 손을 내밀어 지수에게 명함을 건넸다. '정신사연구소 소장 이방우'라는 이름과 사무실 전화번호만 적힌 명함이었다. '심령'이라는 단어는 명함에서 보이지 않았다.

"현판에는 심령정신사연구소라고 적혀 있더군요."

지수가 궁금증을 이기지 못하고 질문했다.

"여길 들어오면서 뭘 봤나?"

"네?"

"특전사 출신이라고 들었는데?"

"네, 맞습니다."

"낯선 공간과 맞닥뜨렸을 때, 유능한 요원이라면 단숨에 모든 정보를 파악할 수 있어야 하네. 이 방을 채운 사물을 순식간에 알아채는 거야. 평균적인 인식 능력의 한계를 뛰어넘는 훈련을 거쳐야 체득할 수 있지. 그런 이야기는 들어 봤나?"

"아뇨."

지수는 약간 무뚝뚝하게 말했다.

"한국의 정보기관은 시대에 뒤처져 있어. 영화에도 소개된 이야기를 자네만 모르고 있군. 저기 저 그림을 보게. 뭔지 알겠나?"

지수는 소장이 가리키는 벽을 바라보았다. 복덕방 사무실 같은 분위기와 동떨어진 바로크풍의 복제 그림이 덩그러니 걸려 있었다.

"루벤스가 그린 〈가니메데스의 납치〉라는 그림이야. 본 적 있나? 내가 자네라면 이곳에 들어서자마자 저 그림을 주목했을 거야. 이 사무실 분위기와는 어울리지 않거든."

그의 말대로 사무실과는 부조화스러운 그림이었다.

"저 그림 속에는 자네 머릿속에 자리 잡은 혼란을 풀 수 있는 힌트가 들어 있네. 상징과 이미지를 해석해서 현 상황을 분석하는 능력이 있다면 지금의 의문에 스스로 답할 수 있을 거야."

그림 속에는 벌거벗은 소년이 독수리의 한쪽 날개에 앉아 구름 위를 날고 있었다.

"자네 점성술에 대해 아는 바 있나?"

"아뇨."

지수가 다소 퉁명스럽게 답했다.

"실망이군. 현대의 복잡하고 지능화된 범죄에 대처하려면 사람들이 열광하는 미신에 대해서도 공부해야 하네. 별자리 중에서 물병자리가 있는데, 그 형상이 가니메데스가 물병을 든 모습이라고 알려져 있지. 그러니까 저 그림은 말이야, 납치당한 어린 가니메데스가 신에게 술을 따라 주는 신세로 전락하는 운명을 상징적으로 보여 주는 거야. 그걸 읽어 낼 수 있는 능력 여부가 유능한 요원과 무능한 요원을 구분 짓는 잣대가 될 수도 있다는 거야."

지수는 소장이 하는 말을 이해할 수 없었다. 가니메데스니, 물병자리니, 모두 처음 듣는 이야기였다.

"현대는 뉴에이지 시대로, 점성학에 따르면 물병자리 시대가 온 거야."

"뉴에이지요?"

"그래, 뉴에이지. 인간의 내적 능력을 극대화해 구원에 도달하는 것이 가능해진 시대. 물병자리, 달리 말하면 아쿠아리우스Aquarius 시대가 온 거야. 현판에 쓰인 '심령'이라는 단어에 꽤 혼란스러웠을 거야. 자네에게는 그 단어가 지닌 내적 의미가 전달되지 않았을 거야. 왜냐하면 뉴에이지 시대에는 모든 것이 메타포로 이루어져 있기 때문이야. 의심하는 자는 장님처럼 사물을 제대로 보지 못하지. 이성을 뛰어넘는 세계로 진입하려면 기존의 모든 상식을 뒤집어야 하네. 개인의 영성 계발을 통해 우주의 차원에 도달하는 거지. 만약 자네가 이런 상황에 훈련되어 있었다면 저 그림 한 장을 통해 모든 걸 한순간에 꿰뚫어 봤을 거야. 심령이란 이러한 신비스러운 영적 능력 모두를 총괄하는 걸세."

말을 끝낸 이방우 소장은 만면에 웃음을 짓고 지수를 바라봤다. 지수는 그가 웃는 동안 '심령 → 가니메데스 → 물병자리 → 뉴에이지 → 구원'이라는 도식을 머릿속으로 그렸다. 여전히 아무것도 이해할 수 없었다. 자리에서 일어난 소장이 캐비닛에서 태블릿PC 두 개를 꺼내 들고 자리로 돌아왔다. 그는 태블릿PC 하나를 자신 앞에 놓고 다른 하나는 지수 앞에 놓은 뒤 자랑스럽게 말했다.

"이제 자네의 내부에 잠재해 있는 초능력을 판별해 볼 거야. 나는 샌더가 되고 자네는 리시버가 되는 거야."

샌더와 리시버? 수신자와 송신자라는 말인가. 지수는 황당한 표정을 지으며 소장을 응시했다.

"이 프로그램은 과거에 ESP 머신이라고 불리던 기계를 현대적으로 개량한 걸세. 이제 자네의 무의식에 숨은 초능력을 끄집어내 보겠네."

초능력 테스트? 지수의 눈이 조금 커졌다.

"여길 보게. 이 카드는 표준 제너 카드라고 하네."

소장은 태블릿PC의 화면을 검지로 가리켰다. 밝은 화면에 +, □, ☆, ○, ≈ 등의 도형이 그려진 카드가 나타났다.

"여기 이 버튼을 누르면 무작위로 카드 모양이 바뀌는데, 자네가 바뀐 모양들을 알아맞히는 거야. 이해하겠나?"

그러고는 지수 앞에 놓인 태블릿PC를 손가락으로 톡톡 쳤다. 화면에는 도형을 채워 넣을 수 있도록 다섯 개의 빈칸이 나타났다.

"모두 스물다섯 번 테스트할 거야. 한번 연습해 볼까?"

그렇게 말하고 소장은 자신 앞에 놓인 태블릿PC 화면을 가볍게 터치했다.

"자, 카드가 바뀌었지? 보이는 모양을 순서대로 빈칸에 채워 넣어 봐."

지수는 소장이 시키는 대로 했다. 태블릿PC 화면에 나타난 새 카드는 ☆, +, ☆, ㅁ, ○였다. 지수는 선택된 다섯 개의 도형을 순서대로 확인하고 자신의 태블릿PC 화면에 도형을 끌어다 채웠다. ☆, +, ☆, ㅁ, ○.

"잘했어. 그렇게 하는 거야. 자, 이제 본격적으로 시험해 보세."

그렇게 말하고 소장은 자신의 태블릿PC를 지수가 볼 수 없도록 기울여 세운 뒤 다시 화면을 터치했다.

"다시 도형이 바뀌었네. 이제 무슨 카드가 나왔는지 맞혀 보는 거야."

지수는 자신의 태블릿PC에서 눈을 떼고 소장의 얼굴을 올려다봤다.

"보이지도 않는데 무슨 수로 카드의 그림을 맞힌단 말입니까?"

짜증이 묻은 지수의 말에 소장은 진지한 표정으로 그를 노려보며 말했다.

"간단해. 집중해서 내 이마를 보는 거야. 내가 무작위로 선택된 카드의 그림을 자네에게 텔레파시로 보낼 거야. 그러면 자네는 텔레파시 신호를 받아 조금 전처럼 도형을 채워 넣으면 돼."

이마에서 텔레파시가 나온다고? 지수는 깜짝 놀랐다. 상황은 대충 이해했다. 그러나 여전히 이해가 되지 않았다. 텔레파시를 보낸다고?

"제가 왜 이런 테스트를 받아야 하나요?"

소장이 눈살을 찌푸렸다.

"여긴 초능력 부대원을 양성하는 곳이야. 그것도 모르고 이곳에 왔나?"

초능력 부대? 도대체 무슨 소리야! 지수는 얼빠진 표정으로 소장을 바라보았다.

"자넨 정부에서 파견된 공식 요원 1호야. 사명감을 갖고 임해 줬으면 좋겠네. 궁금한 게 있으면 테스트가 끝나고 나서 따지도록 해."

말을 마친 소장은 강렬한 눈빛으로 지수를 쏘아봤다. 말도 안 되는 상황이지만 소장은 이미 테스트에 열중하고 있었다. 지수는 포기하고 소장의 넓고 환한 이마를 바라봤다. 텔레파시가 뭔지는 모르지만, 아무튼 소장은 그걸 내뿜었다. 지수는 망설이며 자신의 태블릿PC에 도형을 하나씩 끌어다 채웠다. 그제야 잔뜩 구겨져 있던 소장의 얼굴이 조금 펴졌다. 테스트는 무려 20분 넘게 진행되었다. 텔레파시를 보내는 소장의 얼굴이 너무나 진지하고 열정적이었기 때문에 지수는 감히 제동을 걸지 못했다.

테스트가 끝나자 소장은 돋보기를 쓰고 태블릿PC에 나타난 최종 결과에 대한 분석을 읽었다.

"실망스러운 결과야. 30점이네."

30점? 지수는 괜히 화가 치밀어 올랐다. 초능력이나 텔레파시와 상관없이 그냥 기분 나쁜 점수였다.

"60점 이상이면 패스, 그 이하는 F야."

지수는 잠시 생각한 다음 말했다.

"그럼 저는 초능력 부대원이 될 수 없는 건가요?"

그 말에 소장은 큼직한 손으로 뒤통수를 북북 문질렀다.

"현재로서는 능력이 보이지 않아. 하지만 노력하면 좋아질 수도 있어. 이런 능력은 보통 인간에게는 주어지지 않지. 특히 머릿속이 의심으로 가득 차면, 타고나면서 갖춘 능력조차 사라지는 거야. 자네 혹시 회의주의자인가?"

회의주의자? 지수는 답하지 않았다.

"무엇보다 의심을 버려야 해. 의심하면 집중할 수가 없어. 믿는 자와 믿지 않는 자의 차이는 엄청나네."

틀린 말은 아니지만 선뜻 수긍할 수 없었다. 테스트 도중 지수는 소장의 이마에서 발신되는 메시지를 받아들이려고 전력을 기울였다. 하지만 아무것도 전달받지 못했다. 지루하고 하품만 날 뿐이었다.

"너무 실망하지 않아도 되네. 자네가 가진 심령 에너지는 극히 소량이지만, 전 인류가 내뿜는 에너지의 총량은 거의 무한대로 뻗어 있어. 이 에너지를 집합적 무의식이라고 부르지. 자네가 할 일은 이 에너지를 자신의 것으로 체득하는 거야."

"그건 매우 힘든 일이겠죠?"

지수가 맞장구를 쳐주자 소장은 심각한 표정으로 고개를 끄덕였다. 지수는 순간 왜 이런 이야기를 나누어야 하는지 이해할 수 없었다. 처음 만난 소장이라는 인물도 이상했지만, 이곳으로 자신을 보낸 최 전무도 문제가 있는 것 같았다. 여기서 대체 뭘 얻어 간단 말인가.

커피가 적당히 식어 먹기에 좋았다. 달짝지근한 인스턴트커피를 홀짝거리다 지수는 갑자기 좋은 생각이 떠올랐다. 지수는 '심령연구소' 소장 이방우를 테스트해 보고 싶었다. 어쩌면 최 전무가 자신을 이곳에 보낸 이유가 드러날지도 모른다는 기대마저 들었다.

"소장님, 이번에는 제가 뭘 좀 여쭙고 싶은데요."

지수는 소장의 얼굴을 살폈다. 아무리 살펴도 사이비 교주나 복채를 뜯어내려는 점쟁이 타입은 아니었다. 지수는 잘생긴 소장의 얼굴에서 시선을 떼고, 가져온 USB를 태블릿PC에 꽂았다. 모니터를 손가락으로 가리키며 '김평남의 죽음'에 대해 자신이 가진 의문을 차근차근 설명했다. 핵심은 김평남이 강연한 호텔과 김평남의 시신이 발견된 사우나에 나타난 정체불명의 사내였다.

"그러니까 이 남자가 김평남보다 먼저 사우나에 도착했다는 건가?"

지수는 최 전무에게 했듯이 고개를 끄덕였다. 소장이 어떤 이야기를 할지 궁금했다. 그러나 지수의 기대와 달리 소장은 매우 평범한 답을 내놓았다.

"그렇다면 이 인물은 김평남의 죽음과 관련 없구먼."

"네?"

소장은 모니터에서 눈을 떼고 지수를 빤히 바라봤다.

"자네 혹시 그런 일이 가능하다고 생각하나? 미래를 예측하는 것 말이야. 김평남이 일식집에서 나와 예정에 없던 사우나로 갈 거라고 정확히 예측한 다음, 암살자가 미리 기다리고 있었다는 설정 말이야."

그의 단호한 목소리에 지수는 순간적으로 목이 잠겨 대답하지 못했다. 소장은 몸을 뒤로 젖히며 팔짱을 꼈다.

"과학 수사의 기본은 알리바이야. 그걸 부정하지는 않겠지?"

'뭐야?' 지수는 속으로 투덜댔다. 초능력 부대니 영적 능력이니 허튼소리를 잔뜩 늘어놓더니 갑자기 왜 '과학 수사' 운운하는 거야?

"알리바이는 현장에 없었다는 것을 증명하는 것인데, 이 남자는 현장에 있었습니다."

"좋아. 자네 의도는 충분히 이해했어. 하지만 수사 원칙에서 벗어난 것은 분명해. 다만 이런 경우에는 한 가지 설명이 가능하네."

지수는 인상을 펴고 소장의 이야기에 집중했다.

"실현 가능성이 희박한 우연이 발생한 거야."

"우연이라고요?"

"그래, 좀 더 정확히 말하면 우연의 일치, 즉 동시성이 실현된 거지."

지수는 맥이 빠졌다. 그런 평범한 설명을 듣자고 이야기를 꺼낸 게 아니었다. 지수의 안색을 살핀 후 소장이 말을 이었다.

"실망하지 말게. 보충 설명을 해주지. 자네 연애해 봤나? 서로에게 끌리는 남녀 관계에서 이런 일이 종종 벌어지네. 낯선 장소에 갔는데, 우연히도 사랑하는 연인이 거기에 있었다는 이야기 말이야."

"인연이 깊다는 말인가요?"

지수의 목소리는 어느새 빈정대는 투로 바뀌었다.

"맞아, 인연이 작동한 거야. 결과를 만드는 직접적인 힘을 인因이라 부르고, 그것을 돕는 외적이고 간접적인 힘을 연緣이라 하지. 더 이상의 설명이 필요한가?"

지수는 잠깐 뜸을 들인 다음 USB를 태블릿PC에서 빼버렸다. 괜한 시간 낭비였다.

"내가 보기엔 말이야, 자네가 용의자로 지목한 짧은 머리의 사내가 왠지 중국인 아닐까 생각되는데."

소장은 손바닥으로 아래턱을 북북 문지르며 말했다. 이건 또 무슨 소리야?

"그냥 직감이야. 자넨 어떤가?"

지수는 할 말을 잃었다. 지금 자신은 김평남의 암살 가능성을 타진하고 있었다. 김평남은 북한에서 고위 관료를 지낸 인물이고 제3국을 통해 한국으로 망명했다. 만약 김평남이 암살당했다면, 그 배후는 당연히 북한이다. 무슨 이유로 중국인이 김평남을 암살한단 말인가. 심령정신사연구소 소장이라는 직함만큼이나 그는 앞뒤가 맞지 않는 인물이었다. 소장은 심각한 표정을 거두고 기분 좋게 웃으며 말했다.

"그건 그렇고 책상을 어디에 놓을까? 자네만 좋다면 나와 함께 사무실을 써도 괜찮아."

3

귀성길에서 돌아온 현서는 피곤했다. 추석 연휴가 길어서 출근하려면 아직 이틀이나 남아 있었다. 비록 침대와 책상만으로도 꽉 차버린 좁은 원룸이지만, 이 방은 자신에게 완전한 자유를 주는 공간이었다. 현서는 전등을 켜고 데스크톱 컴퓨터를 부팅시켰다. 컴퓨터가 기계음을 내며 화면을 띄우는 동안 현서는 겉옷을 벗어 침대에 아무렇게나 던졌다. 다음 달이면 그동안 넣은 적금의 만기였다. 목돈이 생기면 따뜻한 목욕물을 받을 수 있는 욕조가 있는 곳으로 이사 가는 게 그녀의 꿈이었다. 컴퓨터에 저장해 둔 MP3 파일로 음악을 틀자 그린 데이의 히트곡이 나왔다. 현서는 볼륨을 높이고 속옷 차림으로 귀에 익숙한 후렴구를 따라 불렀다. 원룸 건물은 거의 비어 있었다. 불 켜진 방은 보이지 않았고 계단을 올라올 때도 인기척이 없었다. 이틀이나 비워 두어서 그런지 방이 차갑게 식어, 팔과 다리에 금세 작은 소름이 돋기 시작했다. 추석 전만 해도 반소매를 입어야 할 만큼 더운 날씨였는데 어느새 가을이 성큼 다가왔다. "계절은 역시 음력이 정확해"라고 중얼거리며 현서는 욕실로 들어섰다. 세면대와 샤워기, 변기뿐인데도 욕실은 비좁았다. 겨우 한 사람이 서서 몸을 움직일 수 있을 정도의 공간만 남아 있었다. 물 온도를 조절한 다음 현서는 샤워기 밑으로 들어갔다. 뜨거운 김이 나오며 온수가 쏟아졌다. 따뜻한 물이 추위에 굳은 몸을 기분 좋게 적셨다. 고개를 숙여 정성스럽게 머리를 감았다. 방에서는 여전히 그린 데이의 펑크 록이 울려 퍼졌다.

여기까지가 외계인에게 납치되기 전, 현서가 기억하는 전부였다. 욕실 문을 열고 나온 뒤의 기억이 모두 사라졌다. 블랙아웃. 그녀는 자신을 납치한 외계인의 얼굴을 보지 못했다. 추석 연휴가 끝나고 일주일이 흐른 뒤, 현서는 한강변의 산책로 인근 풀숲에서 군용 모포에 돌돌 말린 상태로 발견되었다. 놀랍게도 외상은 없었다. 응급실에서 가벼운 타박상 치료를 받고 진술서를 쓰기 위해 경찰과 동행했다. 그녀는 경찰에게 샤워하던 중 알몸인 채로 회색 우주인에게 납치되었다고 말했다. 경찰은 어이없어하면서도 그녀의 이야기를 들었다. 납치 이후 벌어진 일들에 대한 그녀의 진술은 신빙성이 없었다. 피해자의 진술만으로 조서를 작성하는 것이 불가능했다.

상식적인 가치관을 가진 담당 경찰관은 그녀를 정신과 의사에게 보냈다. 병원에서도 그녀는 정체불명의 빛과 이상하게 생긴 외계인 타령만 늘어놓았다. 긴 상담 치료를 통해서도 아무런 진전이 없자 의사는 그녀에게 정신 병동에서의 입원 치료를 권했다. 이후 현서는 외계인의 납치에 대해 누구에게도 말하지 않았다. 그녀는 우울했고, 혼자 있을 때면 곧잘 울음을 터뜨렸다. 붙임성 있고 활달했던 현서는 점차 외톨이가 되었다. 생활의 리듬은 깨지고 밤마다 수면제를 먹어야 했다. 주변에 흉흉한 소문이 끊이지 않자 결국 사무실에 사표를 냈다. 그녀는 방에 틀어박혀 눈물만 흘렸다. 도와줄 사람은 아무도 없었다. 희망은 다른 대안, 즉 얼터너티브alternative를 찾는 일뿐이었다.

지수는 함께 있어도 좋다는 소장의 제안을 정중히 거절하고, 여직원이 있는 사무실에 짐을 풀었다. 여직원 신혜원은 부끄러워하면서도 반기는 얼굴로 지수의 책상 정리를 도왔다. 낡은 컴퓨터와 전화기 옆에 잡다한 사무용품을 놓고 보니 제법 그럴듯했다.

소장이 지수에게 준 첫 번째 임무는 독서였다. 지수는 소장의 사무실에서 가져온 책과 앞으로 읽어야 할 도서 목록을 파악했다. 역사서와 철학서, 종교서, 의학서, 소설 등 다양한 장르에 광범위한 주제를 담은 책들이었다. 신혜원이 준 산딸기 주스를 마시며 지수는 노스트라다무스의 예언을 해석한 책을 읽기 시작했다. 흥미를 느껴 처음엔 재미있게 읽었다. 일주일이 지나자 지수는 새로운 환경에 서서히 적응했다. 몽상가적인 기질이 보이는 퇴역 대령에게 점점 흥미를 갖게 되었고, 친절한 신혜원과 수다를 떠는 것에도 익숙해졌다.

그리고 또 한 명의 연구소 구성원인 김 관장이 나타나면서 사무실 생활은 이전과 달리 활기를 띠었다. 지방 출장을 마치고 나타난 그는 지수가 이제껏 만난 사람 중 가장 특이한 첫인상을 가진 사내였다. 옆으로 찢어진 눈은 섬뜩한 느낌이 들고 높은 매부리코는 거만한 분위기를 풍겼다. 듬성듬성해지기 시작한 콧수염은 빡빡 깎은 중머리와 함께 그의 심벌 역할을 하며 강한 인상을 주었다.

"탁공대 출신이라고? 내가 선배군."

그는 특공대를 탁공대라고 발음했다. 마초이즘의 완성이라고 하기에는 부족하지만, 그의 얼굴에는 확실히 과장된 남성상이 실현되어 있었다. 오십 줄에 들어선 탓에 어쩔 수 없이 뱃살이 약간 찐 것 외엔 몸 대부분이 근육이었다. 패션 감각도 독특해 늘 스판덱스 반팔 티셔츠에 카키색 군복 바지와 새미로 된 해병대 부츠 차림이었다. 특공 무술과 전통 한국 무술, 각종 격투기를 연마해 보통 사람 30명쯤은 순식간에 해치울 수 있다고 허세를 부리기도 했다. 과장이 섞이긴 했지만, 그의 허풍은 어느 정도 사실이었다. 그는 사무실 근처 빌딩에서 일반인을 대상으로 한 무술 도장의 관장 노릇을 하고 있었다. 도장은 연구소가 운영하는 독립된 사업체로, 그곳에서 벌어들이는 돈 대부분이 '정신사연구소' 운영비로 사용되었다. 또 다른 자금원은 이방우 소장이 직접 관리하는 명상 센터였다. '마음의 빛'이라는 다소 식상한 이름의 명상 센터는 대중에게 뉴에이지 사상을 전파하는 전초 기지로 볼 수 있었다. 소장은 대부분의 오후 시간을 그곳에서 보냈다. 주 고객은 만성 소화불량에 시달리는 환자와 스트레스에서 비롯된 기능성 장애 환자들이었다. 소장은 그들에게 요가와 기초적인 명상법을 가르쳤다.

연구소에서의 일과는 단순했다. 오전에는 주로 독서로 시간을 보내고 오후에는 김 관장과 함께 명상 센터와 무술 도장에서 회원들을 맞았다. 개업한 지 얼마 되지 않아 유료 회원 수는 얼마 되지 않았다. 과감한 홍보와 마케팅 전략이 필요한 시점이라는 지수의 제안으로 적극적인 홍보 활동이 시작되었다. 전단을 만들어 지하철역 주변에 배포하고 사람들 눈에 잘 보이는 장소를 찾아 플래카드를 내걸었다. 효과가 있어 명상 센터와 무술 도장에 관련된 문의 전화가 늘어났다.

지수는 사람들과의 상담을 통해 의외로 우리 주변에 정신의 휴식을 원하는 이들이 많다는 사실을 알았다. 그리고 그들의 고통과 상처가 이른바 주류 사회에서는 취급하지 않는 비상식적인 사건에서 발생한다는 사실도 깨달았다. 소장이 말한 뉴에이지의 세계에 대해서는 여전히 회의적이었지만, 그는 자신도 모르는 사이 그 세계로 진입해 들어갔다.

회색 외계인에게 납치되던 날 은영은 조금 취해 있었다. C 지구의 와인 바에서 친구와 보르도 와인을 두 병이나 마셨다. 창밖의 깔끔한 거리 풍경과 멋을 낸 남자들, 달콤한 스위스 치즈, 섬세한 피아노 연주, 따뜻한 조명이 완벽한 조화를 이루었다. 은영은 시종일관 미소를 흘리며 와인 잔을 기울였다. 쳇바퀴를 도는 듯한 일상 탓에 숨죽은 파김치처럼 축 처져 있던 몸이 C 지구만의 독특하고 이국적인 분위기에 젖어들면서 서서히 활력을 되찾았다. 문학출판사 편집부에서 일하는 그녀는 평소 화장을 거의 하지 않았다. 문구점에서 파는 심플한 디자인의 고무줄로 대충 머리를 묶고 검은 뿔테 안경을 쓴 채 온종일 다른 사람이 쓴 원고를 교정했다. 시간이 흘러도 교정 원고는 줄지 않았고 스트레스는 늘어 갔다. 그런 그녀에게 C 지구는 유일한 휴식처였고 일상으로부터의 도피처였다.

친구와 헤어진 은영은 카페가 즐비한 골목을 혼자서 걸었다. 시원한 가을 밤바람이 달아오른 취기를 날려 보냈다. 그녀는 트렌치코트의 앞섶을 열고 보폭을 넓게 해서 걸었다. 약간 짧은 실크 원피스가 기분 좋게 바람에 흔들렸다. 그때 낯선 남자 둘이 은영에게 접근해 왔다. 만약 그곳이 자신의 자취방이 있는 오래되고 낡은 골목이었으면 갑작스러운 남자들의 출현에 겁을 먹었을 것이다. 하지만 지금 그녀는 C 지구의 밝고 깨끗한 거리를 걷고 있었다. 그녀는 코트 호주머니에 손을 찔러 넣은 채, 멈추어 서서 남자들의 이야기에 귀를 기울였다. 처음엔 남자들의 말을 제대로 알아듣지 못했다. 말을 건 남자는 스타일리시한 체크무늬 재킷에 감청색 브이넥 니트를 입었고, 턱 밑의 흰 셔츠 옷깃이 깔끔해 보였다. 그는 분명치 않은 발음으로 떠듬떠듬 이야기를 이어 갔다. 옆에 선 남자는 고급스러운 질감이 느껴지는 슈트 차림이었다. 남자의 미소는 면도기 광고에 나오는 모델처럼 완벽했다.

길을 물은 남자는 이곳의 유명한 카페를 소개해 달라고 부탁했다. 은영이 길을 걷다 일본인 남자를 만난 것은 처음이었다. 은영은 외국인에게 좋은 인상을 주는 것이 국민의 의무라도 되는 듯 상냥하게 친절을 베풀었다. C 지구의 이름난 카페들을 나열하며 자신이 마치 이곳의 일원이라도 되는 듯 행동했다. 남자들은 한국말에 서툴렀다. 그때 옆에서 지켜보던 남자가 은영에게 영어를 할 줄 아느냐고 물었다. 그 뒤 대화는 영어로 이어졌다. 그녀는 조금 취해 있었고 누군가와 대화를 나누고 싶었다. 다행히 상대는 예의 바르고 친절해 보이는 일본인 청년이었다. 은영은 잠깐 머뭇거렸으나 남자들의 선한 미소를 확인한 다음 그들을 따라나서기로 마음먹었다.

그들은 함께 재즈카페로 들어갔다. 이제 막 오픈한 가게인 듯 마룻바닥은 흠집 하나 없이 잘 닦여 있었다. 크고 아늑해 보이는 진홍빛 벨벳 소파가 그들을 기다리고 있었다. 은영이 중앙에 앉고 간지가 왼쪽, 슈트 차림의 요이치가 그녀의 오른쪽에 앉았다. 그들은 마치 친한 동창생처럼 허물없이 상대를 바라보며 웃었다. 이상한 밤이라는 생각이 들었지만 두렵지는 않았다. 남자들의 고리타분한 생각과 이기적인 계산법, 악동 같은 유치한 행동은 상대하기 싫었지만, 어떤 밤에는 남자의 굵고 낮은 목소리와 단단한 어깨가 그리울 때도 있었다.

은영은 보드카를 넣은 칵테일을 마셨고 간지와 요이치는 얼음을 넣은 스카치위스키를 마셨다. 만남을 축하하는 축배를 들면서 은영은 양옆에 앉은 남자들의 얼굴을 번갈아 바라봤다. 간지와 요이치, 둘 다 젊고 건강하며 세련된 매너를 가진 청년이었다. 그들의 잘생긴 얼굴을 바라보다 은영은 자신도 모르게 얼굴을 붉혔다. 오렌지 빛 조명은 그녀의 붉어진 뺨을 한층 아름답게 만들었다. 간지는 귀엽고 유머가 많은 반면, 요이치는 무뚝뚝한 표정을 짓기도 했지만 상대의 이야기를 집중해서 들어 주는 진중한 타입이었다. 둘 다 전형적인 일본인 미남자였다. 짙은 눈썹에 단호해 보이면서도 연약한 입술. 상대를 이렇게 후하게 평가한 것은 어쩌면 에로틱하다는 표현을 써도 좋을 것 같은 분위기 탓이었는지도 모른다.

대화는 간지가 이끌었다. 은영은 주로 간지와 이야기를 나누면서 가끔 요이치를 바라봤다. 요이치에게는 간지에게서 느낄 수 없는 남자다움이 있었다. 간지가 초콜릿 같다면 요이치는 차갑고 투명한 얼음에 비유할 수 있었다. 접어 올린 흰 와이셔츠 밑으로 드러난 요이치의 날씬한 구릿빛 팔이 그녀의 마음을 흔들었다. 은영의 핸드백 옆에는 간지와 요이치의 명함이 놓여 있었다. 명함에는 세계적으로 유명한 일본 자동차 회사의 엠블럼이 자랑스럽게 장식되어 있었다. 은영은 테스트 삼아 유명한 일본인 작가들의 이름을 거론하며 그들의 작품을 읽어 본 적 있느냐고 물었다. 두 사람 모두 무라카미 하루키나 무라카미 류와 같이 현재 활발하게 활동하는 작가에는 관심이 없다고 했다. 대신 미시마 유키오와 나쓰메 소세키와 같이 이미 죽은 작가들의 작품은 읽어 본 적이 있다고 말했다. 특히 요이치는 미시마 유키오의 작품에서 큰 감명을 받았다고 진지한 표정을 지으며 말했다. 오에 겐자부로에 대해서는 두 사람 모두 입을 다물었다. 은영은 두 사람의 독서 경향이 한쪽으로 치우쳐 있다는 인상을 받았다. 그러나 그들은 잭 웰치나 조지 소로스의 책을 읽기에도 시간이 부족한 자동차 회사 영업 사원이었다. 그나마 간지와 요이치는 진지한 구석이 있었다. 오히려 정치적으로 민감한 이슈에 우둔하게 대처한 쪽은 은영이었다. 요이치가 일본 정치권의 우경화를 변호하는 듯한 발언을 했는데, 은영은 제대로 간파하지 못하고 흘려듣고 말았다.

"일본의 단카이 세대團塊世代는 황실과 신민들을 욕보였습니다. 역사적으로 실패한 마르크스주의의 전통을 억지로 일본에 적용하려 했기 때문이죠. 그들은 인권이나 젠더프리 같은 사소한 문제를 부각시켜 자신의 분노와 원한을 배출하려고 했습니다."

일본의 정치 현실에 관심이 없는 외국인에게는 이해하기 어려운 화제였다. 은영이 미처 그 본뜻을 헤아리기도 전에 간지가 가벼운 주제로 대화를 이끌었다. 은영은 안심하며 이야기에 귀를 기울였다. 칵테일 잔이 비자 간지가 새로운 술을 주문했다. 은영은 사양했지만 간지의 애교 섞인 표정에 어쩔 수 없이 테킬라 잔을 받았다. 그녀는 숨을 들이쉰 뒤 단숨에 마셔 버렸다. 모두가 손뼉을 치며 웃었다.

2차로 가까운 호텔의 지하 클럽에 갔다. 슬로 댄스 음악에 맞춰 은영은 간지와 춤을 췄다. 간지가 하반신을 밀착해 왔을 때 그녀는 자신의 속옷 상태를 떠올렸다. 그녀는 밤을 보낼 상대가 요이치라면 더 좋겠다고 생각했다. 하지만 두 사람이 자리로 돌아왔을 때 요이치는 이미 사라지고 없었다. 둘은 요이치의 행방을 궁금해하지 않았다. 클럽을 나와 호텔의 가로등 불빛 밑에서 간지가 은영에게 키스를 했다. 긴 키스가 끝나자, 간지가 호텔을 올려다보며 자신이 투숙하는 호텔이라고 말했다. 은영은 고개를 들어 높은 호텔 건물을 올려다봤다. 두 사람은 다시 키스를 했고 초콜릿을 깨문 듯한 달콤함에 은영은 현기증을 느꼈다.

비즈니스맨을 위한 작은 호텔방이지만 베드는 크고 푹신했다. 간지가 급하게 은영을 침대에 눕히고는 원피스를 벗기려고 했다. 은영은 가볍게 저항하며 욕실을 가리켰지만 간지는 그녀의 몸 위에서 내려오지 않았다. 대신 그녀의 볼과 목덜미에 키스하며 한 손을 그녀의 가슴에 올렸다. 은영의 숨이 가빠지자 간지는 한 손으로 요령 있게 자신의 바지를 벗었다. 은영은 원피스의 지퍼를 내렸다. 어느새 알몸이 된 간지가 브래지어와 팬티 차림의 은영을 내려다봤다.

예상대로 간지는 부드럽고 상냥한 남자였다. 장거리 육상 선수처럼 탄탄하고 매끈한 몸이 은영의 움직임에 따라 리듬을 맞추었다. 약간의 살집이 남아 있는 손가락이 세심하게 그녀의 몸을 끊임없이 자극했다. 그녀는 입술을 반쯤 벌리고 눈을 감았다. 허리가 뒤로 젖혀질 만큼 격정에 이르러서는 자신도 모르게 신음을 토해 냈다. 간지는 그녀의 귀와 입술을 애무하며 속도를 높였다. 절정에 이르렀다고 생각했을 때, 갑자기 간지가 몸을 떼고 그녀 뒤로 돌아갔다. 은영은 눈을 감고 그를 받아들였다. 빠른 속도로 낯선 감각이 그녀의 몸을 뒤흔들었다. 오르가슴으로 그녀의 몸이 떨리기 시작할 때쯤 갑자기 세계가 뒤집혔다. 그때부터 은영은 현실감을 잃었다. 이질적이고 차원이 다른 세계가 재앙처럼 그녀를 덮쳐 왔다. 은영은 그것이 무엇인지 처음엔 알지 못했다. 그녀의 등과 엉덩이 위로 덮쳐 온 인간의 육체는 이전과 전혀 다른 감각을 전달하며 그녀를 포위했다. 고통이 몸을 지배하자 두뇌는 곧 활동을 중단해 버렸다. 팔과 다리에 힘을 주어 겨우 엎드린 자세로 마치 세상이 무너지는 것을 막으려는 듯 필사적으로 버텼다. 두 번, 세 번, 충격은 해변의 파도처럼 연이어 밀려왔다. 몸은 이내 차가워졌고 팔에는 소름이 돋기 시작했다. 정신을 잃을 것 같아 그녀는 호흡을 조절했다. 숨을 들이마시자 고통이 한결 완화되었다.

겨우 현실감을 회복한 그녀가 눈을 뜨고 자신 앞에 자리 잡은 존재를 바라봤다. 간지였다. 그는 의미심장한 미소를 지으며 그녀의 얼굴을 쓰다듬었다. 은영은 그 순간 초현실적인 공간과 현실의 공간 사이에 놓인 얇고 좁은 장소에서 두 세계를 동시에 받아들이는 착각에 빠졌다. 간지는 현실의 공간에 있었고 뒤에서 그녀를 제압하는 존재는 허공의 비밀스러운 공간에 숨어 있었다. 크고 차가운 등 뒤의 존재는 얼마 후 초감각의 세계에서 현실로 내려와 그녀의 등 위로 무너졌다. 그것은 바에서 봤던 요이치의 단단하고 긴 팔이었다. 요이치는 은영의 등 위에 가슴을 대고 긴 팔을 늘어뜨린 채 가쁜 숨을 몰아쉬었다. 잠시 후 정상적인 심장 박동을 회복한 요이치가 팔을 움직여 손바닥으로 은영의 작고 가녀린 손을 덮었다. 아직 그가 은영의 몸속에 들어 있는 상태였다. 요이치의 손은 툰드라의 흙처럼 차가웠다. 요이치가 은영의 귀에 입술을 대고 무언가 속삭였다. 속삭임은 마치 설원의 끝자락에서 흩어지는 눈보라 같았다. 앉아 있던 간지가 무릎을 꿇고 은영에게 다가와 자신의 페니스를 그녀의 입속으로 밀어 넣었다. 두 번째 세트의 시작을 알리는 레퍼리의 신호처럼 등 뒤의 요이치도 다시 허리를 들었다. 그녀의 몸속엔 뜨거운 피가 생생히 흐르고 있었고 들끓는 피는 수치심을 삼켜 버렸다. 곧이어 복부에 근원을 둔 쾌감이 발가락 끝과 정수리까지 퍼져 나갔다. 은영은 거대한 홍수에 떠밀려 내려가는 느낌이 들었다.

은영은 호텔을 나와 택시를 타고 집으로 돌아갔다. 하복부가 욱신거렸지만 불쾌한 느낌은 아니었다. 하룻밤 낯선 타인과의 시간. 누구에게도 상처가 되지 않는 일탈은 비난받을 일이 아니었다. 남자들은 도쿄로 향하는 비행기에 오를 것이고 자신은 출판사로 돌아가 일상을 보낼 것이다. 택시가 한강을 건너기 시작할 때쯤 은영은 무덤덤한 얼굴로 차창 밖의 풍경을 바라보았다. 거대 도시의 풍경이 한 폭의 미려한 추상화처럼 펼쳐졌다. 태양과 먼 산등성이와 강물 빛의 구분이 모호했고 강 옆의 길게 뻗은 도로의 차들은 형체를 잃은 채, 녹은 눈처럼 흘러내렸다. 지난밤의 비현실적인 감각이 그녀의 몸속에서 꿈틀거리며 되살아나려고 했다. 창밖에 펼쳐진 세계는 그녀에게 꿈을 강요했고 그녀의 몸에서 모든 육체적인 힘을 빼앗으며 서서히 잠식해 들어왔다.

그녀는 졸음을 이기지 못하고 눈을 감았다. 그리고 어느 순간, 정확히 어디라고 말할 수 없는 지점에서 기억이 끊어졌다. 해체되었던 사물들이 재조립되는 과정에 돌입했을 때 그녀는 낯설고 이질적인 공간으로 옮겨졌다. 그녀는 납치되었고 누군가의 포로가 되었다. 밀폐된 공간의 완벽한 어둠에 갇혀 오랫동안 고립되어 있었다. 얼마의 시간이 흘렀는지 알 수 없었다. 의식이 끊어지려고 할 때쯤 괴이하고 기분 나쁜 소리를 내며 마침내 둔중한 철문이 열렸다. 빛에 적응한 다음 은영이 본 것은 회색의 작고 징그럽게 생긴 외계 생물체였다. 그들은 달팽이처럼 느릿느릿 움직이며 그녀에게 다가왔다. 감각을 마비시키는 역한 냄새에 은영은 호흡조차 제대로 할 수 없는 지경이 되었다. 도살장에 끌려온 가축처럼 그녀는 외계인의 처분을 기다렸다. 그녀는 산부인과의 수술대 같은 기구에 두 발과 다리가 고정된 채 누워 있었다. 외계인은 그녀의 옷을 벗기고 한참이나 몸을 조사했다. 외계인이 점액질의 팔을 뻗어 은영의 몸을 이리저리 만졌다. 비명을 질렀지만, 소리는 터져 나오지 않았다. 그들은 이상한 소리를 내며 의사소통을 했다. 헛구역질이 날 만큼 역겨운 소리였다. 그리고 의식이 끊어졌다.

다시 눈을 떴을 때 제일 먼저 눈에 들어온 것은 높은 가을 하늘과 찬란한 태양이었다. 은영은 짙은 국방색 모포에 말려 있었다. 속옷조차 입지 않은 상태였다. 그녀는 높이 자란 갈대밭을 걸어 나와 정오의 산책을 즐기던 노부부에게 도움을 청했다. 노부인이 전화한 지 얼마 되지 않아 인근의 119 구조대원들이 도착했다. 앰뷸런스의 침대에 누워 간호사가 건네준 담요를 덮었을 때에야 그녀는 자신이 외계인에게 납치되었다는 사실을 기억할 수 있었다. 점퍼 차림의 간호사는 응급 처치 매뉴얼에 따라 은영의 체온과 맥박, 동공 상태를 점검하느라 바빴다. 병원에 도착하고서도 그녀가 제대로 말을 하기까지는 꽤 오랜 시간이 걸렸다. 의사들은 그녀가 성폭행을 당했거나 금지 약물에 중독된 것인지 자세히 검사했지만 아무런 증거를 발견하지 못했다. 담당 경찰관과 의사 모두 그녀의 증언에는 귀를 기울이지 않았다. 외계인 이야기를 했을 때 그들은 은영이 헛것을 본 것이라고 단정 지었다.

그들은 전문적인 정신과 치료를 받는 것이 좋겠다고 권유했고, 결국 은영은 가까운 정신 병원으로 이송되어 입원 치료를 받았다. 하지만 그곳에서도 은영의 상태는 호전되지 않았다. 젊은 여의사는 은영이 환영과 착각에서 빠져나올 수 있도록 모든 방법을 동원해 치료에 나섰다. 상담과 최면 요법에 실패하자 약물 치료를 병행했다.

보름쯤 지나자 은영의 육체는 정상으로 돌아왔다. 건강 상태가 양호했고 금전적 손실도 없었기 때문에 경찰은 서둘러 사건을 종결지으려 했다. 퇴원하던 날 은영은 아무런 결론도 나지 않은 사건 경위서에 서명했다. 집으로 돌아온 은영은 이불을 뒤집어쓰고 눈물을 쏟아 냈다. 더는 출판사에서 교정 일을 할 수 없었다. 누구도 만나지 않았고 온종일 무의미하게 시간을 보냈다. 낮에는 목적지를 두지 않고 무작정 걸었고, 해 질 무렵에야 지하철을 타고 텅 빈 오피스텔로 돌아왔다.

그렇게 하릴없이 시간을 보내던 어느 날, 그녀는 거리에서 명상 센터 '마음의 빛'이라는 간판을 발견했다. 계단 입구에 '마음의 빛'을 알리는 팸플릿이 놓여 있었다. 그녀는 한참 망설이다 소책자 한 부를 집어 들고 집으로 돌아왔다. 그리고 다음 날, 똑같은 자리에 서서 같은 자세로 '마음의 빛' 간판을 쏘아보았다. 마침 계단을 내려오는 두 명의 중년 부인과 눈이 마주쳤는데, 그중 한 명이 그녀에게 눈인사를 하자 은영도 무심결에 고개를 숙였다. 그리고 셋째 날, 그녀는 용기를 내 '마음의 빛'으로 통하는 계단을 올라갔다.

지수는 영문을 모른 채 '심령정신사연구소'에서 이상한 언더커버 오퍼레이션을 계속해 나가고 있었다. 연구소에 도착하자 이방우 소장이 여느 때와 달리 그를 반갑게 맞이했다.

"마침 잘 왔어. 아주 특별한 손님이 우리를 기다리고 있네. 자네도 관심이 있을 테니까 같이 가보는 게 좋겠어."

두 사람은 소장의 구형 소나타를 타고 '마음의 빛'으로 향했다. 소장이 말한 특별한 손님이란 이십 대 초반의 여성이었다. 그녀는 조금 지친 얼굴로 소파에 앉아 있었다. 소장이 인사를 건네자 짧고 희미하게 고개를 움직였다. 여성은 밝은 톤의 캐주얼 차림에 흰 운동화를 신고 있지만, 생기 없는 얼굴 탓에 전체적으로 어두운 분위기를 풍겼다. 최근에 커트한 것인지 단발머리가 유난히 짧아 보이고 그 아래로 가늘고 흰 목이 눈에 거슬릴 정도로 두드러져 보였다.

"이은영이라고 합니다."

소장은 은영 맞은편 소파에 앉고 지수는 조금 떨어진 벽 쪽에 의자를 두고 앉아 그녀의 이야기를 들었다. 은영은 비교적 차분하게 자신이 겪은 일을 털어놓았다. 은영은 외계인에게 납치되기 전의 상황과 납치되어 우주선이라 짐작되는 곳에 감금된 사실, 풀려나서 한강변에 버려진 것, 마지막으로 경찰과 병원을 오가며 이런저런 조사를 받았다는 이야기를 담담하게 말했다. 상담은 꽤 진지한 분위기에서 이루어졌다. 지수는 팔짱을 낀 채 고개를 숙이고 사건의 정황을 머릿속으로 그렸다.

마침내 은영이 이야기를 마치자 지수는 손목시계로 시간을 확인했다. 무거운 공기가 세 사람의 어깨를 눌렀다. 소장은 잠깐 실례하겠다고 말한 뒤 자리에서 조용히 일어났다. 그러고는 지수에게 눈짓으로 밖으로 나가자는 신호를 보냈다. 아무런 조처 없이 여자를 혼자 남겨 두는 것이 왠지 꺼림칙했지만, 지수는 소장의 뒤를 따라 상담실을 나갔다.

"자넨, 저 아가씨의 말을 믿나?"

"상식적으로 믿을 수 없는 이야깁니다."

"그렇지? 믿을 수 없는 이야기야. 저 아가씨의 말만 듣고서는 어디서부터 정보가 왜곡되었는지 알지 못하겠어."

"네?"

"회색 외계인이라면 그레이를 지칭하는 건데, 뭔가 진부한 구석이 있어. 나는 뭔가 색다른 이야기를 기대했는데 실망스럽군."

"지어낸 이야기를 하는 것처럼 들리지는 않았습니다."

"당연하지. 거짓말이 아니니까 당연히 사실처럼 들리지. 내가 걱정하는 건, 저 아가씨가 지금 거짓말을 하고 있느냐 여부가 아니야. 이야기가 상투적이고 진부한 느낌이 든다는 게 마음에 걸려. 모두가 똑같은 경험을 한다는 게 말이 되나?"

"이런 경우가 또 있었나요?"

지수의 질문에 소장은 눈살을 조금 찌푸렸다.

"외계인에게 납치되었다는 주장은 아주 빈번하게 일어나고 있어. 자넨 정보기관에서 일하는 사람이 그런 것도 모르나?"

소장의 이야기에 지수는 잠깐 멍한 표정을 지었다. 언제부터 우리 정보기관이 외계인을 조사했지? 선배들은 이른바 좌익 용공 세력 색출과 정치 사찰에 눈코 뜰 새 없이 바빴다. 잠수함을 타고 온 간첩이라면 모를까 우주선을 타고 나타난 외계인에 대해서는 누구도 관심을 두지 않았다.

"우리 정보기관의 한계를 소장님도 잘 알고 계시지 않습니까?"

"그렇게 단정 짓지 말게. 자신의 무지를 공동체에 전가하는 건 홀

룡한 자세가 아니야. 자네 동료 중 누군가는 이 문제에 관심이 있을 걸세. '음지에서 일한다'라는 건 이런 걸 두고 하는 말이야."

지수는 대답하지 않았다. 억지이긴 하지만 맞는 말이기도 했다.

"몇 해 전 사관학교에서 연수를 받다가 소설 한 권을 읽었네. 커트 보네거트라는 미국 작가가 쓴 『제5도살장』이라는 책이었는데, 그 소설 속에 나오는 주인공 남자가 외계인에게 납치되었다고 주장하지. 지금 저 방에 앉아 있는 아가씨처럼 말이야."

"사관학교 연수 프로그램에서 그런 소설도 읽나요?"

소장은 눈살을 찌푸렸다.

"젊은 사람이 편견에 사로잡혀 있군. 군인이라고 소설을 읽지 말라는 법 있나? 자네의 생각과 달리 군인도 여러 종류의 책을 읽고 있어. 반전 소설을 포함해서 말이야. 특강 형식이긴 했지만, 아무튼 나는 사관학교에서 그 소설을 읽었어. 자네의 편협한 생각으로는 외계인과의 조우라는 것이 불가능해 보일지 몰라도 실제로 일어나는 일이야. 비록 그 작품의 최고 미덕이라고 꼽히는 블랙유머라는 걸 이해하지는 못했지만, 어쨌든 나는 끝까지 읽었어. 중요한 건 그거야."

지수는 싱긋 웃고는 소장의 다음 말을 기다렸다.

"그래서 결론이 어떻게 났습니까? 주인공이 외계인에게 돌아가서 복수했나요?"

"그게 말이야, 소설 속에서는 남자를 '정신 분열증'으로 진단했어. 드레스덴 폭격 때 입은 정신적 외상으로 남자가 환상과 실제를 구분하지 못한다는 거야. 한마디로 미쳤다는 거지."

"그럼 소장님은 저 여자도 소설 속의 남자처럼 미쳤다고 생각하는 겁니까?"

"아니, 그렇지 않아. 자네도 저 아가씨가 멀쩡하다고 느꼈잖아."

"거짓말도 아니고 미치지도 않았다면, 사실이라는 말이잖아요?"

"그래서 내가 자넬 불러낸 거야. 저 아가씨가 지금 생각하는 건 앞뒤가 맞지 않아. 상식에 어긋날 뿐만 아니라 감정을 움직이는 데도 실패했어. 진부하고 기계적이라는 거야. 그래서 떠오른 생각인데, 정보가 조작되었을 가능성이 지금으로서는 가장 유력해."

지수는 이번에도 이해하지 못했다.

"정보가 조작되었다는 건 무슨 이야기입니까?"

"자넨 날 따라다니면서 많은 걸 배워야겠어. 이렇게 눈치 없어서야 원. 정보가 조작되었다는 건 누군가가 지금의 생각을 아가씨의 머릿속에 집어넣었다는 말이야. 이런 걸 세뇌라고 하지, 아마?"

세뇌? 지수의 눈이 조금 커졌다.

"구체적인 증거라도 있나요?"

"증거? 그런 건 없어. 다만 그런 느낌이 든다는 정도야. 굳이 이야기하자면, 외계인에게 납치되기 전 택시를 타고 한강을 건넜다고 했는데 아무리 생각해도 그 부분이 이치에 맞지 않아. 특히 추상화를 바라보는 것처럼 풍경이 뒤엉켜 있었다는 이야기는 보통의 정상적인 사고에서는 불가능해. 꿈에서라면 몰라도 현실에서는 그런 일이 절대 일어나지 않아. 정신 분열증 환자가 아니라면 말이야."

"처음엔 화이트라인 피버white-line fever 현상일 거라는 생각도 했는데, 대화를 듣다 보니 그렇지 않은 것 같더군."

"화이트라인, 뭐라고요?"

"고속도로를 운전하는 트럭 운전사들에게 종종 일어나는 환각 상태를 말하는 거야. 외계인을 만나는 것도 충분히 가능하지. 하지만

이 현상은 육체적인 피로가 극한에 이르렀을 때 일어나는 것으로 알려져 있어. 저 아가씨는 단지 술을 마시고 춤을 추었을 뿐이야. 며칠 밤을 새워 육중한 트럭을 운전하는 것과는 전혀 다른 일이지."

지수는 긍정도 부정도 아닌 어정쩡한 반응을 보였다.

"자, 다시 들어가세. 이것저것 들추다 보면 뭐가 나오겠지."

소장은 훨씬 부드러운 표정으로 여자를 대했다.

"우리는 아가씨를 믿고 있어요. 외계인을 만났다는 이야기도 포함해서 말이지. 내 말을 잘 듣고 머릿속에 떠오르는 대로 솔직하게 이야기해 봐요. 그래야 우리가 아가씨를 도울 수 있어요. 아가씨가 진실을 말하고 있다는 걸 느낄 수 있어요."

은영의 얼굴에 한 가닥 밝은 빛이 어렸다가 사라졌다.

"하지만 지금 상태에서는 아무런 해결점을 찾을 수가 없어요. 정보가 너무 추상적이거든. 지금 아가씨를 누르는 무거운 짐을 덜어 내려면 이런 식으로 접근해서는 안 돼요. 만약 이대로 마음의 문을 열지 않으면 아가씨는 평생 지금의 고통에서 벗어나지 못할 거란 이야기요."

소장의 목소리는 일정한 리듬감을 유지한 채 울려 퍼졌다.

"손을 내밀어 내 손을 잡아 봐요. 그럼 내가 무엇을 생각하는지 느낄 수 있을 거요."

소장은 소파에 앉은 채 허리를 곧추세우고 몸을 조금 앞으로 내밀었다. 은영은 갑작스러운 소장의 지시에 주저하며 눈동자를 굴려 소장과 지수를 번갈아 바라봤다.

"용기를 내봐요. 지금 뛰어오르지 못하면 추락하는 일만 남고 말아요."

소장은 눈을 감은 채 읊조리듯 말했다. 결심한 듯 은영이 천천히 양팔을 들어 올려 소장의 손바닥에 손을 올렸다. 두 사람은 그렇게 손을 맞잡은 상태로 한참 동안 시간을 보냈다. 지수는 흥미롭게 그 장면을 지켜봤다. 소장의 손에서 물리적 현상으로 설명할 수 없는 초현실적인 에너지가 흘러나온다고는 생각할 수 없었다. 그런 까닭에 갑자기 은영이 울음을 터트렸을 때 세 사람 중에서 가장 당황한 사람은 지수였다.

티슈로 눈물자국을 지운 은영이 조심스럽게 입을 열었다. 외계인에게 납치되기 전날 밤에 만난 두 일본인 남자에 대한 이야기였다. 가슴속에 묻어 두었던 그날 밤의 일을 고백한 동기는 불분명했지만, 이야기하는 동안 은영의 표정은 한결 편안해지고 밝아졌다. 어느새 그녀는 끈덕지고 요령 있는 편집부원으로 돌아와 있었다. 오류를 수정했고 터무니없는 수사의 사용으로 길어진 문장을 과감히 줄여 효율적인 의미 전달에 충실한 문장을 만들어 냈다. 이제 지수가 나설 차례였다. 소장이 왜 자신을 이곳에 있게 했는지 대충 이해할 수 있었다. 문제의 핵심은 그녀를 납치한 외계인이 아닌 두 명의 일본인 남자였다. 은영의 진술에서 정보가 조작되었을 가능성이 있다고 말한 소장의 의도를 이해할 수 있을 것 같았다. 지수가 처음으로 은영에게 질문했다.

"그들에게서 이상한 점은 발견하지 못했나요?"

"남자들은 친절하고 다정했어요. 옷차림도 깔끔했고 신분도 분명해서 이 정도면 하룻밤을 보내도 괜찮은 상대라고 생각했어요."

"그런데 그날 밤에 있었던 일들이 비현실적으로 느껴진다는 건 무슨 말이죠?"

은영은 잠깐 생각한 다음 말했다.

"섹스에 대해서 그렇다는 거예요. 술을 마셨지만, 정신을 잃을 정도는 아니었어요. 흥분 상태였기 때문에 오히려 정신이 맑았어요. 호텔로 들어갈 때까지는 모든 것이 정상적이었어요. 하지만 막상 잠자리를 하기 시작하고는 구체적인 기억이 나지 않아요. 모든 감각이 분해되어 뒤섞여 버린 느낌이에요."

"오르가슴 같은 건가요?"

"아뇨, 이미 말했지만 그런 느낌은 아니었어요. 그건 매우 이질적인 감각이었어요. 마치 꿈을 꾼 다음 눈을 떴는데 아직도 꿈속의 일들이 진행되는 듯한 느낌이었어요."

"고통도 있었다고 했죠?"

은영은 긍정의 표시로 눈을 두어 번 껌뻑였다.

"그 고통을 표현할 수 있나요?"

"아뇨. 하지만 고통이 아랫배에서 시작된 것은 분명해요."

지수는 은영이 말한 아랫배라는 불분명한 단어에서 혼란을 느꼈다.

"아무튼, 정사 도중에 일어난 일이죠?"

지수가 조심스럽게 말했다.

"그렇다고 이미 말했잖아요."

은영의 목소리는 낮고 단호했다.

"나도 설명할 수 있으면 좋겠어요. 하지만 정확히 기억이 나지 않아요. 너무 생소했고 그런 아픔이 이 세상에 있을 거라고는 상상도 해본 적 없어요."

거기서 소장이 다시 손을 들었다.

"좋아요. 이야기는 충분히 들었으니까, 조금 쉬도록 하지."

소장이 지수에게 고개를 돌려 말했다.

"냉장고에 먹을 것이 좀 있을 거야."

지수는 일어나 냉장고 문을 열었다. 리본조차 풀지 않은 롤 케이크 상자와 곶감과 오렌지 주스가 눈에 들어왔다. 지수는 커피포트에 생수를 넣은 다음 케이크를 잘랐다. 쟁반에다 케이크와 곶감을 올리고 커피와 녹차, 오렌지 주스 두 컵을 차례로 준비했다. 지수가 간식을 준비하는 동안 소장은 명상 센터에서 일어나는 일반적인 일들에 대해 은영에게 설명해 줬다. 이야기를 들을 때와 달리 소장의 표정은 한결 부드러웠다. 마치 어린 딸을 대하는 눈빛이었다. 달콤한 딸기 롤 케이크와 입김을 후후 불며 녹차를 마신 은영은 한결 기운을 회복했다. 따뜻한 기운이 그녀의 볼까지 전달됐다. 소장은 그녀의 얼굴을 살피고 나서 눈짓으로 지수를 바라봤다. 은영에게 양해를 구한 뒤 소장이 일어났다. 소장은 창 쪽으로 걸어가 창틀에 등을 비스듬히 기대고 지수를 응시했다.

"일본인 남자가 이 사건 해결의 열쇠인 것은 분명해. 자네 생각은 어떤가?"

지수는 소장에게 다가서며 머릿속을 정리했다.

"저도 그렇게 생각하지만, 뭔가 이상한 부분이 많았어요. 특히 도요타 직원이라는 점이 마음에 들지 않습니다."

"아무튼 그 두 남자를 찾아봐야지."

"네?"

"왜 그러나? 뭐가 잘못됐어?"

"우린 경찰도 아니고 탐정도 아닌데, 이런 일까지 해야 합니까?"

"자넨 정보국 요원이야. 잊고 있었나? 자네 상관이 알면 실망하겠군. 이번 사건은 우리가 생각하는 이상으로 심각할지도 몰라."

"하지만 아무 일도 일어나지 않았습니다. 경찰에서 이미 조사를 했고 아무런 피해가 없었기 때문에 사건이라고 할 것도 없죠."

"보기보다 꽤 단순하군. 짐작처럼 저 아가씨의 기억이 조작되었다면 이건 아주 큰 문제야. 세뇌라는 건 자네가 생각하듯이 그렇게 쉽게 실현할 수 있는 것이 아니야. 짧은 시간에 다른 사람의 의식 구조를 바꾸는 것은 현재로서는 거의 불가능해. 저 아가씨는 겨우 하룻밤 일본인과 시간을 보냈을 뿐이야. 그런데 대부분의 기억을 잃어버렸어. 게다가 현재 가진 기억조차 대단히 불분명해. 여러 가지 감정을 한꺼번에 집어넣고 뒤섞어 놓은 것처럼 모든 것이 흐트러져 있어. 불안한 심리 상태가 그걸 반증하지. 그리고 나는 이제껏 그런 이상한 방식의 섹스가 있다는 이야기는 처음 들었어."

"두 남자와 잤다는 걸 말씀하시는 건가요?"

"노인 취급 하지 말게. 나도 그 정도 상상력은 가진 사람이야. 내가 지적하는 건 여자의 기억이야. 저 아가씨는 사랑하지도 않는 남자와 잤어. 개인적으로 그런 경험을 해보지는 않았지만 보통 일은 아니었을 거야. 시간이 지나 되짚어 보면 당시의 일이 이상하고 그로테스크하게 보일 수도 있을 거야. 기억이라는 건 시간의 흐름을 따라 들어가는 거야. 옷을 벗고 남자와 잤다. 그리고 또 다른 남자가 침대에 올라왔다. 보통은 그래서 싫었다, 또는 나빴다는 인상이 남는 거야. 피카소의 그림처럼 사물의 본질이 해체되는 건 아니라는 이야기야. 자넨 그런 섹스를 해본 적 있나? 문제는 여기서 끝나지 않아. 외계인 이야기가 새로운 변수로 떠오르지. 이번에는 신기하게도 기억이 매우 구체적이야. 진짜 정보는 사라지고 거짓으로 만들어 낸 그림이 기억을 지배하고 있어. 정보가 조작된 게 분명해."

"그럼 소장님의 의견은 뭡니까? 전 아직도 정보가 조작되었다는 말을 이해하지 못하겠습니다."

"백 퍼센트 자신하지는 못하지만 아마도 우리가 경험하지 못한 강력한 최면술이 나타난 것 같아."

"최면술요?"

"일반적인 형태의 최면이 아니야. 보통 최면 상태는 일시적으로 일어나는 현상을 가리키지만 지금 상태로서는 저 아가씨가 단순한 최면에 걸려 있었다고 보기 어려워. 약물 환각을 경험한 사람들조차 실제와 환상은 구분하지. 약 기운이 떨어지면 자연스럽게 환각에서 빠져나오는 거야. 그러나 저 아가씨는 아직도 자신이 실제로 그런 일을 당했다고 믿고 있어. 이런 경우는 흔치 않아."

"그렇다면 최면술이 아닐 수도 있지 않습니까?"

"내가 걱정하는 게 그거야. 일반적인 최면 요법이나 약물 효과가 아니라면 문제가 크지. 그건 곧 초능력을 의미하는 거니까."

지수는 '초능력'이라는 단어에 몽둥이로 뒤통수를 후려 맞은 듯 먹먹해졌다.

"게다가 상대는 일본인이야. 그들을 왜 찾아야 하는지 이제 좀 이해하겠나?"

지수의 심장 박동이 조금 빨라졌다. 이상하게도 이 상황이 낯설지 않다는 기분에 휩싸였다. 잠깐 뒤에야 지수는 그 이유를 알아차렸다. 그의 머릿속에 폐쇄 회로 카메라에 찍힌 김평남과 정체불명의 남자 얼굴이 그려졌다. 김평남과 은영의 사건은 아무런 연결 고리도 없었다. 그러나 두 사건 모두 일반적인 상식의 선 바깥에 놓여 있었다.

'하나를 풀면 나머지 하나도 풀 수 있다!'

"아까 소장님이 은영 씨의 손을 잡은 뒤 모든 것이 갑자기 변했는데, 그건 어떻게 설명할 수 있습니까? 그것도 초능력의 일종인가요, 아니면 단순한 트릭인가요?"

"자넨 어떻게 봤나?"

지수가 소장의 눈을 바라보고 나서 말했다.

"숟가락을 휘는 것만큼 어려운 일이라고 생각합니다. 손을 잡는 것만으로도 소장님의 의도가 은영 씨에게 전달되었다면 평범한 능력이라고는 할 수 없겠죠."

"그럴 수도 있겠군. 솔직히 말해 나는 아직 다른 사람의 마음을 움직일 수 있는 능력을 소유하지 못했어. 나는 단지 저 아가씨가 용기를 내도록 응원해 주고 싶었어. 진심을 담아 하이파이브를 한 것과 별반 다를 게 없지."

지수는 곰곰이 생각에 잠겼다. 그럴 수도 있고 아닐 수도 있을 것 같았다.

"그나저나 사라져 버린 일본인들을 찾는 게 급선무인데, 할 수 있겠어?"

지수는 대답하지 않았다.

"주의해야 할 사항은 지금까지 우리가 나눈 대화는 증명되지 않은 가설에 불과하다는 거야. 우리의 짐작과 달리 모든 일이 사실일 수도 있는 거야. 즉, 저 아가씨가 진짜 도요타 직원과 만났고 다음 날 우주선을 타고 온 외계인을 만났을 수도 있다는 이야기야."

"설마 그럴 리 있겠습니까?"

"모든 건 일본인 남자를 추적해 보면 밝혀지겠지. 꽤 시간이 걸릴 것 같아. 저 아가씨가 말하는 인상착의로는 몽타주를 그리는 게 거의 불가능할 테니까."

두 사람이 상담실로 돌아갔을 때 은영은 소파에 기대어 잠들어 있었다. 한쪽 몸이 조금 기울어 있어 불안해 보였지만 깊이 잠들었는지 두 사람의 인기척에도 눈을 뜨지 않았다. 지수의 눈에 테이블 위에 놓인 그녀의 작은 가방이 들어왔다. 노트 한 권이 겨우 들어가는 가방 옆에 명함이 놓여 있었다. 자리를 비우기 전에는 없던 물건이었다. 지수는 명함을 집어 영문으로 쓰인 이름을 소리 내어 읽었다.

"마루야마 요이치."

명함 상단에는 친숙한 일본 자동차 회사 엠블럼이 그려져 있었다.

"이 남자가 진짜 도요타 직원인지 아닌지 금방 밝혀지겠군요."

4

차지수는 국정원 조사실에 요이치의 명함을 던져 놓고 결과가 나
오기를 기다렸다. 은영은 이방우 소장의 제안을 받아들여 '마음의
빛' 정식 회원이 되었다. 명상 센터에 드나드는 횟수가 늘어남에 따
라 은영은 마음의 안정을 되찾았다. 조사실에서 연락이 왔다. '마루
야마 요이치'는 실재하는 도요타 직원이었다. 나이는 32세, 도요타
기술지원 팀의 일원으로 도쿄 근교에 살고 있으며 두 딸의 아버지
였다. 회사 일에 바빠서인지 외국 여행 기록은 없었다. 파일을 검토
하며 지수는 생각에 잠겼다. 문제는 은영이 만난 일본인이 자동차
회사에 근무하는 진짜 '마루야마 요이치'인지 여부가 아니라, 요이
치라는 가명을 쓰는 남자가 무슨 의도로 은영에게 접근했는지 밝혀
내는 것이었다. 지수는 은영을 불러 스마트폰 화면으로 도쿄에 살
고 있는 마루야마 요이치의 사진을 보여 줬다. 사진 속의 요이치는
옆 가르마에 검은 뿔테 안경을 쓴 샌님 스타일의 남자였다.

"혹시 아는 사람인가요?"

은영이 호기심 가득한 얼굴로 고개를 저었다. 지수는 스마트폰을 호주머니에 넣었고 은영은 소장에게 돌아가 스트레칭을 계속했다. 그녀의 이마와 면 티셔츠의 등에 땀이 배어 있었다. 좋은 징조라고 지수는 생각했다. 그러나 마루야마 요이치를 찾아내는 데는 먹구름이 끼어 있었다.

지수는 C 지구로 가서 은영과 일본인 남자들이 시간을 보낸 바와 호텔을 대상으로 탐문 수사를 벌였다. 가을 햇살이 저무는 시간이었지만, C 지구의 거리는 화려했고 활기에 차 있었다. 주차장에는 고급 외제차가 들어차 있고, 묵직한 돌담벼락 사이로는 이국적인 사치품 브랜드 가게들이 자리 잡고 있었다. 커다란 쇼핑백을 어깨에 걸치고 짙은 선글라스를 낀 여자의 어깨에는 잔뜩 힘이 들어가 있었다. 여자들은 어딘지 모르게 방심한 표정으로 지수를 쳐다보았다. 지수는 그날 밤 은영이 무엇을 기대하고 있었는지 조금 이해할 수 있을 것 같은 기분이 들었다.

은영과 일본인 남자가 술을 마신 재즈 바에서는 아무런 단서도 찾아내지 못했다. 지수는 바를 나와 호텔로 향했다. 은영의 말대로 멀지 않은 거리였다. 로비에 들어서자 반짝이는 대리석 바닥이 제일 먼저 눈에 들어왔다. 멀리서 둔중한 그랜드 피아노 소리가 들려왔다. 음악에 귀를 기울이니 마치 그날 밤 긴장한 채 호텔 로비를 서성이던 은영이 곁에 있는 것처럼 느껴졌다. 분명히 충동적인 결심이었을 거라고 지수는 생각했다.

프런트로 가서 자초지종을 설명한 뒤, 그날 밤 근무했던 직원을 불러 줄 수 있느냐고 물었다. 매니저 명찰을 단 중년 남성은 지수의 옷차림새를 살피고는 약간 쌀쌀맞은 태도로 거절했다. 어쩔 수 없이 지수는 신분증을 꺼내 보여 줬다. 남자는 내선 전화로 누군가와 통화를 하고 난 다음에야 지수에게 돌아왔다. 얼마 있지 않아 유니폼 차림의 여직원이 나왔다. 여자는 일본인 남자들에 대해 거의 기억하지 못했다. 지수는 스마트폰으로 찍은 은영의 사진도 보여 줬다. 그러나 직원에게 혼란만 줄 뿐이었다. 그날 밤 은영은 화장을 진하게 하고 전혀 다른 모습으로 이 호텔 로비를 통과해 들어갔다. 지수는 은영이 묵었던 방의 호수를 대고 한번 살펴볼 수 있겠느냐고 말했다. 객실은 비어 있었다.

"이건 아주 특별한 경우입니다."

여직원이 선심 쓰듯 카드 키를 넘겨줬다.

카드 키를 넣자 초록색 램프가 반짝이고 문이 열렸다. 청소가 끝난 객실은 깨끗했다. 방은 지수가 생각했던 것보다 좁았다. 커튼을 젖히고 바깥 풍경을 내려다봤다. 노을이 진 붉은 하늘 밑으로 자동차의 전조등 불빛이 교차로에서 춤을 추듯 엇갈리고 있었다. 아마도 그날 밤 두꺼운 커튼은 닫혀 있었을 것이다. 아니, 어쩌면 새벽 밤하늘의 별빛이 창을 통과해 어둠을 밝혔을지도 모른다. 지수는 시선을 내부로 돌려 방 안을 둘러보았다. 의심스러운 점은 찾아낼 수 없었다. 살인 사건 현장도 아니고 잔혹한 폭력이 발생한 장소도 아닌 그 방은 그저 깔끔하고 단정한 상태로 새로운 손님을 기다리고 있었다. 숨이 부풀어 오른 이불은 소복이 쌓인 눈처럼 희고 탐스러웠다. 어쨌든 이곳은 내일의 미팅을 기다리며 컨디션을 조절하는 비즈니스맨이 단잠을 자는 곳이었다. 침대 윗벽에는 서퍼들이 꿈꾸는 거대한 파도가 해변으로 몰아치는 그림 액자가 걸려 있었다.

지수는 팔걸이의자에 앉아 한 손으로 턱을 괴고 생각에 잠겼다.

분명히, 불필요한 행위지만 이렇게라도 해야 꼬여 있는 실타래를 풀 것 같은 기분이었다. 이번 사건이 자신의 역량을 시험하는 첫 관문이 될 기미가 보였다. 어쩌면 아늑하고 따뜻한 느낌의 이 방이 깊은 암흑세계로 진입하는 입구일지도 모른다. 중대한 사건은 늘 평화롭고 느리게 진행된다. 심해 생물처럼 비범한 감각에 의지해 한 발짝씩 나아가야 비로소 어둠이 지배하는 세계에 이를 수 있다.

'비범한 감각?' 갑자기 기발한 아이디어가 떠오른 듯 머리가 맑아졌다. 왜 진작 생각하지 못했지? 지수는 미소를 띠며 자리에서 일어났다. 그러고는 이불을 걷고 침대에 엉덩이를 대고 앉았다. 양 손바닥을 펼쳐 침대 중앙이라 생각되는 지점에 대고 눈을 감았다. 사이코메트리. 접촉을 통해 물건을 만진 다른 사람에 관한 정보를 얻는 초능력. 이방우 소장이 계획하는 초능력 부대 프로그램에는 이 영적 능력의 배양도 포함되어 있었다. 미국의 어느 여자는 돌멩이를 이마에 갖다 대는 것만으로도 그 돌멩이와 관련된 과거의 일을 영화처럼 볼 수 있었다고 한다. 그녀처럼 긴 역사를 관통하는 그림을 재생하지는 못할지라도 한 달 전의 일은 떠올릴 수 있지 않을까? 희망을 품고 지수는 정신을 집중했다. 하지만 영적 에너지를 어디에서 수신할 수 있는지 알 수 없었다. 손? 이마? 어쩌면 아랫배나 항문이 아닐까?

지수는 이불을 완전히 걷어 내고 대자로 침대에 드러누웠다. 얼마나 있었을까. 졸음이 찾아왔다. 지수는 피식 자신을 비웃었다. 소장이 말한 '정부에서 파견한 공식 요원 1호'는 아무런 영적 능력을 소유하고 있지 않았다. 지수가 침대에서 몸을 일으키려는 순간 객실 문이 열렸다. 문 앞에서 단정한 유니폼 차림의 호텔 여직원이 걱정스러운 눈빛으로 지수를 바라보았다. 지수는 멋쩍은 웃음을 지으며 일어나 침대 시트와 이불을 정리했다.

늦은 시간인데도 지수는 퇴근하지 않고 연구소로 돌아갔다. C 지구에서 아무런 소득도 얻지 못했기 때문에 다소 의기소침해 있었다. 소장이 있는 컨테이너에서 불빛이 새어 나왔다. 지수는 망설이다가 사무실 문을 노크했다. 소장은 돋보기를 쓰고 무엇인가 읽는 중이었다. 지수가 머리를 꾸벅 숙이고 소파에 앉자 소장이 일어나서 커피포트에 물을 부었다.

"새로 개업한 가게에서 백설기를 가져왔는데 맛볼 텐가?"

지수는 대답 없이 팔짱을 끼고 고개를 숙였다.

"왜 그렇게 기운이 없어?"

지수는 잠에서 덜 깬 사람처럼 흐릿한 눈빛으로 소장의 등을 보았다. 소장은 뒤돌아선 채 플라스틱 칼로 떡을 잘랐다. 소장은 황색 카디건에 다림질 선이 희미해진 검은 정장 바지 차림에 시장에서 파는 싸구려 밤색 슬리퍼를 신었다. 소리가 제거된 텔레비전 화면에는 두 명의 남자가 바둑판에서 이리저리 돌을 옮기는 모습이 보였다. 지수는 고개를 두어 번 흔들고 나서 정신을 차렸다.

"가족분들은 어떻게 지내시나요?"

이방우 소장은 인근 아파트에서 혼자 생활하고 있었다. 김 관장에게 들어 아내와 딸이 미국으로 이민 간 것을 뻔히 알면서도 지수는 물었다. 순간 멈칫했지만, 소장은 이내 평정을 되찾고 반듯하게 썬 떡을 접시에 올린 뒤 중국 여행을 갔다 온 회원이 선물한 녹차에 뜨거운 물을 부었다. 음식물 대부분이 외부에서 제공된 것이었다.

"그래, 뭘 좀 알아냈나?"

뜨거운 김이 나는 차와 떡이 담긴 쟁반을 탁자에 내려놓으며 소장이 말했다.

"그 동네는 여전하더군요."

"그 동네라니?"

"부자 동네요. C 지구에 간다고 말씀드렸잖아요."

"나는 가보지 못했네."

"C 지구에 가본 적 없다고요?"

소장은 대답 없이 고개만 짧게 끄덕이고 나서 녹차가 든 컵에 입을 댔다.

"그곳에 있으니 내가 은영 씨였더라도 같은 선택을 했을 것 같은 기분이 들었어요."

"일본인과 자겠다는 이야기야?"

"그렇게 말씀하시니까 좀 이상하게 들리는데요."

"그렇지? 일본인 남자와 잔다. 유쾌하게 들리지는 않는군. 우린 조선인이잖아."

조선인? 한국인이라고 해야 옳지 않은가. 그러나 조선인이라는 단어를 쓰니 '일본인 남자와 잔다'라는 느낌이 훨씬 생생하게 살아났다.

"얼굴을 보니 단서를 찾아내지 못한 것 같군."

지수는 포크로 백설기 귀퉁이를 잘랐다. 겉이 조금 딱딱했지만 맛은 좋았다. 재킷 주머니에서 검은 볼펜 한 자루를 꺼내 소장에게 건넸다. 소장은 영문을 모른 채 호텔의 문양이 새겨진 볼펜을 받았다.

"볼펜을 쥐고 집중해 보세요. 뭔가 떠오르는 게 있을 거예요."

소장은 내려놓았던 돋보기를 다시 쓰더니 볼펜을 살폈다.

"호텔에서 가져온 것이군."

"네, 은영 씨가 묵었던 바로 그 방에서 가져온 겁니다. 요이치라
는 남자가 사용했을지도 모르죠."

소장이 지수를 바라보았다.

"사이코메트리. 물건을 통해 과거를 투시하는 초능력입니다."

"날 시험하려는 건가?"

"아뇨, 그냥 답답해서 가져온 거예요. 혹시 모르잖아요. 이곳에
오는 누군가가 그런 능력을 지니고 있을지."

"보통의 능력이 아니야."

소장은 말꼬리를 흐렸다. 지수는 포크로 떡을 큼지막하게 썰어 입
안에 넣었다. 중요한 묘수를 설명하는지 바둑알을 든 텔레비전 속 남
자의 손이 바쁘게 움직였다.

"서둘지 말게. 기다리는 자에게 복이 있다고 했어. 사실이 무엇보다
중요해. 객관적인 증거를 확보해 조금씩 거리를 좁혀 나가는 거야."

"어떻게 그렇게 잘 아세요?"

입안에 든 떡 때문에 목소리가 조금 우스꽝스럽게 나왔다.

"말하지 않았나? 잠깐이지만 헌병대 범죄수사과에서 근무한 적이
있었네."

"CID에 계셨다고요?"

"탈영병들의 강도나 강간 사건을 주로 다뤘어. 겨우 스무 살을 넘
긴 아이들을 영창이나 남한산성에다 넘기는 일을 했지. 즐거운 일은
아니었어."

"범죄 현장을 많이 목격하셨겠네요?"

소장은 녹차를 후루룩 마셨다.

"그럼 힌트 좀 주세요. 현재로서는 어떻게 시작해야 할지 전혀 모르겠어요. 명함은 위조된 것이고, 은영 씨의 기억은 흐릿하고 한정적이어서 도움이 되지 않아요. 바와 호텔 사람들은 일본인을 전혀 기억하지 못하고, 뚜렷한 범죄 현장이 있는 것도 아니고, 현장에서 획득한 증거물이라야 고작 이 볼펜 정도예요. 처음엔 명함을 흘리고 다닐 정도로 칠칠찮은 인물이라고 생각했는데 그게 아니었어요."

"몽타주를 그려 보지."

"몽타주는 필요 없습니다. 호텔에 설치된 폐쇄 회로 카메라의 분석을 요청해 놓았거든요. 은영 씨가 안정을 찾으면 곧바로 착수할 겁니다. 사실 아무도 이 사건에 관심을 기울이지 않아요. 그래서 상부에 제대로 보고도 하지 않았습니다. 살인 사건도 아니고, 기껏해야 외계인에게 납치되었다는 허무맹랑한 진술뿐인데, 수사 당국의 협조를 구한다는 게 쉽지 않거든요."

"우리가 하는 일이 무엇이라고 생각하나?"

"네?"

"자넨 아직 이 일의 중요성을 모르는 것 같아. 우린 지금 예방 차원에서 움직이는 거야. 범죄 결과를 밝히는 것보다 예방하는 것이 훨씬 좋은 일이야. 국가는 결과가 불투명해도 적국과 협상 테이블을 마련해야 하네. 전쟁이 터지면 승자와 패자 모두 상처를 입어. 전쟁을 막을 방법이 있다면 그것이 무엇이든 사용하고 봐야지. 정보기관이 해야 할 일이 그거야. 전쟁을 막는 것. 내 말 이해하겠어?"

"이건 전쟁이 아니잖습니까?"

"무엇이든 차근차근 접근해야 해. 성급하게 뛰어든다고 보이지 않는 사물이 갑자기 뛰어나오지는 않아."

"저도 노력하는 중이에요."

두 사람의 대화가 잠시 끊겼다. 소장은 녹차를 마셨고 지수는 떡을 먹었다. 그러고 보니 지수는 아직 저녁 식사를 하지 않은 상태였다.

"수사관이라면 최소한의 감각은 있어야 이 바닥에서 살아남을 수 있어."

지수는 아랫입술을 깨물었다. 소장은 오늘따라 유달리 말이 많았다.

"저도 짚이는 게 있기는 합니다."

"그게 뭔가?"

지수는 잠깐 망설이다 입을 열었다.

"은영 씨와 대화하다가 느낀 건데, 왠지 그 일본인들이 우익 단체의 일원일 거라는 생각이 들었습니다."

"우익 단체?"

"네. 그래서 일본의 대표적인 우익 단체들을 조사하고 있습니다. 요이치와 간지라는 사내가 우익 단체와 연관되어 있다 해도 실체를 밝혀내기는 어렵겠죠. 공개된 인물은 아닐 테니까요."

"잠깐, 왜 그런 생각을 하게 된 거지?"

"은영 씨의 이야기를 듣고 판단한 겁니다. 요이치가 유독 미시마 유키오라는 작가에 대해 말을 많이 했다고 하더군요."

"미시마 유키오? 육상자위대 건물에서 할복자살한 작가 말인가?"

"네. 그 소설가에 대해서 말할 때 유독 눈빛이 살아 있었다고 했어요. 이시하라 신타로에 대해서도 우호적인 태도를 보였다고 들었습니다. 반면 정부에 비판적인 전후 세대 작가들에 대해서는 시큰둥한 반응을 보였고요. 조사해 보니 미시마 유키오와 이시하라 신타로는 일본에서 강경 우파를 대표하는 상징적인 인물들이더군요."

"그래? 은영이가 그런 말을 했다는 거지."

"요가 수업 중에 잠깐 쉬면서 들은 이야깁니다. 긴장이 풀려서인지 비교적 상세하게 기억하고 있더군요."

"혹시 자넬 좋아하는 건가? 내겐 그런 이야기를 하지 않았는데."

지수는 소장의 말을 흘려들었다.

"지금으로서는 이 정도입니다. 제가 알기로 일본의 젊은 세대들은 정치적 성향이 뚜렷하지 않습니다. 일본 우익 말대로라면 개인주의와 패배주의에 빠져 있는 거죠."

"그래서 그들이 우익일 가능성이 크다?"

"단순히 보수적인 젊은이들로 보는 게 가능성이 크지만, 아무런 단서도 없는 지금으로서는 그런 가정을 두고 접근하는 게 더 효율적이라고 생각합니다."

소장은 갑자기 허리를 곧게 세우고 가슴을 쫙 폈다.

"좋은 지적이야."

"네?"

"인간은 알게 모르게 정치적으로 편향되기 마련이지. 파쇼가 대중을 선동하는 가장 유용하고 적절한 수단이 세뇌 공작이야. 정치적으로 기울어진 일본의 우익 집단이 강력한 세뇌 장치를 만들어 냈다. 논리적으로 관련 있는 훌륭한 추측이야."

지수는 조금 얼떨떨했다. 소장에게서 칭찬을 받을 거라고는 생각하지 못했다. 말 그대로 추측에 불과하다.

"자넨 감각이 있어. 조사가 어디까지 진행되었나?"

소장의 목소리가 갑자기 활기를 띠었다. 지수는 그의 반응에 도리어 무안해졌다.

"아직 뭐라고 할 단계는 아닙니다. 대표적인 우익 단체들의 성격을 파악하는 수준인데, 잘 알려진 일본회의를 비롯해 몇몇 단체를 조사해 볼 참입니다. 연관성을 찾다 보면 뭐라도 걸려들겠죠."

"좋아, 바로 그런 자세가 필요해."

"이런다고 달라질 것 같지는 않습니다. 지금으로서는 그들이 우익 단체의 일원이라는 증거를 찾을 가능성이 제로에 가까우니까요."

"중요한 점은 자네가 감을 이용해 두뇌를 사용하기 시작했다는 거야. 좀 과장해서 말하면 자네의 무의식이 마침내 수면 위로 모습을 내보였다는 거지."

지수는 자신도 모르게 황당한 표정을 짓고 말았다. 소장과의 대화에서 어려움을 느끼는 게 바로 이런 점이었다. 지수는 피로감을 느꼈다. 시계를 확인한 소장은 사무실 정리를 부탁하고는 황망히 자리를 떴다. 소장이 나가자 주위는 이내 깊은 고요 속으로 가라앉았다. 지수는 소파에 깊숙이 몸을 파묻고 눈을 감았다. 신혜원이 퇴근하면서 개밥을 줬는지 궁금했지만 일어나서 확인하고 싶지는 않았다. 이놈의 개는 누굴 봐도 짖는 법이 없었다. 한마디로 밥값도 못 하는 녀석이었다.

지수는 다시 자신의 문제로 돌아왔다. 자신은 공무원으로 정부에서 월급을 받는 처지였다. '나는 이곳에서 밥값을 다하고 있는가?' 갑자기 졸음이 밀려왔다. 여기서 자버릴까. 그럴 수는 없었다. 지수는 머리를 털며 소파에서 일어났다. 리듬을 깨는 건 결코 좋은 일이 아니다. 제대로 된 침대에서 충분한 휴식을 취하고 뜨거운 물로 씻은 다음 아침을 맞아야 한다. 지수는 테이블 위에 놓인 접시와 포크, 컵

따위를 개수대로 옮겼다. 텔레비전을 끄고 탁자에 놓인 서류를 정리해 소장의 책상 위로 가져갔다. 스펀지에 세제를 풀어 설거지를 한 뒤 마른 수건으로 손을 닦고 벽면에 걸린 거울로 헤어스타일과 옷매무새를 살폈다. 헝클어진 앞머리를 손가락으로 정리하는데 그의 눈에 특이한 물건이 들어왔다. 그것은 소장의 책상 한 귀퉁이에 스파게티 면발처럼 뭉쳐져 있었다. 지수는 소장의 책상으로 다가갔다. 스테인리스 스푼이었다. 하나같이 목 부분이 휘어 기형적으로 보였다. 모두 다섯 개로, 휜 모양이 각각 달랐다. 지수는 그중 하나를 집어 들어 형광등 불빛 가까이 가져갔다. 빛을 받은 스푼이 반짝거렸다. 억지로 힘을 주어 구부린 모양이 아니었다. 스푼은 마치 해 질 녘의 해바라기처럼 고개를 숙이고 있었다. 다른 스푼의 모양도 살폈다. 정확히 S자 형태로 휘어 있었다. 이번엔 비교적 덜 휜 스푼을 집어 들었다. 지수는 머리를 비우고 정신을 집중했다. 3분 정도 흘렀지만 스푼은 휘지 않았다. '성공할 리가 없잖아?'

지수는 스푼을 내려놓고 사무실을 나왔다. 푹신한 침대에 눕고 싶었다. 생각은 그다음에 하면 된다. 발걸음을 옮기다 되돌아와서 컨테이너 옆에 놓인 개집을 살폈다. 태평이, 이름에 걸맞게 태평스러운 녀석이었다. 누가 오가든 상관하지 않았다. 개밥그릇에 먹다 남은 사료가 3분의 1 정도 남아 있었다. 밤이어서 그런지 어지간해서는 꿈쩍도 않는 녀석이 슬금슬금 다가와 지수의 손바닥을 핥았다. 지수는 태평이의 머리와 목을 쓰다듬고 나서 집으로 향했다.

중국인 초능력자 3인조는 김평남의 장례식이 끝난 뒤 장기간 머물 수 있는 아파트로 베이스캠프를 옮겼다. 인근에 차이나타운이 있고

38층 아파트의 거실 창 아래로는 중국으로 향하는 넓은 바다가 펼쳐져 있어 마치 고향을 가까이에 둔 듯한 기분이었다. 김평남을 제거하고 나서 위제는 한동안 도인에게서 전수받은 명상으로 어지러운 마음을 다스렸다. 제아무리 악인이라 할지라도 인명은 하늘이 주는 것이다. 위제는 향을 피워 김평남의 혼을 달래는 제사를 지내 줬다. 의식을 끝낸 뒤 기분이 울적했던지 위제가 외식을 제안했다.

그들은 모처럼 시내의 패밀리 레스토랑으로 가서 다정한 오누이처럼 저녁을 먹었다. 모든 일이 평화롭고 순조롭게 돌아갔다. 그러나 이 평화가 영원하지 않다는 것을 세 사람 모두 알고 있었다. 차이나타운의 연락책으로부터 연락이 왔을 때 심상치 않은 분위기를 가장 먼저 감지한 사람은 왕할쯔였다. 그녀는 위제가 통화하는 동안 백화점에서 산 새 옷을 입고 대형 거울로 자신의 모습을 확인하고 있었다. 위제가 전화를 끊자 왕할쯔는 짧게 한숨을 쉬고는 서둘러 외출복으로 갈아입었다. 붉은 피가 튀어도 표나지 않을 어둡고 탁한 색 옷이었다. 두껍고 질긴 블랙데님 바지 위에 다크 브라운 가죽 재킷을 입고 목까지 지퍼를 올렸다. 그런 다음 속옷 차림으로 침대에 누워 이어폰으로 음악을 듣던 쉬징레이를 흔들어 깨웠다.

"일어나, 지령이 내려왔어."

지수는 휜 스푼들을 탁자에 늘어놓고 이방우 소장에게 설명을 요구했다. 그러나 소장은 지그시 눈을 감은 채 묵묵부답이었다. 잠시 후, 소장이 스푼 하나를 집더니 엄지와 검지로 힘을 주어 휜 스푼을 바로 폈다. 스푼은 완벽한 형태는 아니지만, 그런대로 본모습으로 돌아왔다.

"잘 봐."

소장은 스푼을 노려봤다. 지수는 긴장한 채 소장을 지켜보았다. 몇 분 뒤 소장은 스푼을 탁자에 내려놓았다.

"뭘 확인했나?"

"숟가락은 휘지 않았습니다."

"맞아, 휘지 않았어. 그러나 지난밤에는 휘었네. 믿지 않겠지만."

사기라는 단어가 턱밑까지 올라왔다. 지수는 감정을 추스르며 말했다.

"제대로 설명해 주시죠."

"나도 모르겠어. 솔직히 말하면 나는 아직 이 에너지를 통제하지 못하네. 실패와 성공을 반복하고 있어."

"왜 하필 혼자 있을 때만 성공하는 거죠? 다른 사람이 지켜보는 곳에서는 한 번도 성공하지 못하신 거죠?"

소장은 입을 닫았다. 그러고는 손가락으로 정수리 부근을 긁으며 답답하다는 표정을 지었다. 지수는 팔짱을 끼고 소파에 몸을 기댔다. 긴 하루가 될 것 같은 예감이 몰려들었다. 신혜원이 커피를 들고 나타나지 않았다면 두 사람의 어색한 분위기가 깊어졌을 것이다. 커피 잔을 탁자 위에 내려놓은 혜원은 휜 숟가락을 발견하고 묘한 웃음을 지었다. 지수는 무슨 일이냐는 표정으로 그녀를 응시했다.

"전 소장님을 믿어요, 오빠는 아니겠지만."

그렇게 말하고 나서 혜원은 횡하니 사무실 문을 열고 나가 버렸다. 지수와 소장 모두 닫힌 철문을 멍하니 바라보았다. 머리를 세차게 흔들면서 지수가 말했다.

"이런 이야기는 그만 하죠. 언젠가 운이 좋으면 숟가락이 휘는 모습을 볼 수도 있겠죠. 그때까지 기다리겠습니다. 뭐 안 돼도 어쩔 수 없고요. 제 믿음이 부족한 것이니까요. 당장은 지금 하는 일에 전념하겠습니다."

"좋은 생각이야. 명상과 호흡을 게을리 하지 말게."

소장의 목소리는 다소 근엄하게 들렸다.

"그런데 언제부터 미스 신이 자네를 오빠라고 불렀나?"

이번에는 지수가 대답하지 않았다.

연구소에서의 일과는 정해져 있지 않았다. 시간은 넉넉했고 스케줄은 없는 것과 마찬가지였다. 군대와 회사에서 수년 동안 익힌 규칙적인 리듬이 연구소에 와서 자연스럽게 깨졌다. 이대로 육체와 정신을 풀어 놓은 채 생활할 수는 없었다. 지수는 자율적으로 계획을 세워 실천하려고 노력했다. 출근해서 오전에는 주로 자료 조사나 책을 읽으면서 시간을 보냈다. 대부분 북한 고위급 관료들에 관한 자료와 북한 체제에 대한 분석 자료였다. 김평남 관련 자료가 나오면 좀 더 집중해서 읽었다. 은영을 만난 뒤부터는 일본 우익 단체들에 대한 조사가 추가되었다. 정당과 내각에 포진한 정치권 인사들을 비롯해 재계와 종교계의 우익 단체, 각종 시민단체를 차례로 파악해 나갔다. 직감대로 은영이 일본의 우익 단체에 납치된 것이라면, 정부나 공공기관일 가능성은 희박하기 때문에 조직 구성이 비교적 자유로운 종교 단체나 시민단체들에 관심이 쏠렸다. 대표적인 시민단체로는 일본회의와 새역모(새로운 역사 교과서를 만드는 모임), 영령에 답하는 모임, 신도정치연맹 등이 있었다. 그 외에도 수백 개의 조직이 난립해 있었다. 자료를 읽는 것만으로도 오전 한나절이 부족할 정도였다.

점심을 먹고 난 오후에는 김 관장이 있는 무술 도장으로 갔다. 혹독한 웨이트 트레이닝을 받았고 강도 높은 테스트를 통과해야 했다. 화랑도를 비롯한 전통 무술은 지수가 기존에 익힌 무술과 차이가 많아 생각처럼 진도가 나가지 않았다. 김 관장은 딱딱한 박달나무 봉으로 지수의 어깨와 등을 내리치며 자세를 교정해 주었다. 보통 두 시간 정도 걸렸는데 속옷을 갈아입어야 할 만큼 땀을 많이 흘렸다. 효과가 있었던지 지수의 몸은 몰라보게 변했다. 근력과 지구력 테스트에서도 최고 수준으로 올라섰다. 한창 물이 올라 있던 특전사 시절보다 체력이 더 좋아진 것 같았다.

저녁 시간에는 별다른 약속이 없으면 '마음의 빛'으로 가서 요가와 명상을 하며 시간을 보냈다. 요가는 뭉쳐 있던 근육을 푸는 데 도움이 되어 좋았지만, 명상은 좀처럼 실행하기 어려웠다. 눈을 감고 있으면 졸음이 오거나 잡념이 끼어들었다. 소장은 김 관장과 달리 느긋하게 그를 지켜보기만 했다. 그렇게 하루하루가 흘렀다. 전체적으로 느긋하고 여유로운 생활이었다. 엄밀하게 말해 무한의 자유가 주어졌다고 해도 무방했다. 도장이든 명상 센터든 자신이 원치 않으면 가지 않아도 되었다. 김평남과 일본인 남자에 대한 추적도 마찬가지였다. 두 사건 모두 경찰에서 종결했는데, 다시 들추어내야 하는지 의문이 들었다. 자신을 이곳으로 보낸 최 전무가 무엇을 기대하는지도 확실치 않았다. 이방우 소장과 '정신사연구소'는 정보기관이 예의 주시해야 할 대상이 아니라는 것이 지수의 판단이었다. 사무실을 지키는 하얀 개 '태평이'처럼 이곳에서는 모든 사물이 느리게 움직였다.

지수는 평소와 다름없이 오후에 김 관장의 도장에 들러 운동을 했다. 샤워를 끝내고 사무실로 돌아오니 경찰에서 보낸 메일이 도착해 있었다. 기대 반 우려 반으로 메일을 점검했다. 첨부된 한글 파일에는 두 개의 실종 사건 개요와 관련 자료들이 들어 있었다. 하나는 '이은영 실종 사건'이고, 또 하나는 '정현서 실종 사건'이었다. 은영의 사건을 담당한 형사에게 유사한 실종 사건이 보고된 적 있는지 협조를 요청한 지 불과 이틀 만이었다. 정현서의 사건 개요를 읽으면서 지수는 깜짝 놀랐다. 모든 것이 은영의 경우와 너무나 닮아 있었다. 원인이 밝혀지지 않은 채 행방불명된 점, 외계인에게 납치되었다고 경찰서에서 진술한 점, 실종 시점에서 꽤 시간이 지나 한강변에서 발견된 점, 인적·물적 피해가 없는 점 등이 판에 박은 듯 똑같았다.

세부 사항에서 약간의 차이가 있을 뿐이었다. 은영은 일본인 남자를 만난 이후 실종되었지만, 정현서는 자취방에서 행방이 묘연해졌다. 은영이 비교적 상세하게 외계인을 묘사한 반면, 정현서는 외계인에 대해 구체적으로 진술하지 못했다. 그 외에 몇 가지 사소한 차이점이 있었다. 애초에 경찰이 이 두 사건을 범죄 사건으로 다루었다면, 당연히 동일범에 의한 사건으로 분류했을 정도로 유사한 점이 많았다. 경찰이 어쩌다 두 사건의 연계성을 놓쳤는지 궁금했다. 관할 경찰서가 달랐고 강력 범죄 요건을 갖추지 못했을 뿐만 아니라 실종자의 진술이 정상적이라고 판단하기 어렵다는 점이 크게 작용했을 것이다. 경찰은 살인 사건과 폭력 사건을 다루는 것만으로도 일손이 달렸다. 젊은 여성의 황당한 이야기에 정력을 쏟아부을 시간이나 여력이 없었다.

지수는 정현서의 인적 사항이 기록된 서류를 점검했다. 연락처가 있었다. 흥미로운 점은 은영보다 앞서 일어났다는 것이다. 분명히 뭔가 있었다. 순간, 서류를 읽던 지수의 눈이 한 지점에서 고정되었다.

실수로 흘려보낼 수 없는 결정적인 단서였다. 등골 사이가 서늘해졌다. 반복해서 두 여자의 인적 사항을 비교한 뒤, 관련 서류를 인쇄해 옆방의 소장에게로 갔다. 소장은 의자에 기대어 낮잠을 자고 있었다. 지수는 소장을 깨워 간략하게 사건의 개요를 설명했다. 몽롱하던 소장의 눈이 정현서 납치 사건에 이르자 정상으로 돌아왔다.

"그게 사실인가? 외계인에게 납치되었다는 여성이 또 있단 말이지?"

"그것만으로도 흥미로운 일인데, 이걸 보십시오."

소장은 지수가 내민 두 장의 서류를 비교하며 읽었다.

"뭐가 문제인가?"

소장의 목소리는 조금 잠겨 있었다.

"정현서와 이은영은 같은 고등학교에 다녔습니다."

소장이 돋보기를 썼다. 그의 눈동자가 커졌다.

"흠! 놀라운 일이군."

"졸업 연도도 같습니다. 두 사람이 친구일 가능성도 있는 거죠. 이런 경우를 단순한 '우연의 일치'로 보지는 않으시겠죠? 소장님이 말씀하신 동시성이 실현된 겁니다. 의미 있는 사건들이 우연히 겹쳐서 일어난 거죠."

"그렇게 봐야겠지."

소장은 돋보기를 살짝 치켜들고 눈을 비볐다.

"뭔가가 있군. 이럴 때 경찰은 냄새가 난다고 표현하나?"

"두 사건은 서로 연결되어 있습니다."

"맞아. 그런데 이 사실을 알아차렸을 때, 자네 머릿속에 제일 먼저 떠오른 게 무엇이었나?"

"네?"

"직감 말이야. 어떤 느낌이 들었어?"

"그건 잘 모르겠습니다."

지수의 대답에 소장은 조금 실망한 표정을 지었다. 지수는 영문을 몰라 소장의 얼굴을 바라보기만 했다.

"내가 누누이 당부했지, 직감을 사용하라고. 완벽한 어둠 속에서는 인간이 사용하는 일반적인 감각들이 무용지물이 되네. 암흑에서 탈출하려면 전혀 다른 감각을 이용해야 하는 거야. 힘들여 명상하고 기를 모으는 훈련을 하는 건 그런 이유지."

"이건 초능력으로 풀 수 있는 사건이 아닙니다. 형사 사건일 가능성이 큽니다."

"당연히 그렇게 봐야지. 하지만 내 직감엔 말이야, 이 사건을 일반적인 방식으로는 풀 수 없을 것 같아."

지수는 소장의 말을 기다렸다.

"이야기해 보게. 이런 사실이 밝혀졌는데, 앞으로 뭘 할 건가?"

지수는 소장의 질문을 이해하지 못해 머뭇거렸다.

"자넨 수사관으로서 제법 기본을 갖추었어. 집요하게 사건을 파고들고 사건을 해결하려는 의지도 강해. 그렇지만 의지와 열정만 가지고 이 사건을 풀 수 있을까?"

"앞으로 조사해 볼 작정입니다."

"당연하지. 피해자들의 주변 인물을 조사하고 과거에 불미스러운 일이 있었는지 확인해 봐야겠지."

소장은 담담하게 말했다.

"무작정 쫓아가기만 하지 말고, 조금 높은 자리에 서서 전체를 내려다보며 그림을 그리라는 이야기야. 두 여성이 같은 고등학교 출신이라는 사실을 밝혀냈지만, 이 사실로 우리가 취할 수 있는 예방적 대응은 하나도 없다는 거야. 무슨 말인지 이해하겠나? 똑같은 유형의 납치 사건이 지금 이 순간에도 일어나고 있을지 모르네. 그렇다면 자넨 어떤 행동을 취할 수 있나?"

"지금으로서는 아무런 조처도 할 수 없습니다."

지수는 솔직하게 말했다.

"내가 보기에 이 사건은 일반적인 논리와 개연성을 따져서는 풀수 없어. 뭔가 잔뜩 일그러져 있어."

일그러져 있다? 어느 정도 동의할 수 있는 표현이었다.

"난 말이야, 자네가 가슴속 깊은 곳에 묻어 둔 무의식의 세계를 부정하면 이 사건을 풀 수 없다고 생각해. 그런데도 자네는 불신과 회의로 자신의 잠재적 능력을 작은 울타리 안에 가두고 있어."

소장이 무슨 말을 하려는지 대충 이해하지만 동의할 수는 없었다. 그의 이야기는 상식에 비추어 한참이나 벗어나 있었다. 영적 에너지, 초능력, 초감각, 예언, 환상의 세계, 주술적인 신비, 꿈의 해석과 같은 추상적이고 비현실적인 힘에 기대 현실 세계의 범죄 사건을 푸는 것은 불가능한 일이었다.

"우선 이은영과 정현서 두 사람의 인적 관계부터 조사하겠습니다. 만약 두 사람이 친구 사이라면 사건이 의외로 쉽게 풀릴 수도 있습니다."

소장은 입을 다물고 아무 말도 하지 않았다.

"어쩌면 제3의 피해를 막을 수도 있겠지요. 결국엔 사건의 진실이 밝혀지리라 믿습니다."

소장이 엷은 신음을 내며 자리에서 일어났다. 대화를 중단하겠다는 간접적인 표현이었다. 커피포트에 물을 부으며 소장이 물었다.

"커피, 녹차, 어느 쪽이 좋은가?"

지수는 아랫입술을 깨물며 소장이 있는 개수대 쪽으로 다가갔다. 그러고는 말없이 인스턴트커피 봉지를 손가락으로 찢어 머그잔에 쏟아부었다.

겨울을 알리는 비가 내렸다. 손바닥으로 떨어진 빗방울은 가슴속에 남은 여름의 기억을 차갑게 식혔다. 지수는 지하철역 입구의 지붕아래에서 비를 피하며 은영을 기다렸다. 퇴근 시간이어서 역 주변은 사람들로 북적거렸다. 계단을 올라오는 인파 사이에서 지수는 쉽게 은영을 찾아냈다. 은영이 지수를 확인하고는 환하게 웃었다. 약간 벌어진 입 사이로 하얀 입김이 새어 나왔다. 은영은 큼직한 숄더백을 어깨에 걸치고 있었다. 그 안에 든 내용물이 요가 할 때 입는 체육복이라는 것은 확인하지 않아도 알 수 있었다.

두 사람은 지하철역에서 멀지 않은 커피 전문점으로 들어갔다. 창가에는 빈자리가 없어 두 사람은 뒤쪽의 가장 구석 자리에 앉았다. 지수는 아메리카노를, 은영은 카푸치노를 마셨다. 머그잔을 든 지수의 팔이 옷 속에서 휴대폰 진동처럼 떨렸다. 근력 운동을 과하게 한 후유증이었다. "한 번 더!"라고 외치는 김 관장의 고함이 아직 귀에서 울리는 것 같았다.

"무슨 일이 있는 건 아니죠? 갑자기 밖에서 만나자고 해서 조금 놀랐어요."

은영은 궁금한 마음을 숨기지 않았다. '마음의 빛'에 다니면서 일어난 변화 중 하나였다. 그녀는 감정을 숨기지 않는 것이 효과적인 대화법이라는 것을 터득했다. 지수는 이름을 밝히지 않은 채 '정현서 실종 사건'에 대해 말했다. 피해자가 외계인에게 납치되었다는 주장을 했고 의식을 잃은 채 한강변에서 발견되었다는 이야기까지, 가능한 은영이 충격을 받지 않도록 조심하며 말했다. 은영은 감정의 변화를 보이지 않으려고 노력하면서 지수의 이야기를 들었다. 그러나 점점 차오르는 감정을 완벽히 다스리기란 불가능했다. 자기 연민을 떨쳤다고는 하지만, 그녀는 아직 젊은 미혼 여성이었다.

"지금 말씀하신 게 모두 사실인가요?"

"경찰을 통해 확인한 정보입니다. 그리고 오늘 은영 씨를 보자고 한 건 이것 때문이에요."

지수는 재킷 호주머니에서 수첩을 꺼내 볼펜으로 무엇인가를 쓴 다음 은영이 볼 수 있도록 수첩을 돌려놓았다.

"정현서."

은영은 중얼거리듯 글자를 읽은 다음 지수를 바라봤다.

"아는 이름인가요?"

은영이 생각에 잠겼다.

"고등학교 때 같은 반 친구 중 정현서가 있었어요. 그 외에는 떠오르는 사람이 없어요."

"같은 반 친구? 친했나요?"

"아뇨. 하지만 같은 반이었을 때는 함께 밥도 먹고 같이 어울려 다녔어요. 3학년 때 각자 다른 친구들을 사귀면서 자연스럽게 멀어졌고요. 그런데 방금 말씀하신 분이 제 친구가 맞나요?"

"확실한 것 같아요. 정현서 씨도 중앙여고를 나왔어요. 졸업 연도도 같고요."

지수의 말에 은영은 조금 전과 달리 동요하는 표정을 지었다.

"졸업 후 정현서 씨를 만난 적 있나요?"

지수는 사실 관계를 확인하기 위해 서둘렀지만 은영은 아직 준비가 되어 있지 않았다. 갑자기 그녀의 눈에서 굵은 눈물이 흘러내렸다. 은영은 급하게 티슈로 눈물을 닦았다. 하지만 걱정과 달리 은영은 빠르게 안정을 되찾았다. 그동안 명상 센터에서 감정 다루는 법을 훈련한 효과였다.

"현서는 지금 어디에 있어요?"

"연락처가 있으니 언제든 확인할 수 있습니다. 우선 은영 씨를 만나 확인해 보고 싶었습니다."

"그런데 현서와 제가 똑같은 일을 당한 게 단순한 우연인가요?"

"지금 상태로는 단정할 수 없습니다. 조사를 좀 더 해봐야겠죠."

"혹시 경찰이신가요?"

은영이 자신 없는 목소리로 물었다.

"아시잖아요, 전 연구소 직원이에요."

그렇게 말하고 지수는 은영 앞에 놓여 있던 수첩을 자기 앞으로 가져왔다.

"지금부터 제가 하는 질문에 집중해서 답해 주세요. 은영 씨가 얼마나 많은 걸 기억하고 있느냐가 중요해요."

지수의 말에 은영은 묵묵히 고개를 끄덕였다.

요이치는 침대에 기대어 앉아 일본에서 가져온 잡지 『울트라 진』을 읽고 있었다. 『울트라 진』은 비밀리에 유통되는 회원제 잡지였다.

발행인이 누구인지 주 편집자가 누구인지도 알려지지 않았다. 토픽은 매호마다 바뀌지만, 편집 구성은 정해져 있었다. 대담 형식의 인터뷰 기사가 메인이고 그에 따른 논설과 분석이 실렸다. 천황과 황실의 동정 기사가 유일하게 연재되었다. 이번 호 특집은 위대한 예언자 에드거 케이시의 혼령을 불러내 미래를 읽은 인터뷰 기사였다. 이른바 '혼령과의 대화'. 제목만으로도 가슴이 두근거렸다. 예언가이자 심령 치료사인 에드거 케이시는 '20세기 최고의 신비로운 사람' 또는 '잠자는 예언가'로 불렸다. 대표적인 예언으로는 일본 열도의 침몰과 소비에트 연방의 몰락, 아메리카 대륙의 갈라짐, 지구 회전축의 변화, 아틀란티스 대륙의 융기 등이었다. 케이시는 최면 상태에서 우주의 모든 지식과 정보, 생물체의 기억이 저장된 아카식 레코드를 읽어 낸 것으로도 유명했다. 『울트라 진』의 특집 기사에서 혼령으로 되살아난 에드거 케이시는 중국이 일본을 흡수하는 과정을 매우 세밀하게 예언했다. 최단 2020년, 늦어도 2050년까지 중국이 한반도를 포함한 일본 열도를 병합한다는 마스터플랜이었다. '종교 대국'으로 환골탈태해 유물론과 무신론에 입각한 좌경 세력을 몰아내지 못하면 일본이 중국 침략의 희생양이 되리라는 것을 에드거 케이시는 강한 어조로 경고했다.

요이치는 흥분을 억누르며 잡지를 읽었다. 당장이라도 중국 공산당과 일본 좌익들의 심장부에 비수를 꽂고 싶었다. 요이치는 페이지를 넘겨 천황의 동정 기사를 마지막으로 읽었다. 자비로운 천황 폐하의 사진을 보는 것만으로도 가슴이 벅차 올랐다. 새삼 그는 자신이 부여받은 임무의 성스러움을 깨달았다. 서울 한복판에서 그는 전투를 벌이고 있었다. 중국 놈들에 앞서 목표를 달성해야 한다. 요이치는 잡지를 테이블 위에 던지고 욕실로 들어갔다.

뜨거운 물에 몸을 담그고 그는 상념에 잠겼다. 이시하라 선사 문하에서 수행하고 참선을 구한 지도 벌써 3년이 흘렀다. 선사는 그를 완전무결한 사무라이로 만들었다. 그 보답으로 요이치는 자신의 보잘것없는 육체를 조국과 종단을 위해 바치겠다고 맹세했다. 죽어서 야스쿠니에서 만나자던 선배 군인들의 유언을 따라 자신도 언젠가는 혼령이 되어 조국 강토를 지킬 것이다. 하찮은 인정과 욕망에 이끌려 일을 망쳐서는 안 된다. 뜨거운 목욕물이 하반신을 데웠고 이마에서 굵은 땀이 흘러내렸다. 요이치는 눈을 감고 정신을 집중했다. 몸에 힘을 주자 탄탄하고 매끈한 가슴과 어깨 근육이 꿈틀거렸다. 의도와 달리 그의 성기가 물속에서 발기했다. 은영이라는 이름을 가진 여자의 얼굴이 떠오르고 그날 밤의 혼란스러웠던 정사가 기억났다. 헤이와보케平和ぼけ(평화가 오래가면서 생기는 치매 현상). 조국 일본이 '헤이와보케'라는 고질적인 병을 털어 내지 못하듯이 그의 건강한 몸은 본능적으로 여자를 원하고 있었다. 그는 발기한 성기를 한 손으로 움켜쥐었다. 손바닥을 타고 익숙하지 않은 감각이 전달되었다. 그때 탁자에 올려 둔 휴대 전화가 울렸다. 욕조에서 나와 몸을 닦지도 않은 채 그는 침대로 가서 전화를 받았다. 전화기 너머로 간지의 목소리가 흘러나왔다.

"여자를 찾았어."

"요시."

여자는 명동의 한 백화점에 있었다. 요이치는 백화점 입구 광장에서 어슬렁거렸다. 여자가 쇼핑을 끝내려면 시간이 좀 더 걸리겠다고

106

간지가 전화로 알려 줬다. 요이치는 재킷에서 사진 한 장을 꺼내어 살폈다. 모두 여덟 명의 여고생이 카메라를 향해 웃음 짓고 있었다. 네 명의 여자 얼굴에 X 표시가 되어 있었다. 백화점에 있는 여자가 다섯 번째였다. 간지가 여자의 뒤를 밟고 있으니 곧 모습을 드러낼 것이다.

또다시 은영의 얼굴이 떠올랐다. 은영은 순수하고 지적인 분위기를 풍겼다. 다른 여자들을 납치했을 때와 달리 부드러운 방식을 사용하자고 간지가 제안했을 때, 요이치는 자신도 모르게 동의하고 말았다. 즉흥으로 내린 결정이었다. 간지가 자신 있는 태도로 여자에게 말을 걸었고 결국 재즈가 흐르는 고급 바에서 푹신한 소파에 앉아 함께 데킬라를 마셨다. 수다스러운 간지가 대화를 주도했다. 요이치는 주로 두 사람의 대화를 들었다. 출판사에서 일하는 여자여서 그런지 문학 이야기를 할 때 유독 눈빛이 반짝거렸다. 은영은 간지의 제안을 받아들여 호텔의 클럽까지 따라왔다. 요이치는 두 사람을 내버려 두고 먼저 방으로 올라가 간지가 여자를 데려올 때까지 기다렸다. 은영이 간지의 달콤한 말과 미소에 쉽게 넘어갔다고 생각하자 왠지 우울해졌다. 어쩌면 은영이 간지의 꾐에 빠져 호텔방으로 들어오지 않기를 바랐는지도 모른다. 요이치는 은영에게 실망해 자신도 모르게 여자를 마치 강간하듯 거칠게 다루었다. 간지가 지켜보는 상황에서 짐승처럼 굴었다. 모든 작업이 끝나고 벌거벗긴 은영을 모포에 싸서 한강변에 버리고 오면서 요이치는 다시는 감상에 휘둘리지 않겠다고 다짐했다. 대동아공영권 건설에 임하는 사무라이는 단호하고 냉정해야 한다. 오늘은 이전과 같은 실수를 되풀이하지 않으리라. 요이치는 숨을 들이마시고 보름달이 뜬 도시의 밤하늘을 올려다봤다. 도심의 환한 불빛 탓에 부연 먼지가 묻은 것처럼 달빛이 흐렸다. 요이치는 같은 시각 바다 너머 조국에서 달을 바라보는 사람들의 얼굴을 그려 봤다. 함께 수행했던 형제와 자매들이 호수로 나와 달을 바라보며 소원을 빌고 있을 것이다. 천황의 별궁 연못에도 같은 달이 떠 있을 거라는 생각에 가슴이 두근거렸다.

보라는 얼빠진 표정으로 명동 골목을 빙글빙글 돌았다. 특별히 사고 싶은 물건은 없었다. 그저 아이쇼핑을 하며 시간을 보내고 있을 뿐이었다. 찬바람을 맞아서인지 이내 따뜻한 곳이 그리웠다. 다행히 안성맞춤인 장소가 근처에 있었다. 보라는 백화점에 들어와 곧장 화장실로 향했다. 대리석이 깔린 화장실에는 화장품 냄새가 진동했다. 보라는 마스카라를 붙인 여고생 옆에 서서 거울을 쳐다보았다. 생기라고는 찾아볼 수 없는 무뚝뚝한 표정의 여자가 자신을 바라보고 있었다. 보라는 손을 씻으며 마음을 다잡았다. 기껏해야 면접에 떨어진 것이다. 목표를 너무 높게 잡았기 때문에 일어난 일이다. 현실과 타협하면 활로가 생길 것이다.

보라가 백화점에 온 것은 우연이 아니었다. 이곳에서는 비참하고 실패한 꿈 따윈 찾을 수 없었다. 대신 돈으로 살 수 있는 실제적이고 감각적인 쾌감이 넘쳐났다. 보라는 대충 손을 말리고 화장실을 나왔다. 절망과 외로움을 숨긴 채 쇼핑에 열중할 생각이었다. 그때 갑자기 한 남자가 길을 가로막았다. 보라는 딴 데 정신이 팔려 남자가 하는 말을 제대로 듣지 못했다.

"네?"

겨우 대답하며 고개를 들어 남자를 바라봤다. 말끔하게 차려입은 젊은 남자였다. 보라는 뿔테 안경을 추어올리며 남자를 자세히 관찰했다. 남자는 어눌한 말로 길을 물었다. 멀티플렉스 영화관 어쩌고 하는 걸 보니 영화관을 찾는 것 같았다. 보라는 냉정하게 비켜서 걸어갔다.

"저기요!"

남자가 다급하게 불렀다. 보라는 힐끔 뒤돌아보고는 서둘러 에스컬레이터에 올랐다. 남자의 시선에서 벗어났다는 생각이 들자 안도감이 밀려왔다. 화장도 하지 않은 채 평상복을 입고 백화점을 오는 게 아니었다. 위층은 남성복 판매장이었다. 보라는 바닥으로 시선을 고정한 채 걸었다. 그제야 보라는 말을 걸어온 남자가 일본인이라는 걸 알아차렸다. '외국인인 줄 알았으면 좀 더 친절하게 대해 줬을 텐데.' 후회했지만 이미 남자의 모습은 보이지 않았다.

간지는 요이치를 찾아 급히 백화점 입구로 내려왔다. 너른 광장 끝 계단에 요이치가 등을 보인 채 하늘을 올려다보고 있었다. 간지가 가까이 다가가 요이치의 등을 두드렸다. 고개를 돌린 요이치의 얼굴에는 표정이 없었다.

"여자를 놓쳤어."

간지가 빠르게 말했다. 요이치는 이해할 수 없다는 듯 눈썹을 치켜세웠다.

"여자를 데려오려고 했는데 실패했어. 어떡하지?"

"명령은 내가 내린다고 하지 않았나?"

요이치가 반문했다. 간지는 답하지 않았다.

"더 이상 그런 이상한 놀이는 하지 않겠다고 말했을 텐데?"

"여자와 놀고 싶어서 그런 게 아니야. 단지 이 방법이 가장 안전하다고 생각했어. 이렇게 사람이 많은 데서 여자를 데려오는 게 쉬운 일은 아니잖아? 그리고 이번에는 여자 집에 가족들이 있기 때문에 이전에 했던 방식을 쓸 수도 없어."

정현서를 납치할 때 그들은 여자의 자취방을 급습했다. 욕실에서 샤워를 마치고 나오는 여자를 기절시켜 그대로 데려왔다. 가장 손쉬운 전략이었다.

"예정대로 여자를 데려오기만 하면 돼."

요이치가 차갑게 말하고 나서 등을 돌렸다.

시동이 꺼진 SUV 한 대가 마로니에 나무 밑에 주차해 있었다. 아파트 놀이터에 설치된 폐쇄 회로 카메라에서 벗어난 사각지대였다. 싸늘해진 날씨 탓에 오가는 사람도 거의 없었다. 간지는 운전대를 잡고 정면을 응시했다. 요이치는 조수석 의자를 뒤로 젖히고 누워 있었다. 두 사람은 백화점을 빠져나오면서부터 아무 말도 하지 않았다. 간지는 요이치에게 모든 것을 맡기기로 마음먹었다. 일본을 떠날 때부터 정해진 역할이었다. 표면상으로는 동료지만 두 사람의 역할은 분명히 달랐다. 그때 검은 실루엣이 나타났다. 간지가 눈을 가늘게 뜨고 대상을 살폈다. 여자였다. 택시에서 내린 보라가 쇼핑백 두 개를 들고 602동으로 걸어오고 있었다. 간지가 요이치의 어깨를 툭 치자 요이치가 몸을 일으켰다.

"시동을 켜."

요이치는 망설이지 않고 차에서 내려 코트 깃을 세우고 어깨를 약간 움츠린 채 앞으로 걸어갔다. 그는 주위를 둘러보며 천천히 여자에게 접근했다. 쇼핑백을 양손에 든 보라는 백화점에서와 마찬가지로 바닥을 내려다보며 걷고 있었다. 요이치가 근접했는데도 위험을 감지하지 못했다. 차도를 가로질러 걷던 요이치가 보도로 올라섰다. 보라는 여전히 무방비 상태에서 고개를 들지 않고 땅을 보며 걸었다. 마주 걸어오던 두 사람의 거리가 좁혀지자 인기척을 느낀 보라가 옆으로 비켜섰다. 보라는 요이치의 사정거리에 들어와 있었다. 운전석에 앉은 간지는 숨죽인 채 두 사람을 지켜봤다. 요이치의 동작은 깔끔했다. 코트 주머니에 들어 있던 오른손이 포물선을 그리듯 허공을 가르며 여자의 아랫배를 강타했다. 요이치는 쉽고 단순한 폭력을 선택했다. 보라는 빨랫줄에 걸린 천 조각처럼 요이치의 팔에 매달렸다. 쇼핑백은 바닥으로 떨어졌다. 간지가 재빨리 차를 댔다. 운전석에서 나와 뒷문을 열자 요이치가 사과 상자를 던지듯 보라를 뒷좌석으로 내던졌다. 불필요한 동작은 없었다. 복부를 맞은 보라는 신음조차 제대로 토해 내지 못했다. 세 사람을 태운 차가 빠르게 아파트를 빠져나갔다. 간지가 룸미러로 보니 요이치는 창밖을 내다보고 있었다. 요이치의 손바닥이 여자의 이마에 닿아 있었다. 그것은 곧 여자가 깊은 잠에 빠진 것을 의미했다.

사건이 접수된 시각은 22시 53분. 베란다에서 담배를 피우던 한 중년 남성이 납치로 보이는 사건을 목격하고 112로 전화를 걸었다. 최 전무가 경찰청을 통해 협조를 요청해 놓은 터라 납치 사건은 지수에게도 신속하게 전달되었다. 처음 사건을 보고받았을 때 최 전무는 회의적인 반응을 보였다. 강도·강간 사건도 아니고 몸값을 노린 납치극도 아니었다. 젊은 여성 둘이 행방불명되었다 돌아왔고 외계인을 만났다는 엉뚱한 진술을 했다. 특이한 점은 피해자 둘이 우연히도 같은 고등학교 출신이었다. 이상하다고 생각하면 충분히 이상한 사건이지만 경찰에 맡겨 둬도 상관없는 사건이었다. 그러나 지수의 강한 요구를 받아들여 일단 비슷한 유형의 행방불명 사건이나 여성 납치 사건이 접수되면 즉각 보고하도록 경찰에 조치를 취했다. 그리고 지수의 예상대로 납치 사건이 발생했다.

최 전무와 지수는 거의 동시에 도착했다. 담당서 강력계 형사들이 이미 사건을 조사하고 있었다. 두 사람은 함께 엘리베이터를 타고 피해자의 집으로 올라갔다.

"직접 오시리라고는 생각하지 못했습니다."

지수의 말에 최 전무는 무표정으로 답했다.

"이방우와 네가 대체 뭘 하는지 궁금해졌거든."

알 듯 모를 듯 애매한 답이었다. 엘리베이터 문이 열리자 문 앞을 지키고 있던 젊은 의무경찰이 나와 두 사람의 신분을 확인했다. 최 전무가 먼저 집 안으로 들어가고 지수가 뒤따랐다. 사복 차림의 형사 둘이 거실에서 서성이고 가죽 점퍼를 입은 젊은 형사가 피해자의 부모들과 이야기를 나누고 있었다. 주방의 전등갓 아래에 선 중년의 형사가 최 전무에게 다가서며 낮은 목소리로 말했다.

"한 방에 여자를 제압했습니다. 아무리 여자라고 해도 그렇게 하기란 상당히 어렵죠. 주변에 아무런 단서도 남기지 않았고 아파트 내부에 설치된 카메라에도 잡히지 않았습니다."

형사는 그 이상 구체적인 정황에 대해서는 말하지 않았다. 지수는 시간을 낭비할 필요가 없다고 생각했다. 그가 확인하고 싶은 것은 단 하나였다. 지수는 파자마 차림에 창백한 얼굴로 땅바닥에 앉아 담배를 피우는 피해자의 아버지에게 다가갔다.

"따님께서 혹시 H시의 중앙여고를 졸업했나요?"

"맞아요. 그런데 그걸 어떻게 아셨소?"

지수는 자신도 모르게 한숨을 내쉬었다.

최 전무의 허락을 받아, 지수는 지금까지 획득한 정보를 형사들에게 알려 줬다. 어쨌든 이 사건은 경찰이 해결해야 할 사안이었다. 형사들은 외계인 이야기를 듣고선 묘하게 인상을 찌푸렸다. 지수는 충격적인 사건 이후의 정신적 외상일 가능성이 크다고 말해 형사들을 안심시켰다. 전담 수사 팀을 꾸릴 거라는 이야기를 듣고 두 사람은 아파트를 나왔다. 최 전무가 어깨를 움츠리며 말했다.

"만약 이번 사건이 동일범의 범행이라면 피해자의 신변은 걱정하지 않아도 되는 거잖아?"

"네?"

"자네 말대로라면 보라라는 아가씨도 멀쩡한 상태로 돌아오겠지. 외계인을 만난 다음 한강에 버려지는 게 다음 시나리오잖아. 강간을 당한다든지 목숨을 잃는 건 아니니까 다행이라고 해야 하나?"

지수는 대답하지 않았다. 그럴 수도 있고, 아닐 수도 있었다.

"정말 그렇게 생각하세요?"

"아무튼 좀 더 지켜보도록 하지. 자네가 준 단서로 경찰이 곧 돌파구를 찾아낼 거야. 우리나라 경찰은 상당히 전문적이고 우수한 조직이야. 믿어 보자고."

최 전무는 지수의 어깨를 토닥인 다음 차에 올랐다. 최 전무의 중형 승용차가 시야에서 사라질 동안 지수는 움직이지 않고 허공을 바라보았다. 바로 그 빈 공간에서 납치 사건이 일어났다. 그 사실을 깨닫자 몸이 가볍게 떨렸다. 지수는 눈을 감고 불과 몇 시간 전에 일어난 사건으로 들어가 보려고 애썼다. 그럴 수만 있다면 사건의 추적이 한결 쉬워질 것이다. '내게 그런 초능력이 있을까?' 지수는 몸에서 힘을 빼고 정신을 집중해 사방의 기를 받아들이려고 노력했다. 이방우 소장이 알려 준 대로 세계의 집합적 무의식과 교섭하기 위한 최초의 시도였다. 하지만 아무 그림도 나타나지 않았다. 적막한 어둠이 깊고 넓게 펼쳐져 있을 뿐이었다. 지수는 자기 차로 돌아와 시동을 켰다. 디젤 엔진 특유의 요란한 소음이 밤의 고요를 흩트렸다. 순간 가슴이 덜컥 내려앉았다. 과거의 그림으로 들어가지는 못했지만 불길한 예감이 강하게 그를 덮쳐 왔다.

5

눈을 떴을 때 보라의 몸은 허공으로 천천히 떠오르고 있었다. 그
녀의 몸은 타원형의 노란 발광 물질에 싸여 있었는데 정작 자신은 그
사실을 깨닫지 못했다. 그녀는 이곳이 어머니의 자궁인지도 모르겠
다고 생각했다. 우주의 시간이 역행해 다시 어머니 몸속으로 들어온
거라는 생각이 들었다. 멀리서 미묘한 북소리가 들려오자 그녀는 몸
을 웅크린 채 소리에 귀를 기울였다. 난쟁이들의 흥겨운 발걸음 소리
같기도 하고 꽃잎이 부드러운 흙 위로 떨어지는 소리 같기도 했다.
고막을 통해 전달되는 소리가 아니라 온몸으로 들어오는 이질적인
울림이었다. 그녀는 자신의 몸을 손바닥으로 만졌다. 발가락과 발목,
종아리, 무릎, 허벅지, 배, 가슴, 목, 이마, 정수리까지 꼼꼼히 확인했
다. 촉감 역시 기묘한 반응을 보였다. 그녀는 자신이 발가벗고 있다
는 사실을 알았다. 눈이 적응하면서 색감을 회복했다. 그녀는 사방이
노란 페인트로 칠해진 방에 들어와 있었다. 방의 크기는 시간이 지날
수록 커졌다. 마치 작은 벌레가 되어 거대한 노란 장미꽃잎 속에 빠

져 버린 것 같았다.

　그리고 세계가 무너졌다. 수천의 바위가 자신을 향해 수직낙하해 떨어지자 보라는 눈을 감았다. 귀를 막았지만, 굉음은 그칠 줄 몰랐다. 바위는 곧 폭포수로 바뀌어 몸을 관통해 검은 웅덩이로 빨려 들어갔다. 그녀를 감싸고 있던 노란 방은 암초에 부딪힌 범선처럼 균열이 일어나더니 어느새 차갑고 검은 물로 채워졌다. 환하고 따뜻한 방을 잃어버린 그녀는 허공에 뜬 한 줄기 빛을 발견하고 그 빛을 따라갔다. 물 위로 솟구쳐 오르는 잠수부처럼 지상을 향해 올라갔다. 손을 뻗어 빛을 잡으려고 했지만, 빛은 이내 사라졌다. 심해에서 수면으로 올라왔을 때처럼 그녀는 긴 숨을 몰아쉬었다. 세계는 다시 안정을 되찾았고 마침내 감각을 회복했다. 하늘이 온통 검은 먹구름으로 뒤덮여 있었다. 몸을 돌려 아래를 내려다봤다. 거짓말처럼 현실 세계가 눈에 들어왔다. 그곳에 보라는 이름을 가진 여자가 눈을 감은 채 잠들어 있었다. 지하의 작은 방이었다.

　그녀는 긴 철제 침상 위에 누워 있었다. 누워 있는 것은 육체였고 허공에 떠 있는 것은 유체幽體였다. 두 남자가 침상에 누운 보라를 내려다보고 있었다. 허공에 뜬 보라는 두 남자 중 한 명을 알아봤다. 백화점에서 말을 걸어 왔던 외국인 남자! 보라는 비명을 질렀다. 두 남자는 비명을 듣지 못한 채 누워 잠든 여자아이만 바라봤다. 낯선 남자가 고개를 끄덕이자 그녀에게 말을 건 남자가 잠들어 있는 보라에게 다가섰다. 눈을 감았지만 모든 것이 생생하게 보였다.

　간지가 보라의 옷을 벗겼다. 얇은 솜 외투를 벗기고 평범한 검은색 니트 스웨터를 벗겼다. 외국 브랜드 상표가 그려진 반소매 티셔츠를 벗기자 브래지어만 남았다. 간지는 잠깐 망설인 다음 플라스틱 손목시계를 풀었다. 운동화를 벗긴 다음 벨트를 풀어 청바지를 끌어 내렸다. 흰 발목 양말도 벗겨 바닥에 던졌다. 순식간에 여자는 속옷 차림이 되었다. 브래지어를 푸는 데 조금 시간이 걸렸다. 그런 다음 마지막으로 팬티를 벗겼다. 밝은 백열등이 보라의 몸을 비추었다. 간지는 침을 꿀꺽 삼키고는 요이치에게 고개를 돌렸다. 지하실 특유의 비릿한 곰팡내가 사방에서 진동했다. 요이치는 팔짱을 낀 채 눈을 감고 있었다. 기를 모으는 데 꽤 시간이 걸렸다. 그동안 간지는 여자의 왼쪽 가슴에 손을 올리고 심장 박동을 점검하고 코에 얼굴을 가까이 대 온기를 확인했다. 모든 것이 정상이었다.

"뭔가 잘못됐어."

눈을 뜬 요이치가 말했다.

간지는 굳은 표정의 요이치를 멍하니 바라봤다.

"기가 모이지 않아. 누군가 우릴 지켜보고 있어."

간지는 요이치의 말을 이해하지 못했다. 오늘로서 다섯 번째였다. 잘못된 것은 아무것도 없었다. 누가 지켜본단 말인가. 그들이 있는 곳은 누구도 출입할 수 없는 사방이 막힌 지하실이었다. 유일한 출입구인 철문은 굳게 닫혀 있어 쥐새끼 한 마리도 들어올 수 없었다. 간지는 바닥에 놓인 가죽 가방을 들어 침상에 올렸다. 지퍼를 열고 가방 속에 든 나무 케이스를 꺼냈다. 통나무로 만든 케이스는 묵직했다. 요이치가 나서자 간지는 한 발짝 뒤로 물러났다. 요이치는 강렬한 시선으로 나무 케이스를 내려다봤다. 눈에 가느다란 실핏줄이 곤두서고 여느 때보다 긴장한 표정이었다. 간지는 그런 요이치를 이해할 수 없었다. 심령의 힘을 사용할 때는 조심해야 하지만, 오늘따라 요이치는 유난히 긴장하고 있었다.

요이치가 마침내 케이스를 열었다. 케이스 내부는 붉은 비단으로 덮여 있어 내용물이 보이지 않았다. 비단에는 종단의 상징인 벚꽃 문양이 새겨져 있었다. 요이치가 조심스러운 동작으로 작은 비단 보자기를 걷어 내자 보석을 장식해 놓은 듯 쿠션 역할을 하는 화려한 주홍빛의 두꺼운 천이 보였다. 그 중앙에 검은 돌이 관 속에 들어간 주검처럼 놓여 있었다. 길쭉하고 매끄러운 검은 돌은 소시지만 한 크기였다. 간지는 돌을 볼 때마다 포르노에 등장하는 남성의 발기한 성기를 떠올렸다. 눈을 감고 흐트러진 마음을 바로잡았다. 부정한 잡념으로 일을 망쳐서는 안 된다.

요이치는 케이스에서 돌을 꺼내 손바닥에 놓고 내려다봤다. 마치 갓 태어난 새 생명을 대하듯 그의 얼굴은 진지하고 엄숙했다. 요이치는 천천히 양손을 들어 올려 백열등 불빛에 돌을 비추었다. 기름을 바른 듯 매끈한 돌의 겉면이 반짝였다. 요이치는 눈을 감고 기도했다. 800만 일본의 모든 신이 그의 기도를 듣고 있을 것이다. 야스쿠니에 모신 250여 만 전쟁 영웅의 혼이 깨어나 그를 지켜보고 있었다. 요이치는 '전몰자추도중앙국민집회'에 참가했던 그날의 감격을 떠올렸다. 동시에 천황 폐하에게 '사죄'라는 가당치도 않은 용어의 명기를 고집하고 과거사에 대한 공식 사과를 요구한 중국인의 무례를 떠올리며 치욕에 몸을 떨었다. 전쟁은 끝나지 않았다!

기도를 끝낸 요이치는 돌을 받쳐 들고 여자가 누워 있는 침상으로 한 걸음 다가섰다. 벌거벗은 여자는 바른 자세로 누워 있었다. 요이치는 뒤에 물러서 있던 간지를 바라보며 고개를 끄덕였다. 그러고는 아무 말 없이 여자의 얼굴을 턱으로 가리켰다. 간지는 "아!" 하는 짧은 탄식과 함께 손을 뻗어 여자의 안경을 벗겼다. 요이치는 여자의 유방과 치모의 거리를 눈대중으로 재고는 여자의 아랫배 부근에 검은 돌을 조심스럽게 올렸다. 돌을 올리면서 손등이 자연스럽게 여자의 배에 닿았다. 차가웠다. 깊은 계곡의 얼음에 손을 댄 것처럼 차가웠다. 한숨을 내뱉자 하얀 김이 나왔다. 이상한 일이었다. 매번 똑같은 의식을 반복했지만 이런 경우는 처음이었다. 여자들의 몸은 대개 따뜻하게 달아올랐다. 특히 검은 돌이 자궁 위에 오르면 체온이 급격히 높아졌다. 돌이 가진 신비한 힘이라고 요이치는 믿었다. 그러나 이번 여자는 달랐다. 무엇이 잘못된 것일까?

한동안 요이치와 간지는 침상 옆에 서서 여자의 배 위에 올린 검은 돌을 관찰했다. 아무런 반응이 일어나지 않았다. 선사의 말이 떠올랐다. '푸른 섬광이 번쩍일 것이다. 그 순간을 놓치지 마라.' 하지만 눈부신 푸른빛 대신 검은 돌은 자체적으로 가지고 있던 윤기마저 잃고 좀 더 거무튀튀해졌다. 이 여자도 아니란 말인가! 요이치는 탄식했다. 시간이 없었다. 초조했다. 이대로 가면 언젠가는 중국인 초능력자들에게 뒤처질 것이었다. 잔뜩 찌푸린 얼굴로 요이치가 성급한 결정을 내렸다. 그의 명령에 간지가 머뭇거리며 옷을 벗었다.

무엇하나 분명한 것이 없었다. 허공에 뜬 채 보라는 홀로 남은 남자를 쏘아봤지만 남자는 모호한 표정을 지으며 자신의 육체를 내려다볼 뿐이었다. 갑자기 남자가 옷을 벗기 시작했다. 순식간에 그는 벌거숭이가 되었다. 보라가 비명을 내지르기도 전에 남자가 침상 위로 올라왔다. 남자가 천천히 자신의 볼과 턱을 쓰다듬었다. 남자의 등과 팔에 잔 소름이 돋았다. 남자는 따뜻한 입김을 분 다음 차갑게 굳은 보라의 유두를 가볍게 깨물었다. 남자의 가늘고 섬세한 손이 보라의 다른 쪽 유방을 어루만졌다. 남자를 제지할 방법이 없었다. 그녀는 공기와도 같은 유체가 되어 허공을 부유했다. 유체는 수치심과 아릿한 쾌감이 혼합된 불분명한 관념에 눌려 있었다. 비스듬히 누운 남자의 페니스가 서서히 발기하고, 자신의 치모는 남자의 손바닥에 가려져 보이지 않았다. 남자가 천천히 보라의 몸 위로 올라왔다. 남자의 어깨와 팔, 엉덩이 근육이 꿈틀거렸다. 남자가 무릎을 이용해 보라의 다리를 조금 벌렸다. 그러고는 힘을 주어 페니스를 보라의 몸속으로 집어넣었다. 남자의 등과 팔 위로 푸른 혈관이 튀어나왔다. 온몸의 털이 곤두서 있었다. 보라는 남자를 끌어 내리려고 했지만, 유체가 된 그녀는 아무런 물리적인 마찰과 저항도 일으키지 못했다. 그녀는 그저 허공에 뜬 채 백열등 밑의 두 남녀의 육체가 뒤섞이는 장면을 내려다보았다. 남자가 움직일 때마다 보라의 몸은 플라스틱 인형처럼 부자연스럽게 흔들렸다. 남자는 잠든 그녀의 목을 어루만지며 몸을 움직였다. 움직임이 커질수록 보라는 고통스러웠다. 무엇이 진짜 고통인지 구분조차 할 수 없었다. 잠든 채 서서히 죽어 가는 육체에 가해지는 고통이 진짜인지, 아니면 환영처럼 펼쳐진 악몽의 풍경을 관찰하는 것이 고통스러운지 알 수 없었다. 그리고 믿고 싶지 않은 상황이 벌어졌다. 남자 밑에서 잠든 자신의 몸이 점점 반응하는 모습이 보였다. 그녀는 비명을 질렀다. 절정을 향해 달려가는 남자의 호흡이 가빠졌다.

　요이치가 다시 지하 방으로 들어왔을 때 간지는 간이 철제 의자에 앉아 양손을 머리에 얹은 채 고개를 숙이고 있었다. 요이치는 그런 간지를 무시했다. 나약한 감상에 젖어 있을 때가 아니었다. 다섯 번째 여자였다. 일본을 나오기 전에는 자신감에 차 있었다. 교단에서 내려온 명령은 단순명료했다. 사진 속의 여자를 찾아내라는 명령은 다년간 혹독한 수련을 겪은 그에게 너무나 쉬운 일처럼 보였다. 고인이 된 이시하라 선사는 부드럽지만 단호한 목소리로 말했다. "청과 조선이 시대를 역행한 참담한 대가를 치르는 동안 대일본 제국은 메이지 유신으로 아시아에서 벗어나 서구 사회의 일원이 되었다. 그러나 영광스러웠던 과거는 다가오는 미래의 위협에 의해 훼손될 위기에 처해 있다. 가서 잘못을 바로잡아라. 네가 가는 길에 가미카제 특공대원들의 숭고한 영혼이 뒤따를 것이다!" 요이치는 유훈을 받들어 조선 반도로 들어왔다. 하지만 수개월째 아무런 진전도 없었다. 시간이 얼마 남지 않았다는 걸 그는 직감으로 알았다. 중국인 초능력자들이 먼저 여자를 찾아낸다면 앞으로 어떤 일이 벌어질지 상상할 수 없었다. 에드거 케이시의 예언대로 중국이 일본 열도를 침탈해 온다면 수천 년을 이어 온 신의 나라는 명맥이 끊어질 것이다. 요이치는 세차게 머리를 흔들었다. 공포와 두려움에 복종해서는 안 된다. 그는 아래를 내려다봤다.

침상 위에는 여자가 그대로 누워 있었다. 이전과 비교해 다소 난잡한 그림이었다. 여자의 머리는 옆으로 꺾여 있고 머리카락도 헝클어져 있었다. 팔다리도 제멋대로 흐트러져 있었다. 동정심이 없는 사내아이의 공격을 받은 인형처럼 보였다. 요이치는 고개를 숙여 여자의 밑을 살피며 냄새를 맡았다. 간지의 정액 냄새와 비릿한 여자 냄새가 뒤섞여 있었다. 그는 여자의 왼쪽 가슴에 손바닥을 올렸다. 심장이 활발히 뛰고 체온도 많이 올라왔다. 요이치는 재빠르게 가죽 가방을 침상 위로 올렸다. 조심하며 동작을 삼가던 이전의 모습은 사라졌다. 그는 가방에서 나무 상자를 꺼내 거칠게 덮개를 젖혔다. 한 손으로 검은 돌을 집어서 여자의 배 위에 올렸다. 그러고는 눈을 가늘게 뜨고 푸른빛이 나오는지 살폈다. 아무런 반응이 없었다. 요이치는 오래 기다리지 않았다. 배 위에 있던 검은 돌을 한 손에 쥐고 다른 한 손으로는 여자의 허벅다리를 잡아 돌을 여자의 몸에 넣었다. 최면에 걸린 여자의 입에서 역겨운 신음이 터져 나왔다. 요이치는 개의치 않았다. 이대로 여자의 최면이 풀린다고 해도 어쩔 수 없었다. 여자는 마루타다. 통나무는 고통을 느끼지 못한다. 힘을 줘서 검은 돌이 보이지 않을 정도로 밀어 넣었다. 검붉은 피가 여자의 몸에서 흘러나왔다. 차가운 철제 침상 위로 피가 흥건하게 고였다. 검은 돌이 여자의 몸에 완전히 박혔다. 요이치는 두 팔을 벌리고 온 힘을 다해 기를 모았다. 그런 다음 손바닥을 펼쳐 모든 기를 여자의 자궁을 향해 내던졌다. 전기 충격을 받은 듯 여자의 온몸이 요동쳤다. 침상 위의 여체는 도마에 오른 생선처럼 팔딱거렸다. 요이치는 멈추지 않았다. 통나무는 쪼개질 운명을 타고난 것이다. 근육이 찢어지고 뼈가 부서졌다. 요이치는 이성을 잃었다. 이대로 실패를 확인하기보다는 끝장을 보고 싶었다.

뒤에서 이 장면을 지켜보던 간지는 겁에 질려 부들부들 떨었다. 요이치가 여자에게 이처럼 잔혹한 고통을 안기기는 처음이었다. 그동안 요이치는 납치한 여자들을 세뇌시켜 잘못된 기억을 심어 주고 나서 풀어 줬다. 이식된 꿈의 세계에서 여자는 외계인을 만났을 거라고 요이치가 말했다. 그런 그의 인간적인 면모에 간지는 감동했다. 그러나 오늘은 전혀 다른 사람처럼 굴었다. 무엇 때문에 그가 분노하는지 간지는 이해할 수 없었다. 적이 아닌 이상 일반인을 대상으로는 염력을 사용하지 않는 것이 교단의 불문율이었다. 극도로 흥분한 요이치를 진정시키기 위해 간지가 손을 뻗어 요이치의 어깨를 짚으려고 했다. 그러나 간지의 몸은 그대로 얼어붙었다. 요이치의 머리 위로 이상한 물체가 떠다니는 것이 보였다. 머리카락이 쭈뼛쭈뼛 섰다. 그것은 침상에 누워 있는 여자의 혼령이었다. 간지는 놀라 뒤로 나자빠지며 엉덩방아를 찧었다.

시신이 발견된 한강변에는 차가운 겨울바람이 불었다. 때 이른 첫눈이 바람에 흩날리는 스산한 날씨였다. 강 건너 도심의 빌딩에서 뿜어져 나온 뜨거운 공기가 공중으로 흩어지는 것을 바라보며 지수는 멍하니 서 있었다. 최보라의 집에서 봤던 늙은 형사 한 명이 지수 옆에서 담배를 피웠다. 납치 사건이 접수되고 불과 나흘 만에 벌어진 일이었다. 시체는 끔찍할 정도로 무참하게 훼손되어 있었다. 배고픔에 굶주린 도시의 너구리가 다녀간 흔적이었다. 국과수 직원과 형사들이 현장을 꼼꼼히 조사했다.

"이제 어쩔 셈이오?"

구둣발로 담뱃불을 비벼 끈 형사가 지수를 곁눈질하며 말했다.

"국정원에서 관심을 보였을 때부터 좀 이상하다고 생각하긴 했는데."

"범인을 잡아야죠."

지수가 담담하게 대답했다.

"그거야 당연한 말이고. 혹시 우리에게 알려 줄 다른 정보가 있는 것 아니오, 젊은 양반?"

"제가 아는 사실은 다 알려 드렸습니다. 필요한 정보가 있다면 최대한 협조하겠습니다. 그보다 이번 사건을 공개적으로 다룰 건지 궁금하네요. 어떻게 하실 작정입니까?"

"대가리들이 결정하겠지. 우리야 수사 지침을 따르면 그만이고.

그런데 정말 국정원은 이번 사건을 우리에게 넘길 생각이오?"

지수는 가만히 있었다. 이럴 때 최 전무라면 어떤 판단을 내릴까?

"무슨 일 생기면 꼭 연락 주시오."

지수는 형사가 건넨 명함을 살피고는 주머니에 넣었다. 형사의 이름은 고명운이었다.

"우리 쪽에 좋은 정보가 생기면 곧바로 연락할 테니 걱정하지 말고."

"중앙여고 동창생들은 조사하고 있나요?"

지수의 말에 형사는 애매한 웃음을 지었다.

"젊은 여자가 납치당하고 시체가 되어 돌아왔는데 우리가 넋 놓고 구경이나 하고 있을 것 같소?"

지수는 앞 머리카락에 붙은 싸라기눈을 털어 냈다.

"원한 관계에서 비롯된 사건이면 좋을 텐데. 현재로서는 그럴 가능성이 거의 없지 않소?"

지수는 늙은 형사의 예감이 틀렸으면 좋겠다고 생각했다. 지수는 고명운 형사와 간단히 인사를 나누고 현장을 빠져나왔다. 눈발이 점점 거세졌다. 한 발을 내디딜 때마다 무력감이 어깨를 짓눌렀다. 놈들의 대범함은 어디서 나오는 것일까? 와이퍼를 돌려 앞 유리에 붙은 눈을 닦아 냈다. 가속 페달에 발을 올리고 힘을 주었다. 바퀴가 요란하게 돌았지만 언 땅은 흙먼지를 일으키지 않았다. 하늘을 검게 물들이며 날아가는 겨울 철새 떼가 보였다.

사무실에 들어와 보니 예기치 못한 일이 벌어져 있었다. 이방우 소장과 김 관장, 신혜원이 함께 모여서 처음 보는 낯선 남자의 이야기에 귀를 기울이고 있었다. 남자가 지수에게 인사를 해서 지수도 무심코 고개를 숙였다. 혜원이 지수를 바라보며 눈물을 글썽였다. 지수는 어깨에 쌓인 눈을 털어 내고는 남자를 바라봤다. 남자는 보통 체격에 짙은 색깔 렌즈의 최신 유행하는 안경을 쓰고 있었다. 허리까지 내려오는 단정한 녹색 유니폼을 입었는데, 얼굴과 어울리지 않아 몸과 얼굴이 따로 노는 느낌이었다.

"앞다리에 생긴 염증이 합병증을 일으켜 간을 압박한 것 같습니다."

남자는 수의사였다.

"그럼 어떻게 해야 하죠?"

혜원의 목소리가 떨렸다.

"말씀드렸듯이, 지금으로서는 안락사가 최선입니다. 고통을 최소화하는 거죠."

소장과 김 관장은 침통한 표정을 지었고 혜원은 고개를 떨어뜨렸다.

"수술은 불가능한가요?"

사태를 파악한 지수가 수의사에게 물었다.

"그건 이미 다른 분들에게 충분히 설명드렸습니다."

지수는 컨테이너 사무실 앞에서 조용히 잠만 자는 백구 태평이의 얼굴을 떠올렸다. 불과 몇 미터 떨어지지 않은 곳에 개가 누워 있었다. 착하고 유순한 개였다. 낯선 사람들이 오가도 앞발 위에 머리를 얹고 큰 눈만 끔벅이던 이름만큼이나 태평 무사한 녀석이었다. 혜원이 바쁠 때는 몇 번인가 지수가 개밥을 챙겨 주기도 했다.

"가족을 잃는 슬픔을 무엇에 비하겠습니까만, 지금 이대로 놔두면 고통을 연장할 뿐입니다. 개를 위하신다면 결단을 내려야 합니다."

수의사는 네 사람의 침묵을 합의로 받아들이고 안락사 준비에 들어갔다.

"오래 걸리지는 않을 겁니다. 마지막 인사를 나누고 싶으면 지금 하시죠."

소장이 어색하고 굳은 얼굴로 자리에서 일어났다. 그는 불안감을 감추려는 듯 양손을 황색 카디건 호주머니에 넣었다. 김 관장은 손바닥으로 대머리를 자꾸만 쓰다듬었다. 오늘따라 유난히 그의 콧수염이 듬성듬성 엉성해 보였다. 혜원은 재킷 끝자락을 손가락으로 끌어내리며 여전히 고개를 숙이고 있었다. 네 사람이 서성이는 동안 수의사는 탁자 위에 진료 가방을 펼쳐 놓고 주사기에 약을 채웠다. 마음의 결정을 내린 지수가 사무실 문을 열었다. 사무실로 들어올 때 왜 태평이의 상태를 살펴보지 않았을까? 지수는 자신의 부주의와 무관심에 화가 났다.

언 땅은 부드러운 솜털 이불을 깐 듯 하얀 눈으로 덮여 있었다. 지수가 앞장서서 태평이가 누워 있는 개집으로 다가섰다. 그 뒤를 소장과 김 관장이 따랐다. 지수는 무릎을 굽혀 개집 내부를 살폈다. 태평이는 옆으로 기대어 누워 있었다. 평소와 달리 겁에 질린 눈빛이었다. 개는 자신의 죽음을 예감하고 있었다. 분명한 태도로 죽음을 거부하면서도 동시에 지금의 고통에서 벗어나고 싶어 했다. 태평이가 전하는 메시지는 어떤 언어보다도 선명했다. 지수는 손을 뻗어 녀석의 부드러운 털을 만졌다. 그제야 녀석이 끙끙대는 신음이 귀에 들렸다. 녀석은 혀를 늘어뜨리고 가쁜 숨을 몰아쉬었다. 왜 이 지경이 되도록 아무것도 모르고 있었을까? 녀석의 앞발을 들어 올려 손바닥에 올려놓았다. 염증이 퍼져 마비된 발은 묘하게도 따뜻하고 부드러웠다. 죽음을 이해하지 못하는 번민의 어두운 그림자가 눈빛에 어려 있었다. 누구에게도 적대적이지 않은 개였다. 사람들의 냄새와 피부를 좋아해 다가오는 사람 누구에게나 몸을 기대는 얌전한 개였다.

고통으로 녀석의 배가 요동쳤다. 더는 녀석을 지켜보는 게 힘들었다. 지수는 김 관장에게 자리를 양보하고 그가 작별 인사하는 모습을 지켜봤다. 함박눈이 그의 대머리에 떨어졌다. 그는 두 손으로 열심히 녀석의 몸을 쓰다듬었다. 어깨가 간헐적으로 움직였다. 마지막으로 이방우 소장이 녀석을 대했다. 소장은 눈을 감고 녀석의 이마와 귀를 매만졌다. 마치 죽음을 두려워하지 말라고 개에게 이야기하는 것 같았다. 홀로 외떨어진 곳에서 혜원은 움직이지 않고 서 있었다. 그녀는 울음소리를 내지 않으려고 입을 꽉 다물고 있었다. 사무실 문이 열리고 수의사가 나타났다. 그의 손에는 작은 주사기가 들려 있었다.

지수는 초연함을 가장한 채 태평이의 죽음을 지켜봤다. 날카롭고 예리한 주삿바늘이 녀석의 부드러운 피부 속으로 파고들었다. 거칠던 녀석의 호흡이 점점 잦아들었다. 반면 하늘의 눈은 점점 커지고 있었다. 어느새 모두의 어깨 위로 눈이 쌓여 갔다. 혜원이 비틀거리며 사무실로 들어갔다. 무릎을 꿇은 이방우 소장은 죽은 개의 이마를 계속해서 쓰다듬었다. 창고에서 김 관장이 낡은 담요를 가져와 태평이의 몸을 조심스럽게 싸서 그의 트렁크에 실었다.

"눈이 와서 좋은 곳으로 갔을 겁니다."

수의사가 위로의 말을 했지만, 누구도 답례를 하지 않았다. 소장이 수의사에게 값을 치렀다. 그동안 지수는 수의사가 마실 커피를 끓였다. 그가 아니었으면 개는 무척 고통스러웠을 것이다. 모든 일이 잘됐다고 생각하는 편이 좋았다. 급하게 커피를 마신 수의사가 자리에서 일어났다. 자주 겪는 일이었을 텐데도 수의사의 얼굴에는 피로감이 묻어 있었다. 수의사를 배웅하며 소장이 말했다.

"길이 미끄러우니 조심해서 살펴 가시오."

수의사는 고개를 숙여 감사 인사를 하고는 사라졌다. 지수가 같이 가겠다는 걸 뿌리치고 김 관장은 홀로 태평이를 묻겠다고 했다. 그는 뒤도 돌아보지 않고 차에 올라 시동을 걸었다. 지수는 텅 빈 개집을 살폈다. 분수에 맞지 않는 훌륭한 개집이라고 생각했는데 그게 아니었다. 주인이 떠나 버린 개집은 초라하고 궁색해 보였다.

사무실로 돌아온 지수는 소파에 몸을 깊숙이 파묻고 눈을 감았다. 낮에 본 여자의 시신에 대해서는 소장에게 보고하지 않았다. 일단 잠을 자고 싶었다. 따뜻하고 아늑한 곳에서 자고 나면 모든 게 정상으로 돌아올 것이다. 그가 잠들자 소장이 소리를 내지 않으려 조심하며 담요를 덮어 주었다. 눈은 그칠 줄 모르고 계속 내렸다.

왕할쯔의 머릿속은 복잡했다. 김평남 암살 이후 상부로부터 세부적인 명령이 하달된 적은 없었다. 그저 쥐 죽은 듯 몸을 숨기고 있으라는 지시뿐이었다. 차가 강남의 화려한 거리를 통과했다. 조수석에 앉은 쉬징레이는 무표정한 얼굴로 차창 밖을 응시했다. 그녀의 무릎에는 위제가 아침 산책길에 사온 신문이 놓여 있었다. 아파트를 나오기 전 쉬징레이는 담담한 목소리로 위제와 왕할쯔에게 신문 기사를 읽어 주었다. 변사체로 발견된 젊은 여자에 관한 기사였다. 기사는 선정적인 어투로 시신의 갈라진 배와 부서진 뼈를 매우 상세하게 묘사했다. 자본주의 국가이기에 가능한 일이라고 왕할쯔는 생각했다. 사실 보도라는 핑계로 모든 것이 너무나 적나라하게 공개되었다.

자동차는 어느새 목적지에 도착했다. 강변 주차장에 차를 세우고 세 사람은 풀숲으로 들어갔다. 매서운 겨울바람이 불었다. 왕할쯔는 털장갑을 낀 손으로 빨개진 귀를 덮고는 진저리를 쳤다. 풀숲 군데군데 녹지 않은 눈이 얼어붙어서 바닥은 미끄러웠다. 멀리 도심의 아파트 위로 붉은 노을이 번지고 있었다. 쉬징레이는 외투에 달린 모자를 눌러쓴 채 위제의 널찍한 등 뒤에 붙어서 바람을 피했다. 여자의 주검이 발견된 사건 현장에는 경찰이 쳐놓은 경고 테이프가 바람에 떨어져 흙바닥에서 나뒹굴고 있었다. 위제는 두꺼운 등산화로 테이프를 밟고 서서 사방을 둘러봤다. 인적은 없었다. 위제가 뒤에 서 있던 쉬징레이와 왕할쯔를 바라보며 고개를 끄덕이자 두 여자가 앞으로 나섰다. 왕할쯔는 장갑을 벗고 시신이 누워 있었을 것으로 짐작되는 곳으로 다가가 무릎을 꿇은 다음 얼어붙은 땅에다 손바닥을 댔다. 차가워진 공기와 바람 탓인지 좀처럼 집중할 수 없었다. 쉬징레이가 다가와 왕할쯔와 똑같은 자세를 취했다.

"뭔가 보여?"

입술이 떨려 제대로 말이 나오지 않았다. 왕할쯔의 질문에 쉬징레이는 아무 말 없이 고개를 내저었다. 모자 밑으로 흘러내린 그녀의 검은 머리카락이 바람에 날렸다. 두 여자는 서로 바라보며 당혹스러운 표정을 지었다. 쉬징레이가 먼저 말문을 열었다.

"느낌은 있어요. 이해할 수는 없지만, 이상한 기운이 느껴져요."

왕할쯔는 쉬징레이의 작은 입술을 바라보며 생각에 잠겼다. 확실히 그녀의 말처럼 이상했다. 차갑게 언 땅 위로 기묘한 흐름이 감지됐다. 지하로 흐르는 수맥 따위가 아니라 봄날의 아지랑이처럼, 대지에서 허공으로 떠오른 민들레 씨앗의 솜털처럼 무엇인가가 마음 밑바닥에서 떠오르며 마음을 흔들었다.

"넌 영혼을 볼 수 있니?"

왕할쯔가 물었다. 쉬징레이는 가볍게 고개를 저었다.

"어쩌면 지금 우리 옆에 죽은 여자의 혼령이 있는지도 모르겠어."

왕할쯔는 단념한 목소리로 말했다. 그녀의 말에 쉬징레이는 길게 한숨을 내쉬었다. 하얀 입김이 바람에 날아갔다.

"그럼 어떡하죠?"

울먹이는 듯한 목소리였다.

"글쎄, 우리가 할 수 있는 일은 없는 것 같아."

위제는 팔짱을 낀 채 두 여자의 대화를 들으며 단단히 박은 두꺼운 말뚝처럼 서 있었다. 매서운 겨울바람조차 그를 비켜 갔다. 무거운 중저음의 목소리로 그가 말했다.

"떨어져 나간 돌 조각을 찾아내야 해. 귀신은 잊어버려."

왕할쯔가 고개를 돌려 위제를 올려다보며 말했다.

"어쩌면 길을 잃을 수도 있어요. 그걸 원하는 건 아니죠?"

위제는 시선을 거두고 강 너머 먼 하늘 끝을 바라봤다.

"돌은 분명히 이곳에 있었어요."

여전히 양 손바닥을 땅에 대고 있던 쉬징레이가 나지막이 중얼거렸다. 그녀의 말에 두 사람의 눈이 커졌다.

"돌의 기운이 느껴지나?"

위제가 한결 부드러워진 목소리로 말했다. 쉬징레이는 고개를 끄덕이고 나서 눈을 감았다. 그녀는 처음 돌을 만났을 때를 떠올렸다. 돌은 매끈하고 차가웠다. 손을 대자 이내 돌은 따뜻한 온기를 손바닥으로 전해 줬다.

"그런데 너무 날카로워요. 바늘에 찔렸을 때처럼 기분이 나빠."

쉬징레이의 말에 위제와 왕할쯔는 서로를 바라보며 인상을 찌푸렸다. 이래서는 아무런 행동을 취할 수 없었다. 이곳은 추상적인 관념의 세계가 아니라 시간과 공간의 제약을 받는 물리적인 세계였다. 돌아갈 시간이라고 위제는 생각했다.

"그만하면 충분해. 나머지는 조직에 맡기자고."

아파트로 돌아가는 차 안에서 쉬징레이는 몸을 웅크린 채 잠을 잤다. 그녀의 낮은 숨소리를 들으며 왕할쯔는 어둠이 내려앉은 거리를 주시했다. 히터를 켜자 위제가 가죽 재킷을 벗었다. 차가 시내를 벗어나 외곽 도로에 오른 뒤 왕할쯔는 신경질적으로 가속 페달을 밟았다. 누군가가 그들의 뒤를 쫓고 있었다. 그것은 한강에서 본 여자 귀신일 수도, 대기 속에 떠도는 정체불명의 적일 수도 있었다. 한층 거세진 겨울바람이 둔중한 소리를 내며 허공에서 갈라졌다.

차이나타운에서 연락책을 만나고 돌아온 위제의 얼굴은 어두웠다. 위제는 샤워를 한 뒤, 아무 말 없이 방으로 들어가 긴 시간 낮잠을 잤다. 그의 불안정한 심리 상태가 고스란히 두 여자에게 전달되었다. 왕할쯔와 쉬징레이는 무심한 듯 거실에 앉아 텔레비전을 봤다. 북극의 빙하가 녹아내리는 장면을 가까이에서 촬영한 다큐멘터리를 보면서 두 여자는 묵묵히 시간을 보냈다. 저녁 시간이 되어 왕할쯔가 냉장고에서 생닭을 꺼내 손질하려고 할 때 위제가 거실로 나왔다. 그는 쉬징레이가 끓인 뜨거운 녹차를 마시며 창밖으로 보이는 검은 겨울 바다를 응시했다. 그의 어깨는 창밖의 차가운 바닷물에 잠긴 검고 딱딱한 바위 같았다. 소파로 돌아온 위제는 찻잔을 테이블에 내려놓으며 말했다.

"일본인이 한 짓이야."

위제의 시선이 바닥에 깔린 붉은 카펫을 향했다.

"일본인이 나타났다는 건 불길한 징조야. 그들이 어떤 놈들인지 잘 알 거야."

왕할쯔와 쉬징레이는 조용히 듣기만 했다.

"우리보다 정확하고 구체적인 정보를 가진 것 같아. 죽은 김평남이 전해 준 정보일 거야. 어떤 놈들인지는 아직 조사가 끝나지 않아 말하기 어려워."

"일본인들이 돌 일부를 가지고 있나요?"

"돌을 입수했고, 상당 부분 돌의 위력을 파악한 것 같아."

그 말에 쉬징레이의 눈이 커졌다. 돌이 주는 신비한 힘을 일본인이 가졌단 말인가.

"그럼 우린 뭘 해야 하죠?"

왕할쯔가 놀란 눈으로 위제를 바라보며 말했다.

"간단해. 놈들을 찾아내 보이는 대로 죽이는 거지."

고명운 형사에게 전화가 왔을 때 지수는 국정원에서 최 전무를 만나고 있었다. 지수는 최 전무에게 양해를 구하고 전화를 받았다. "여보세요"라는 메마른 목소리에 사건 현장에서 보았던 늙은 형사의 인상착의가 모두 기억났다. 게으름과 집요함이 얼굴에 동시에 드러나는 독특한 분위기의 사내였다. 형사는 짧게 인사를 한 뒤 본론을 꺼냈다.

"꺼림칙한 부분이 있어서 건강 검진을 다시 받게 했소."

"네?"

"정현서와 이은영 말이오."

인사를 나눌 때와 달리 형사의 목소리에는 짜증이 묻어났다.

"단순한 신체검사가 아니라 정밀 검사를 했소."

환자복을 입고 병원에 들어서며 불안해하는 은영과 현서의 얼굴이 떠올랐다. 이제 겨우 과거의 기억에서 회복되어 정상적인 삶으로 들어선 단계였다.

"그런데 말이오, 산부인과에서 아주 이상한 결과가 나왔소."

지수는 형사의 다음 말을 기다렸다.

"의학 용어는 잘 모르니 복잡한 말은 생략하고, 아무튼 담당 의사 말이 두 피해 여성이 앞으로 아이를 가지지 못할 거라고 하더군. 이해하겠소?"

"아뇨, 무슨 말인지 자세히 설명해 주시죠."

"뭐냐면 폐경기에 접어든 여자가 되었다는 거요."

폐경기? 지수는 생각에 잠겼다. 정현서와 이은영은 이십 대의 건강한 여성이었다. 상식적으로 있을 수 없는 일이었다.

"두 사람 모두 같은 결과가 나왔다는 겁니까?"

"그렇다니까."

최 전무가 흥미로운 표정으로 의자에 기대어 지수를 바라봤다. 형사와의 전화는 3~4분 정도 더 이어졌다. 지수는 형사가 불러 주는 병원과 담당 의사의 이름을 수첩에 적었다. 형사는 전화를 끊기 전 모호한 말을 남겼다.

"경찰 생활을 한 지 꽤 오래됐는데 이처럼 이상한 사건은 처음이오."

지수는 자신도 모르게 숨을 크게 들이마셨다.

"새로운 정보가 나타나면 저도 즉시 알려 드리겠습니다."

지수는 고맙다는 말을 하고 전화를 끊었다. 최 전무가 의미심장한 미소를 지은 채 지수를 응시했다. 지수는 고명운과의 통화 내용을 간략하게 설명했다.

"묘한 사건이야. 이방우는 뭐라고 하던가?"

지수는 답하지 않았다. 이방우 소장의 의견은 중요하지 않았다.

"좀 더 기다려 보자고. 경찰에서 뭘 밝혀내는지 지켜보는 것이 지금으로서는 가장 좋은 방법이야. 서둘지 마."

"곧 다른 피해자가 나타날 가능성이 큽니다. 그런데 아무런 예방 조치도 취하지 못하고 있죠."

"우린 공무원이야. 슈퍼맨이라고 착각해선 곤란해."

지수는 한숨을 쉬었다. 한 시간 동안 지수는 최 전무와 이야기를 나누었다. 사건의 심각성을 깨달아 최 전무가 적극적으로 뛰어들어야 한다. 국정원의 거대 조직이 동원된다면 의외로 쉽게 풀릴 가능성도 있었다. 그러나 최 전무의 반응은 좀처럼 끓어오르지 않았다. 그는 담담하게 지수의 이야기를 듣기만 했다.

"내 판단으로는 말이야, 경찰이 이 사건을 해결할 수 있을 것 같아. 이런 유형의 살인 사건은 우리보다 경찰이 훨씬 더 많은 노하우를 가지고 있거든."

어느 정도 예상한 반응이었다. 지수가 일어서려는 순간 최 전무가 책상 서랍을 열고 권총을 꺼내 탁자 위에 올려놓았다. 지수는 눈을 가늘게 뜨고 검은 가죽 X반도 권총집 밑의 글록 18을 확인했다. 오스트리아제 자동 권총으로 연속 발사가 가능하고 롱 매거진을 장착할 수 있었다.

"혹시 몰라서 주는 거야. 나가기 전에 연습 사격을 하도록 해. 소장한테 내 안부 전해 주고."

지수는 권총집과 탄창, 권총을 집어 들고 일어났다. 이상하게 마음이 무거웠다. 건물을 빠져나오는 동안 그는 의도적으로 동료들과 얼굴을 마주치지 않았다. 왠지 사무실 분위기가 낯설게 느껴졌다. 밖으로 나오자 차가운 공기가 폐부를 찔러 왔다.

위제는 이번 작전에서 왕할쯔를 제외했다. 쉬징레이가 옆에서 운전대를 잡았다.

"도착했어요."

쉬징레이가 내비게이션을 확인하고 나서 말했다. 위제는 눈썹을 치켜뜨며 주위를 살폈다. 평범해 보이는 도시 외곽의 4차선 도로였다. 보도와 인접한 도로에는 불법 주차된 트럭과 자동차들이 뒤엉키듯 빼곡히 들어차 있었다. 쉬징레이는 대각선으로 보이는 반대편 도로의 5층 벽돌 건물을 손가락으로 가리켰다. 1층은 부동산 중개소, 2층은 당구장, 3층은 기원이 자리 잡았고, 목표 지점인 4층 건물에는 눈에 띄는 간판이 보이지 않았다. 대신 흰 시트지가 전면 유리창 전체를 덮고 있었다. 꼭대기 5층은 용도가 불분명해 보였다. 위제는 콘솔 박스에서 소형 쌍안경을 꺼내 위층 계단으로 향하는 입구를 살폈다. 강화 유리 옆 기둥에 직사각형 나무 현판이 보였다. 'First Pacific Trade Co.' 무역 회사 간판을 단 일본인들의 활동 근거지였다.

"제대로 찾아왔군."

쉬징레이는 핸들에다 양손을 올리고 무심한 표정으로 밋밋한 벽돌 건물을 올려다봤다. 위제는 내비게이션으로 주변 지도를 확인하며 쉬징레이의 말을 기다렸다. 쉬징레이의 머릿속으로 그림이 그려진다면 김평남 때와 마찬가지로 작전이 수월해질 것이다. 작은 가게들이 다닥다닥 붙어 있는 상가 골목은 4차선 대로 양옆으로 꽤 멀리까지 뻗어 있었다.

"뭔가 짚이는 게 있어?"

위제는 쉬징레이의 긴장을 풀어 주기 위해 가능한 한 부드러운 목소리로 말했다. 쉬징레이는 입술을 약간 오물거린 뒤 고개를 저었다.

"별수 없군. 직접 들어가 보는 수밖에."

위제는 깍지를 껴 손목과 팔의 근육을 풀었다. 이완된 근육이 꿈틀거리는 느낌이 발끝까지 전달되었다. 그는 뒷좌석에 놓인 국방색 철제 케이스를 가져와 무릎 위에 올렸다. K5 9밀리미터 자동 권총. 소음기를 부착할 수 없어서 비밀 작전을 수행하기에는 적합하지 않은 총이었다. 그러나 총은 말 그대로 위급 상황을 위한 대비 수단일 뿐이었다. 위제는 13발들이 탄창을 결합해 총을 재킷 주머니에 넣었다.

"저도 가겠어요."

쉬징레이의 목소리는 마치 은행이나 관공서에 업무를 보러 가는 데 동행하겠다는 말처럼 들렸다. 그녀의 의도를 간파한 위제가 고개를 끄덕였다. 위제가 앞장서서 걷고 쉬징레이가 뒤따랐다. 위제는 주저하지 않고 붉은 벽돌 건물의 현관문을 열고 계단을 오르기 시작했다. 당구장과 기원의 입구는 내부가 들여다보이는 강화 유리문으로 되어 있었다. 한낮이어서 손님은 거의 눈에 띄지 않았다.

4층으로 향하는 계단을 오르며 쉬징레이는 숨을 내쉬고 긴장을 풀었다. 4층 철제 문은 굳게 닫혀 있었다. 철문 옆 벽에는 현관에서 본 것과 똑같은 나무 현판이 걸려 있었다. 위제는 손잡이를 몇 번 돌린 다음 망설이지 않고 손바닥으로 철문을 두드렸다. 아무런 기척도 나지 않았다. 위제가 옆으로 물러나며 쉬징레이를 바라보았다. 그녀는 흐트러진 머리카락을 손가락으로 빗어 올린 뒤 문 앞으로 다가섰다. 짧게 심호흡을 하고서 손잡이에 손을 올렸다. 순간 감전이라도 된 듯 급하게 손을 뗐다. 머릿속으로 흑백 스틸 사진 몇 장이 나타났다가 사라졌다. 피를 흘리는 여자의 얼굴과 벌판에 버려진 짐승의 시체가 뒤섞인 그림이었다. 물건을 만져 과거를 보는 것은 그녀의 특기가 아니었다. 그녀는 정신을 집중해 미래의 그림을 보려고 노력했다. 허사였다. 분명한 건 좁은 공간에 이질적이면서도 강한 기류가 흐르고 있다는 사실이었다. 위제는 강제로 문을 열어서 내부로 들어갈 것인지, 아니면 차에서 놈들이 나타나기를 기다릴 것인지 고민했다. 쉬징레이가 위제를 올려다보며 말했다.

"차로 돌아가요."

위제는 고개를 끄덕이고 나서 계단을 내려갔다. 내려올 때도 위제가 앞장섰다. 현관문에 도착한 위제는 강화 유리문을 밀려다 건너편의 사내들을 확인하고는 멈칫했다. 세 명의 사내도 위제를 발견하고 문에서 조금 비켜났다. 짙은 감청색 줄무늬 슈트에 타이를 한 사내가 유리문 너머로 미소를 지으며 먼저 지나가라는 표시로 손을 내밀었다. 위제는 고개를 끄덕인 다음 문을 밀고 빠져나갔다. 젊은 사내가 유리문을 잡아 주었다. 남자는 뒤따라오는 쉬징레이에게도 미소를 보냈다. 굽이 높은 부츠 탓인지 쉬징레이는 문을 나오면서 약간 휘청거렸다. 유리문을 잡고 있던 젊은 남자가 반사적으로 손을 내밀어 그녀의 팔을 잡았다. 쉬징레이는 얼떨결에 고맙다고 중국어로 말했다.

쉬징레이의 가슴이 덜컥 내려앉은 것과 달리 남자는 부드러운 미소를 지으며 고개를 끄덕였다. 남자의 몸에서는 비릿한 들짐승 냄새가 났다. 쉬징레이가 나오자 남자들이 건물 안으로 들어갔다. 슈트를 입은 젊은 남자가 앞장서고 두 남자가 뒤따라 계단을 올랐다. 위제는 남자들의 모습이 계단에서 사라지자 그들의 발걸음 소리에 귀를 기울였다. 2층 당구장 입구 문이 열리면서 요란한 차임벨 소리가 들렸다. 쉬징레이와 위제는 어깨를 나란히 하고 보도로 나섰다.

"타이를 맨 남자예요."

쉬징레이가 위제를 바라보며 무심하게 말했다.

"일본인인가?"

쉬징레이는 젊은 남자의 얼굴을 기억해 냈다. 짙은 눈썹과 오뚝한 콧날이 눈에 잡힐 듯 선했다. 콘크리트 벽과 차가운 철제 침상이 떠올랐다.

"차에서 기다려. 시간이 조금 걸릴지도 모르겠어."

위제는 몸을 돌려 붉은 벽돌 건물이 있는 반대 방향으로 걸어갔다. 쉬징레이는 어깨를 움츠리고 보도에서 내려와 4차선 도로를 횡단했다. 머릿속으로 어지러운 그림 조각들이 맞춰졌다. 단순한 장면뿐만 아니라 사내들이 뒤엉켜서 내뱉는 거친 숨소리까지 귓속으로 들려왔다. 쉬징레이는 재빨리 차 문을 열고 몸을 숨겼다. 운전석에 앉아 그녀는 대각선의 벽돌 건물을 응시했다. 현관문을 열고 안으로 들어가는 위제의 등이 보였다.

당구장 문이 열리자 예의 초인종이 요란하게 울렸다. 간지 일당을 제외하고는 손님이 없었다. 위제의 얼굴을 확인한 주인 남자는 멍한 표정을 지었다. 굳은 얼굴의 외국인 남자들이 등장할 때부터 주인은 직감적으로 무엇인가 잘못되었다는 걸 느꼈다. 주변을 어슬렁거리는 동네 건달과는 확연히 달랐다. 남자들은 테이블 주변에 서서 바위처럼 굳은 자세로 입구를 바라보기만 했다. 당구공을 테이블 위에 올려놓아도 남자들은 큐를 집을 생각조차 하지 않았다. 곧 초인종이 울리면서 건장한 체격의 남자가 나타났다. 주인 남자는 우물쭈물 옆으로 물러났다.

간지는 입구에 자리를 잡고 남자의 이목구비를 살폈다. 영락없는 중국인이었다. 건물 입구에서 우연히 부딪친 젊은 여자가 무심코 중국어를 했을 때, 간지는 자신의 우려가 현실화되지 않기를 빌었다. 요이치가 없는 상황에서 정체불명의 중국인과 정면 승부를 하는 것은 위험했다. 그래서 4층 사무실로 향하지 않고 당구장으로 들어와 몸을 숨긴 채 자신의 예감이 어긋나기를 바랐다. 그런데 중국인 남자가 되돌아왔다. 중국인 사내의 온몸에서 살기가 뿜어져 나왔다. 간지는 손가락을 쥐었다 펴기를 반복하며 기를 모았다. 신주쿠의 대로에서 삼합회 조직원 세 명과 겨뤄 이긴 그였다. 이번엔 반대로 3대 1의 싸움이었다. 두려움만 떨치면 수적으로 우세한 자신에게 승산이 있었다. 양옆의 호위무사 중 한 명이 재킷 품에서 야니바기를 꺼냈다. 탄소강 재질의 칼이 희번덕거렸다. 두 무사는 조직에서 인정한 싸움꾼이었다. 요이치가 경호 목적으로 호위무사를 붙여 줬을 때만 해도 간지는 속으로 비웃었다. 자신의 몸뚱이 하나쯤은 지킬 자신 있었다. 그러나 막상 중국인의 얼굴을 대하자 요이치가 얼마나 현명한 리더인지 분명히 깨달았다. 오른편에 선 무사가 두꺼운 겨울 점퍼를 벗어 테이블 위에 올려놓았다. 칼을 사용하는 무사와 달리 그는 가라테 유단자였다. 언젠가 술자리에서 자세를 잡고 조르기에 들어가면 어떤 상대도 제압할 수 있다고 자신 있게 말하는 것을 간지는 들은 적이 있었다. 시험 삼아 손을 잡았는데 악력이 대단했다. 마침내 야니바기를 쥔 무사가 먼저 한 발을 내디뎠다. 그는 간지를 곁눈질하며 모호한 미소를 지었다. 칼을 쥔 오른손을 휘저으며 손목을 풀었다. 테이블 사이의 공간은 좁았고 협공을 하려면 중국인 남자가 서 있는 곳으로 세 명이 순식간에 달려들어야 했다. 그러나 간지의 생각과 달리 무사들은 여유를 부렸다. 칼을 든 무사가 앞장서고 장사가 뒤를 따랐다. 간지는 움직이지 않고 부하들이 중국인에게 다가서는 모습을 지켜봤다. 최악의 경우라 할지라도 두 무사가 중국인 남자에게 부상을 입힐 가능성이 컸다. 그들은 조직이 신뢰하는 최고 무사였다. 간지는 관찰자가 되어 적의 허점을 파악하는 데 주력했다.

야니바기의 칼날이 중국인 사내의 심장을 향해 날아들었다. 부하의 발걸음은 눈에 보이지 않을 정도로 빨랐다. 간지는 칼을 든 부하의 술수를 읽었다. 칼날이 심장을 비켜 갈지라도 공격을 받은 중국인은 부하의 숨겨진 2차 공격을 피하지 못할 것이다. 그러나 중국인 사내의 동작은 그의 현실적인 계산법을 압도했다. 심장을 향한 1차 공격이 무위로 끝나자 부하는 2차 공격을 시도했다. 칼날이 중국인의 목을 향해 솟구쳤다. 중국인은 칼을 피해 뒤로 물러나지 않고 오히려 근접해 들어와 부하의 목을 팔로 움켜쥐었다. 전광석화와 같은 동작이어서 간지는 그 장면을 제대로 보지도 못했다. 중국인 사내는 한 치의 망설임도 없이 부하의 목을 꺾었다. 뼈가 부서지는 소리와 함께 칼이 바닥에 떨어졌다. 부하는 부서진 목각 인형처럼 테이블 밑으로 고꾸라졌다. 순식간에 벌어진 일이었다. 곧이어 엄청난 기합 소리와 함께 뒤에 서 있던 부하가 중국인을 향해 달려들었다. 주먹이 나가는 듯싶었지만, 공중으로 육중한 몸이 떠올랐다. 엄청난 힘을 소유한 장사지만, 그는 기본기에 충실한 가라테 유단자였다. 파괴력이 느껴지는 무릎이 중국인의 얼굴을 향해 날아갔다. 가속도가 붙은 해머가 단단한 암석의 약한 균열 지점을 향해 파고들었다. 중국인 사내는 손바닥을 내밀어 무사의 무릎을 저지했다. 어떤 경우라도 중력과 가속도 운동의 지배를 받는 물체인 해머를 손바닥으로 잡지 못한다는 것이 간지의 상식이었다. 그것은 인간의 손이 아닌 거대한 화강암 암벽이나 할 수 있는 일이었다. 손바닥에 부딪힌 무사의 무릎뼈가 그 자리에서 부서졌다. 무사는 중심을 잃고 휘청거렸고 중국인 남자는 무사의 겨드랑이 사이로 손을 집어넣어 어깨를 탈골시켰다. 불과 두서너 합에 조직의 최고 무사들이 치명타를 입고 바닥에 쓰러졌다.

간지는 자신도 모르게 침을 꿀꺽 삼켰다. 머릿속이 텅 비었다. 비슷한 장면을 예전에 본 적이 있었던가. 반사적으로 간지는 요이치의 조언을 떠올렸다. '뜻하지 않은 장소에서 놈을 만나면 무조건 달려라. 놈이 쫓아올 수 없을 정도로 빠르게 달아나야 한다.' 당시 간지는 요이치의 충고를 흘려들으며 무시했다. 열다섯 살에 야쿠자가 된 간지였다. 싸움이라면 이골이 났다. 상대의 급소를 파고드는 것이 그의 장기였다. 요이치를 만나기 전까지 어떤 상대에게도 두려움을 갖지 않았다. 요이치가 가진 초인적인 힘을 제외하고는 두려울 게 없었다. 그런데 지금, 또 다른 검은 물체가 그를 가로막고 있었다. 순간, 간지는 자신이 엄청난 실수를 저질렀다는 것을 깨달았다. 부하와 힘을 합쳐 동시에 협공을 펼쳐야 했다. 깨달음은 언제나 뒤늦게 찾아온다. 중국인 남자가 간지를 향해 한 발 내디뎠다. 놈의 표정에는 변화가 없었다. 간지는 주먹을 쥐며 기를 모았다. 한 번의 타격으로 놈을 제압할 수 있다. 두려움과 공포로 헛것을 본 것이다. 그렇게 생각하며 간지는 흥분된 마음을 진정시켰다. 놈이 한 발자국을 더 옮겼다. 순간 간지는 결정을 내렸다. 간지는 옆으로 몸을 날려 창문으로 뛰어들었다. 날카로운 소리를 내며 유리창이 깨졌다. 낙법으로 지상에 안착한 간지는 위를 올려다보지도 않고 곧장 달리기 시작했다. 이내 그는 미로같이 복잡한 상가 골목으로 들어섰다. 중국인이 2층 당구장에서 뛰어내리는 소리가 들렸다. 간지는 있는 힘을 다해 달아났다.

쉬징레이는 운전석에 앉아 건너편의 붉은 벽돌 건물을 유심히 응시했다. 어수선한 거리 풍경만큼이나 머릿속이 산만했다. 곧이어 2층 당구장의 유리창을 부수고 나온 남자가 빠른 속도로 내달려 좁은 골목길로 사라졌다. 그리고 바로 위제가 2층에서 뛰어내렸다. 이 장면을 본 몇몇 행인이 망연자실한 표정으로 서 있었다. 쉬징레이는 차에서 나와 도로를 건넜다. 반대편 차선에서 달려오던 차가 급브레이크를 밟으며 가까스로 그녀와의 충돌을 피했다. 쉬징레이는 순식간에 위제가 달려간 골목길로 접어들었다. 위제의 모습은 보이지 않았다. 낡은 보도블록이 깔린 좁은 골목은 유선형으로 굽어 있었다. 쉬징레이는 마음이 불안했다. 지리에 익숙하지 않은 상태에서 어설픈 추격을 펼치다 역공을 당할 수도 있었다. 재건축 예정지에 속한 골목길은 쇠락한 거리의 속살을 노골적으로 드러냈다. 여기저기 잡다한 물건들이 쌓여 있고 아무렇게나 내다 버린 쓰레기 더미들이 진로를 방해했다. 쉬징레이는 미로와 같은 골목길을 무턱대고 달리다 갑자기 자신이 길을 잃었다는 느낌이 들었다. 거친 숨을 내쉬며 발걸음을 멈추었다. 몸을 돌려 사방을 살펴본 뒤 고개를 들어 하늘을 올려다보았다. 비스듬히 기울어진 낡은 전신주에서 풀려 나온 전선 꾸러미가 공중에서 헝클어져 있고 낮은 시멘트 담장 위로 깨진 유리조각이 박혀 있었다. 쉬징레이는 호흡을 가다듬으며 눈을 감았다. 위제를 찾아야 한다. 그렇지 않으면 위제가 당한다. 정면 승부에서는 위제가 절대적으로 유리하지만, 기습 공격을 받는다면 자신할 수 없었다.

눈을 뜬 쉬징레이는 조금 전과 전혀 다른 풍경을 봤다. 그곳은 허름하고 너저분한 골목길이 아니었다. 한 걸음 내딛자 황토 빛 강물이 그녀를 앞질러 흘러갔다. 시간을 앞질러 흐르는 강물은 현실에서의 강물과 분명 차이가 있었다. 강물은 무릎까지 차올라 찬 기운을 전달하며 퇴락한 거리를 점령했다. 쉬징레이는 물의 흐름에 몸을 맡기고 앞으로 달렸다. 강물이 바위에 부딪히는 소리가 들리고 평온한 세계의 균열을 거부하는 새들의 신경질적인 울음소리가 들려왔다. 그녀는 귀를 틀어막고 강물을 따라 내달렸다. 자신이 시간을 거슬러 오르고 있다는 사실을 인지하지 못한 상태로 목표물을 쫓았다.

갑자기 그녀는 멈추어 섰다. 발밑의 강물은 지하로 통하는 구멍으로 빨려 들어갔다. 강물이 사라지자 그녀는 현기증을 느꼈다. 눈앞으로 다시 현실의 풍경이 펼쳐졌다. 그녀가 선 곳은 사람이 살지 않는 낡은 주택의 대문 앞이었다. 녹슨 철제 대문이 바닥에 쓰러져 있어 집 내부가 훤히 들여다보였다. 낡고 조악한 살림살이들이 마당과 집 안에 아무렇게나 내팽개쳐져 있다. 장독과 냉장고, 이불, 텔레비전, 냄비 등이 뒤섞여 있고 무너진 담장 벽돌 위로 개똥과 인간의 구토물이 말라붙어 있었다. 쉬징레이는 머리칼을 쓸어 올리며 호흡을 가다듬었다. 등은 땀으로 흠뻑 젖었다. 두꺼운 외투를 입은 것을 그녀는 후회했다. 그때 가까운 곳에서 급한 발걸음 소리가 들려왔다. 골목길에 위제가 모습을 드러냈다. 위제는 놀란 표정으로 쉬징레이를 바라보았다. 그녀에게 다가선 위제는 화난 표정으로 말했다.

"차에서 대기하라고 했잖아!"

쉬징레이는 위제의 얼굴을 확인하고는 안도의 한숨을 내쉰 뒤 말했다.

"위험해요! 오빠는 지금 아무것도 보지 못하고 있어요."

쉬징레이의 목소리가 평소와 달리 높았다. 갈라진 목소리만큼이나 그녀의 표정도 상기되어 있었다.

"걱정하지 않아도 돼. 살쾡이 같은 놈의 얕은수에는 당하지 않아."

쉬징레이는 위제의 말을 무시하고 앞장섰다.

"따라와요. 함정이 있는 곳에 먼저 도착할 수 있어요. 이쪽이 지름길이에요."

간지는 무작정 내달렸다. 무너진 담벼락을 타고 지붕과 지붕을 타넘으며 빠르게 이동했다. 예민한 청각으로 그는 중국인이 쫓아오고 있음을 알 수 있었다. 날렵한 그의 몸은 비좁고 구불구불한 골목길을 달리는 데 최적이었다. 언젠가 요이치의 조언을 받아들여 뒷동네 지리를 익혀 놓았기 때문에 그는 정신없이 달리면서도 자신이 어느 지점에 있는지 완벽하게 파악했다. 좁은 재래 시장 골목을 벗어나 철거가 진행 중인 동네로 뛰어들었다. 각종 공사 도구와 부서진 건물 잔해가 가로막고 있어 길은 없는 것이나 마찬가지였다. 간지는 달리면서 계산을 마쳤다. 놈의 손아귀에서 벗어날 수 있는 유일한 방법은 놈을 제거하는 것이다. 현 상황을 벗어난다고 해도 놈은 저승사자처럼 다시 나타날 것이다. 그렇다면 지금 맞대결을 펼쳐 승부를 보는 편이 나았다. 형세는 자신에게 유리하게 돌아갔다. 간지는 교단에 입교했을 때 매복 암살 교육을 집중적으로 받았다. 변장과 은신, 교란, 추리에 관한 기본 훈련을 받았고 사슬낫과 바람총, 독, 미혼 향의 사용법을 익혔다. 지금 그의 품에는 날카로운 수리검이 들어 있었다. 놈의 심장에 수리검이 박히는 이미지를 떠올리며 막다른 골목으로 내달렸다. 그는 머릿속으로 모든 설계를 끝마쳤다. 일격에 쓰러뜨려야 한다. 목적지가 보였다.

마침내 간지는 막다른 길에 이르렀다. 적당한 은폐물이 곳곳에 있었다. 간지는 주위를 둘러보며 품에서 수리검을 꺼냈다. 모두 세 개의 칼날이 예리하게 반짝였다. 정면에는 10여 미터 높이의 담벼락이 가로막고 있었다. 제아무리 무공이 출중할지라도 10미터 높이의 벽을 단숨에 뛰어넘을 수는 없었다. 간지는 시멘트 기둥 뒤에 숨어서 놈을 기다렸다. 첫 번째 공격이 실패했을 경우를 대비해 퇴각로를 마련해야 했다.

간지는 무너진 집의 모양새를 살피려고 발걸음을 옮겼다. 그때 콘크리트 더미 밑으로 가려진 그늘 속에서 인기척이 났다. 간지는 반사적으로 손을 들어 수리검을 던질 자세를 취했다. 여자였다. 젊은 여자가 무표정한 얼굴로 담담하게 걸어 나와 자신을 쳐다보았다. 예상치 못한 여자의 등장에 간지는 인상을 찌푸렸다. 건물 입구에서 부딪친 중국인 여자였다. 순간 간지는 당황했다. 중국인 여자가 먼저 와서 자신을 기다리고 있었다는 건가! 여자는 오른손을 천천히 들어 올렸다. 그녀의 손에는 검은 권총이 쥐여 있었다. 엉성해 보이지만 틀림없이 훈련받은 자세였다. 총이라면 승산이 없었다. 간지는 몸을 돌려 뒤를 확인했다. 그곳에 중국인 남자가 바위처럼 길을 막고 서 있었다. 놈은 자신을 향해 비웃음을 흘렸다. 간지는 심한 모욕을 받은 듯 불쾌했다. 그는 요이치에게 비상사태를 알리지 않은 자신의 과욕을 탓했다. 그러나 이대로 포기할 수는 없었다. 손에는 날카로운 수리검이 빛을 내고 있었다. 간지는 마음을 다잡고 남자를 향해 돌아섰다. 이왕 이것으로 끝이라면 중국인 계집아이가 쏘는 총알 따위에 당하고 싶지는 않았다. 놈의 파괴력이 얼마나 대단한지 온몸으로 확인해 보는 것도 나쁘지 않은 선택이었다. 사무라이라면 그렇게 해야 한다. 마음을 굳힌 간지는 첫 번째 수리검을 날리며 위제를 향해 달려들었다. 두 번째, 세 번째 수리검을 던질 기회는 오지 않았다. 수리검을 피한 위제는 사우나에서 김평남을 암살할 때와 마찬가지로 염력을 이용해 간지의 심장을 멈추게 했다. 간지는 그 자리에서 즉사했다. 조금 싱거운 결말이었다. 위제가 간지의 시신을 확인하는 동안 쉬징레이는 K5 자동 권총의 탄창을 제거했다. 그녀는 역겨운 물건을 내던지듯 권총과 탄창을 위제에게 돌려주고 앞장서서 걸어갔다.

6

발걸음이 무거웠다. 영하의 날씨가 물러나고 포근한 햇살이 거리를 감쌌지만, 얼어붙은 마음은 쉽사리 녹지 않았다. 국정원과 경찰서를 오가며 살인 사건과 관련된 모든 자료를 검토하고 수집했지만 변변한 단서조차 잡지 못한 채 시간만 허비했다. 사건을 총체적으로 이해하고 파고들수록 혼란만 가중될 뿐이었다. '최보라의 죽음은 막을 수 있지 않았을까?' 샤워를 하거나 식사하는 중에도 불쑥불쑥 이 생각이 떠올랐다.

은영에게서 만나자는 전화가 왔을 때, 지수는 긴장했다. 은영이 아이를 가질 수 없는 몸이 되었다는 사실은 충격이었다. 그녀가 받은 고통과 정신적인 파괴가 어느 정도일지 짐작하기 어려웠다. 또 한 명의 피해자인 정현서도 버거운 존재였다. 고명운의 중개로 현서와 은영은 경찰서에서 만났다. 은영이 현서를 명상 센터로 데려왔고, 두 사람은 심리 치료의 일환으로 명상과 요가를 배우기 시작했다. 이방우 소장은 두 사람이 심리적 안정을 되찾는 데 노력을 기울였다. 정작 자신은 해줄 것이 없었다. 지수는 의도적으로 그들을 피했다. 사건과 관련된 진술은 고명운을 통해 확인했고 심리적인 변화나 건강 상태에 대해서는 소장을 통해 들었다.

　지수가 카페 문을 열고 들어와 실내를 둘러보았다. 은영은 예전에 만났을 때와 마찬가지로 맨 구석 자리에 앉아 있었다. 지수를 발견한 은영이 손짓하며 미소를 지었다. 옆에 현서의 모습이 보였다. 두 여자가 사이좋게 있는 모습을 보니 초원에서 한가롭게 풀을 뜯는 무방비 상태의 초식 동물이 떠올라 왠지 맥이 풀렸다. 어색한 웃음을 지으며 지수가 맞은편 자리에 앉았다. 은영과 현서는 서로 바라보며 애매모호한 미소를 지었다. 세 사람은 커피를 마시며 치즈 케이크를 나눠 먹었다. 은영과 현서는 예전처럼 예민한 반응을 보이지 않았다. 오히려 느긋하게 행동하며 지수를 대했다. 여자들은 약속이라도 한 듯 비슷한 색감의 옷을 입고 있었다. 은영은 베이지 셔츠에 브라운 브이넥 스웨터, 블랙 데님 팬츠 차림이었고, 현서는 목을 감싸는 다크브라운 니트 스웨터에 브라운 계열의 미니 플레어스커트와 레깅스를 입고 있었다. 둘 다 마른 몸매지만, 현서가 좀 더 여성스러워 보였다.

　"오빠라고 불러도 되죠?"

　현서의 갑작스러운 말에 지수는 대답을 못하고 그녀의 얼굴을 바라보기만 했다. 은영이 장난스럽게 웃었다. 지수는 이 상황을 제대로 해석할 수 없었다. 기대했던 것과 다른 모습이었다. 두 사람 모두 기묘한 사건에 휘말렸고, 정신적 충격을 입었다. 사건은 아직 진행 중이었다. 푹신한 소파에 앉아 달콤한 커피를 마시며 한가하게 시간을 보내기에는 아직 이른 감이 있었다.

　"오빠라는 호칭이 싫어요?"

현서는 포기하지 않겠다는 듯한 표정으로 다시 물었다.

"그렇지는 않지만 좀 어색해서, 현서 씨가 좋다면 그렇게 해요."

"그럼 오빠라고 부를게요. 대신 오빠도 우리에게 말을 낮췄으면 좋겠어요."

현서는 어깨를 으쓱하고는 은영을 바라보며 웃었다. 지수는 카페 안을 둘러봤다. 손님 대부분은 데이트를 즐기는 연인들이었다. 지극히 평온하고 일상적인 풍경이지만 지수는 당혹스러웠다. '이런 게 소장이 말한 마인드 컨트롤인가?' 뭔가 극적인 변화가 일어난 것 같은데 지수는 그 원인을 이해할 수 없었다. 두 사람 모두 명상 센터를 처음 찾아왔을 때와 많이 변한 모습이었다. 지수는 이방우 소장이 말한 '세뇌'라는 단어를 떠올렸다. 어쩌면 은영과 현서가 그동안 명상 센터에서 세뇌를 당했을지도 모른다. '아무 일도 일어나지 않았다'라는 짧은 문장을 소장이 기다란 주사기로 여자들의 머릿속에 집어넣는 만화 같은 장면이 머릿속으로 떠올랐다.

대화는 현서가 주도했다. 처음 현서가 센터에 모습을 보였을 때만 해도 이런 명랑하고 활달한 모습은 기대할 수 없었다. 그녀는 은영보다 증세가 더 심했다. 오랜 시간 혼자서 상처를 숨기고 있었기 때문이다. 그런데 센터에 출입한 지 얼마 되지 않아, 정상이라고 해도 무방할 정도로 상태가 호전되었다. 어쩌면 이방우 소장은 숟가락을 휘게 하는 초능력보다는 인간의 아픔을 이해하고 치료하는 데 소질이 있는지도 몰랐다. 현서가 이야기하는 동안 은영은 기대에 찬 얼굴로 귀를 기울였다. 웃음이 나올 이야기가 아닌데도 그들은 웃고 떠들었다. 지수는 두 사람이 여고 동창생이라는 사실을 떠올리며 상황을 이해했다. 그리고 그들이 본론을 꺼내기까지 끈기 있게 기다렸다. 마침내 은영이 화두를 던졌다.

"오빠는 좀 다른 사람이죠?"

눈을 깜빡이며 은영이 말했다.

"오빠를 보면 소장님이나 관장님과는 좀 다른 느낌이 들어요. 틀렸나요?"

"두 분보다 내가 더 젊기 때문인가?"

"그런 이야기가 아니라, 소장님과 관장님에게서는 느낄 수 없는 다른 느낌이 들어요. 뭐랄까, 오빠는 센터의 다른 사람들과 달리 긴장해 있는 것처럼 보여요."

그동안 적절하게 포커페이스를 유지하며 명상 센터에 자리를 잡았다고 생각했기 때문에 은영의 이야기가 조금 뜻밖이었다.

"좀 더 회의적이라고 할까? 아무튼 센터에서 일어나는 일들을 순수하게 받아들이지 못한다는 느낌을 받았어요. 다른 말로 하면, 오빠 혼자만 정상인처럼 행동하고 있어요."

"그런가?"

"오늘 만나자고 한 건 오빠에게 우리의 비밀을 털어놓기 위해서예요. 소장님과 상의하기 전에 오빠를 먼저 만나고 싶었어요."

지수는 이유를 모른 채 고개를 끄덕였다.

"오빠는 아마 우리가 변했다고 생각할 거예요. 맞죠? 그래서 이 이야기를 들려주고 싶었어요. 오빠가 우리 이야기를 받아들이든 못 받아들이든 상관없어요. 다만 지극히 정상적인 사람에게 이 이야기를 해주고 싶었어요. 그렇다고 소장님과 관장님이 비정상적인 사람이라는 말은 아니에요."

그렇게 말하고 은영은 현서를 바라보며 웃었다. 두 여자가 서로 쳐다보며 웃는 모습은 아름다웠지만 무엇인가 결핍된 상태의 완벽하지 못한 아름다움이었다.

"그 사건 이후 제게 특별한 능력이 생겼어요."

특별한 능력? 지수는 자신도 모르게 이맛살을 조금 찌푸렸다.

"긴장하지 마세요. 숟가락을 휘게 할 정도의 강력한 초능력은 아니니까."

은영은 손에 쥐고 있던 티스푼을 살짝 들어 올리며 말했다.

"소장님이 그런 이야기도 했어?"

이번에도 두 여자는 웃었다. 뭔가 자신들만의 비밀을 공유한 듯한 웃음이었다.

"태평이가 죽고 나서 소장님이 많이 변하신 건 눈치채셨죠?"

지수는 무사태평으로 유유자적하던 하얀 개의 얼굴을 떠올렸다. 녀석이 죽은 이후 사무실 분위기가 많이 가라앉았다. 그리고 보니 최근 들어 이방우 소장과의 만남이 현격히 줄었다. 의도적으로 소장을 피한 것은 아니고 할 일이 너무 많았기 때문이다.

"제 능력에 대해서 말할게요. 오빠가 이상하게 생각하지 않았으면 좋겠어요. 저도 처음엔 깜짝 놀랐어요. 괴물이 되어 버린 것 아닐까 생각했을 정도니까요."

지수는 은영의 눈을 바라보며 기다렸다. 뿔테 안경 너머로 호기심 가득한 눈동자가 빛났다.

"지금 들리는 음악이 뭔지 알아요?"

지수는 무의식적으로 고개를 들어 천장 밑에 달린 스피커를 쳐다보았다. 어디에서든 흔히 볼 수 있는 평범한 스피커였다. 느리고 감상적인 발라드, 지수는 알지 못하는 곡이었다.

"알 켈리의 〈러브 레터〉예요."

옆의 현서가 어깨를 으쓱하며 말했다.

"음악을 들어 보세요. 그리고 어떤 색깔이 보이는지 말해 주세요."

"뭐?"

"말 그대로예요. 지금 나오는 음악 속에 색깔이 나타나요."

지수는 무심코 허리를 곧추세우고 주변을 둘러봤다. 그 모습을 보며 은영이 소리 내어 웃었다.

"오빠는 보지 못할 거예요. 지금 내 눈앞에는 푸른 하늘색 바탕에 살구 빛 알갱이가 떠다니고 있어요. 먼 밤하늘에서 폭죽이 터지듯 여러 가지 색깔이 음악의 리듬을 타고 톡톡 터져요. 시냇물을 따라 흐르는 나뭇잎처럼 부드럽게 떠다니기도 하고요. 이해하겠어요?"

당연히 이해하지 못했다. 음악 소리에 색깔이 나타난다니?

"좀 더 자세히 설명해 줄 수 있어?"

은영은 조금 난처한 표정을 지으며 말했다.

"어느 날 센터에서 명상 수업을 끝내고 돌아가는 전철역에서 갑자기 색깔이 눈앞에 나타났어요. 전철이 덜컹거릴 때마다 짙은 밤색 덩어리들이 공중에서 구름처럼 떠올랐어요. 처음엔 너무 피곤해서 헛것을 본 거라고 생각했는데 그게 아니었어요. 집에 돌아와 텔레비전을 켜니 총천연색 그림 띠들이 쏟아져 나왔어요. 믿을 수 없는 이야기죠?"

지수는 이방우 소장이 권해 준 초능력에 관한 몇 권의 책을 떠올렸다. 대부분 서브컬처풍의 서적으로, 그중에는 과학적인 접근으로 초능력을 다룬 책도 끼여 있었다. 지수는 어디선가 공감각synesthesia, 共感覺에 대한 분석 글을 읽은 기억이 났다.

"혹시 공감각 아닐까? 소리를 들으면 색이 보인다는 이야기를 들은 것 같아."

지수의 말에 은영이 환하게 웃었다.

"맞아요! 공감각, 바로 그거예요. 인터넷으로 조사해 봤는데 이런 현상이 흔하지는 않지만 아주 특별한 경우도 아니더라고요. 일대일로 대응해야 할 감각 기관이 혼용되어 반응하는 거예요. 쉽게 말하면 뇌 속의 시각과 청각을 다루는 신경이 겹쳐져 있다는 거죠."

지수는 그녀의 천진난만한 미소를 어떻게 해석해야 할지 몰라 난감했다.

"대충 이해했어. 그런데 무섭지 않아? 소리가 들릴 때마다 눈앞에 색깔이 펼쳐진다면 아무래도 번거로울 것 같은데."

"처음엔 그랬지만 시간이 흐를수록 점점 익숙해지더라고요. 이젠 어느 정도 즐길 정도가 됐어요. 솔은 파란색, 파는 빨간색, 미는 녹색이에요. 사실 대부분은 색깔이 혼합되어 나타나지만, 분명한 건 음마다 고유의 색깔을 가지고 있다는 거예요."

지수는 놀라운 표정으로 은영을 바라보며 말했다.

"모든 소리에 반응하는 거야?"

"그렇다고 볼 수 있어요. 음색이 강할수록 색감도 강해져요. 알록달록한 띠가 소리에 맞춰 물결처럼 흘러가요."

지수는 자신도 모르게 심각한 표정을 지었다.

"너무 걱정하지 마세요. 생활하는 데 큰 지장은 없으니까. 그리고 알아봤는데, 나와 비슷한 공감각적 능력을 가진 사람이 지구 상에 천 명이나 있대요. 많은 수는 아니지만 적어도 외톨이는 아닌 거예요."

천 명? 70억에 이르는 세계 인구를 생각하면 극히 적은 수지만, 천

명이라면 일반적인 의미에서는 적은 수가 아니다.

"알겠어. 소장님에게 반드시 상담을 받아 보도록 해. 그게 좋을 것 같아."

지수가 은영에게 해줄 말은 그것밖에 없었다. 은영은 대답 대신 고개를 끄덕이며 웃었다.

"그럼 이제 내 차례인가요?"

현서의 말에 지수는 마른침을 삼켰다. 또 무슨 이야기를 하려는 걸까? 현서는 숄더백에서 태블릿PC를 꺼내 탁자 위에 올렸다. 익숙한 동작으로 모니터를 톡톡 쳐서 계산기 프로그램을 열고는 태블릿PC를 내밀었다.

"오빠가 좋아하는 숫자를 불러 보세요."

지수는 한 손을 탁자 위에 올리고 중지로 탁자를 가볍게 두드렸다. 이번엔 암산인가?

"기왕이면 두 자리 숫자로 해요. 그쪽이 좀 더 복잡하니까, 오빠가 내 능력을 이해하기 쉬울 거예요. 숫자를 뽑아서 말해 주면 내가 그 수를 계속해서 제곱해 나갈 거예요. 오빠는 계산기로 내가 불러주는 답을 확인하면 돼요. 무슨 말인지 알겠죠?"

지수는 잠깐 생각했다. $2 \times 2 = 4$, $2 \times 2 \times 2 = 8$, $2 \times 2 \times 2 \times 2 = 16$. 이런 식이었다.

"이해했어. 그런데 그게 가능해? 두 자리 숫자를 제곱해 나가면 수가 기하급수적으로 불어나."

"그러니까 특별한 능력이죠. 음악 소리에 색깔이 나타나듯이."

전혀 우습지 않은 상황인데도 두 여자는 재미있는 놀이를 하듯 즐거워했다.

"좋아, 선택했어. 내 숫자는 77이야."

"어머, 행운의 숫자 세븐이 두 개네요."

지수는 웃지 않았다. 대신 태블릿PC를 비스듬히 들어 현서가 보지 못하도록 한 다음 77×77을 계산기에 입력했다. 답은 5,929였다.

"오천구백이십구."

이 정도 계산은 암산 교실에 다니는 조카 녀석도 할 수 있었다. 다음은 77×77×77이었다. 모니터에 나타난 숫자는 456,533이었다.

"사십오만 육천오백삼십삼."

정확했다. 아직 놀라기는 일렀다. 다음 답은 35,153,041이었다.

"삼천오백십오만 삼천사십일."

현서는 숨도 쉬지 않고 답을 불렀다.

다음은 2,706,784,157이었다.

"이십칠억 육백칠십팔만 사천백오십칠."

지수는 현서가 불러 준 답과 모니터 상의 숫자를 비교하느라 진땀을 뺐다.

"더 할 수 있어? 이제 77의 6승이야."

"물론이죠. 이제 시작인걸요. 답이 조금 늦어질지도 몰라요."

그렇게 말하고 현서는 살며시 눈을 감았다. 지수는 계산기를 눌렀다.

"이천팔십사억 이천이백삼십팔만 팔십구."

속도는 일정했다. 지수는 저도 모르게 한숨을 쉬었다. 현서는 다음 답을 불렀다.

"지금부터는 숫자를 부를게요. 그편이 오빠도 확인하기 좋을 거예요."

당연하다. 무려 77의 7제곱이다.

"16,048,523,266,853."

이번에도 틀림없었다. 숫자를 부르니 정답 확인이 한결 편했다. 다음엔 1,235,736,291,547,681이고 77의 9제곱은 95,151,694, 449,171,440이다. 현서는 각 숫자를 정확히 또박또박 불렀다. 지수의 팔에 자그마한 소름이 돋기 시작했다.

"7,326,680,472,586,201,000."

$77 \times 77 \times 77 \times 77 \times 77 \times 77 \times 77 \times 77 \times 77 \times 77$. 77의 10제곱도 정확했다. 도대체 뭐가 잘못된 거지? 놀라움보다는 우려가 앞섰다. 하지만 마술과 요술이 아니라면 설명할 방법이 없었다.

"이제 그만 해도 되겠죠? 충분히 확인한 것 같은데."

현서는 미소를 지으며 지수를 바라보았다. 지수는 들고 있던 태블릿PC를 탁자 위에 내려놓고 찬물을 꿀꺽꿀꺽 마신 뒤 말했다.

"언제부터 이런 능력이 생긴 거야?"

이번엔 현서가 답하지 않았다. 당신도 잘 알고 있지 않느냐는 표정으로 지수를 응시했다. 지수는 이런 비범한 능력이 한 인간에게 진보에 해당하는 건지, 아니면 퇴행적 변화인지 확신할 수 없었다.

"이보다 더 어려운 수학 문제도 풀 수 있어?"

지수의 질문에 현서는 눈썹을 한 번 치켜뜬 다음 말했다.

"모르겠어요. 도전해 보지 않아서. 하지만 단순한 산술 연산이라면 무한정 할 수 있을 것 같은 기분이 들어요."

서번트 증후군Savant Syndrome. 발달 장애나 자폐 증세를 보이는 장애인에게 통상적으로 일어나는 현상으로, 암산, 예술적 표현, 기억, 기계 수리 등에서 일반인의 능력을 뛰어넘는 천재성을 보인다고 알려져 있다. 뇌 신경 전문가들은 뇌의 불균형적인 대칭 구조 탓에 일어난 현상이라는 설명을 내놓았다. 왼쪽 뇌가 손상을 입은 것에 대한 오른쪽 뇌의 보상 작용이라는 이론이었다. 겉보기에 현서는 지극히 정상이었다. 더 이상 우울 증세도 보이지 않았다. 오히려 지나치게 활달하고 명랑했다. 자폐증에서 비롯된 충격 여파가 아니었다. 정확한 정보를 얻으려면 CT 촬영으로 뇌를 분석해서 왼쪽 뇌의 전면 관자엽의 기능 손상을 알아봐야 한다. 지금 이 단계에서 그런 조치가 필요할까?

"미안한 말이지만 나는 도무지 이해할 수가 없어. 왜 이런 일이 갑자기 일어난 거지?"

지수의 목소리가 자조적으로 흘러나왔다. 은영은 강력한 스파이크를 리시브하는 솜씨 좋은 리베로처럼 간단하게 지수의 질문에 답했다.

"오빠가 고민할 문제는 아니에요."

"혹시 소장님에게 뭔가 특별한 교육 같은 걸 받은 것 아냐? 이를테면 초능력에 관한 것 말이야."

이방우 소장이 심령정신사연구소를 만든 목적에는 '초능력 부대원 양성'이라는 다소 엉뚱한 복안이 깔려 있었다. 은영은 고개를 저으며 말했다.

"말했잖아요. 아직 소장님에게는 말하지 않았다고."

지수는 말문이 막혀 그저 은영과 현서를 번갈아 바라봤다. 실내에는 여전히 음악이 흐르고 있었다. 이전과 다른 빠른 비트의 노래였다. 이 노래에서는 은영은 무슨 색깔을 보는 걸까? 옆에 앉은 현서는 77의 11제곱도 정확하게 계산해 낼 수 있을까?

"일이 어찌 됐든 설명하기 어려운 변화가 일어났어요. 지금 당장은 뭐가 뭔지 모르겠어요. 얼떨떨하고 당혹스러워요. 장난스럽게 받아들일 수 없는 일인데 슬프거나 무섭지도 않아요."

은영은 잠깐 망설인 다음 말을 이었다.

"의지와 상관없이 무엇인가를 잃었고 반대로 새로운 무엇인가를 얻었어요."

무엇인가를 잃었다? 의미를 파악하기는 어렵지 않았다. 아기를 갖지 못하는 자신의 처지를 암시하고 있었다. 지수는 은영의 이야기를 묵묵히 들었다. 예기치 않은 사건이 일어난 지금, 평화롭고 일상적이어야 할 미래에서 한 가지가 훼손되었다. 그들의 몸에서 태어날 아기의 따뜻한 체온이 사라진 것이다. 대신 은영은 소리를 들으며 여러 가지 색깔을 볼 수 있고 현서는 보통 사람들이 엄두조차 내지 못하는 계산을 거뜬히 해냈다. 지금으로서는 두 가지 변화로 말미암은 득실의 경계가 모호했다. 아기와 초능력의 단순 비교는 이루어질 수 없었다. 그러나 은영과 현서는 아무렇지 않은 듯 말했다. 뭔가 대단히 복잡하고 어렵게 꼬여 있는 느낌이었다. 겉만 봐서는 이해할 수 없었다. 표층적인 삶은 언어로 표현할 수 있을 만큼 단순하지만, 심층으로 들어갈수록 인간의 삶은 복잡하고 불가해한 대상이 된다. 현서가 차분하게 말했다.

"예전에 소장님이 이런 말을 했어요. 우주가 허용하는 공간은 너무 다양하며 그 수가 10의 500제곱에 달할지도 모른다고. 무심코 저는 10의 500승을 계산해 보려 했어요. 하지만 답을 내릴 수가 없었어요. 그건 무한대였어요. 그 이야기를 듣고 우리에게 일어난 변화는 어쩌면 그렇게 심각한 문제가 아닐지도 모르겠다는 생각이 들었어요. 나란 존재는 겨우 10의 500제곱분의 1이거든요."

　이해할 수 있을 것 같기도 하고 못할 것 같기도 한 모호한 이야기였다. 그때 전화벨이 울렸다. 고명운 형사였다. 지수는 자리에 앉아서 전화를 받았다.

　"이쪽으로 오셔야 할 것 같소. 신원 불명의 일본인이 백주대낮에 살해되었소."

　형사가 무뚝뚝하게 말했다. 그의 목소리는 메마르고 단조로웠다. 살인 사건? 지수는 머리가 어지러웠다. 서둘러 전화를 끊었다. 지수는 은영과 현서에게 양해를 구하고 자리에서 일어났다. 뭔가 미진한 결론이지만 오늘은 이쯤에서 헤어져야 했다. 세 사람은 함께 카페를 나왔다. 지수는 은영과 현서가 명상 센터로 사이좋게 걸어가는 뒷모습을 지켜봤다. 그들의 모습이 사라지자 지수는 주차장으로 걸어갔다. 사건 현장으로 가야 한다. 주변 공기가 포근한데도 차는 차갑게 식어 있었다. 시동을 켜고 스산한 거리를 한동안 응시했다. 어쩐지 이번 겨울은 꽤 오래갈 것 같다는 예감이 들었다.

　살인 사건을 목격한 당구장 주인은 공포와 충격이 가지지 않은 듯 말을 더듬었다. 목뼈가 부러진 시신은 하얀 천으로 덮여 있었다. 건물 뒤편 재건축 예정지인 좁은 골목의 시멘트 바닥에서 또 한 구의 시신이 발견되었다. 지수는 고명운의 도움을 받아 현장을 둘러보며 사건 개요를 들었다. 말 그대로 간략히 추정한 정황일 뿐 사건을 정확히 이해하기는 어려웠다. 현장에서 몇 가지 증거물이 나왔다. 야쿠자들이 사용하는 날카로운 야나바기 칼과 닌자 영화에서나 볼 수 있는 묘하게 생긴 수리검 세 자루였다. 피 한 방울 묻지 않은 무기들을 대충 살펴보고는 창 쪽으로 걸어가 깨진 유리창을 통해 밖을 내려다봤다. 서울 변두리 외곽 지역에서 흔히 볼 수 있는 평범한 전경이었다.

4층 일본인 피해자들의 근거지로 보이는 무역 회사에도 경찰 통제선이 쳐져 있었다. 지수는 강제로 뜯어낸 철문을 통과해 사무실로 들어섰다. 입구에 무역 회사 간판이 붙어 있지만 어디에서도 무역 회사의 분위기는 느껴지지 않았다. 칸막이 설치를 한 사무실의 문을 열자 벽에 걸린 대형 욱일승천기가 한눈에 들어왔다. 제국주의 시대에나 어울릴 법한 일본군의 군기를 보자 반사적으로 이맛살이 찌푸려졌다. 캐비닛과 책상 위의 서류는 모두 일본어로 된 문서였다. 경찰은 지휘부의 통제 아래 어떤 물건에도 손을 대지 않았다. 이번 사건을 국정원에 떠맡기고 싶어 하는 눈치가 역력했다. 지수가 ID 카드를 내보이자 경찰은 필요 이상으로 반색하며 지수를 맞았다. 경찰이 동원할 수 있는 정보력만으로는 감당할 수 없는 사건이라는 것을 그들은 직감하고 있었다.

지수는 건물을 나와 고명운 형사와 함께 또 한 구의 시신이 발견된 골목길로 향했다. 두 사람은 철거민들이 내다 버린 남루한 살림살이와 동물들의 오물을 피해 좁고 굽은 골목길을 걸어갔다. 지수는 흰 천을 들어 올려 시신의 얼굴을 확인했다. 이십 대 후반의 젊은 남자는 평화로운 얼굴로 누워 있었다. 수리검 세 자루가 발견된 곳이 이 골목이었다. 한 자루는 시신에서 조금 떨어진 장소에서 발견되었고 나머지 두 자루는 죽은 남자의 손에 쥐여 있었다. 지수는 남자의 얼굴을 자세히 살폈다. 살아 있는 인간의 가슴에다 날카로운 비수를 꽂을 정도로 강단 있어 보이는 얼굴은 아니었다. 호감형의 미남자였다.

지수는 스마트폰으로 남자의 얼굴을 찍었다. 옆에 서 있던 젊은 수사관 한 명이 비닐봉지에 담긴 물건을 내밀었다.

"지갑에서 나온 명함입니다."

지수는 봉투를 들어 올려 명함을 읽었다. 이전에 은영이 보여 준 명함과 같은 도안의 명함이었다. '나카무라 간지.' 지수는 아랫입술을 살짝 깨물었다. 마루야마 요이치의 명함에도 같은 자동차 회사의 엠블럼이 새겨져 있었다. 지수는 명함이 든 봉투를 재킷 주머니에 넣고 왔던 길을 되짚어 일본인들이 근거지로 삼은 무역 회사 건물로 갔다. 최 전무가 그를 기다리고 있었다.

최 전무는 무표정한 얼굴로 느긋하게 사건을 지휘했다. 당구장 주인이 준 콜라를 마시며 경찰과 국과수 직원들에게서 갖가지 보고를 받았다. 함께 온 국정원 요원들에게 2층 당구장을 신속하게 정리하라는 지시를 내리고 4층 무역 회사 사무실로 올라갔다. 일본인답게 사무실 내부는 환하고 깨끗했다. 바닥은 기름걸레로 닦여 있고 접대용 소파 밑으로 사무용 집기에는 어울리지 않는 밝은 라임 색 카펫이 깔려 있었다. 최 전무는 콜라 캔을 테이블 위에 올리고 검은 가죽 소파에 깊숙이 몸을 파묻고 앉았다. 몸속에서 아드레날린이 분비되었다. 그는 허공에 떠도는 음습한 공기를 들이마시며 곳곳에 도사린 위협을 감지했다. 수십 년간 현장을 떠돌며 자연스럽게 익힌 감각이었다. 그는 국정원 요원들과 국과수 직원들이 분주히 움직이는 모습을 바라보았다. 야쿠자들을 직접 상대한 게 언제였지? 기억이 가물가물했다. 그때 입구에서 차지수가 모습을 드러냈다. 최 전무를 발견한 지수가 머리를 숙여 인사했다. 최 전무는 소파에 앉은 채 건성으로 고개를 끄덕이며 인사를 받았다.

"앉아. 하고 싶은 말이 많을 테니까."

"사건 개요를 정식으로 보고드리겠습니다."

"됐어. 보고는 경찰에게서 다 받았어. 척 보면 알 수 있어."

지수는 최 전무의 말에 얼떨떨한 표정을 지었다.

"앉아. 네가 물어온 사건이니까 이야기는 들어 봐야지."

지수가 맞은편 소파에 앉았다.

"죽은 일본인들이 네가 찾아다니던 그 일당인가, 최보라를 죽인?"

"네?"

"그 정도는 직감으로 알 수 있어. 증거는 확보했나?"

지나칠 정도의 자신감이 느껴지는 목소리였다. 지수는 재킷 주머
니에서 비닐봉지에 든 명함을 탁자에 내려놓았다.

"살해된 인물은 나카무라 간지입니다. 마루야마 요이치와 함께
이번 사건에서 용의자로 지목된 인물입니다. 마루야마 요이치의 행
방은 지금으로선 확실치 않습니다. 사건이 터지고 나서 잠수를 탔을
가능성이 큽니다."

최 전무는 잠깐 생각한 다음 말했다.

"당구장에서 살해된 놈과 용케 달아난 놈은 주요 인물이 아니라
는 말이군."

지수는 최 전무의 빠른 추리 능력에 놀랐다.

"당구장에서 뛰어내려 탈출한 피해자를 끝까지 쫓아가서 살해했
습니다. 목표가 나카무라인 것은 분명합니다."

"문제는 말이야……."

최 전무는 무릎을 손가락으로 톡톡 치면서 생각에 잠겼다. 최 전
무의 다크블루 팬츠에는 주름이 날카롭게 잡혀 있었다.

"대범하게 대낮에 살인 행각을 벌였다는 거야. 이렇게 대놓고 정체를 드러내는 건 자연스럽지가 않아. 충분히 자신을 숨기면서 처리할 수도 있는 일이었어. 사시미와 수리검을 든 야쿠자를 단번에 제압했다는 것도 부자연스러워. 넌 맨손으로 야쿠자를 죽일 수 있어?"

지수는 답하지 않았다.

"나카무라를 죽인 범인이 일본인 야쿠자라고 생각해?"

"그건 아니라고 생각합니다."

최 전무의 눈빛이 날카로워졌다.

"당구장 주인의 진술로 보면 그들은 서로 모르는 상대였던 것 같습니다. 서로 아무 말도 주고받지 않은 상태에서 곧바로 싸움을 벌였고 곧 나카무라가 2층에서 뛰어내렸습니다. 상대가 가진 힘의 우위를 싸움이 시작되고 나서야 느낀 거죠. 서로 알고 있던 상대라면 세 남자가 이처럼 쉽게 당하지는 않았을 겁니다."

"허점이 많은 추리야."

맥이 빠지는 답이지만 틀리지 않았다.

"분명한 건 놈이 죽은 일본인들만 얕본 게 아니라는 거야. 지금 이 자리에서 수사를 벌이는 우리 모두를 비웃는 거야. 한국 경찰과 정부 당국을 우습게 여기고 있어."

"회사의 정체를 밝혀내면 좀 더 체계적으로 접근할 수 있을 겁니다."

"일본인들이 보유한 위장 회사 리스트에 이 회사는 빠져 있더군. 몸통을 찾기가 쉽지 않을 거야. 일본 대사관도 모르쇠로 일관할 가능성이 커."

하마터면 지수는 "국정원의 정보력이 그 정도로 부실한가요?"라고 말할 뻔했다.

"사무실 안쪽의 욱일승천기 보셨나요?"

"해군 자위대의 군기 말이야?"

"침략 전쟁 때 일본군의 군기로도 사용되었죠."

지수는 최 전무의 다음 말을 기다렸다.

"일련의 납치 행각을 벌인 패거리가 일본의 우익 집단일 가능성이 크다는 이전 주장을 되풀이하는 거야?"

"그때는 단순한 가능성에 불과했지만, 지금은 어느 정도 확인 가능한 사실이 되었다고 생각합니다."

최 전무는 다시 손가락으로 무릎을 두드렸다.

"틀린 말은 아니야. 일본 정치 담당 요원에게 협조 요청을 하지. 그건 그렇고 예전에 최보라의 시신에서 용의자의 DNA가 검출되었나?"

"네, 죽은 나카무라의 DNA를 확인하면 결과가 곧 나올 겁니다."

"좋아, 아무튼 사건이 보이기 시작했어. 속도를 내면 몸통은 아니더라도 꼬리는 잡을 수 있을 거야."

지수는 최 전무의 의견에 동의할 수 없었다. 최 전무의 예상처럼 술술 풀려 나갈 사건이 아니었다. 지금까지 계속해서 사건이 터진 다음 수습하느라 시간을 흘려보냈다. 왜 이런 사건들이 연달아 일어나는지 추측조차 못 하는 상태였다. 범행 동기도 모호하고 범죄를 구성하는 전형적인 요건들이 제대로 맞아떨어지지 않았다.

"죽은 나카무라의 사인이 석연치 않습니다. 심장 마비로 보인다고 국과수 직원이 말하더군요."

"그건 이미 보고받았어."

"2층 당구장에서 목뼈가 부러진 남자와는 달랐습니다. 아무런 외상 흔적이 발견되지 않았습니다. 나카무라 간지가 던진 것으로 보이는 첫 번째 수리검이 멀리 떨어진 장소에서 발견된 것으로 보아 막다른 골목에서 나카무라가 범인과 격투를 벌인 정황은 확실합니다. 그런 상태에서 나카무라가 심장 마비로 죽었다는 건 아무리 생각해도 이해가 되지 않습니다."

최 전무는 지수의 말에 눈썹을 치켜떴다.

"놈이 심장 마비를 유발했다는 이야기야?"

"달리 말하면 범인이 나카무라의 심장을 멈추게 한 것입니다."

최 전무는 헛웃음을 지었다.

"그런 일은 가능하지 않아. 정찰총국의 일급 특수 공작원이 내려왔다고 해도 불가능한 일이야."

최 전무의 반응은 당연했다. 지수는 숨을 고른 다음 말했다.

"최근에 이와 유사한 사건이 일어났습니다."

최 전무는 지수를 노려봤다.

"뭘 말하고 싶은 거야?"

"김평남의 직접적인 사인도 심장 마비였습니다."

김평남? 최 전무의 얼굴이 일그러졌다. 김평남은 서울 시내의 호텔에서 대북 관련 강연회를 마친 뒤, 목욕탕 사우나에서 평온한 죽음을 맞았다.

"이번 사건의 범인이 김평남 사건과 동일범이라는 이야기야?"

"가능성이 있습니다."

"미치겠군. 그 이야기는 이미 다 끝났어. 과학적 증거를 뒤집을 셈이야?"

"나카무라 간지가 심장 마비로 죽은 게 분명하다면 재고할 필요가 있습니다. 그의 죽음은 어떻게 설명할 수 있습니까?"

"급성 심장 마비는 누구에게나 일어날 수 있어. 북한 놈인 김평남도 마찬가지고, 빌어먹을 놈의 야쿠자도 피해 갈 수 없는 일이야."

"조금 먼 거리이긴 하지만 사거리에 주차 단속 카메라가 설치되어 있습니다. 분석해 보면 결과가 나올지도 모릅니다."

최 전무는 지수가 과거에 했던 이야기를 떠올렸다. 정체불명의 한 남자가 강연회와 목욕탕에 모습을 보인 것이 카메라에 잡혔다는 말이었다. 유력한 용의자로 볼 수도 있지만, 김평남이 목욕탕에 도착하기 두 시간 전에 나타났기 때문에 배제했었다.

"네 말대로라면 정말 신출귀몰한 인물이군. 이동 장소를 미리 예측해서 기다렸다가 목표물이 나타나면 아무런 외상도 남기지 않고 심장을 멈추게 한다는 거잖아?"

"중국의 고대 무공 중에는 손가락 하나로 상대를 제압하는 기술이 있습니다. 정확히 말하면 검지로 혈도를 찌르는 거죠."

지수의 말에 최 전무는 어이없는 표정을 지었다.

"지금 무협지에 나오는 이야기를 하는 거야?"

지수는 대답하지 않았다.

"그러니까 손가락 하나로 칼을 든 야쿠자를 단숨에 골로 보내 버렸다는 거잖아?"

"꼭 무공에 국한하지는 않겠습니다. 저도 요즘 한국의 고대 무술을 배우는 터라 그런 생각을 해본 것뿐입니다. 사실을 말씀드리면, 저는 초능력 쪽에 더 비중을 두고 있습니다."

"초능력?"

166

"네."

순간 두 사람의 대화가 끊어졌다. 침묵이 흘렀다. 주변에서는 동료 요원들이 상자에다 갖가지 서류를 분류하거나 증거품을 모으느라 분주했다. 최 전무는 씁쓸한 표정으로 한마디 하고 나서 일어났다.

"이방우와 어울려 다니더니 정신이 어떻게 된 것 아냐?"

지수도 자리에서 일어났다. 지금 상황은 그에게 불리했지만, 이유를 알 수 없는 자신감이 솟아올랐다.

"어쩌면 이방우의 소망대로 네가 대한민국 초능력 부대원 1호가 된 건지도 모르겠군."

최 전무는 차갑게 내뱉은 뒤 사건 현장을 빠져나갔다.

박스 가득 담아 온 서류 더미에서도 사건의 핵심을 풀어낼 실마리는 나오지 않았다. 말 그대로 무의미한 쓰레기였다. 지수는 일본어 번역 전문 요원과 함께 모든 문서를 검토하면서 서서히 지쳐 갔다. 다행히 하드디스크 복구 팀은 속도를 내고 있었다. 야쿠자들은 운영 체제를 새로 설치하면 이전의 정보가 모두 날아가 버린다고 생각한 것 같다고 전산 요원이 웃음 띤 얼굴로 말했다. 죽은 나카무라 간지의 휴대 전화 통화 내역도 큰 도움이 되지 않았다. 대포폰이고 수신인은 극히 제한되어 있었다. 통화가 집중된 번호 역시 어느 노숙자 명의의 대포폰이었다. 그 번호가 마루야마 요이치라는 남자라는 것은 쉽게 짐작할 수 있었다.

사건 현장에서 떨어진 교차로에 설치된 주차 단속 카메라에서 나온 화면 역시 거의 쓸모가 없었다. 하필이면 나카무라 간지와 범인이 당구장에서 뛰어내린 시각에 카메라는 불법 주차 차량의 번호판을 비추고 있었다. 도로에 불법 주차한 차를 잡아 내기 위해 카메라가 이동하는 장면에서 멀긴 하지만 의심스러운 장면이 잡혔다. 겨울 외투를 입은 젊은 여자가 무단 횡단하는 모습이었다. 순간적으로 일어난 일이라서 앞뒤 상황을 파악하기는 어려웠다. 지수는 구간 반복으로 몇 번이나 그 장면을 주시했다. 여자는 달려오는 차를 손으로 막아 서며 급하게 도로를 횡단했다. 왜 하필 미묘한 시점에 여자가 도로로 뛰어들었을까? 혹시 여자가 용의자의 백업 요원 아닐까? 그러나 잘린 화면만으로는 어떤 퍼즐도 꿰맞출 수 없었다. 남은 건 전산팀이 하드디스크 복원을 끝내는 것뿐이었다. '제일무역회사'와 관련된 정보를 획득하기 위해 해외 부서에서도 정보망을 총동원해 심층조사에 들어갔다. 당장은 공조와 협조 체제를 구축해 조직의 힘을 모으는 것이 중요했다.

늦은 시간이긴 하지만 지수는 정신사연구소에 들렀다. 소장의 책상 위에 저녁으로 먹은 짜장면 그릇이 덩그러니 놓여 있었다. 말라버린 단무지 종지 옆에 놓인 맥주 컵과 빈 소주병이 사무실 분위기를 스산하게 만들었다. 난로가 꺼진 사무실은 차갑게 식어 있었다. 지수는 빈 그릇을 문밖으로 내놓고 개수대에서 행주를 빨아 책상을 닦았다. 눈을 혹사한 것인지 눈이 따끔거렸다. 지수는 설거지를 끝내고 운동화를 신은 채 소파에 앉아 발을 뻗었다. 쿠션을 베개 삼아 머리를 대고 눈을 감자 사무실의 익숙한 공기가 몸을 감쌌다. 털 내피가 달린 외투를 단단히 여미고 잠을 청했다.

지수는 처음 본 여자와 데이트를 했다. 여자는 아름다웠다. 오똑한 콧날과 반듯한 이마, 물기를 머금은 검은 눈은 위악과 위선의 양면성을 동시에 드러냈다. 두 사람은 손을 맞잡고 낯선 오솔길을 걸었다. 여자는 한순간도 잡은 손을 풀지 않았다. 지수가 손을 놓으려 하면 여자는 당장에라도 세상이 무너질 것 같은 표정을 지었다. 언덕길이 나오자 땀이 배어나고 호흡이 차올랐다. 마침내 아카시아가 무성한 숲의 입구에 다다르자 그들을 둘러싼 세계가 극적으로 변했다.

여자는 멈춰 선 채 지수의 볼에 가볍게 입술을 댔다. 풀벌레 소리가 들리고, 아지랑이가 피어오르는 허공에서는 나비가 날았다. 숲에서 흘러나온 기묘한 향기 때문에 현기증이 났다. 땅과 하늘의 경계가 모호해졌다. 여자는 천천히 입술을 떼고는 잡고 있던 손에 힘을 주어 그를 숲 속으로 끌어당겼다. 지수는 숲에 도사린 짙은 그늘을 응시하며 몸을 움직이지 않았다. 한 발자국도 내디딜 수가 없었다. 여자가 자신을 유혹하는 것인지, 아니면 단순히 시험하려는 것인지 불분명했다. 숲으로 들어가면 예기치 못한 후회와 절망에 맞닥뜨릴 것 같아 그는 망설였다. 여자는 지수에게 슬픈 표정을 짓고는 등을 돌려 숲 속으로 걸어갔다. 그녀는 맨발로 부드러운 잔풀을 밟으며 앞으로 나아갔다. 주변에서 맴돌던 나비가 그녀를 뒤따랐다. 아카시아 나무 아래 응달에 이르자 그녀는 몸을 돌려 그를 바라봤다. 잠시 후, 여자의 형체는 어둠에 가려 보이지 않았다. 지수는 용기를 내 천천히 숲의 입구로 다가섰다. 초록색 물감을 뿌린 듯한 짙은 잎사귀들이 바람에 흔들리며 그의 이마에 부딪혔다. 지수는 숲의 어둠을 응시하며 서 있었다.

눈을 뜨자 이방우 소장의 얼굴이 보였다. 염려스러운 눈빛으로 소장이 지수를 내려다보았다. 잠이 덜 깬 상태로 그는 누운 채 소장에게 인사했다.

"자네가 올 줄 알았다면 난로를 피워 뒀을 텐데."

처음 보는 군용 모포가 덮여 있어 지수는 손으로 담요를 걷어 냈다. 난로를 막 피운 듯 등유 냄새가 코끝을 간질였다.

"센터 일은 끝났나요?"

헝클어진 머리카락을 손으로 정리하며 지수가 물었다.

"음, 가출한 딸아이 걱정에 잠 못 이루는 회원과 상담하느라 늦어졌어."

평소와 달리 지친 목소리로 소장이 답했다. 지수는 손목시계로 시간을 확인했다. 자정을 막 넘어서고 있었다.

"퇴근하셔야죠?"

우물쭈물하며 소장이 맞은편 소파에 앉았다. 그가 비켜나자 밝은 형광등 불빛이 얼굴로 쏟아져 내렸다. 소장이 느릿하게 말했다.

"괜찮으면 술이나 한잔할까?"

잠들기 전 소장의 책상에서 치운 빈 소주병이 떠올랐다.

"중국 여행 갔다 온 회원이 술을 사왔어. 마실 텐가? 냉장고에 족발도 남아 있는데."

지수는 대답하지 않고 개수대로 가서, 씻어 놓은 유리컵과 젓가락을 접시에 담고 냉장고 문을 열어 족발을 찾았다. 소장이 캐비닛을 열어 술을 가져왔다. 술은 아직 포장도 풀지 않은 상태였다. 삼각형의 두꺼운 종이 상자를 걷어 내자 술병이 나타났다. 채색하지 않은 유리병에 물같이 생긴 맑은 술이 담겨 있었다. 술병을 살펴보니 병뚜껑 밑에 52%라는 문구가 제일 먼저 눈에 띄었다.

"백주를 마셔 본 적 있나?"

"아시잖아요. 술은 맥주 정도만 좋아합니다."

술병을 열자 독특한 향이 코로 밀려왔다. 짙은 안개가 내려앉듯 향이 사방으로 번져 갔다. 소장은 조심스럽게 술을 아주 조금 따랐다. 맥주 컵을 사용하기에는 적당하지 않은 술이었다. 술은 독했다. 혓바닥을 지나 식도를 타고 흘러내린 술이 위장까지 도달하는 모든 과정의 감각이 차례로 전달되었다. 지수는 눈을 크게 뜨고 '후' 하고 과장된 숨을 내뱉었다.

"어떤가? 진짜 술을 마셔 본 느낌이?"

"좋은데요."

소장의 기분을 맞추려고 지어낸 말이 아니었다. 술을 마시자 뒤엉킨 머릿속이 일시에 풀려 버린 느낌이었다.

"중국인은 인류에게 필요한 소중한 유산을 많이 남겼는데, 이 술도 그중 하나야."

지수가 웃으며 술잔을 받았다. 특유의 향이 입안에서 감돌았다.

"회원 수가 불어나서 요즘 힘드시죠?"

"맞아. 어떻게 소식을 들었는지 센터를 찾아오는 사람이 점점 많아지고 있어."

"돈도 많이 벌고 좋지 않나요?"

"돈? 그래, 젊은 사람들에게는 돈이 제일 중요하지. 그런 면에서 보면 내 노년도 별로 나쁘지는 않군. 돈벼락은 아니지만 이 정도면 사업으로 성공했다고 볼 수 있으니."

어딘지 자조적인 느낌이 묻어나는 목소리였다.

"소장님의 도움이 필요한 사람이 많아졌다고 생각하시면 좋지 않습니까?"

지수의 말에 소장은 웃었다. 그러고는 술을 마셨다. 소장의 잔에 술을 따르는데 조절을 잘못해 술이 조금 넘쳤다.

"회원 수가 늘어난 것은 그만큼 우리 사회가 각박해지고 있다는 반증이네. 근심 걱정이 없으면 우리 같은 업자들은 굶어 죽기 알맞지. 사람들의 문제가 어디에서 출발하는지 알고 있나?"

지수는 대답하지 않았다.

"간단해. 정직하지 않다는 거야. 돈을 좋아하는 사람은 돈을 좋아하지 않는다고 말하고 여자를 좋아하는 사람은 여자를 좋아하지 않는다고 말해. 거기에서 문제가 발생하는 거야."

지수는 묵묵히 이야기를 들었다.

"가족이라는 울타리에 얽매인 사람들 모두 이 두 가지 문제로 고생하는 거야. 돈과 여자. 여자 처지에서는 돈과 남자겠지."

지수는 책장에 놓인 소장의 가족사진을 바라봤다. 아내와 딸만 있을 뿐 소장은 빠져 있었다. 지수는 소장에게 건배를 권했다. 소장은 잔을 부딪치고는 느긋하게 술잔을 비웠다.

"태평이 놈이 죽고 나서 계속 울적했는데, 이렇게 술 한잔 하니 기분이 좋군."

지수는 하얀 개의 검은 눈동자가 떠올랐다. 하는 일은 거의 없었는데도 녀석의 부재는 의외로 주변 사람들에게 영향을 끼쳤다.

"태평이가 군견이었다고 말했었나?"

"아뇨."

"GOP 대대장 시절에 인연을 맺었어. 수색대 정찰 임무에 투입되었는데 어느 날 갑자기 작전에 나서길 꺼리더니 시름시름 앓더라고. 소리를 지르고 매질을 해도 소용없었어. 그래서 관사로 데려왔지. 다 죽어 가는 것 같더니 우리 집에 와서 다시 건강을 회복했어. 그래도

172

훈련은 여전히 거부했지. 오직 마당에 드러누워 먼 하늘만 쳐다보더군. 그때부터 태평이라는 이름을 사용했어."

"이전의 이름은 무엇이었는데요?"

"아마 흑표였지."

"흑표요? 하얀 개에게 그런 이름을 지어 주었다고요?"

"듣고 보니 우스운 이야기군. 새끼 때 털이 까맸을지도 모르지."

두 사람은 마주 보고 웃었다. 어느새 술병의 반을 비워 냈다. 도수가 높았는데도 정신은 말짱했다.

"좋아, 기왕 이렇게 된 것 내 사적인 이야기를 털어놓지. 정직이 뭔지는 모르지만, 노력은 해봐야지."

소장은 어설픈 웃음을 지었다.

"나는 아들을 잃었네. 이 이야기를 남에게 하긴 처음이야."

갑작스러운 이야기에 지수는 상황을 이해하지 못해 소장을 바라보기만 했다.

"녀석이 중 3 때였어. 제 엄마를 닮아 감성적이고 예민하고 영특하고 손재주가 좋았어. 특별히 잘하는 건 없었지만, 인정이 많아 주변 사람들에게 사랑받았지. 그런데 녀석이 사춘기를 지나면서 점점 여성적이 되어 가더군. 한번은 이런 일이 있었어. 새벽에 부스럭거리는 소리가 나서 살펴봤더니 아들놈이 침대에 누워 헤드폰을 끼고 있더라고. 모두 잠든 밤에 자기 방에 박혀서 쇼팽의 피아노 연주곡을 듣고 있었던 거야. 별일 아니라고 생각할 수도 있었지만 나는 그런 아들의 행동이 눈에 거슬렸어. 내 주변에는 항상 군인들만 있었네. 그들이 내 동료였고 친구였지. 전출할 때마다 새로운 친구를 사귀어야 했던 아들 녀석도 사정은 비슷했어. 아들놈의 친한 친구도 군인 아파트에 사는 또래 아이들이 대부분이었지. 그런데 내가 보기에 내 아들이 제일 남자답지 못했어. 운동을 못하거나 싸움을 못한 게 아니야. 나를 닮아 덩치도 크고 달리기도 빨랐어. 하지만 가장 중요한, 결정적인 요소가 빠져 있었어. 자네도 군대를 다녀와서 잘 알겠지만, 진짜 군인은 태어나는 게 아니라 만들어지는 거야. 운동선수야 선천적인 재능이 있어야겠지만 군인은 달라. 모든 게 정신력에 달렸어. '하면 된다', '반드시 적을 섬멸한다'라는 필승의 정신력이 있어야 해. 그게 없으면 훌륭한 군인이 되지 못해."

소장의 목소리가 조금 높아졌다.

"그런데 어느 날 집에 돌아와 보니 아들놈의 얼굴이 퉁퉁 부어 있더군. 어떻게 된 일이냐고 물으니 새로 전학한 학교에서 껄렁한 놈들과 시비가 붙었다는 거야. 결과를 묻자 한참 우물쭈물하더니 상대가 여러 명이어서 대충 싸움을 끝내고 화해했다는 거야. 당시 나는 물불 가리지 않는 성격이었어. 밤새 다그쳐서 아들놈이 녀석들에게 항복했다는 사실을 밝혀냈어. 내가 어떻게 했는지 상상이 가나?"

소장은 술을 따라서 단숨에 마셨다.

"놈들이 질릴 때까지 끝까지 싸우라는 명령을 내렸어. 한 대 때리고 두 대 맞더라도 물러서지 말라고 말이야. 오늘, 내일, 모레, 일주일, 한 달, 일 년이 되더라도 싸우라고 했어. 여러 명이 힘들면 한 놈을 뒤쫓아 혼내 주고, 다음 날에는 또 다른 놈을 해치우고. 그렇게 매일매일 싸우라고 했네."

"……."

"내가 원한 건 아들의 가슴속에 숨은 남성성을 끄집어내는 거였어. 험악한 세상에서 대접받고 살려면 악착같은 근성을 지녀야 하거든. 군인인 나는 그 방법을 잘 알고 있다고 생각했어. 착한 아들놈은 병사가 된 것처럼 내 명령을 받아들였지. 다음 날부터 아들은 매일 반건달인 놈들과 싸움을 벌였어. 나와 맞서는 것보다는 그쪽이 더 쉬웠을 거야. 퇴근한 밤에는 아들에게 낮의 상황을 보고받았지. 이마에는 혹이 나 있고 입술은 시퍼렇게 터져 있었어. 나는 아들을 강하게 키우겠다는 일념에 제정신이 아니었어. 전투에서 진 병사를 위로할 수 없는 것이 지휘관의 운명이지. 밤마다 아들을 마당으로 불러내 목도로 엉덩이를 쳤어. 내가 목도를 후려치면 아들은 '정신, 통일'이라고 기합을 넣었지. 내일은 반드시 이긴다는 약속을 받아 내고 녀석을 방으로 돌려보냈어."

지수는 소장의 그런 모습을 상상할 수 없었다. 현재의 그는 다른 사람의 고통과 상처를 치유해 주는 명상 센터의 소장이었다.

"아내와 딸은 방에 숨어서 숨소리조차 내지 못했어. 아들을 향한 본능적인 모성애마저 내가 벌인 폭력 앞에 벌벌 떨었던 거야. 당시만 해도 아내는 내 생각에 절대적으로 복종했고 반대라고는 생각도 못 하던 시절이었어."

지수는 소장의 이야기를 들으며 당시 상황을 그려 보았다. 행복한 결말로 끝날 수 없는 이야기였다.

"싸움을 벌인 지 보름째 되던 날 부대로 연락이 왔어. 아들이 병원으로 후송되었다고 부관이 말하더군. 나는 그게 무슨 말인지 이해하지 못했네. 아들은 겨우 중학생이었거든. 나는 내가 만들어 놓은 세계에 갇혀 있었고 아들이 속한 실제 세계를 보지 못했어. 열여섯 난 사내아이들의 싸움을 깔보고 그들의 폭력을 미화했던 거야. 병원에 도착하니 복도 바닥에 아내와 딸이 쓰러져 오열하고 있더군. 아들은 깨진 소주병에 목이 찔려 있었어."

소장의 얼굴은 화강암에 새겨진 조각상처럼 딱딱하게 굳어 있었다. 한동안 침묵이 흘렀다.

"내가 죽인 거야, 불쌍한 내 아들놈을."

소장의 얼굴이 일그러졌다. 지수는 술잔을 들이켠 뒤 다시 한가득 술을 따랐다.

"그 사건 이후 아내와 딸은 나를 원망하며 떠났고 결국 나는 혼자가 되었어. 아내는 친정이 있는 미국으로 가버렸고 딸과도 연락이 끊겼네."

"나는 군인으로서도 실패했을 뿐 아니라 한 인간으로서도 실패했네. 이게 내 진짜 얼굴이야."

그때 전화가 울렸다. 최 전무였다. 부적절한 타이밍이라고 지수는 생각했다. 위로의 말을 찾으려고 해도 적당한 말이 떠오르지 않았다. 다만 전화를 받지 않는 것으로 안타까운 마음을 전달했다. 잠시 후 전화가 다시 울렸다. 지수는 양해를 구하고 사무실을 나왔다.

"대체 어디서 뭘 하는 거야?"

화난 목소리는 아니었다. 지수는 비어 있는 개집 옆에 서서 전화를 받았다. 외투를 입지 않아 밤공기가 차가웠다.

"몸이 안 좋아 집에서 잠깐 쉬고 있습니다."

전화선 너머 사무실의 모습이 머릿속으로 그려졌다. 이번 사건을 해결하기 위해 며칠째 밤샘 근무가 이어지고 있었다. 잠깐의 침묵이 흐른 뒤 최 전무가 말했다.

"자세한 이야기는 들어와서 하도록 하고 아무튼 네가 이겼어."

"네?"

"전산 팀에서 연락이 왔는데 제일무역회사 계좌에서 돈이 빠져나간 기록이 나왔어. 수취인 리스트를 뽑았더니 그중에 김평남이 있더군. 김평남이 사우나에서 죽기 한 달 전에 말이야."

지수는 아무 말도 하지 못했다. 구체적인 내용이 들어오지 않는데도 가슴이 두근두근 뛰었다.

"듣고 있어? 우리가 생각하는 것 이상으로 상황이 복잡해졌어. 하지만 나쁜 소식만 있는 건 아니야. 사건을 풀 결정적인 증거가 나왔어."

'결정적인 증거'라는 말에 또 한 번 가슴이 두근거렸다.

"최보라와 이은영, 정현서가 함께 있는 사진이 나왔어. 여행지에서 찍은 사진 같은데 모두 여덟 명의 여고생이야. 놈들이 뭘 쫓는지는 불분명하지만 사진 속의 여학생들을 목표로 하는 건 분명해. 듣고 있는 거야?"

지수는 뭐라고 답해야 할지 몰라 한참 만에 겨우 대답했다.

"곧장 가겠습니다."

지수는 전화를 끊고 사무실로 들어갔다. 세수를 했는지 이방우 소장의 얼굴은 말끔해 보였다. 지수는 회사로 돌아가야겠다고 담담하게 말했다. 지수가 외투를 껴입는 모습을 지켜보며 소장은 상황의 급박함을 알아차렸는지 무슨 일이냐고 묻지 않았다.

"여기서 주무실 건가요?"

형광등 불빛 아래로 소장의 흰 머리카락이 유난히 두드러져 보였다.

"자네가 신중하게 처리할 것으로 믿지만, 이 말만은 기억하게."

소장은 짧게 심호흡을 한 뒤 말했다.

"폭력에 맞서기 위해 폭력을 선택하는 것은 어리석은 일이야."

소장의 눈동자는 이전처럼 흔들리지 않았다.

"만약 자네가 내 아들이라면 나는 보내지 않을 거야."

지수는 정면으로 소장의 눈을 응시했다.

"만약 더 큰 폭력에 부딪힌다면 무시하고 피해 버려. 그건 비겁한 일이 아니네."

지수는 어금니를 깨물고 탁자 위의 술병으로 시선을 돌렸다.

"술은 다음에 와서 마저 마시겠습니다."

지수는 급하게 인사하고 사무실을 나왔다. 차가운 겨울바람이 얼굴을 덮쳤다. 차에 올라 시동을 걸고 숨을 크게 들이마셨다. 최 전무와의 통화 내용이 선명하게 떠올랐다. 사건이 수면으로 떠올라 형태를 드러냈다. 순간, 머릿속으로 강한 불꽃이 튀었다. 그것은 기적적인 영감이나 꿈속에서 본 환영이 아니었다. 오감을 통해 받아들인 현실적인 감각도 아니었다.

최 전무가 말한 '결정적 증거'가 될 사진에는 여덟 명의 여고생이 있었다. 아직 사진을 보지 못했는데도 지수는 사진의 세부적인 모습까지 정확히 떠올릴 수 있었다. 어떻게 이런 일이 가능한지 이해할 수 없지만, 그는 사진 속의 여자아이들 얼굴을 보고 있었다. 여자아이들은 카메라를 바라보며 환하게 웃었다. 이은영과 정현서의 앳된 얼굴이 보이고 죽은 최보라의 얼굴도 보였다. 나머지 다섯 명의 여자아이는 흐릿했다. 누군가 옆자리에 앉아서 눈앞으로 사진을 들이미는 기분마저 들었다. 온몸에 소름이 돋았다. 갑자기 꿈이 떠올랐다. 지수는 공포를 떨쳐내며 꿈에서 본 아름다운 여자의 얼굴을 기억해 내려고 애썼다. 여자는 손을 놓고 슬픈 미소를 지으며 짙은 그늘이 진 숲으로 들어갔다. 사진 속의 여자 중 한 명일까? 그녀는 이미 죽은 것인가? 여자를 찾아야 한다. 지수는 급하게 액셀러레이터를 밟았다. 겨울바람이 찢어지는 소리에 귀가 먹먹했다.

7

최 전무와의 면담이 끝나자 피로가 몰려왔다. 국정원 내에서 일본 최고 정보통이라는 요원들이 수사본부에 속속 참여했지만, 실마리가 될 정보는 나오지 않았다. 예상대로 일본 대사관의 정보 담당자는 비협조적이었다. 진전이 없는 것은 아니었다. 유일한 목격자인 당구장 주인이 이번 사건의 살인범과 김평남이 죽던 날 목욕탕 입구의 폐쇄회로 카메라에 잡힌 정체불명의 남자가 동일인임을 증언해 주었다. 그가 이번 사건의 중심에 선 핵심 용의자로, 그의 신원은 오리무중이었다. 짧은 머리에 건장한 체격, 무표정한 사내는 요이치와 마찬가지로 유령 같은 존재였다. 요이치가 살해당한 간지와 같은 일본인인지, 아니면 김평남과 같은 북한인인지도 불분명했다. 김평남이 자연사가 아닌 살해당했을 거라는 지수의 추측은 맞았지만, 말 그대로 추측에 불과할 뿐 사건을 푸는 결정적인 단서가 되지는 못했다.

반면 사진 속 여고생 여덟 명에 대한 조사는 확연한 성과를 거두었다. 지금까지 납치당한 사람은 모두 다섯 명이었다. 이은영과 정현서를 포함해 지방 도시에 사는 두 명의 여자가 더 있고, 가장 마지막에 납치된 최보라는 죽었다. 생존한 두 여자의 진술은 도움이 되지 않았다. 그들 역시 정현서의 경우와 마찬가지로 대부분의 기억을 잃은 상태였다. 외계인 이야기가 다시 나왔다. 문제는 아직 납치당하지 않은 나머지 세 사람이었다. 요이치가 살아 있으니 납치 사건은 또 일어날 가능성이 컸다. 요이치는 사진 속 여자들을 쫓고 있었다. 최 전무는 경찰에게 여자들의 신변 보호를 요청했다.

지수는 그동안 국정원에서 명성만 들어 온 일급 요원 네 명을 개별적으로 만났다. 대북 공작원과 일본과 중국에서 활동하는 국외 요원들이었다. 그들과의 접촉은 외부에서 비밀리에 이루어졌다. 그들은 한결같이 묘한 분위기를 풍겼다. 대부분 사오십 대 중년 사내들로 이번 사건에 특별한 흥미를 보이지 않았다. 진지하게 사건을 설명해도 집중해서 듣지 않고 이내 딴청을 부렸다. 전립선염과 고혈압 같은 성인병에 모든 관심이 쏠려 있고, 식사 후에는 알약이 수북이 담긴 약봉지를 입안으로 털어 넣었다. 그러고는 약속이라도 한 듯 "김평남은 진작 죽었어야 할 놈이었어"라고 말했다.

그중에서도 일본에서 활동하는 '동백꽃'이라는 암호명을 쓰는 사내가 가장 인상적이었다. 예쁜 꽃 이름과 달리 그는 원숭이를 빼닮은 중년 사내였다. 민단과 조총련을 오가는 이중 스파이라는 최 전무의 언질을 받았기 때문에 지수는 실언하지 않도록 조심했다. 수심 가득한 얼굴에는 깊은 주름이 있고 갈색 눈동자는 흐리멍덩해서 무슨 생각을 하는지 짐작할 수 없었다. 대화 도중에 일본어가 많이 튀어나와 전체적인 문맥을 따라잡기 어려웠다. 설상가상으로 그는 한국말을 심하게 더듬었다.

그와의 만남은 시내의 한 중국집에서 이루어졌다. 지수는 그의 이야기를 흘려들으며 짬뽕을 먹었다. 일본 정치 단체의 내외 사정에 밝고 열도의 범죄 조직 계보를 꿰차고 있는 유능한 정보원으로는 도저히 생각할 수 없었다. 그는 지수에게 엉뚱한 이야기를 했다.

"고토코마에!"

"네?"

"넌, 너무 자, 자, 잘생겼어. 한사므 보이."

한사므 보이란 핸섬 보이를 일본식으로 발음한 것이었다. 지수는 짬뽕 면발을 입으로 넣다가 멍하니 그를 바라봤다.

"개, 개, 개죽음을 당하기엔 너무 아, 아까워."

동백꽃은 시켜 놓은 짜장면에는 손도 대지 않고 배갈만 마셨다. 그는 술병이 비자 조용히 일어나 가버렸다. 베이징에서 사업체를 운영하는 암호명 '백곰'이 강남의 룸살롱으로 가자고 떼쓴 것과는 대조적이었다. 동백꽃은 헤어지면서 지수에게 조언했다.

"초노료쿠超能力 그, 그거 아주 무, 무서운 거야. 전, 전립선암보다 훨씬 무, 무서워."

인파 속으로 사라지는 동백꽃의 구부정한 등을 바라보며 지수는 한참을 서 있었다. '오사카 트리플 호텔' 난투극이 벌어졌을 때 다섯 명의 야쿠자를 맨손으로 제압해 전설이 된 '동백꽃'과의 만남은 그렇게 끝났다.

지수는 국정원을 나와 연구소로 향했다. 이방우 소장은 지수를 반갑게 맞았다. 간단히 인사한 뒤, 지수는 곧장 사건 이야기를 늘어놓았다. 이야기를 듣는 소장의 얼굴이 굳어졌다. 소장은 이미 사건에 깊숙이 관여하고 있어 털어놓지 못할 정보는 없었다.

"그래, 이제 본격적으로 수사가 시작되는 거군."

지수는 재킷 주머니에서 사진을 꺼내 탁자 위에 놓았다.

"사진 속에 있는 여덟 명의 여고생이 놈들의 표적입니다. 이들을 쫓는 이유는 아직 모르지만, 곧 다음 희생자가 나올 겁니다. 이제 세 명 남았습니다. 경찰이 신변 보호에 들어갔는데, 지금의 경찰력으로 이들을 완벽하게 보호하기는 어려울 것 같습니다."

소장은 황색 카디건 주머니에서 돋보기를 꺼내 사진에서 정현서와 이은영을 검지로 짚으며 확인했다. 아직 납치당하지 않은 세 명의 얼굴에는 동그라미가 그려져 있었다.

"언제, 어디서 찍은 사진인가?"

"수학여행 때 찍은 기념사진인데, 장소로 봐서는 박물관이나 미술관 내부인 것 같습니다."

"그렇게 대충 말해도 최 전무가 뭐라고 하지 않나?"

"네?"

소장의 의도를 알아차린 지수가 겸연쩍은 미소를 지었다.

"은영과 현서를 통해 조사했는데 장소는 기억하지 못했습니다. 오래전 일이고 두 사람 모두 사진을 갖고 있지 않더군요."

소장은 사진과 돋보기를 탁자에 내려놓았다.

"내가 보기엔 어디에서 찍은 사진인지 알아내는 게 우선일 것 같아. 지금까지의 추리로 보면 놈들이 무작위로 여자들을 추격한다는 느낌이 들어. 어쩌면 여자들보다 배경이 더 중요할지도 모르지."

지수가 미소를 지었다. 소장을 찾아온 이유가 이런 그의 모습 때문이었다.

"수사가 진행되기 때문에 장소는 곧 밝혀지리라 생각합니다."

지수는 녹차를 한 모금 마신 다음 말했다.

"그래서 소장님께 부탁하고 싶습니다."

소장은 눈을 크게 뜨고 지수를 바라봤다.

"이 사진이 갖는 의미가 매우 크다고 생각합니다. 그런데 정작 본인들은 사진을 전혀 기억하지 못합니다. 그래서 두 사람의 무의식을 끄집어냈으면 좋겠습니다. 과거에 있었던 일을 재현해 보는 거죠."

소장은 턱을 빳빳이 들고 지수를 뚫어지게 보며 말했다.

"그런 일이 가능한가?"

"소장님이라면 가능합니다."

소장은 가만히 듣고 있더니 손가락으로 머리를 긁적였다.

"자네에게 말하지 않았지만, 예전에 현서와 은영에게 최면을 건 적이 있어. 외계인에게 납치되었다는 왜곡된 기억을 제거하려고 말이야. 그런데 실패했어. 놈들이 걸어 놓은 세뇌는 내가 풀 정도로 약하지 않아."

"그럴 수도 있다고 생각합니다. 놈들이 만만치 않다는 건 실감하고 있습니다. 그렇지만 우리가 할 수 있는 일도 분명히 있을 겁니다."

소장은 지수의 의도를 저울질하며 생각에 잠겼다.

"은영이와 현서의 변화에 대해서는 소장님도 알고 계시죠?"

소장은 말없이 고개를 끄덕였다.

"평범했던 두 사람이 갑자기 놀라운 능력을 갖게 됐습니다. 한 사람은 소리에서 색깔을 보고 또 한 사람은 인간 계산기가 되었죠. 두 사람이 동시에 불임 상태가 되어 버린 것도 설명할 수 없는데, 하루아침에 초능력자가 된 것은 황당함을 넘어 두려울 정도입니다. 새로운 시각에서 접근하지 못하면 이 문제는 풀리지 않을 겁니다. 과학이

든 사이비 종교든 가릴 때가 아닙니다."

지수는 사이비 종교라는 표현을 쓴 것을 후회했다. 다행히 소장은 개의치 않았다.

"좋아, 한번 해보지. 최면이 얼마나 효과적일지는 장담하지 못하지만, 시도해 보는 건 나쁘지 않아. 언제 할 수 있겠나?"

"센터에서 현서와 은영이가 기다리고 있습니다. 제가 미리 불렀습니다."

지수의 대답에 소장은 의미가 불분명한 미소를 지었다.

"자네도 이제 여우가 다 됐군."

현서와 은영은 요가 트레이닝복을 입고 스트레칭하고 있었다. 현서는 허리를 꼿꼿이 펴고 양손을 허리에 올린 채 미소를 지으며 지수를 바라봤다. 은영은 이마의 땀을 닦으면서 수줍은 미소를 지었다.

이틀 전, 처음 사진을 보여 줬을 때, 두 여자는 서로 바라보며 의아한 표정을 지었다. 그러고는 "우리가 왜 함께 사진을 찍었지?"라고 똑같이 질문했다. 두 사람 말에 따르면 사진 속의 여덟 명은 친한 친구가 아니었다. 심지어 학급도 세 반으로 나뉘어 있었다. "서로 얼굴은 알지만, 그냥 같은 학교에 다니는 친구일 뿐이었어요"라고 은영이 말했고, 현서도 그녀의 말에 고개를 끄덕였다. "수학여행에서 별로 친하지도 않은 친구와 사진을 찍어?"라는 지수의 질문에 두 사람은 어깨를 으쓱했다. 의외의 대답이었다. 사진과 관련된 미스터리를 풀지 못하면 더 이상 나아갈 수 없었다. 지수는 지푸라기라도 잡는 심정으로 실험을 선택했다.

"오늘은 오후 수업이 없어서 다른 사람은 오지 않을 거야."

지수는 두 사람의 긴장을 풀어 주기 위해 그렇게 말했다.

"상관없어요. 도움이 될 수 있다면 뭐든지 하고 싶어요."

은영이 힘을 주어 말했다.

"좋아, 그럼 시작해 볼까?"

소장이 대형 거울이 있는 곳으로 걸어가 두 여자가 정면으로 보이는 정가운데에 자리를 잡았다. 소장은 두 팔을 벌려 은영과 현서에게 자리에 앉으라는 신호를 보냈다. 여자들은 익숙한 동작으로 태좌자세를 취했다. 결가부좌보다 한결 편한 자세였다. 지수는 옆으로 한 발자국 물러나 그들을 지켜봤다.

"지난번에도 말했지만, 최면은 의식이 없는 상태가 아니야. 마음을 편안히 하고 내 지시를 따르면 모든 게 자연스러워질 거야. 도중에 불쾌하거나 고통이 찾아오면 언제든 중단할 수 있어. 집중하되 부담감은 갖지 않도록. 특히 이번 기억은 그리 오래되지 않은 일이라 의외로 많은 것이 떠오를 거야."

소장은 첫 데이트를 나가는 딸에게 조언하듯 부드러움과 엄격함을 섞어 말했다. 지수는 소장에게 사진을 건넸다. 소장이 사진을 내보이자 두 여자가 동시에 고개를 끄덕였다.

"그리고 자네가 혹시 더 묻고 싶은 말이 있으면 언제든 끼어들어도 상관없어. 보통 사람들이 생각하듯 최면은 '걸고 푸는' 작용이 아니야. 여기 있는 네 사람의 교감이 중요해. 함께 춤을 추는 거라고 생각하면 좋을 거야."

지수는 '함께 춤을 춘다'라는 표현이 이해하기 어려웠지만, 그동안 꾸준히 명상을 해온 터라 생소하지는 않았다. 공기와 물, 소리, 빛의 흐름에 몸을 맡기면 된다. 소장이 시도하려는 최면 요법은 과거경험을 재현하는 연령 퇴행으로, 최면을 유도해 기억이 선명하게 떠오르게 하는 기억력 이상 증진Hypermnesia 상태로 내담자를 끌어 올려 삭제된 기억을 되살리는 것이었다.

"기록해 두는 게 좋을 것 같은데, 괜찮을까?"

은영과 현서는 허락의 표시로 고개를 끄덕였다. 지수는 삼각대를 설치하고 그 위에 디지털 캠코더를 올렸다. 모든 준비가 끝났다. 짧은 명상이 끝나면 유도 암시와 이완 암시, 교정 암시, 각성 순으로 최면이 진행될 것이다. 지수는 최면이 성공적이길 빌며 숨을 깊이 들이마셨다. 소장의 지시를 따른 두 여자가 눈을 감자 곧 트랜스 상태에 들어갔다.

"주변에 뭐가 보이지?"

소장의 목소리는 낮고 부드러웠다.

"유리창이 보여요."

은영이 말했다.

"무슨 소리가 들리나?"

"친구들이 떠드는 소리와 웃음소리가 들려요."

말하면서 은영의 눈두덩이 떨렸다. 지수는 팔짱을 끼고 우뚝 선 자세로, 바닥에 앉은 세 사람을 내려다봤다.

"현서 양도 같이 있나?"

"네, 현서도 보여요. 복도 끝이라 잘 보이지는 않지만, 현서가 맞아요."

"나도 네가 보여."

현서가 미소 띤 얼굴로 말했다.

"우린 수학여행 중이야. 그리고 여긴 강원도에 있는 한 박물관이야. 설악산으로 가는 중에 박물관에 들른 거야."

소장의 눈빛이 밝아졌다. 상체를 조금 기울이며 현서에게 물었다.

"현서는 좀 더 잘 보이는 것 같군, 그렇지?"

"비가 많이 내렸어요. 전날 밤잠을 설쳐서 아이들이 모두 버스에서 잠들었어요. 유리창에 김이 서려서 바깥 풍경도 전혀 보이지 않아 저도 잤어요. 그리고 얼마 뒤 눈을 떴는데 화장실이 급해 마음이 불안했어요."

"맞아, 나도 그때 화장실에 가고 싶었어."

은영이 웃으면서 말했다.

"마침 그 순간 버스가 멈췄어요. 버스에서 내리자마자 비를 맞으며 화장실로 뛰어갔어요."

"화장실에 다녀온 뒤 박물관을 간 거군. 혹시 박물관 현판이나 이름이 적힌 표지가 보이나?"

"아뇨. 비도 내리고 친구들과 수다를 떠느라 그럴 겨를이 없었어요. 기와지붕에 아주 큰 건물인 건 확실해요. 우산이 없어서 곧장 박물관 내부로 들어갔어요."

"그래. 이름은 나중에 다시 생각해 보기로 하고, 아무튼 우린 박물관에 들어온 거야."

그렇게 말하며 소장이 눈을 치켜뜨고 지수를 바라봤다. 지수는 상황을 이해했다는 표시로 고개를 끄덕였다. 소장이 다시 물었다.

"박물관에서 어떤 전시품을 보고 있지?"

"잘 모르겠어요. 그냥 박물관에서 흔히 볼 수 있는 것들이에요."

현서는 약간 인상을 찌푸리며 말했다. 은영이 말을 이어받았다.

"도자기와 조각품이 보여요. 쇠로 된 큰 조각상도 있고요."

"은영이도 이제 잘 보이는 것 같군. 좀 더 자세히 설명해 줄 수 있을까?”

은영의 눈이 다시 바르르 떨렸다.

“이상하게 생긴 동물의 조각상이에요. 청동으로 된 건데 만져 보니 차가워요.”

“전시품을 만질 수 있는 거야?”

“네. 많은 물건이 바닥에 진열되어 있어요. 보호 유리창에 전시된 물건도 있지만, 선반에 쌓아 놓은 물건들도 많아요.”

“맞아요. 나무와 철로 된 공예품들인 것 같아요. 구석에 낡은 카누가 보여요. 굉장히 오래된 것인지 색깔이 바랬고 여기저기 구멍이 뚫려 있어요.”

은영과 현서는 말을 주고받으면서 서로의 기억을 환기했다.

“카누라고?”

“네, 카누예요. 옆에 기다란 노도 보여요. 그 옆에는 이상하게 생긴 가마가 있는데 색깔도 그렇고 디자인도 그렇고, 우리나라 물건은 아닌 것 같아요.”

“그래? 평범한 박물관은 아닌 것 같은데?”

“네, 좀 이상한 느낌이 들어요. 물건들이 너무 많아요. 천장까지 닿은 전봇대같이 생긴 돌기둥이 비스듬하게 세워져 있는데, 그 옆에는 어울리지 않게 야자나무 모형이 있어요. 뭐가 뭔지 잘 모르겠어요. 내가 잘못 보고 있나요?”

“아니야, 나도 너와 똑같은 걸 보고 있어. 그냥 이 박물관엔 이상한 물건들이 많은 것뿐이야. 1층 오른쪽에 공룡 전시관도 있어. 공룡의 뼈를 모아서 맞춰 놓은 것도 있고 인조 가죽으로 만든 티라노사우루스의 모형도 있어. 공룡 인형들 사이에 동물 박제가 있는데, 족제

비, 곰, 매, 독수리, 사슴 등이 보여요."

"음, 독특한 박물관이군."

소장의 목소리가 가라앉았다.

"건물과 건물 사이에 분수가 있는 광장이 보여요. 분수 뒤쪽에 숲이 있고 그 숲 뒤로 돌산이 있어요. 사람이 돌을 쌓아서 만든 것 같아요. 높이는 10미터 정도 돼요."

"돌산이라? 왜 박물관에 그런 설치물이 필요했을까?"

소장은 혼잣말하듯 중얼거렸다.

"돌산 밑에 작은 구멍으로 된 입구가 있고 위에 표지가 있어요. 한 자여서 잘 모르겠어요."

현서는 인상을 찌푸렸다.

"그런 건 상관없어. 아무튼 거기로 들어간 거야?"

"네, 허리를 숙이고 들어가면 좁은 복도가 나와요. 벽면은 동굴처럼 장식되어 있어요. 여러 가지 종유석과 석순이 보이고 희미한 백열등 조명이 켜져 있어요. 왠지 으스스한 기분이 들어요. 흙바닥에 물이 뿌려져 있어 질퍽해요."

"은영이도 같이 있는 거야?"

"아뇨, 저는 비가 와서 곧장 옆 건물로 뛰어갔어요."

"그래? 그럼 그곳에서 사진을 찍은 건 아니군."

"네, 아니에요. 여기저기 '촬영 금지'라는 푯말이 보여요."

"은영이와 현서는 아직 같은 장소에 있는 거야?"

소장의 말에 두 여자는 동시에 침묵을 지켰다. 어둠 속에서 상대를 찾기라도 하듯 두 사람의 고개가 조금 흔들렸다.

"좋아, 두 사람은 결국 만날 거야. 다시 이야기를 이어 보지. 현서는 동굴에서 나오도록 해. 동굴을 나와 어디로 갔지?"

"동굴을 나와 다른 쪽 건물로 들어갔어요. 거긴 인류관이라고 적혀 있어요. 마네킹이 보여요. 말을 탄 사람도 있고 긴 창을 든 남자도 보여요. 변발한 남자들인데 몽골인들 같아요. 눈이 부리부리하고 날카로운 송곳니를 내보이고 있어요. 피 묻은 칼을 든 남자가 다른 쪽 손에 서양 남자의 목을 들고 있어요. 내장이 튀어나온 사람도 있고 손발이 절단된 사람들이 비명을 질러요."

"전쟁관인가?"

소장의 말에 두 사람은 답하지 않았다. 은영과 현서의 말에 따라 지수는 머릿속으로 그림을 그려 봤지만 잘 되지 않았다. 그들의 말에 따르면 박물관은 어처구니없는 잡동사니를 쌓아 놓은 것에 불과했다. 은영이 말했다.

"마네킹이 마치 살아 있는 것 같아요. 칼을 든 사람들이 아이들과 여자를 죽이고 있어요."

그녀의 목소리가 조금 떨렸다. 뭔가 잘못되었다고 지수는 생각했다.

"좋아, 너무 걱정하지 마. 우린 그곳에서 오래 머물지 않을 거야. 거기에서 사진을 찍은 건 아니잖아?"

소장의 말에 현서가 묵묵히 고개를 끄덕였다.

"거길 나와서 어디로 간 거지?"

"2층으로 올라갔어요. 대리석으로 만든 호화로운 계단인데 십이지신상 부조가 벽면을 따라 새겨져 있어요. 이상하게 아이들이 많이 보이지 않아요."

은영의 말에 현서가 답했다.

"모두 지쳐 있었어. 전시품이 너무 많아 지루했고 별로 볼 것도 없어서 대부분 버스로 돌아갔어."

"현서도 2층으로 올라간 거야?"

"네. 그곳은 자연사 전시관인데 저는 화석에 관심이 많았거든요. 저 말고도 몇 명이 함께 전시관으로 올라갔어요."

"자연사 전시관? 그곳엔 구체적으로 뭐가 있지?"

"고대 생물의 화석들이 있어요. 어류와 파충류, 암모나이트 화석도 있고 여러 가지 광물도 전시되어 있어요. 수정도 있고 꽃무늬가 새겨진 돌도 있는데 이름이 너무 어려워서 잘 모르겠어요. 아무튼 돌이 아주 많아요."

"돌과 화석만 있다면, 자연사 전시관이라는 거창한 이름을 붙이기에는 조금 어색한데."

그때 은영이 끼어들었다.

"저는 어떤 검은 돌을 보고 있어요. 검은 돌인데 표면이 매끈하고, 생긴 게 꼭……."

은영은 말을 끝맺지 않았다. 소장이 재촉했다.

"어떻게 생겼지? 그냥 생각나는 대로 묘사해도 좋아."

은영의 작은 입술이 오물거렸다. 소장이 끈덕지게 기다리자 은영이 마침내 입을 열었다.

"생긴 게 꼭 알 같아요. 타조 알처럼 타원형인데 좀 더 길쭉해서 오이나 호박 같기도 해요."

"돌을 만질 수 있나?"

무심코 던진 소장의 질문에 은영과 현서는 웃음을 지었다.

"아뇨, 돌은 두꺼운 유리 안에 들어 있어요. 진열대 바닥에 우주에서 온 광물이라는 설명이 적혀 있어요. 그 돌 말고도 주변에 돌이 몇 개 더 있어요. 달에서 온 것도 있고 화성에서 온 것도 있어요."

소장이 지수를 올려다보자 지수는 잘 모르겠다는 표시로 고개를 저었다. 지수가 처음으로 말문을 열었다.

"그곳에서 사진을 찍은 거야?"

"맞아요. 은영이가 거기서 돌을 보고 있어요. 저는 다른 친구와 매머드의 상아를 보고 있는데, 너무 크고 반짝거려서 가짜처럼 보여요."

"좋아, 그런데 갑자기 사진은 왜 찍은 거지?"

소장의 질문에 아무도 답하지 않았다. 시간이 걸렸다. 지수는 차분히 기다렸다. 여기까지 오기 위해 먼 길을 달려왔다. 현서가 먼저 말했다.

"박물관 곳곳에 제복을 입은 안내원들이 서 있어요. 얼굴이 돌처럼 굳어 있어요. 몇몇 아이들이 사진을 찍으려다 제지를 받았고 직원들이 점점 무서운 표정을 지었기 때문에 그만뒀어요."

은영이 갑자기 끼어들었다.

"돌에서 빛이 나기 시작해요."

"뭐라고? 다시 말해 줄 수 있겠나?"

소장이 상체를 기울이며 은영에게 다가섰다.

"제가 보고 있는 검은 돌에서 빛이 난다고요."

"돌에서 빛이 나?"

"세워진 돌 밑바닥에서 황금빛이 돌기 시작하더니 곧 색깔이 변해 가요. 가스레인지 불꽃 같기도 하고 보석에서 나오는 빛 같기도 해요. 주변에 아이들이 모여들었어요."

소장은 은영이 다시 이야기할 때까지 기다렸다.

"현서야, 너도 보여?"

"그래, 나도 보고 있어. 아이들이 신기하다고 주위로 몰려들었어. 누군가 돌에 조명을 쏜 거라고 말했어."

"응, 그건 보라야."

지수는 침을 삼켰다. 죽은 최보라의 이름이 나오자 등줄기가 서늘했다.

"선생님께서 다가와 기념사진을 찍어 주겠다고 해요."

지수는 현서의 이야기를 들으며 사진 속의 장면을 연상했다.

"순식간에 주변에 있던 아이들이 몰려와 진열대 앞에 섰고, 안내원이 없는 걸 확인한 다음 재빨리 사진을 찍었어."

"맞아, 기억나. 선생님이 사진을 찍어 주셨어."

그렇게 말한 다음, 은영이 갑자기 눈을 떴다. 소장의 눈이 커졌다. 현서도 최면에서 깨어났다. 아직 각성 단계가 아니었기 때문에 네 사람 모두 깜짝 놀랐다. 현서는 허겁지겁 바닥에 놓인 사진으로 몸을 숙여 사진을 손가락으로 짚으며 신음을 토해 내듯 말했다.

"돌이 사라졌어."

지수가 다가가 무릎을 꿇고 사진을 봤다. 그녀의 말대로 돌은 보이지 않았다. 유리창 너머의 진열대는 텅 비어 있었다. 사진 속에는 사복 차림의 여고생 여덟 명이 환하게 웃고 있을 뿐이었다.

"왜 이 기억을 잃어버린 거지?"

최면이 끝난 다음, 은영과 현서는 기진맥진한 상태로 마룻바닥에 누웠다. 소장이 후속 조치를 해 최면에 따른 후유증은 나타나지 않았다. 은영과 현서는 비스듬히 누워 서로의 얼굴을 바라보며 웃었다.

마치 아찔한 롤러코스터를 타고 지상에 무사히 내려온 안도감을 공유하는 것처럼 보였다. 지수는 캠코더를 분리하고 삼각대를 접었다. 두 사람이 쉬는 동안 소장과 지수는 사무실로 들어갔다. 소장이 소파에 깊숙이 몸을 파묻으며 말했다.

"중요한 정보는 대충 얻은 것 같은데, 자네 생각은 어떤가?"

"네, 예상외로 많은 걸 알게 됐습니다. 좀 놀라운데요."

"오래되지 않은 일이라서 기억이 구체적으로 나온 것 같아. 정작 내가 놀란 건 이런 세부적인 기억이 최면 전에는 깨끗이 사라져 버렸다는 거야."

"혹시 그게 타조 알처럼 생긴 돌과 관련 있는 것 아닐까요?"

소장은 대답하지 않았다. 두 사람은 그들의 이야기에서 충격을 받았다. 특히 빛을 냈다는 '검은 돌' 이야기는 최면 상태에서 나온 진술임을 고려하더라도 현실성이 부족했다. 최보라의 말처럼 돌 주위에 조명 장치가 숨어 있다고 보는 게 과학적 추론이었다. 문제는 여기서 끝나지 않았다. 정작 사진 속에서는 돌의 모습을 찾아볼 수 없었다. 뭔가 심하게 비틀어져 있고 왜곡되어 있었다. 두 여자가 묘사한 박물관 내부의 모습도 상식에 비추어 어긋나 있었다.

"어쨌든 추적의 단서는 얻었어. 이 정도에서 만족해야지."

소장의 말에 지수는 조심스럽게 대답했다.

"박물관의 실재 여부는 조사하면 밝혀지겠죠. 문제는 지금까지 일어난 일련의 사건에서 사진이 갖는 의미가 무엇이냐는 겁니다. 사진 속의 여자들을 일본인이 쫓고 있다는 건 분명하니까, 그걸 밝혀내야 하는데……."

지수는 말을 끝맺지 못했다. 박물관 내부에 뒤섞여 있는 무수한 전시품과 잡동사니 더미처럼 머릿속이 복잡했다.

"천천히 사태를 정리해 보도록 하지. 분명히 뭔가 걸려들 거야. 내가 자네에게 묻고 싶은 건 옆에서 관찰하면서 가장 인상 깊게 남은 게 뭐냐는 거야. 순간적인 느낌, 그런 게 있었을 거야."

지수는 짧게 한숨을 쉬었다. 그러고는 다시 탁자에 놓인 사진을 확인했다. 여덟 명의 여학생 중에서 세 명의 얼굴에만 동그라미 표시가 있다. 나머지 다섯 명은 이미 납치 피해자였다. 최보라가 죽었지만, 납치된 네 명의 여자는 무사히 돌아왔다. 일본인은 단순히 여자를 목표로 하지 않았다. 그들은 뭔가 다른 것을 원하고 있다. 그런 추리가 가능하다. 일본인은 지금까지 다섯 명의 여자를 납치했는데도 성과를 얻지 못했다. 확률로 보면 불운의 연속이다. 연속해서 좋지 못한 카드를 집었다.

"이 사진을 일본인이 어떻게 획득했을까요?"

지수는 대답 대신 질문을 했다. 소장은 팔짱을 끼며 말했다.

"그것도 자네가 풀어야 할 수수께끼야."

"좋습니다. 그런데 소장님은 지금 이 이야기를 완전히 믿으세요?"

소장이 큰 눈을 껌벅이며 지수를 바라보았다. 지수가 단어 선택에 신중을 기하며 말했다.

"제 느낌은 일본인 역시 우리처럼 허상을 보고 있다는 겁니다. 진짜는 이 사진 밖에 있는 것이 아닐까요? 사진에서 사라져 버린 돌처럼 말입니다."

소장은 조용히 입을 다물고 지수를 응시했다. 소장의 얼굴은 원시 부족이 만든 토템 포스트처럼 보였다. 은영이 사무실 문을 노크하면서 두 사람의 대화는 끊겼다.

국정원 자료분석실에서 지수는 명상 센터에서 찍은 동영상을 분석하고 사실 관계를 확인하느라 꼬박 이틀을 보냈다. 은영과 현서가 트랜스 상태에서 각성될 때까지의 모든 행동과 말을 기록한 자료였다. 비록 미완 상태일지라도 잠정적인 결론을 도출해 내야 했다. 모든 가능성을 꼼꼼히 검토했지만 넘치는 의욕과 달리 사건은 더 복잡한 미궁 속으로 빠져들었다. 그러던 중 새로운 가능성이 나타났다. 그 가능성은 한마디로 충격적이었다.

　지수는 모니터에 나타난 이십 대 후반의 여자를 응시했다. 증명사진이라 여자의 얼굴은 굳어 있었다. 크고 검은 눈동자와 위로 약간 치켜 올라간 입꼬리에서 부드러움이 느껴졌다. 흰 와이셔츠와 네이비블루 재킷에서 사회에 첫발을 디딘 젊은 여성의 긴장이 묻어났다. 지수는 모니터로 시간을 확인했다. 이방우 소장은 센터를 나와 곧장 퇴근했거나 다시 연구소 사무실로 갔을 것이다. 한 시간 가까이, 지수는 마음의 결정을 내리지 못하고 모니터만 바라봤다. 옆의 노트북 모니터에는 여자의 신원 조회 기록이 떠 있었다. 혹시 실수하지 않았나 싶어 기록을 몇 번이나 확인했다. 결과는 변하지 않았다. 여자의 주민번호는 정확했고 그녀의 가족 관계 증명서는 변하지 않았다. 책상 위의 홍차는 천천히 식어 갔다.

　지수는 스마트폰을 손바닥에 올리고 빙글빙글 돌렸다. 전화를 걸기 전 머릿속을 정리할 필요가 있었다. 그러나 시간이 흐른다고 명백한 사실 관계가 재배치되는 것은 아니었다. 지수는 통화 버튼을 눌렀다. 일곱 번까지 신호를 셀 생각이었다. 소장은 다섯 번째 신호에 전화를 받았다. 소장의 목소리는 조금 들떠 있었다. 자정 가까운 밤에 어울리지 않는 목소리였다.

중화의 꽃　197

"박물관의 소재 파악이 끝났습니다."

"실제로 있는 박물관이란 말이지?"

"그렇긴 한데 지금은 없어졌습니다."

"없어지다니? 박물관도 사진 속의 돌처럼 사라졌다는 거야?"

"박물관이 문을 연 기간은 개관하고 겨우 3년간이었습니다. 지방 정부의 재정 지원을 받는 공공기관으로는 유례없는 경우였습니다. 석연치 않은 방식으로 갑자기 박물관 설립 허가가 났고, 문을 닫을 때도 이해할 만한 이유도 없이, 뜬소문과 스캔들만 남기고 사라져 버렸습니다."

"박물관이라는 곳이 그럴 수 있나?"

"특이한 경우라고 해야겠죠. 박물관 설립 주체가 사람들에게 많이 알려지지 않은 종교 단체였습니다."

"그래?"

지수는 잠깐 뜸을 들인 다음 말했다.

"진리평화회라는 종교 단체에 대해 들어 보셨나요?"

"들어 본 적은 있어. 그런데 그 교단이 박물관을 세울 만큼 자금력이 풍부한지 의문이군."

"법인은 진리평화회에서 설립한 진평대학입니다. 교단이 대학을 만들고 대학이 박물관을 세운 거죠."

"놀라운 일이군. 교단이 만들어진 지도 얼마 안 되는 것 같은데 대학을 세울 만큼 세가 커진 건가?"

"교단이 정식으로 포교 활동을 시작한 시기는 정확히 1985년입니다. 30년이 채 되지 않았는데 소장님 말대로 교세가 급속도로 확장된 거죠. 지금은 제법 큰 규모의 우익 보수 단체에 재정 지원을 할 정도로 정치 활동까지 적극적으로 벌이고 있습니다. 기독교와 불교 등 기존 종교계가 앞장서서 사이비로 지목했지만, 세력이 꺾이지는 않았습니다. 혹시 교리에 대해 알고 계신 게 있습니까?"

"글쎄, 기독교와 불교, 전통 무속 신앙이 합쳐진 형태라는 말을 듣긴 했는데, 정확하지는 않아. 우리 명상 센터 회원 중에 과거 그 교단에 적을 두었던 사람이 있었어. 그이도 구체적인 교리는 이해하지 못하더군."

"표면적인 정보는 국정원 내부에서 파악할 수 있지만, 만약을 대비해 소장님이 좀 알아봐 주십시오."

"알겠네. 내가 할 수 있는 일은 최선을 다해 알아보지. 그런데 박물관은 왜 갑자기 문을 닫은 거야?"

"그게 상당히 복잡합니다. 종교계 담당 요원과 이야기를 나눠 봤는데 그쪽에서도 사정을 정확히 모르더군요. 다만 박물관이 설립되었을 당시 지방 정부 예산을 이끌어 낸 도의원이 뇌물 수수와 성 추문 사건에 휘말리면서 박물관까지 문을 닫았다고 말했습니다."

"도의원이 진리평화회 신도였나?"

소장의 빠른 추리에 지수는 조금 놀랐다.

"네, 그 사람이 예산 심의에서 힘을 발휘한 것이 확실해 보입니다. 스캔들이 터지고 도의원이 구속되자 박물관 재정 지원은 자연스럽게 끊겼습니다. 하지만 박물관 폐관이 꼭 도의원 스캔들 사건과 관련 있는 것 같지는 않습니다. 우리 직원의 말로는 그 정도 재단이라면 얼마든지 독자적으로 박물관을 운영할 수 있다고 하더군요."

"흠, 겉으로 드러나지 않은 이유가 있다는 거군."

"네, 솔직히 말씀드리면 아주 복잡합니다. 종교 교단이 관련되어 있다는 건 사실 확인이 어려워졌다는 말입니다. 아시겠지만 그들은 폐쇄적인 데다 국정원 같은 정부 기관을 무서워하지 않거든요. 종교 탄압이라는 훌륭한 방패막이를 칠 수 있기 때문이죠."

"좋아, 그런데 자넨 왜 박물관에 관심을 쏟는 건가? 진리평화회가 이번 사건에 관련됐다고 의심하는 건가?"

"그건 아닙니다. 지금으로서는 진평회가 어떤 역할을 하고 있다는 객관적인 증거가 없습니다. 다만 절묘한 시기에 박물관 문을 닫았기 때문에 여러 가지 가능성을 추측해 보고 있습니다. 중앙여고 학생들이 관람을 끝내고 얼마 지나지 않아 박물관이 문을 닫았거든요."

"그것참 묘한 일이군. 여학생들이 빛을 내는 돌 앞에서 사진을 찍었고, 그 일이 터지자마자 박물관이 문을 닫았다. 오비이락이군."

"근거는 없지만 의심스러운 대목입니다. 그리고 박물관의 전시 목록을 확인해 봤는데 현서와 은영이의 진술 그대로였습니다. 예술품과 골동품에서 공룡의 뼈와 화석까지 온갖 물건이 뒤섞여 있더군요. 그 외에도 민속 공예품과 세계 각국의 희귀하고 진귀한 물건들이 리스트에 올라와 있었는데, 중국과 일본에서 넘어온 물건이 많았습니다. 우주 광물도 있었고요."

"정말 그 돌이 목록에 들어 있다는 거야?"

"목록에는 세부적인 내용까지 기재되어 있지 않습니다. 큰 틀만 분류해 놓고 개별 전시 품목은 생략했기 때문에 돌의 존재 여부는 제가 가진 전시 목록으로 확인할 수 없었습니다. 게다가 지금은 박물관이 폐쇄되었기 때문에 직접 확인하기도 불가능한 상태입니다."

"허, 쉬운 일이 아니군."

"또 하나 의문스러운 점은 학교에서 왜 비주류 종교 단체에서 운영하는 박물관을 수학여행 일정에 넣었느냐는 것인데, 의외로 답이 쉽게 나왔습니다. 박물관을 운영하는 동안 전국 고등학교에 공문을 보내 무료 관람을 홍보했습니다. 공짜인 데다 국립 공원으로 가는 도중에 있었기 때문에 학교에서는 박물관의 운영 주체에 대해 알아보지도 않고 쉽게 결정을 내렸던 거죠. 아마도 지자체에서 재정 지원을 하는 박물관이라 별 의심 하지 않았던 것 같습니다. 그 시기에 집중적으로 많은 학교에서 단체 관람을 한 것을 확인했습니다."

"흠, 무슨 말인지 알겠네. 문제는 박물관보다 돌의 존재 여부를 파악하는 것이 우선일 것 같아. 그래야 실마리가 보이지 않겠나?"

"제 생각도 그렇습니다. 일단 돌의 수수께끼를 풀어야 합니다. 그래서 우주에서 온 광물이라는 게 뭘 지칭하는지 알아보려고 지질학자에게 문의해 봤는데 개념을 잡기가 쉽지 않았습니다. 지구가 우주에 속해 있는데 굳이 우주 광물이라고 구별해야 하느냐고 제게 되묻더군요. 지구에 물이 생긴 이유도 우주에서 날아온 얼음 혜성이 녹은 것이라면서 무의미한 질문이라고 했습니다. 아무튼 그분은 일반적인 의미에서 '우주에서 온 광물'이란 운석을 지칭하는 것이라고 하더군요. 운석은 크게 세 종류인데 석질운석과 철질운석, 그리고 두 성분이 뒤섞인 석철운석으로 나뉜다고 했습니다. 이러한 구분은 광물에 규산염 성분과 철과 니켈 성분이 얼마나 섞여 있느냐에 달렸다고 합니다. 일반적으로 운석은 지구의 암석에 비해 밀도가 높고 자성을 띠기도 하고 독특한 내부 구조로 되어 있어 지구 암석과 쉽게 구별할 수 있다고 하더군요."

"좀 복잡한 이야기군."

"네, 암석에 대한 기초적인 지식이 없는 상태에서 운석까지 이해하려니 좀 힘들었습니다. 게다가 박물관에 전시된 돌이 운석이라는 증거도 없는데 그쪽에 초점을 맞추기도 어렵고, 사진 한 장밖에 가지고 있지 않은 상황이어서 어떤 이야기를 해도 진전이 없습니다. 그렇다고 지질학 교수에게 '혹시 자체 발광하는 돌과 사진을 찍으면 사라지는 돌을 알고 계세요?'라고 물을 수도 없고요."

소장의 한숨 소리가 들려왔다.

"다만 제네시스 록Genesis Rock이라는 돌이 있다는 말은 들었습니다."

"제네시스 록?"

"네, 간단히 설명하면 이렇습니다. 1970년대 아폴로 15호가 달에 착륙해서 탐사한 뒤, 몇 가지 샘플을 채취해서 지구로 돌아왔는데 그중에서 가장 유명한 것이 지금 말한 제네시스 록입니다. 한국어로 번역하면 '창세기의 돌' 정도가 되겠죠. 이 돌은 백색 결정질로 된 회장석이라고 합니다. 회장석이라는 학명을 설명하려면 자료를 좀 봐야 하니 그건 다음에 말씀드리고, 아무튼 이 돌은 변성되기 쉽고 지상에서는 거의 발견되지 않아 미스터리의 광물이라고 하더군요. 특히 과학자들은 달에서 회장석이 나오리라고는 예측하지 못했기 때문에 당시 상당한 이슈가 됐다고 합니다."

"음, 흥미로운 이야기군. 그런데 왜 돌에 그런 이름이 붙었지?"

"돌을 분석한 결과 돌이 만들어진 시기가 46억 년 전으로 판명되었기 때문입니다. 46억 년이라는 연대는 태양계가 형성된 때와 일치한다고 합니다. 추정치지만, 아무튼 현대의 학자들은 그렇게 본다고 하더군요. 그런데 학자들이 찾아낸 지구 상에서 가장 오래된 암석은 36억 년 전의 것이라고 합니다. 풍화 작용으로 그 이전 돌들은 사라져 버린 거죠. 그래서 달에서 온 돌이 학자들이 만들어 낸 태양계의 생성 시기 46억 년 가설을 뒷받침해 주는 증거물로 인정받은 거죠. 창세기의 돌이라는 이름을 붙일 만했죠."

"그렇군, 달에서 온 돌이라. 그럼 자네는 그 돌이 은영이가 보았던 것과 같은 돌이라고 생각하는 거야?"

"그럴 가능성은 희박합니다. 모양새도 같지 않고 색깔도 다릅니다. 창세기의 돌은 손바닥에 올려놓을 수 있는 크기의 하얀 돌로, 현재 휴스턴의 한 박물관에 보관되어 있다고 합니다. 돌을 직접 채집한 제임스 어윈이라는 우주 비행사가 모조품을 만들어 교회 집회나 강연회에서 사람들에게 소개했다고 하는데, 몇십 년 전의 일이라 지금은 잘 모르겠다고 하더군요."

"교회 집회에서?"

"네, 제임스 어윈은 달에서 지구로 돌아온 뒤 열렬한 기독교 전도사가 되었고, 그 돌을 만난 게 신의 뜻이라고 생각했답니다."

"신의 뜻이라? 과학적 지식에 종교적인 의미까지 복잡하게 얽혀 있군."

"네, 말씀대로입니다. 제가 그 돌에 신경을 쓰는 것도 그 때문입니다. 창세기의 돌과 박물관의 돌이 연관 있지 않을까 생각하지만, 현재로서는 답을 내릴 수가 없습니다. 은영이가 본 타조 알같이 생긴 검은 돌을 눈으로 확인하는 게 급선무인데 그게 쉽지 않을 것 같습니다."

"돌을 소유한 박물관이 폐쇄적인 종교 집단이라 접근하기 어렵다는 이야긴가?"

"네, 게다가 박물관은 문을 닫았고요."

"골치 아파졌군."

두 사람은 전화기를 든 채 아무 말도 하지 않고 생각에 잠겼다. 소장이 먼저 말했다.

"일본인이 여학생들 사진을 갖게 된 연유는 밝혀냈나?"

"그 사실을 알아내면 수수께끼가 쉽게 풀리겠죠. 솔직히 지금은 아무것도 모르겠습니다. 추측으로는 박물관 내부의 감시 카메라에 찍힌 기록을 통해 일본인이 그 기이한 현상을 보지 않았나 싶습니다. 무슨 의미가 담긴 것인지는 모르지만, 돌이 빛을 냈고 그 주변에서 중앙여고 학생들이 사진을 찍은 장면을 확인한 거죠. 이건 정말 어림짐작일 뿐입니다. 돌이 빛을 냈다는 기이한 현상에 특별한 의미를 둔다면 이런 추리가 가능하죠."

"자넨 그 돌이 실재한다고 생각하나? 아이들이 잘못 기억하는 것은 아닐까?"

"그럴 수도 있겠죠. 그러나 지금으로서는 모든 가능성을 열어 두고 있습니다. 최면 동영상을 몇 번이나 확인했는데 분명히 큰 의미가 담겨 있는 것으로 보였습니다."

수화기 너머로 전해지는 미세한 소음을 통해 진지한 소장의 얼굴이 그려졌다.

"성과가 없는 건 아니니까 힘내도록 해. 자네 상관은 뭐라고 하던가? 최 전무 말이야."

"전무님께는 아직 보고하지 않았습니다. 나카무라 간지 살해 사건에서 무심코 초능력 이야기를 하는 바람에 지금은 조심하고 있습니다. 확실한 증거물을 확보한 다음 보고할 생각입니다."

소장은 침묵을 지켰다. 초능력 부대원 양성이 남은 인생의 목표라고 말한 사람답지 않은 태도였다. 요즘 들어 소장은 점점 말을 아꼈다.

"자세한 내용은 직접 찾아뵙고 설명드리겠습니다."

소장은 아무 말이 없었다. 마치 지수의 마음을 읽었다는 듯 불편한 침묵을 지켰다. 지수는 다시 모니터 속의 여자를 바라봤다. '어떻게 이야기를 꺼낼까?' 가슴이 두근두근 뛰었다. 혹시 소장에게 투시력이 있어 모니터 속 여자의 얼굴을 볼 수 있을까? 그런 일은 일어나지 않는다. 다행스러운 일일지도 모른다. 어쨌든 전화로 할 수 있는 이야기가 아니었다. 간단히 인사를 한 후, 지수는 전화를 끊었다. 일분일초가 아까운데, 중요한 핵심은 미뤄 두고 겉도는 이야기만 하고 말았다.

지수는 자리에서 일어나 복도로 나갔다. 찬바람이라도 쐬어야 정신이 들 것 같았다. 건물 밖으로 나가 밤하늘을 올려다봐도 이방우 소장의 놀란 얼굴이 머릿속에서 지워지지 않았다. 기막힌 우연의 일치에서 비롯된 동시성의 실현을 언어로 설명하기에 지수는 아직도 지나치게 회의적이었다. 스스로 이해할 수 있는 상태가 되기까지는 한 걸음도 나가지 못한다. 원형과 집단 무의식, 물질과 의식 사이의 경계가 불분명한 영역의 존재 가능성의 탐구는 지수가 감당할 수 있는 과제가 아니었다. 초능력이 그의 몫이 아니듯, 그를 둘러싼 세계는 인간이 구축해 놓은 질서를 스스로 포기한 것처럼 보였다. 기묘한 빛을 내고는 사라져 버린 돌을 찾으려면 혼돈의 내부로 들어가야 했다. 혼돈의 숲은 거대하고 어둠에 가려져 있었다. 꿈에서와 마찬가지로 그는 숲의 입구에서 망설이고 있었다.

8

　아파트에서 공항까지는 차로 30분 정도 걸렸다. 새로 난 확장 도로를 이용하면 10분 정도 시간을 아낄 수 있지만, 특별한 일이 생기지 않는 한 영원은 바다에 인접한 해변 도로를 택했다. 쪽빛 바다가 너울대는 장면을 바라보며 운전대를 잡고 있으면 흥분과 긴장으로 들끓던 마음이 차분히 가라앉았다.

　섬에 들어온 지 어느덧 1년이 흘렀다. 영원의 관제사 경력도 1년 6개월로 늘어났다. 이제는 능숙한 타워 컨트롤러가 되어 가고 있었다. 관제 타워에서 모니터와 레이더를 보는 편이 집에서 혼자 텔레비전을 보고 있을 때보다 편했다. 섬에는 아무런 연고가 없었다. 직업상 만나는 사람 이외에는 철저히 혼자였다. 그런데도 그녀는 외로움을 느끼지 않았다. 섬에는 바다와 비행기가 있었다.

　직원 라커룸의 대형 거울 앞에서 영원은 속옷 차림으로 자신의 얼굴과 몸을 살폈다. 홍조를 띠던 앳된 소녀의 모습은 사라졌다. 시간이 날 때마다 아파트 근처 운동장에서 꾸준히 달렸기 때문에 혈색도 좋고 군살도 없었다. 고무줄로 긴 머리를 팽팽하게 묶은 뒤 스타킹을 신었다. 야간 근무에 지친 동료가 교대를 기다리고 있었다. 라커룸을 나와 관제탑으로 향했다. 영원은 스마트폰으로 전국 공항의 날씨 예보를 확인했다. 항공 관계자를 위한 애플리케이션으로 근무 시간과 상관없이 언제든지 날씨를 확인할 수 있어 유용했다. 세상이 점점 진보하는 게 느껴졌다. 관제탑이 눈에 들어오자 자연스럽게 손끝에 힘이 들어갔다. 에어버스 320 여객기가 활주로에서 하늘로 솟구치는 장면이 시선을 사로잡았다. 가슴이 두근거렸다.

관제탑 내부 분위기는 여느 때와 다를 바 없었다. 동료 관제사들과 가벼운 인사를 나눈 뒤, 영원은 비행 계획서를 검토하고 항공고시보NOTAM를 점검했다. 비행과 관련된 목적 공항 및 항로 상의 제한 조건을 살핀 다음, 기상 상태를 체크하고 운항 가능 여부를 재검토했다. 관제탑에서 항공기의 고도와 속도, 기수 방향 등을 지시하고 항공기가 안전하게 이착륙할 수 있도록 도와주는 일이 그녀의 공식 업무였다. 영원은 호흡을 가다듬고 자리에 앉아 표준 관제 절차와 관련 규정을 떠올렸다. 위급 상황이 발생했을 때 올바르게 대처하려고 익힌 습관이었다. 생수 한 모금으로 마른입을 적신 뒤 마이크를 끌어당겼다. 첫 비행기는 상하이 푸둥 공항으로 향하는 중국 둥팡항공의 MU2068기였다. 출발 관제사에게 시계 비행 허가를 받은 항공기가 이륙을 위해 지상 이동을 끝마치고 활주로에서 대기 중이었다. 무선 교신이 영원에게 넘어왔다. 영원은 64미터 높이의 관제탑 유리창을 통해 아래를 내려다봤다. 보잉 737-800 제트 여객기의 모습이 보였다. 첫 교신에서는 언제나 목소리가 떨렸다.

"MU2068. Line up and hold Runway 24."

영원의 지시를 받은 중국인 기장이 메마르고 단조로운 목소리로 응답했다.

"MU2068. Roger. Line up and hold Runway 24."

무선 통신이 들어오고 보잉 737기가 천천히 움직였다. 영원은 컨트롤러가 되어 첫 임무를 수행했을 때가 떠올랐다. 수백 톤이나 나가는 강철 기체가 자신의 목소리에 따라 움직이는 장면을 잊을 수 없었다. 육중한 쇳덩이는 고분고분하고 성실한 모범생 같았다. 교사의 지시를 가볍게 무시하는 학생과 제트 엔진을 장착한 항공기는 외형적인 면에서뿐만 아니라 눈에 보이지 않는 시스템에서도 큰 차이가 있었다. 영어 교사에서 항공 관제사로의 변신은 영원에게 단순한 직업 전환 이상의 의미를 담고 있었다. 준비를 마친 기장이 영원에게 이륙 허가를 요청했다.

"Tower, MU2068. Request Take off, Runway 24."

영원은 침을 삼킨 다음 마이크에 입을 가져갔다.

"China Eastern Air MU2068. Roger. Clear for Take off, Runway 24, wind 350 at 6 knots."

이륙 허가가 떨어지자 기장이 영원의 말을 복창했다.

"Clear for Take off, Runway 24, MU2068."

제트 엔진을 장착한 비행기가 최고 속도로 활주로를 질주했고 곧이어 둔중한 기체가 공중으로 떠올랐다. 등줄기를 타고 서늘한 기운이 흘렀다. 비행기가 이륙하는 순간마다 영원은 긴장했다. 그녀는 하늘로 치솟은 보잉기를 눈으로 좇았다. 이제 공항의 관제 공역을 벗어난 비행기를 출발 관제소로 넘기는 일만 남았다.

"China Eastern Air 2068, Contact Departure. Have a nice day."

영원의 마지막 인사에 중국인 기장은 한결 부드러워진 목소리로 답했다.

"Contact Departure, MU2068, Thank you."

교신을 끝내고 영원은 다시 물병을 찾았다. 정신을 집중해야 한다. 친숙한 하늘색 페인트의 에어버스 300을 확인하고 나서 다시 심호흡을 했다. 같은 과정이 반복됐다. 영원의 목소리에서 긴장을 느꼈는지 기장이 가벼운 농담을 했다. 스피커를 통해 들려오는 묵직한 중저음의 목소리에는 중년 남성의 강한 자신감이 배어 있었다. 영원은 에어버스의 꽁무니가 하늘의 한 점이 되어 사라질 때까지 시선을 놓치지 않았다. 항공기의 모습이 완전히 사라지자, 마치 자신과 관계를 맺은 모든 끈이 끊어져 버린 것 같은 느낌이었다. 이륙을 위해 또 다른 보잉 737기가 활주로로 진입했다. 감상에 젖어 있을 때가 아니었다. 영원은 다시 마이크를 끌어당겼다.

그렇게 8시간의 근무가 끝났다. 영원은 손목시계로 시간을 확인했다. 오후 5시 30분. 비수기치고는 많은 항공기를 관제했다. 섬을 찾는 사람들이 점점 늘고 있다는 증거였다. 주차장으로 걸어가면서 영원은 이틀간의 휴일을 어떻게 보낼까 고민했다. 외투의 단추를 풀어놓아도 좋을 만큼 기분 좋은 바람이 몸을 감쌌다. 바람은 따뜻하고 상쾌했다. 습관적으로 스마트폰을 살폈다. 타워를 나와서도 일기 예보를 확인하는 게 버릇이 됐다. 관제사로서 항상 신경 써야 하는 게 날씨였다. 특히 섬의 변덕스러운 날씨는 악명이 높았다. 자동차 문손잡이를 잡은 채 영원은 하늘을 올려다봤다. 멀리 서북 하늘에 먹구름이 낮게 깔려 있었다. 예보와 다른 상황이었다. 2천 미터 높이의 산을 통과한 검은 구름은 곧잘 돌풍과 폭우를 몰고 왔다. 높은 정상에 비해 산의 경사가 완만하기 때문에 낮은 고도를 통과한 바람은 옆으로 크게 돌아서 공항으로 왔다. 여름철에는 남풍이고 겨울에는 북풍이었다. 겨울의 공항 기류는 130도에서 310도 정도였다. 계절풍의 방향에 따라 활주로의 위치가 정해지고 교차 활주로가 있어 기상 조건에 따라 최적의 활주로를 선택할 수 있지만 안심할 수 없었다. 바람의 방향은 수시로 바뀌고 예기치 않은 변수는 일기가 나쁠 때 잊지 않고 찾아왔다.

운전석에 앉아서도 영원은 서북 하늘의 검은 구름을 주시했다. 뭔가 찜찜했다. 영원은 시동을 켜지 않은 채 손가락으로 운전대를 두드렸다. 영원과 교대한 선배는 10년 경력의 베테랑 관제사였다. 공군 출신으로 항공기와 관련된 지식이라면 모르는 게 없는 선배였다. 영원이 걱정해야 할 상대가 아니었다. 자신은 이대로 아파트로 돌아가 저녁밥을 먹고 휴식을 취하면 되었다. 따분하면 시내에 나가 심야 영화를 보는 것도 괜찮은 선택이었다. 하지만 이런 꺼림칙한 상태로 공항을 벗어나려니 마음이 편치 않았다. 영원은 운전대에서 손을 떼고 의자를 뒤로 밀어 공간을 넓혔다. 먹구름이 어떻게 변할지 잠깐이라도 지켜보기로 했다. 산을 지나면서 먹구름의 기세가 약해지기를 빌며 그녀는 CD 플레이어의 버튼을 눌렀다.

영원이 자동차에서 휴식을 취하는 동안 내륙의 공항 기상 센터 모니터에는 적색 램프가 켜지기 시작했다. 무겁게 내려앉은 하늘에서 기습적인 폭설이 내렸다. 기온이 내려 가면서 쌓인 눈은 순식간에 도로와 활주로를 빙판으로 만들었다. 중부 지역 대부분 공항에 대설주의보가 발령되고 몇몇 지역에서는 주의보가 대설 경보로 격상되었다. 활주로의 유도등 불빛이 거센 눈발에 가려 보이지 않자 인천과 김포, 청주공항 등 중부 지역 공항과 강원 지역 공항으로 향하던 비행기들은 남쪽 도시와 섬으로 회항하라는 명령을 받았다.

짙은 감색 야구 모자를 눌러쓴 사내가 공항 건물을 나와 영원이 방금 내려온 관제탑으로 향했다. 건장한 체격의 사내였다. 공항관리공단 점퍼를 입고, 손에는 작업용 목장갑을 끼고 있어 누구도 그를 눈여겨보지 않았다. 사내는 철조망 울타리가 쳐진 공항경비대 초소에 멈춰 섰다. 평소 얼굴을 익힌 젊은 경비대 요원이 농담을 건넸다. 그는 방문기록부에 서명하고는 곧장 관제탑을 향해 걸어갔다. 남자는 공항 감시 레이더 정비사로, 일급 보안 시설인 관제탑을 필요에 따라 출입할 수 있었다. 용역을 받은 외주 업체 소속이지만, 공항에 상주하는 것과 다를 바 없어 경비 대원은 그를 한 식구로 여겼다. 이름은 백현도, 나이는 마흔한 살, 해군 출신으로 경력 14년의 엔지니어였다. 열두 살 연하의 어린 아내와 결혼한 그는 대인 관계가 원만하다고 인사기록부에 기록되어 있지만, 사생활에 대해서는 알려진 바가 없었다.

목표 지점에 도착한 그는 방심하고 있던 경찰특공대원을 등 뒤에서 제압했다. 경찰의 오른쪽 허벅지를 날카로운 부엌칼로 깊숙이 찌른 뒤, 대원이 소지하고 있던 MP7A1 기관총과 P7M13 권총, 탄약을 탈취해 관제탑으로 올라갔다. 엘리베이터를 타기 전에 안전장치를 돌리고 장전해 테스트 삼아 방탄복을 입은 경찰 대원의 왼쪽 허벅지를 겨냥해 한 발 쏘았다. 테러범의 방탄복을 통과하도록 설계된 고성능 기관총의 탄알이 대원의 허벅지를 관통했다. 총소리가 나자 주변에 있던 사람들이 혼비백산해 달아났다. 한국 공항 역사상 최악의 테러 사건으로 기록된 '제주공항 관제탑 인질극'의 시작이었다.

테러가 끝난 뒤 그의 아파트에서 여러 가지 물품이 경찰에 증거물로 압류되었다. 그중에서도 수사관을 가장 어리둥절하게 만든 것은 엔지니어라는 직업에 어울리지 않는 많은 문학 서적이었다. 압도적으로 시집이 많았다. 서재 한쪽 벽에는 시인 에즈라 파운드의 사진 액자가 걸려 있었다. 영문으로 된 시집을 포함해 파운드 시집이 여러 권 나왔다. 시집에 남긴 자필 메모와 밑줄 친 파운드의 여러 시는 법의학자와 범죄심리분석관에 의해 테러범 백현도의 정신 상태를 분석하는 증거물로 쓰였다. 백현도는 에즈라 파운드가 제2차 세계 대전 당시 조국인 미국을 배신하고 파시스트 운동을 펼친 것을 찬양하는 글을 개인 블로그에 남기기도 했다. 이 글은 이후 백현도의 공공의식 부재를 증명하는 증거로 인용되었다.

늙은이의 거짓말을 믿으며
눈까지 올라온 지옥을 걸었고, 환멸을 느끼며
고향 집에 왔으나, 고향이라지만 거짓말,
무수한 거짓말만 많은 고향……
— 에즈라 파운드

그러나 백현도가 인질극을 벌인 직접적인 이유는 이미지스트로서 이름을 날린 미국 시인의 복잡한 정치적 활동과 무관한, 지극히 개인적인 문제에서 비롯됐다. 아내 서정연이 관제 팀장인 서른여덟 살 문동수와 내연 관계를 맺고 있었다. 결혼한 지 겨우 2년이 지났고, 평소 열두 살이나 어린 신부에게 애정이 각별했기 때문에 백현도의 충격은 컸다. 서정연은 백현도에게 의처증이 있었다고 변호사에게 진술했는데, 이에 대한 사실 여부는 밝혀지지 않았다. 백현도가 아내의 부정을 알게 된 것은 사건이 터지기 한 달 전이었다. 따라서 그의 범행이 우발적인지 아니면 치밀하게 계획된 범행이었는지를 두고 공방이 벌어졌다. 이유가 어찌 되었든 관제탑 테러로 말미암은 피해는 범인조차 예상치 못한 규모로 컸다. 그 시각 한반도 영공에 떠 있던 많은 민항기가 갑작스러운 기상 악화 탓에 제주공항으로 회항하고 있었기 때문에 자칫하면 수많은 인명이 걸린 대형 참사로 이어질 수도 있었다.

엘리베이터에서 내려 관제소로 들어간 백현도는 예고도 없이 기관총을 허공으로 쏘았다. 관제 팀장을 비롯한 또 한 명의 관제사와 세 명의 데이터 분석 요원, 두 명의 공항 직원이 관제소에 있었다. 그들은 엄청난 굉음의 총소리에 놀라 얼이 나간 표정으로 서로 바라보기만 했다. 정신을 차린 관제사 한 명이 비상벨을 눌렀다. 비상벨을 통해 합동상황실과 의무실, 비행정보실, 항무통제실 등에 비상 상황이 알려졌다. 그러나 용감한 행동을 한 젊은 관제사는 비극적인 최후를 맞았다. 흥분 상태의 테러범이 비상벨을 누른 관제사의 머리와 심장에 총을 난사했다. 겁에 질린 여직원들이 머리를 싸안고 바닥에 주저앉았다. 백현도는 관제탑 책임자인 문동수에게 총구를 겨눴다. 문동수는 영문을 모른 채 야구 모자를 눌러쓴 테러범을 바라보다 마침내 범인이 내연녀의 남편임을 알아차렸다. 공군에서 10년 넘게 복무한 문동수는 용기를 내 대화를 청했다. 평소 쓰던 '백현도 씨'라는 사무적인 호칭 대신 '형님'이라는 존칭을 사용했다.

"형님! 무, 무슨 일이세요?"

백현도는 싸늘한 미소를 지은 뒤 문동수의 하복부를 향해 총을 쏘았다. 피에 젖은 문동수의 하체는 너덜너덜해졌고 그는 이내 많은 피를 흘리며 즉사했다. 그제야 관제탑에 있던 이들은 자신의 눈앞에 죽음의 그림자가 드리워졌다는 걸 인식했다. 분이 풀리지 않은 백현도는 자신이 관리하던 저고도 풍속 변화 감지 시스템인 토플러 레이더의 모니터를 기관총으로 박살내 버렸다.

갑자기 끊겨 버린 통신과 타워에서 발효된 비상벨 때문에 공항은 패닉에 빠졌다. 살아남은 다섯 명의 직원은 숨죽인 채 테러범의 처분을 기다리며 인질로 잡혔다. 그때까지 관제탑 점거 상황은 공표되지 않았고, 수십 대의 민간 항공기가 사태의 경위를 모른 채 제주공항을 향해 날아왔다. 그중에는 연료가 떨어졌다는 비상사태Emergency Fuel를 선언한 항공기도 있었다. 설상가상으로 서북 하늘을 뒤덮었던 먹구름이 거대한 산을 통과해 세찬 폭우를 쏟아부었다. 흐려진 시계와 관제탑과의 통신 두절로 조종사들은 초조해했다. 마침내 공항 주변을 선회하던 보잉 737기 한 대가 관제탑의 착륙 허가도 받지 않은 채 무작정 활주로로 내려왔다. 비에 젖은 활주로에서는 착륙 제한치인 30노트의 옆바람이 불고 있었다. 겨우 활주로의 유도등 불빛을 찾은 조종사는 미끄러짐에 대비해 기체를 활주로 초반부에서부터 꽝꽝 갖다 붙이며 펌 랜딩Firm Landing을 시도했다. 다행히 어두워지기 전이라 운 좋게 무사히 착륙했다. 밤이 되면서 상황은 악화되었고, 사태는 호전 기미를 보이지 않았다. 64미터 높이의 관제탑 아래에서는 완전무장한 경찰특공대가 차가운 비를 맞으며 최후의 무력 진압 작전을 계획했다. 인질이 된 다섯 명의 목숨도 소중하지만, 하늘 위에는 그보다 많은 인명이 기다리고 있었다. 경찰에게는 선택의 여지가 없었다.

영원은 운전석에 앉아 잠깐 졸았다. 관제탑에서 꽤 떨어진 주차장에 있었기 때문에 영원은 테러범이 쏘는 총소리를 듣지 못했다. 눈을 뜨자 굵은 빗방울이 앞 유리창을 때렸다. 예감대로 폭우였다. 한숨이 나왔다. 스마트폰으로 다시 전국 공항의 기상 예보를 확인했다. 내륙 대부분 공항에 이착륙 금지를 알리는 적색 램프 불이 들어와 있었다. 육지에서는 폭우 대신 게릴라성 폭설이 내리고 있었다.

그 순간 기묘한 일이 벌어졌다. 눈앞의 사물이 사라지면서 밝은 조명이 켜지듯 머릿속이 환하게 밝아졌다. 그리고 스크린의 영상처럼 비현실적인 그림이 펼쳐졌다. 사방이 어둡고 세찬 빗방울이 창 유리를 뒤덮었기 때문에 실제로 그녀가 볼 수 있는 사물은 없었다. 하지만 그녀의 눈에는 거대한 물체가 날아오는 것이 선명하게 보였다. 영원은 긴장한 채 영화의 클라이맥스를 응시하듯 집중해서 사물을 주시했다. 모습을 드러낸 웅장한 물체는 전장 71미터, 높이 20미터에 날개 길이만 65미터에 이르는 초대형 항공기 B747-400이었다. 어지간해서는 섬의 공항으로 들어오지 않는 점보 제트기였다. 비행기는 낮은 고도에서 굉음을 내며 이내 영원의 머리 위를 날아갔다. 영원은 고개를 들어 항공기의 거대한 날개와 제트 엔진, 유려한 곡선의 강철 하부를 바라봤다. 검은 하늘을 배경으로 기체를 타고 흘러내린 빗방울이 조밀하면서도 화려한 빛을 내며 공중에 흩날렸다. 비행하는 항공기를 이렇게 가까이에서 올려다보기는 처음이었다. 번쩍이는 램프 밑의 물체가 영원의 눈을 끌어당겼다. 검은 타이어 바퀴로 된 랜딩기어였다. 가슴이 덜컥 내려앉았다. 항공기는 착륙을 시도하고 있었다. 여기가 어디지? 영원은 자신이 관제탑 동편 직원 주차장에 있다는 사실을 깨달았다. 항공기의 고도와 속도, 풍속, 방위각을 계산해 착륙 지점을 순식간에 예측했다. 보잉 747기는 활주로 너머 검은 파도가 넘실대는 바다를 향해 날아가고 있었다. 심장이 쿵쿵 뛰었다. 어디로 가는 거야! 제정신이 아닌 상태로 영원은 무작정 교신을 시도했다. "메이데이Mayday!"를 외치는 기장의 목소리가 거짓말같이 들려왔다. 무의식적으로 헤드셋의 마이크를 찾았지만, 헤드셋은 손에 잡히지 않았다. 그녀가 앉은 곳은 관제탑이 아니라 낡은 승용차 운전석이었다.

눈에 보이는 장면은 현실이 아니었다. 그녀의 머릿속에서 만들어진 이미지일 뿐이었다. 하지만 모든 광경이 현실의 한 장면처럼 실감났다. 고도를 높이려고 필사적으로 조종간을 붙잡고 있는 부기장의 모습이 보이고 옆에서는 흥분 상태의 기장이 비상사태의 체크 리스트를 확인하고 있었다. 무슨 일이 벌어진 걸까? 환영을 보는 것인가, 아니면 꿈을 꾸는 것인가? 분명히 꿈은 아니었다. 자신의 거친 숨소리와 떨리는 손가락, 차의 지붕을 때리는 요란한 빗소리, 아직 그치지 않은 스피커의 음악 소리, 습기에서 묻어 나오는 비릿한 냄새 등 모든 것이 생생했다. 영원은 머리를 내저으며 가상의 이미지를 털어내려고 노력했다. 착륙 장치를 내린 채 바다로 날아간 비행기는 어떻게 됐을까? 답이 나오지 않았다. B747-400의 좌석은 500석이 넘었다. 기장과 부기장, 수습 조종사가 있는 조정실은 보이지만, 승객들이 있는 선실의 전경은 이상하게도 떠오르지 않았다. 잠시 후 암전되듯 모든 장면이 순식간에 사라졌다. 영원은 숨을 가다듬었다. 방금 일어난 일이 실제 상황이든 아니든, 당장은 현실 감각을 회복하는 게 중요했다. 나흘 동안의 주·야간 근무로 지친 상태에서 선잠을 잤기 때문에 허상을 봤을 가능성이 컸다. 무엇을 보았든, 그것이 실제든

허구든 지금 이 시점에서 중요한 것은 분석하고 판단하는 일이었다. 머릿속으로 본 보잉기가 무엇인지 밝혀내야 했다. 얼핏 조난 무선 신호를 외치는 기장의 목소리에서 항공기 편명을 들은 것 같기도 했다. 기억이 맞다면 보잉기는 인천에서 출발해 상트페테르부르크를 거쳐 프랑크푸르트에 도착하는 대한항공 화물기였다. 주 2회 운항하는데 오늘이 바로 그날이었다. 어쩌면 프랑크푸르트에서 돌아오는 비행기 일지도 몰랐다. 지금 상태로서는 확인이 불가능하지만, 어쨌든 승객을 실은 여객기는 아니었다. 그런데 왜 인천공항으로 가지 않고 이곳으로 왔을까? 영원은 조수석에 놓아둔 스마트폰을 다시 확인했다. 인천공항의 근접 기상 예보에는 온통 적색 램프가 켜져 있었다. 폭설로 인천공항으로 향하던 항공기들이 제주공항과 일본의 후쿠오카 공항, 간사이 공항으로 회항하고 있다는 긴급 뉴스가 떠 있었다. 영원은 그제야 제정신이 들었다.

영원은 운전석을 당겨 고정하고 차의 시동을 켰다. 관제탑으로 돌아가야 한다. 전조등을 켜고 앞 유리 와이퍼를 작동시켰다. 빗방울이 굵어서 와이퍼를 빠르게 돌려야 했다. 가속 페달에 발을 올리려는 순간, 전방 45도 위로 거대한 물체가 나타났다. 이번엔 머릿속의 장면이 아니라 실제로 눈앞에서 벌어지는 그림이었다. 격납고 지붕 너머로 한껏 부풀어 오른 범고래의 새하얀 배가 보였다. 고래는 물살을 가르며 허공으로 솟구치려 했지만, 자꾸만 수면으로 가라앉았다. 영원은 머리를 세차게 흔들었다. 그러고는 다시 범고래를 바라봤다. 보잉기였다. 날개를 펼친 B747-400이 지상에서 얼마 떨어지지 않은 곳에서 날고 있었다. 조금 전 화물기로 추측한 항공기였다. 영원은 급히 차 문을 열고 밖으로 나왔다. 돌풍에 휩쓸린 거센 빗방울이 얼굴 위로 쏟아져 내렸다. 눈을 뜨기가 어려웠다. 영원은 오른손으로 간신히 빗물을 가리고 하늘을 올려다봤다. 보잉기가 몰고 온 난기류에 제대로 서 있기조차 어려웠다. 랜딩 기어를 내린 보잉기가 눈부신 빗방울을 흩날리며 그녀의 머리 위로 고고한 자태를 취하며 날아갔다. 고막을 찢을 듯한 굉음에 귀가 먹먹해졌다. 항공기는 속도를 줄이지 못하고 있었다. 영원은 몸을 돌려 항공기의 꼬리를 쫓았다. 놀랍게도 조금 전 운전석에 앉아서 본 것과 똑같은 장면이 한 치의 오차도 없이 재현되고 있었다. 그녀가 계산한 대로 보잉기의 기수는 바다를 향하고 있었다. 비명을 지를 여유도 없었다. 영원은 차에 올라 사이드 브레이크를 풀고 무작정 액셀러레이터를 밟았다.

바다는 활주로 너머에 있었다. 주차장을 나오자 공항을 순회하는 도로에 자동차가 빼곡히 들어차 있었다. 항공편이 결항되면서 일어난 정체였다. 영원은 급하게 차를 인도로 올렸다. 비가 쏟아지고 있었기 때문에 사람들의 모습은 보이지 않았다. 겨우 보도를 벗어난 차는 잔디밭을 질주했다. 심장 박동이 가라앉지 않았다. 과연 몇 명이나 이 장면을 봤을까? 소방 대원은 출발했을까? 비가 거세게 내리고 잔디밭에는 조명탑이 없어서 좌우 확인이 불가능했다. 오직 자동차 전조등에 의지해 앞만 보고 달렸다. 젖은 머리카락을 타고 내린 빗방울이 시야를 방해했다. 영원은 손바닥으로 이마와 눈 주위를 훔쳤다. 그런데 왜 보잉기는 활주로에 착륙하지 못하고 바다로 날아갈까? 위기 상황에서는 최대한 단순하게 생각해야 한다. 다양한 설명 중 가장 단순한 가설을 선택하자, 답이 나왔다. 마이크로버스트다. 국지적인 강한 하강 기류를 일컫는 순간 돌풍 현상으로, 1970~1980년대 항공기 사고를 일으킨 주원인 중 하나였다. 저고도 비행을 하는 항공기에 위험한데, 특히 착륙을 위해 공항으로 들어오는 항공기가 강한 마이크로버스트에 휩싸이면 치명적인 결과를 낳았다. 다행히 현대 레이더 장비의 성능이 향상되면서 사고는 급격하게 줄었다. 설령 항공기에 장착된 레이더가 돌풍을 판독하지 못해도 관제탑에서 조기 경보를 발령해 조종사가 돌풍을 피해 우회할 수 있었다. 그렇다면 관제탑 레이더에 문제라도 생긴 것일까? 베테랑 관제사인 문동수 선배가 마이크로버스트를 놓칠 가능성은 적었다. 레이더가 오작동을 일으키지 않는 한 그런 일은 일어나지 않는다. 하지만 현실은 확률의 궤도를 빗나갔고, 1억 9천만 달러 점보 제트기는 바다를 향해 곤두박질치고 있었다.

급한 마음에 영원은 마구잡이로 가속 페달을 밟았다. 잔디밭 끝에 철조망 울타리가 나타났다. 시계는 전조등 불빛이 닿는 10미터 정도였다. 멀리 흐릿하게 초소와 나무로 된 간이 차단막이 보였다. 영원은 차의 속도를 높이고 눈을 찔끔 감은 채 바리케이드를 강하게 들이받았다. 차단막 파편이 튀면서 앞 유리에 금이 갔다. 바리케이드를 부수고 나온 승용차는 진흙이 되어 버린 땅바닥에서 빙그르르 회전했다. 영원은 중심을 잡으려고 운전대를 이리저리 급하게 돌렸다. 전방에 해변으로 이어지는 자전거 도로가 나타났다. 다시 속도를 올려 질주했다. 이마에서 흘러내리는 물이 빗물인지 땀인지 구분이 되지 않았다. 유채꽃 들판을 넘자 마침내 검은 파도가 출렁이는 바다가 나타났다. 순간 하늘이 수직으로 열리면서 섬광이 번쩍였다. 번개였다. 영원은 급브레이크를 밟았다. 번갯불 밑으로 점보 제트 항공기의 우람한 등이 보였다. 보잉기는 마치 전설에서나 모습을 드러내는 대형 고래처럼 폭우를 맞으며 파도 위에서 너울대고 있었다. 영원은 차에서 나와 비를 맞으며 침몰 직전의 보잉기를 바라봤다. 멀리서 소방차의 사이렌 소리가 들려왔다. 얼굴 위로 흘러내리는 빗물을 손바닥으로 닦아 냈지만, 눈앞의 사물은 점점 흐릿해졌다.

영원은 차를 돌려 관제탑으로 돌아갔다. 탑 주변에 무장한 경찰 중대 병력이 바리케이드를 치고 외부인의 진입을 막고 있었다. 영원이 관제탑 출입증을 내보이자 젊은 경찰관이 그녀를 관제탑 아래 설치한 임시 지휘본부로 데려갔다. 사복 차림에 비옷을 입은 사십 대 중반의 경찰 간부가 안도의 표정을 짓고는 영원에게 타워 내부의 상황을 설명했다. 차가운 겨울비에 흠뻑 젖은 상태여서 경찰의 설명을 들으면서도 영원은 쉬지 않고 몸을 떨었다. 간부의 지시를 받은 경찰 대원이 타월과 오리털 점퍼를 가져왔다. 영원은 수건으로 머리를 말리고 외투를 갈아입었다. 종이컵에 담은 뜨거운 물을 마시자 겨우 말을 할 수 있었다.

"바다에 불시착한 비행기는 확인하셨나요?"

"아, 거기는 괜찮아요. 다행히 화물기라서 인명 피해는 없고 조종사들도 무사히 탈출했다는 소식이 들려왔어요. 문제는 현재 하늘에 떠서 착륙을 기다리는 비행기들이에요. 한시가 급하다는 연락을 받았는데 아직 지휘부에서 최종 결정이 떨어지지 않아 걱정입니다. 인질만 없다면 어떻게 해보겠는데."

"남은 인질이 몇 명이라고 하셨죠?"

"총 다섯 명이에요. 함께 있던 두 명의 관제사는 사망했고요."

영원은 관제소 직원들의 얼굴을 떠올렸다. 일 년 넘게 가족과 같이 지낸 사람들이었다. 눈물이 나려고 했지만, 영원은 참았다. 약한 감정에 휘둘릴 때가 아니었다.

"요구 조건이 뭐예요?"

"부인을 불러 달라고 하는데, 연락이 안 돼요. 곧 수배되겠지만, 시간이 너무 촉박해서 어떻게 해야 할지 잘 모르겠군요. 접근 관제소에 연락을 취했더니 오늘 같은 비상 상황에서는 관제탑에서 직접 활주로를 봐야 안전한 관제를 할 수 있다고 하는데 달리 방법은 없고……."

"제가 올라가겠어요."

"아가씨가 올라간다고요?"

영원이 단호한 표정을 지으며 말했다.

"저 그 사람 잘 알아요, 백현도 씨요. 무슨 일로 이러는지는 모르지만 무작정 사람을 죽일 사람은 아니에요."

"벌써 두 명이나 죽였어요. 우리 경찰 한 명도 중상을 입었고."

"그래도 전 죽이지 않을 거예요. 지금 올라가겠어요. 백현도 씨와 이야기하게 해주세요."

경찰은 생각에 잠겼다. 분명히 지금은 타워 관제사가 필요했다. 범인의 아내를 찾을 때까지만이라도. 설령 인질을 희생하면서 무력 진압을 하더라도 당장 관제사가 있어야 한다. 일분일초가 급했다. 바다에 처박히는 여객기가 또 나오면 안 되는 상황이었다.

"일단 탑에 올라가면 아가씨의 안전을 보장할 수 없어요."

"알고 있어요."

영원은 입술을 깨물었다. 지금과 같은 최악의 기상 조건에서는 지상 관제소에서 착륙 항공기를 모두 통제하는 데 한계가 있었다. 게다가 회항해서 섬으로 들어오는 항공기의 수가 폭증한 상황이었다. 모든 항공기가 비상착륙을 해야 하고 시야가 좁아진 조종사를 위해 누군가 타워에서 정확한 지시를 내려야 했다. 자칫 실수하면 항공기 충돌 사고로 이어질 수도 있었다. 머릿속으로 불분명한 그림이 나타나려고 했다. 교차 활주로에서 동시에 착륙한 B747기와 B737기가 교차점에서 충돌하려는 장면이었다. 영원은 눈을 질끈 감으며 집중했다. 바다에 빠져 버린 B747기의 상황과는 달랐다. 그때는 멍하니 바라보기만 했으나 지금은 달랐다. 불확정적이고 불명확한 미래에 그녀가 간섭하고 있었다. 미래는 틀어질 수 있다!

시체에서 나온 비릿한 피 냄새가 관제소 내부에 진동했다. 몇몇 조명이 꺼져 평소보다 관제소는 어두웠다. 백현도는 기관총의 총구를 영원의 가슴에 겨눈 채 영원을 바라봤다. 영원은 양팔을 올리고 천천히 그를 향해 다가섰다.

"뒤로 돌아!"

영원이 몸을 돌리자 한쪽 구석에 재갈을 문 다섯 명의 관제소 직원이 보였다. 그들은 도살장 구석으로 내몰린 채 도륙을 기다리는 짐승처럼 보였다. 백현도가 다가와 영원의 몸을 위에서 아래로 더듬었다. 차갑고 딱딱한 남자의 손이 우악스럽게 파고들었다. 몸수색이 끝나자 그는 무전기로 관제탑 아래의 경찰과 교신했다.

"지금 이 순간 이후 엘리베이터가 움직이거나 수상한 낌새가 보이면 여기 있는 모든 사람을 죽여 버리겠다."

백현도는 경찰의 답을 듣지도 않고 무전기를 내려놓았다. 그러고는 총구로 영원의 등을 쿡쿡 찔렀다. 영원이 그를 향해 다시 몸을 돌렸다. 영원은 최대한 사무적인 표정으로 그를 바라보았다. 범인을 흥분시켜서는 안 된다는 경찰의 조언이 떠올랐다. 영원은 이내 눈을 내리깔았다.

"질문은 받지 않는다. 허튼수작하면 저기 바닥에 누운 놈들과 같은 신세가 될 거야."

영원은 고개를 끄덕였다.

"나는 벌써 두 사람을 죽였어. 너를 죽이지 않는다고 내 죄가 줄지 않아. 방해하면 언제든 널 죽일 거야."

영원이 다시 고개를 크게 끄덕였다.

"자리로 가."

영원은 그의 지시에 따라 천천히 자신의 의자를 향해 걸어갔다. 시체를 보지 않으려고 의식적으로 시선을 돌렸다. 떨리는 가슴이 진정되지 않았다. 엘리베이터에 탈 때부터 지옥의 중심으로 들어온 것이었다. 후회해도 소용없었다. 수백 명의 생명이 자신에게 달려 있었다. 잡념을 떨치고 오로지 하나의 목표에 집중해야 했다. 일이 잘못되어 테러범의 총에 맞을 수도 있었다. 하지만 아직은 아니었다.

경찰과 백현도의 거래는 단순했다. 백현도의 아내 서정연을 경찰이 데려올 때까지 관제사가 관제탑에서 관제한다는 조건이었다. 백현도가 원하는 것은 불분명했지만, 경찰에게는 선택의 여지가 없었다. 관제탑에 인질로 잡힌 다섯 명의 인명과 맞바꾸며 무력 진압을 펼치는 데는 많은 부담이 따랐다. 지휘본부의 누구도 이런 극단의 양자택일에 대해 책임지려 하지 않았다. 그럴 때 이영원의 제안은 한 줄기 빛이었다. 그녀가 관제탑에 올라가서 항공기 관제를 하는 동안 경찰은 시간을 벌 수 있었다. 어떻게든 구체적인 테러의 배경을 파악해 인질범의 의도를 파악해야 한다. 다행히 관제소 내부 상황은 소강 상태였다. 두 명의 관제사 외에는 더 이상 희생자가 나오지 않았다.

타협의 여지가 있는 신호로 받아들일 수 있었다. 어쩌면 테러범은 자신의 목표를 이미 완수했을지도 모른다고 경찰은 판단했다. 이영원을 올려 보내 희생자가 늘어날 수도 있으나 승객을 실은 여객기가 추락하는 것과는 산술적으로 비교할 수 없었다.

관제탑에서 백현도는 보잉 747기가 바다로 추락하는 장면을 지켜봤다. 관제탑으로 들어올 때 백현도의 머릿속에는 이런 장면이 들어 있지 않았다. 그는 오직 문동수의 숨을 끊어 버리고 자신을 배신한 아내에게 절망과 수치심을 안겨 주려고 했을 뿐이다. 지옥의 구렁텅이로 데려와 더러운 욕정의 결과가 무엇인지 똑똑히 보여 줄 참이었다. 문동수의 시체를 보며 두려움에 떨 아내의 얼굴이 궁금했다. 그러나 아내는 나타나지 않았다. 레이더 정비사인 백현도는 관제소의 일상적인 운영 형태를 잘 알고 있고, 비상사태를 맞아 관제소가 어떻게 대처할지도 짐작할 수 있었다. 자신이 타워 관제소를 점거해도 지상의 관제사와 연락을 취해 상황이 정리될 것으로 믿었다. 최악의 경우 섬으로 오는 항공기들이 회항할 것으로 생각했다. 그러나 예상이 빗나가 걷잡을 수 없는 상황이 벌어졌다. 평소보다 많은 항공기가 섬 주위를 선회하며 착륙 허가를 기다렸고 기상은 예측불허 상태에서 악화되었다. 그는 수백 명의 무고한 인명을 해치려고 관제탑에 올라온 것이 아니었다. 의도와 다른 상황이 전개되고 있었다. 747기가 바닷속으로 빠졌을 때, 백현도는 이미 자신의 실수를 알아차렸다. 그러나 퇴로는 없었다. 공중에서 선회하며 비상 착륙을 기다리는 항공기처럼 그에게도 선택의 여지가 없었다. 그는 경찰의 제안을 받아들였다.

총알 세례를 받은 몇몇 레이더 모니터가 꺼져 있고 관측 장비에는 군데군데 붉은 피가 묻어 있었다. 영원은 자리에 앉아 헤드셋을 쓰고 눈을 감았다. 머리를 비우는 것이 중요했다. 기관총을 든 남자가 자신에게 총구를 겨눈 상황을 잊어야 한다. 테러범이 평소 알고 지내던 레이더 정비사라는 사실도 머릿속에서 떨쳐냈다. 옆에서 데이터 분석을 도와줄 직원이 있으면 좋겠지만, 지금은 테러범에게 선처를 요구할 때가 아니었다. 백현도는 안전핀을 제거한 폭탄처럼 굴었다. 얼핏 본 그의 얼굴에는 절망의 그림자가 짙게 드리워져 있었다.

영원은 눈을 크게 뜨고 모니터를 확인했다. 착륙 허가를 기다리는 항공기 리스트가 한눈에 들어왔다. 착륙 대기 항공기 목록만으로도 어지럼증이 났다. 수십 대의 항공기가 섬 주위를 돌며 착륙을 기다리고 있었다. 연료가 충분한 항공기를 뒤로 미루고 긴급 착륙을 요청한 항공기에 먼저 착륙 허가를 내려야 한다. 관제탑 점거 상황이 길어지면서 조종사들이 동요하고 있었다. 후쿠오카나 간사이 공항으로 회항하는 타이밍을 놓친 조종사들은 더욱 초조했다. 무전을 통해 바다로 내려앉은 B747-400 화물기의 소식을 접했을 것이다. 최적의 우선순위를 뽑아 그들을 안심시켜야 한다.

공항에는 네 개의 활주로가 있었다. 그러나 교차 활주로이기 때문에 실제로 사용할 수 있는 활주로는 두 개뿐이었다. 최단시간에 최대한 많은 비행기의 착륙을 유도해야 한다. 공항정보 자동방송장치ATIS가 공항 주변의 기상과 관제탑의 특이 사항을 방송하고 있기 때문에 섬으로 오는 항공기는 줄어들겠지만, 현재 상황이 문제였다. 짧게는 2~3분 단위로 연속해서 비행기를 착륙시켜야 했다. 추락과 충돌을 피해 안전하게 모든 항공기를 착륙시키는 게 목표였다. 영원은 할 수 있다고 마음속으로 다짐했다. 영원은 공항 감시 레이더 모니터를 바라보며 머릿속을 정리했다. 젖은 활주로와 돌풍이 부는 상황에서 소프트 랜딩은 없었다. 승객이 놀라더라고 활주로 앞에서부터 쾅 붙이며 하드 랜딩을 해야 했다. 설령 가시거리가 충분히 확보되지 않아도 착륙한다. 1차 시도에 실패하면 2차 시도를 한다. 영원은 무선 주파수를 열어 모든 항공기에 무전을 보냈다.

경찰은 테러 발생 1시간 40분이 지나서야 백현도의 아내 서정연을 찾아냈다. 서정연은 시내 미용실에서 머리를 말고 있었다. 휴대 전화는 옷장에 맡겨 놓은 재킷에 들어 있었기 때문에 서정연은 공항에서 일어난 상황을 전혀 몰랐다. 계산을 끝내고 미용실을 나와 스포츠 매장 쇼윈도에서 새로 한 파마를 확인하다 텔레비전에 나오는 속보를 봤다. 남편의 이름과 사진이 나오고, 곧이어 관제탑에서 피살된 두 관제사의 신원이 발표되었다. 서정연은 그 자리에 주저앉았다. 얼마 후, 정신을 차린 그녀는 휴대 전화를 확인하고 곧장 전화기를 꺼버렸다. 무슨 일이 일어났는지 짐작조차 할 수 없었다. 그러나 남편이 문동수를 죽인 것은 분명했다. 서정연은 현실에서 도망치고 싶었다. 머릿속으로 그동안 일어난 일들이 한꺼번에 쏟아져 들어왔다. 결혼과 동시에 시작된 불화, 남편의 의처증, 문동수와의 첫 만남과 부적절한 관계, 모든 것이 거짓말 같았다. 지금 자신이 나타나면 이 모든 사실이 텔레비전으로 전국에 생중계될 것이 뻔했다. 어떻게든 피하고 싶었다. 수치심과 절망감에 휩싸인 채, 서정연은 겨우 쇼핑센터를 빠져나왔다. 거리에는 차갑고 세찬 비가 내리고 있었다. 섬을 벗어나야 한다는 생각뿐이었지만 방법이 없었다. 이런 날씨에는 섬이 고립된다. 주차장에서 차 문을 열려는 순간 낯선 남자들이 그녀를 향해 달려왔다. 경찰이었다. 경찰은 서정연과 연락이 닿지 않자 휴대 전화 위치 확인을 통해 겨우 그녀를 찾아냈다. 서정연은 마치 자신이 범인이라도 되는 듯 불안에 떨며 경찰차에 올랐다.

에어버스와 보잉 737기가 차례로 착륙했다. 착륙 제한치를 넘어선 옆바람이 불었고 활주로가 미끄러웠지만, 사고 없이 착륙에 성공했다. 시간이 지날수록 영원은 안정을 되찾았다. 총을 든 남자와 피냄새를 풍기는 시체, 겁에 질린 인질에 대해서도 잊었다. 오직 레이더와 항공기에서 들어오는 조종사의 목소리에만 집중했다. 비 온 다음 날의 하늘처럼 머리가 맑아졌다. 단순한 생리적 현상이 아니라 이전에는 경험하지 못한 특이한 안정감이었다. 항공기의 고도와 속도, 바람의 방향, 풍속, 활주로 상태와 같은 착륙에 필요한 모든 데이터가 머릿속으로 막힘 없이 들어왔다. 뇌로 들어온 개별적인 정보는 곧장 유용한 정보로 통합되어 출력되었다. 인풋과 동시에 아웃풋이 이루어졌다. 마치 최상의 알고리즘으로 만들어진 소프트웨어를 장착한 고성능 컴퓨터가 된 느낌마저 들었다. 계기 착륙 시스템ils과 활공각 지시기의 도움이 없어도 관제를 할 수 있을 것 같았다. 실제로 그녀의 계산 속도는 컴퓨터를 앞질렀다. 계량화된 정보에만 의지하는 컴퓨터에 반해 영원은 눈에 보이지 않는 변수까지 처리했다.

그녀는 처음으로 컴퓨터의 계산을 무시하고 자신의 판단에 따라 착륙 항공기를 관제했다. 외부에서 들어오는 정보는 완전한 구조와 전체성을 지닌 통합된 전체로서의 형상과 상태로 변화했다. 일체감은 그녀를 전율시켰다. 영원은 자신이 새로운 차원의 지적 존재가 되었음을 인지하지 못한 채 오직 일에만 열중했다. 짧은 시간에 많은 비행기가 착륙하면서 활주로 주변에 난기류가 형성되었다. 그러나 영원의 뇌는 미묘한 바람의 움직임마저 정확히 예측했다. 공항에 몰려든 항공 부문 관계자들이 초조하게 모든 상황을 지켜보았다. 예민한 감각을 지닌 몇몇 전문가는 영원의 관제를 지켜보며 의아해했지만 다른 의견을 표출하지는 않았다. 연이어 비행기가 안전하게 착륙했기 때문에 지금으로서는 그녀의 판단을 믿을 수밖에 없었다. 그러나 상황은 만만치 않았다. 곧 비상사태가 터졌다.

"타워, 여기는 아시아나 221, 문제가 생겼다. 비상 상황이다."

기장은 영어 대신 한국어로 말했다.

"아시아나 221, 상황 보고하라."

영원은 그렇게 답하고 OZ 221기의 정보를 확인했다. 뉴욕 JFK 공항에서 출발해 인천공항으로 들어오는 보잉 747기였다. 좌석 수는 524개로 만원 상태였다.

"연료 부족 경고다. 즉시 착륙 허가를 요청한다."

영원은 착륙 우선순위 목록을 떠올렸다. OZ 221은 아직 여유가 있었다.

"무슨 일인가? 연료가 충분하다고 보고받았다."

"문제가 무엇인지 모르겠다. 계기판에 문제가 있는 것 같다. 연료가 모두 소진됐다. 지금 당장 착륙하겠다."

기장의 목소리가 다급했다. 연료가 샌 것일까? 그러나 지금 상태에서는 사실 여부를 확인할 수 없었다. 우선 착륙 순서를 변경해야 했다.

"아시아나 221, 착륙을 허가한다. 고도를 낮춰라."

"알았다, 착륙하겠다."

영원은 레이더로 OZ 221기의 위치를 확인한 다음 착륙을 준비하던 비행기에 착륙 허가가 취소되었음을 알렸다. 시간이 없었다. 그때 다시 무전이 들어왔다. 다른 비행기였다.

"Tower, Eastar 257, Emergency! Request landing."

또 다른 비상 상황 요청이었다. 영원은 잠깐 멍해졌다. 이스타 항공 257은 김포공항에서 들어오는 보잉 737기였다. 역시 착륙 순위에서 뒤로 밀려 있는 비행기였다. 영원은 낮지만 단호하게 말했다.

"Negative. Another plane is approaching. Report the situation first."

영원은 착륙 허가 대신 비상 상황 보고를 지시했다. 급해진 기장이 이번에는 한국어로 말했다.

"왼쪽 엔진을 잃었어요. 엄청나게 큰 우박이 떨어지는데 야구공보다 큽니다. 앞 유리에 금이 갔어요."

우박이 야구공보다 크다고? 영원은 즉시 기상 레이더를 확인했다. ZE 257이 위치한 곳에 돌풍 경보가 발효되어 있었다. 폭풍의 이동 방향이 수시로 바뀌었다.

"이스타 257, 지금 폭풍의 중심에 들어가 있어요. 빨리 빠져나오세요."

"노력 중입니다. 그런데 엔진 출력이 나지 않아서 힘들어요."

영원은 연료 부족 상태인 OZ 221기와 ZE 257의 고도와 위치를 비교했다. 곧장 착륙하면 두 비행기가 동시에 내려 충돌 가능성이 컸다. 어떻게든 시간차를 벌여야 한다. 착륙 프로그램에 두 항공기의 착륙을 입력하자 적색 경고등이 켜졌다. 충돌 경고였다. 두 비행기의 착륙 예상 시간이 불과 5초도 차이 나지 않았다. 어떻게 이런 일이 일어날 수 있지? 그때 다시 ZE 257에서 무전이 들어왔다.

"타워, 나머지 엔진까지 잃었어요. 방법이 없습니다. 곧장 착륙하겠습니다."

기장의 목소리는 긴박했다. 착륙 허가가 떨어지지 않아도 착륙하겠다는 태세였다. 보잉 737기의 엔진은 두 개니 모든 엔진을 잃은 것이었다. 기장의 말대로 무조건 착륙해야 했다. 그러나 두 대가 동시에 착륙하는 건 너무 위험했다. 접근 관제소에서도 상황이 접수되었는지 비상 전화가 왔다.

"야! 미쳤어? 착륙 시간이 같은 두 비행기가 동시에 내려온다는 게 말이 돼. 빨리 착륙 취소시켜!"

영원은 선배 관제사의 말을 들으며 상황을 정리했다. 선배 관제사 역시 흥분해 있었다. 두 비행기는 착륙을 시도하는 게 아니라 추락하는 것과 마찬가지였다. 무슨 수를 동원해도 두 비행기는 지상으로 떨어질 것이었다.

"충돌하면 어떻게 되는지 알고 있어!"

영원은 정신을 집중했다. 뭔가 방법을 찾을 수 있을 것 같았다. 두 비행기는 엔진이 꺼진 채 비행하고 있었다. 결정이 늦어지면 비행기는 어쩔 수 없이 추락하게 된다. 그때 접근 관제소의 선배가 새로운 해결책을 제시했다.

"방법이 없다. 작은 비행기를 바다로 유도하자. 747 화물기도 무사히 착륙했어. 소방차와 구급 대원을 대기시켜 놓고 승객들을 구출하도록 하자."

영원은 깜짝 놀랐다.

"안 돼요, 너무 위험해요. 257편에는 112명의 승객이 타고 있어요. 화물기는 조종사들만 구출하면 됐지만, 이 경우는 달라요. 백 명이 넘는 인원을 어두운 바다에서 모두 구출할 수는 없어요. 분명히 희생자가 나올 거예요. 지금 파도가 얼마나 높은지 선배님도 아시잖아요."

"알아. 하지만 747기에는 500명 넘는 승객이 탑승하고 있어. 충돌하면 600명 이상의 사상자가 발생한다고. 바다에 빠지면 전부는 아니라도 승객을 구출해 낼 수 있어. 게다가 활주로에서 사고가 나면 착륙을 기다리며 선회하는 비행기들은 전부 어떡할 거야!"

'승객이 많은 비행기를 위해 승객이 적은 비행기가 위험을 감수한다.' 언뜻 들으면 합리적이고 도덕적인 선택으로 여겨지지만, 개인의 문제로 돌아가면 있을 수 없는 일이었다. 누구에게도 그런 희생을 강요할 수 없었다. 영원은 결정을 내렸다.

"아시아나 747기는 주 활주로로 유도하고 이스타 737기는 보조 활주로로 유도하겠어요."

"그게 무슨 소리야! 컴퓨터에 착륙 시간이 똑같다고 경고등이 들어온 거 안 보여?"

"컴퓨터가 틀릴 수도 있어요. 제 계산이 정확하다면 충돌을 피할 수 있어요."

"뭐? 너 지금 제정신이야!"

"믿어 주세요. 할 수 있어요."

공항에는 계절풍에 대비해 교차 활주로가 있었다. 주 활주로는 동서 방향이고 보조 활주로는 남북 방향이었다. 이스타 737기의 기수를 틀어서 보조 활주로로 유도하면 시간을 조금 더 벌 수 있었다.

"지금 이 상황에서 도박을 하자는 거야!"

접근 관제사의 목소리가 점점 커졌다. 영원은 입술을 살짝 깨문 다음 말했다.

"타워 관제사는 저예요. 모든 책임은 제가 지겠어요. 승객을 실은 비행기를 폭풍이 치는 바다로 빠트릴 수는 없어요."

선배 관제사는 할 말을 잃었는지 한동안 말을 하지 않았다. 침묵이 흘렀다. 곧 다른 목소리가 흘러나왔다. 관제 업무를 통괄하는 관제소장이었다. 긴급 상황이라 소장은 접근 관제소에서 사태를 관찰하고 있었다. 그는 진중하고 책임감이 강한 사람이었다. 잠시 후, 무거운 톤의 목소리가 들려왔다.

"정말, 자신 있는 거지?"

"네, 믿어 주세요."

그렇게 대답하고 영원은 벽에 걸린 전자시계를 바라봤다. 시간이 없었다.

"좋아, 자넬 믿겠네."

그 상황에서도 두 비행기는 공항을 향해 다가오고 있었다. 결정을 내렸다. 영원은 전화를 끊고 엔진 모두를 잃은 보잉 737기에 무전을 보냈다.

"ZE 257. Clear to land, Runway 13. Watch out Crosswind."

영원이 보잉 737기에 착륙 허가를 내렸다.

"Clear to land! 그런데 13번 활주로라고요? 6번 활주로가 아니고요?"

"6번 활주로에는 지금 OZ 221기가 비상 착륙하고 있어요. 기수를 돌리세요. 시간이 없어요."

젊은 기장은 영원의 목소리에서 긴급한 상황을 읽어 냈다. 교차 활주로로 두 대의 비행기가 동시에 착륙하는 것이다. 충돌 위험을 감수한 결정이라는 걸 느낄 수 있었다.

"절 믿으세요. 절대 충돌하지 않아요."

기장을 안정시키려고 그렇게 말했지만, 영원은 심장이 터질 것 같았다. 흥분해서는 안 된다. 영원은 자신을 달랬다. 그 순간 타워에 오르기 전 희미하게 본 장면이 떠올랐다. 두 대의 비행기가 교차 활주로에서 충돌하는 장면이었다. B747기가 B737을 덮쳐 B737의 연료 탱크가 폭발해 거대한 화염이 타올랐다. 아직 일어나지 않은 미래의 사고 장면이었다. 영원은 불안했다. 언제부터인가 미래가 보이기 시작했다. 믿을 수 없는 일이었기에 그녀는 무시했다. 이전에는 희미한 형상의, 의미가 불분명한 추상화 같은 그림이어서 무엇을 본 것인지 확신할 수 없었다. 그러나 이제 상황이 달라졌다. 스크린의 영상을 바라보듯 구체적인 미래가 펼쳐졌다. 바다로 날아간 B747 화물기의 모습을 자동차에 앉아서 보았고, 그 장면 그대로 현실에서 한 치의 오차도 없이 실현되었다. 차가운 비를 맞으며 두 눈으로 바다에 빠진 항공기를 보았다. 이번에도 그럴 가능성이 컸다. 그렇다면 선배의 조언대로 피해 가는 길을 찾아야 옳을지도 모른다. 그런데도 이상하게 마음은 다른 길을 향해 있었다. 게다가 뇌는 이상하리만큼 냉정하게 반응했다.

어둠 속에서 항공기 불빛이 보였다. 활주로에는 여전히 비가 내리고 있었다. 가시거리가 턱없이 짧았다. 계기 자동 착륙 장치가 작동하지 않는 지금 상황에서는 조종사에게 모든 걸 맡겨야 한다. 영원은 정신을 집중해 조종실의 상황을 보려고 애썼다. 기장과 부기장의 모습이 선명하게 보이던 이전과 달리 아무것도 보이지 않았다. 뭔가 뒤죽박죽 상황이었다. 그러나 지금은 그걸 따질 때가 아니었다. 서쪽에서 주 활주로로 활강하기 시작한 B747기가 눈에 들어오는 동시에 남쪽에서 항공기 바퀴를 내린 채 다가오는 B737기의 모습이 보였다. 두 비행기의 착륙 예정 시간은 컴퓨터가 계산한 그대로였다. 이대로 착륙이 진행되면 교차점에서 충돌한다. 두 대의 비행기가 중력과 가속도 법칙에 따라 추락하고 있었다. 물리법칙을 벗어날 수단이 현재로서는 아무것도 없었다. 손에 땀이 고이고 머리가 쭈뼛쭈뼛해졌다. 영원은 조종사들이 관제 유도등을 제대로 보았기를 바랐다. 공항의 모든 조명탑이 켜졌지만, 거센 비바람이 몰아치는 밤하늘을 밝히기에는 역부족이었다.

그때 서쪽 하늘 끝에서 낙뢰가 치면서 거대한 B747기의 기체가 훤히 모습을 드러냈다. 옆바람 탓인지 날개가 평행을 유지하지 못하고 있었다. 바람의 방향이 그사이 변해 있었다. 충돌이 문제가 아니라 활주로에 안착하는 것이 우선이었다. 쿵. 둔중한 기체가 내려앉았다. 기체가 흔들리며 미끄럼을 타듯 활주로로 미끄러졌다. 고개를 돌려 남쪽 하늘을 바라봤다. 남북 활주로는 관제탑에서 가까워 항공기 모습을 더 자세히 볼 수 있었다. 엔진을 잃은 B737기가 내리박듯 활주로로 파고들었다. 젊은 기장의 얼어붙은 얼굴이 손에 잡힐 듯 선했다. 남쪽에서 불어오는 바람이 항공기를 집어삼킬 듯 덤벼들었다. 랜딩 기어가 활주로에 닿았다. 숨을 제대로 쉴 수 없었다. 그때 B747에서 무전이 들어왔다.

"타워, 13번 활주로에 다른 항공기가 있다. 충돌 직전이다! 속도가 줄지 않는다."

영원은 아무 말도 할 수 없었다. 시속 200킬로미터 속도의 항공기가 십자 형태의 교차 지점을 향해 달리고 있었다. 활주로가 미끄러워서 함부로 제동을 걸지도 못했다. 길이가 짧은 활주로에 착륙한 B737

이 먼저 교차점으로 들어왔고 측면에서 B747기가 돌진해 왔다. 바람, 바람이다. 돌풍이 불어야 한다. 충돌 직전 B737기의 후미가 뒤틀렸다. 동시에 B747기가 B737기를 덮쳤다. 파편이 튀었다. 거센 폭우를 뚫고 B737기의 하얀 강판이 공중으로 치솟았다. 거대한 B747기에 가려 보이지 않던 B737기가 나타났다. B737기는 요동을 치며 미끄러지고 있었다. B747기 역시 동쪽 활주로 끝으로 빨려 들어갔다. 부서진 강판 파편은 B737기의 후미 날개였다. 영원은 숨을 죽인 채두 비행기를 바라볼 뿐이었다. '정지, 제발 멈춰!'

백현도는 기관총의 총구를 바닥으로 향한 채 멍하게 두 항공기가 충돌하는 장면을 지켜봤다. 10년 넘게 공항에서 일했지만 이런 장면은 처음이었다. 그 순간만큼은 자신이 무엇을 하는지 잊어버렸다. 폭우가 쏟아지는 활주로에 온 신경이 쏠렸다. 두 비행기의 속도가 줄었고, 마침내 B737기가 활주로 끝에서 기체가 옆으로 틀어진 채 멈춰섰다. 후미 날개가 B747기의 날개에 부딪혔지만 전복되지는 않았다. B747 역시 동쪽 활주로 끝에서 멈췄다. 성공이었다. 소방차와 구급차가 두 비행기를 향해 달려갔다. 백현도는 영원을 응시했다. 평소 차분하다고 생각해 왔지만 오늘 모습은 기대 이상이었다. 이십 대 젊은 여성의 결정이라고는 믿을 수 없을 만큼 냉철했다. 그녀가 아니었더라면 100여 명의 승객과 함께 B737기는 검은 파도 위에 비상 착륙했을 것이다. 젊은 여자 관제사는 기쁨의 표정을 잠깐 지었을 뿐, 이내 자리로 돌아가 앉았다. 착륙 허가를 기다리는 수십 대의 비행기가 섬 주위를 선회하고 있음을 알려 주는 점들이 레이더망에서 깜빡였다. 그러잖아도 촉박한 시간에 동력을 잃은 두 비행기를 활주로에서 끌어낼 시간이 더해지면서 착륙 예정 시간은 좀 더 뒤로 밀렸다. 긴장을 늦출 때가 아니었다.

백현도는 차갑게 식은 총열을 맨손으로 만졌다. 그러고는 바닥에 쓰러진 문동수의 시체를 내려다봤다. 놈은 이제 죽었다. 도대체 무엇을 기다리는 걸까? 백현도는 서정연이 나타나지 않으리라는 걸 직감했다. 그는 의자에 앉아 무전기를 들었다. 경찰에게 아내의 행방을 물었다. 경찰의 다급한 목소리가 무전기 스피커를 통해 들려왔다.

"지금 이곳으로 오고 있다. 잠시만 기다려라."

백현도의 계획은 단순했다. 문동수를 죽인 뒤, 그 장면을 아내에게 보여 주고 싶었다. 배신의 대가가 얼마나 큰지 보여 줄 작정이었다. 하지만 이제 모든 것이 무의미해졌다. 상상 속의 살인과 실제로 한 인간을 죽이는 것은 엄청난 차이가 있었다. 문동수의 시체에서 나오는 피 냄새는 그가 기대했던 것처럼 달콤하지 않았다. 역겹고 메스꺼운 현실이 사방을 포위할 뿐이었다.

영원이 착륙 비행기를 관제하는 동안 마침내 경찰에게서 연락이 왔다. 아내 서정연이 도착했다는 소식이었다. 그러나 경찰의 목소리는 어두웠다. 서정연은 경찰의 질긴 설득에도 차에서 내리길 거부했다. 현 사태와 관련된 모든 걸 부정했고 끝내 격렬한 히스테리를 부렸다. 눈물과 콧물로 뒤범벅된 채 비명과 신음을 내질렀다. 현장에서 그녀를 진찰한 정신과 의사는 고개를 저었다. 의사는 지금 상태에서 서정연이 테러범과 연결되면 오히려 테러범을 자극할 위험이 크다는 판단을 내렸다. 고민 끝에 경찰은 백현도에게 모든 사실을 솔직하게 털어놓았다. 인질 수사 전담관이 상황을 노련하게 설명했다.

백현도는 뜻밖에도 모든 사실을 담담하게 받아들였다. 잦아드는 돌풍처럼 그의 심장은 식어 갔다. 무전기를 내려놓은 백현도는 관제탑의 창을 통해 폭우가 내리는 어두운 하늘을 올려다봤다. 눈물이 흐르려 하자 그는 고개를 세차게 흔들었다. 그는 영원에게 다가가 기관총을 책상 위에 내려놓고 허리춤에 차고 있던 권총을 꺼내 장전했다.

"이봐, 나다Nada가 뭔지 알아?"

영원은 모니터에서 눈을 떼고 백현도를 올려다보았다. 남자의 길고 검은 얼굴이 일그러져 있었다.

"영어로 Nothing을 뜻하는 스페인어야. 나다는 희망을 잃어버린 공허감을 나타내기도 하지만, '잠을 자고 싶은 욕망'을 나타내는 말이기도 해. 난 언제나 잠을 자고 싶었어."

영원은 남자의 얼굴에서 죽음을 보았다. 백현도는 천천히 자신이 있던 자리로 돌아갔다. 큰 키의 사내는 비틀거리며 주변을 살폈다. 기관총은 책상에 있었고 그의 긴 팔에는 검은 권총이 매달려 있었다.

"아직 끝난 게 아니에요."

영원은 자신도 모르게 백현도에게 말했다. 남자의 얼굴에 냉소가 어리더니 이내 사라졌다. 백현도는 입을 벌리고 권총을 집어넣었다. 영원은 반사적으로 고개를 돌렸다. 둔탁한 총소리가 터졌다. 눈을 감았다. 백현도의 마지막 말이 떠올랐다. 나다, 무슨 뜻일까? 눈을 뜨자 영원 앞에 검은 하늘이 끝없이 펼쳐졌다.

9

위제는 아파트 공용 피트니스 센터에서 몸을 풀었다. 스트레칭을 하고 가볍게 조깅을 한 다음 역기를 들었다. 보통 사람들은 엄두도 못 낼 무거운 바벨을 그는 거뜬하게 들어 올렸다. 근육이 찢어지지 않는 것이 이상할 정도였다. 샌드백을 때리면 공기를 가르는 요란한 파열음이 날카롭게 울렸다. 체육관에서 나와 아파트로 돌아온 위제는 샤워를 한 뒤, 주방으로 들어가 식탁에 자리를 잡고 앉았다. 눈이 내리는 바깥 기온과 달리 주방은 한여름처럼 뜨거웠다. 반팔 티셔츠와 핫팬츠를 입은 왕할쯔와 쉬징레이가 사이좋게 저녁을 준비하고 있었다.

"마작 한 판 어때요?"

붉은 장미를 수놓은 앞치마를 두른 왕할쯔가 긴 나무젓가락을 들고서 말했다.

"아직 식사 전인데?"

"어때요. 어차피 오늘 저녁은 닭튀김인데 맥주나 마시면서 대충 해결해요."

왕할쯔는 쉬징레이의 눈치를 살폈다. 요즘 들어 말수가 부쩍 준 쉬징레이가 신경 쓰였다. 위제는 묵묵히 고개를 끄덕였고 쉬징레이는 표정 변화 없이 청경채를 볶았다. 왕할쯔는 일본인 타격 작전에 동행하지 못한 게 못내 아쉬웠다. 군대에서 훈련을 받았다지만, 쉬징레이는 아직 어린 소녀티를 벗지 못했다. 위제가 휘두르는 폭력에 충격을 받았을 것이다.

닭튀김과 청경채 볶음, 쌀밥이 전부인 단출한 식사가 차려졌다. 무거운 식탁 분위기를 끌어 올리려고 왕할쯔가 이런저런 이야기를 하며 대화를 유도했다. 그러나 두 사람은 가벼운 반응만 보일 뿐 묵묵히 식사에 열중했다. 왕할쯔는 포기하고 맥주를 마셨다.

식사가 끝나고 세 사람은 각자 방으로 돌아갔다. 왕할쯔는 위성 TV로 중국 방송을 봤고 위제는 왕할쯔가 중국에서 가져온 왕멍의 소설을 읽었다. 쉬징레이는 언제나처럼 음악을 들었다. 마작 게임은 없었다. 그렇게 두 시간 정도 보낸 뒤 세 사람은 다시 거실에 모였다. 왕할쯔가 맥주와 딸기를 가져왔다. 왕할쯔는 마치 한증막 사우나에서 나온 사람처럼 맥주를 벌컥벌컥 마셨다. 가슴 밑바닥에서 열기가 부글부글 끓어오르는 것 같았다.

"이거 마시고 우리 나이트클럽이나 갈까?"

왕할쯔의 말에 위제와 쉬징레이는 동시에 그녀를 바라봤다.

"뭐가 어때서?"

왕할쯔의 반문에 두 사람은 약속이나 한 듯 그녀를 무시했다. 위제는 손에 들고 있던 책으로 시선을 옮겼고 쉬징레이는 텔레비전 채널을 돌렸다. 왕할쯔는 가벼운 한숨을 내쉬고는 새 맥주병을 땄다.

왕할쯔는 커튼을 치지 않은 거실 창밖을 바라봤다. 초저녁부터 내리던 함박눈이 아직도 그치지 않고 있었다. 이런 밤에는 꼼짝하지 않는 편이 나을지도 모른다. 텔레비전에 시선이 꽂혀 있던 쉬징레이가 갑자기 자세를 바로잡았다. 얼굴에 긴장한 표정이 역력했다. 쉬징레이의 손끝이 떨렸다. 왕할쯔의 시선이 반사적으로 텔레비전으로 향했다. 위제도 상황을 파악한 듯 책에서 시선을 거두고 TV를 향했다. 한국 방송이어서 두 사람은 사태를 정확하게 파악하기 어려웠지만 어지럽게 변하는 장면만으로도 정황을 대충 이해했다. 긴급 뉴스 속보로, 폭우가 쏟아지는 공항이 주배경이었다. 노란색 비옷을 걸친 젊은 여기자가 무장한 경찰 바리케이드 앞에서 상황을 전달했다. 쉴 새 없이 쏟아지는 한국말에서 왕할쯔는 '테러'라는 단어를 들었다. 카메라의 초점은 고공 관제 타워에 맞춰져 있고 때때로 활주로에 착륙한 항공기의 모습도 클로즈업됐다. 화면 상단에는 한 남자의 사진과 젊은 여자의 사진이 차례로 등장했다. 숨죽인 채 왕할쯔는 쉬징레이의 얼굴을 주시했다. 마침내 쉬징레이의 입술이 열렸다.

"중화의 꽃이 나타났어요."

연구소로 가는 길에 지수는 마트에 들렀다. 과일과 냉동 식품, 음료수가 전부지만, 트렁크 가득 식료품을 싣자 우울했던 마음이 조금은 걷혔다. 사무실에 도착했을 때 신혜원과 김 관장은 소파에 마주 앉아 짜장면을 먹고 있었다. 이방우 소장의 모습은 보이지 않았다. 아직 명상 센터에 있다고 신혜원이 말했다. 지수는 냉장고에 식료품을 채우고 밖으로 나왔다. 빈 개집이 눈에 띄었다. 살아 있을 때는 존재감이 없던 개가 죽고 나서는 자신의 부재를 명확하게 전달했다. 죽음은 끝이 아닐 수도 있다는 생각이 들었다. 지수는 먼지를 털듯 상념을 털어 내고 명상 센터로 향했다. 서쪽 하늘로 잿빛 구름이 모여들고 있었다. 잔뜩 찌푸린 날씨만큼이나 그의 마음도 무거웠다.

점심때라 회원들의 모습은 보이지 않았다. 소장은 복도에 일렬로 세워 둔 화분에 물을 주고 있었다. 지수가 인사를 하자 고개를 끄덕이며 미소를 지었다. 두 사람은 사무실로 들어갔다. 지수가 커피포트에 물을 올리고 농축액 인삼차를 준비했다. 두 사람은 차와 함께 도넛을 나눠 먹었다. 소장은 당뇨 때문에 단것만 보면 겁난다면서도 도넛을 손에서 놓지 않았다. 허기가 가셨는지 소장의 눈빛이 생기를 띠었다.

"자, 이제 이야기를 해보자고. 뭔가 새로운 사실이 드러났나?"

지수는 잠깐 생각을 정리한 다음 말했다.

"회사에서는 사건을 공개적으로 처리하는 데 부담스러워하고 있습니다. 총력전을 펼치고 있지만, 아직 가시적인 정보는 나오지 않았습니다."

"정보기관이라는 조직이 원래 그런 것 아닌가? 모든 사람의 눈에 보인다면 특별한 정보라고 할 수도 없지."

"그건 저도 이해합니다만, 한계라고 할까? 아무튼 벽에 막혀서 꼼짝 못하고 있습니다. 일본 대사관과의 공조 수사는 물 건너갔고, 진리평화회에 대한 수사도 지지부진합니다."

"조급해서 이로울 건 없네. 좀 더 느긋하게 생각할 필요가 있어."

지수는 인삼차로 목을 축이고 나서 말을 이었다.

"조사실에서 분석 자료가 올라왔는데 흥미로운 단서가 나왔습니다. 김평남의 장례식에 참석한 조문객 명단에 서울지부 진평회 총책의 이름이 있었습니다."

"김평남?"

"네, 일본 제일무역회사 계좌에서 김평남의 계좌로 상당한 액수의 돈이 송금되었다는 사실은 지난번에 말씀드렸죠?"

소장은 기억을 상기하며 고개를 끄덕였다.

"물론 교단의 간부가 장례식에 조문을 왔다는 사실만으로 김평남과 진평회의 특별한 관계를 단정 짓기는 어렵습니다. 김평남의 장례식에 참석한 종교계 인사가 의외로 많았거든요. 기독교와 불교계에서도 조문했고, 보수 성향의 종교 단체는 대부분 참석했습니다. 진평회는 특히 우익 보수 진영에 직간접적으로 후원하는 단체라 김평남의 장례식에 조문한 것은 당연해 보이기도 합니다."

"그런데도 뭔가 마음에 걸린다?"

"네. 정확히 설명할 수는 없지만, 그렇습니다."

"아이들이 돌을 본 곳이 박물관이고, 박물관의 운영 주체가 진평회인데, 진평회는 죽은 김평남과 연결되어 있고, 김평남은 또 일본인 야쿠자에게 돈을 받았다? 뭔가 연결 고리가 있어."

지수는 소장의 말을 정리하며 머릿속으로 간단한 도표를 그렸다. 어쩌면 생각만큼 복잡한 사건이 아닐 수도 있었다.

"진평회를 직접 수사하지 않고서는 어렵겠어."

"네."

지수가 다소 맥 빠진 목소리로 대답했다.

"국정원은 종교 단체에 대한 수사를 부담스러워하고 있을 거야."

"수사를 진행할 근거가 없거든요. 박물관에서 찍은 사진 한 장으로 수사를 밀어붙일 수는 없죠."

"어려운 이야기야."

소장의 맞장구에 지수는 한숨이 나오려는 걸 참았다.

"돌의 수수께끼를 풀어야 뭔가 제대로 보이지 않을까?"

"지금으로서는 그 방법이 제일 좋은데, 어디서부터 시작해야 할지 모르겠습니다. 전무님에게 돌의 존재를 알리는 건 현재로서 어렵습니다. 혼자서 빛을 내고, 사진을 찍으면 사라져 버리는 돌을 찾는다고 말하면 절 죽이려 들지도 모릅니다."

지수를 바라보는 소장의 입가에 미소가 어렸다.

"최 전무가 무서운가?"

"흰 스푼의 존재를 부정하는 사람은 믿기 어려운 일입니다."

그렇게 말하고 지수는 이내 후회했다. 농담을 하며 여유를 부릴 때가 아니었다. 소장은 태연한 척 헛기침을 했다. 소장이 자연스럽게 화제를 돌렸다.

"내가 따로 조사를 해봤는데, 혹시 84001이라는 돌에 대해 들어본 적 있나?"

84001? 지수는 미간을 좁혔다.

"돌 이름이 84001인가요?"

"정식 명칭은 앨런 힐스 84001이야. 남극 대륙의 앨런 힐스Allan Hills라는 곳에서 발견된 운석인데, 화성에서 온 거야. 1985년엔가 나사가 채집했다더군."

"운석이라는 말씀이시죠?"

"맞아. 자네 덕분에 나도 새로운 사실을 많이 알게 됐어. 우주에서 지구로 들어오는 먼지나 유성이 1년에 300톤 이상이나 된다고 해. 자네가 이전에 말한 달에서 직접 가져왔다는 돌과는 좀 다르지?"

지수는 제임스 어윈이 달에서 가져온 백색 돌을 머릿속으로 떠올렸다.

"네. 창세기의 돌은 엄밀히 말해 운석이 아닙니다. 우주 비행사가 가져온 돌이니까요."

"음, 나는 박물관의 돌이 운석일 가능성이 크다고 생각해. 최면 상태였지만, 은영이 '우주에서 온 돌'이라고 증언했으니까 일단 믿고 보는 거야."

'운석은 자체적으로 빛을 내지 않는다'라고 말하려다 지수는 그만두었다.

"84001이라는 돌이 유명해진 건 클린턴 대통령이 언급했기 때문이야."

"클린턴이요?"

"기자 회견에서 그 운석이 화성에 원시 생명체가 존재했다는 증거물이 될 것이라고 말했다더군."

"그런 일이 있었나요?"

"나나 자네나 자연 과학에 대해서는 무지하니까. 아무튼 검은 돌의 미스터리를 푸는 데 힌트가 될 수도 있다고 생각하네. 관심 있으면 조사해 보는 것도 나쁘지 않을 거야."

"네, 알겠습니다."

"그런데 암석에 유기물의 흔적이 남아 있다는 건 매우 놀라운 사실이야. 반론이 많기는 하지만."

유기물? 지수는 왠지 그 단어에 이끌렸다. 유기물은 생명을 의미한다. 그렇다면 돌이 빛을 내고 카메라 앞에서 사라지는 것도 가능해진다. 사진 찍기 싫어하는 강아지처럼.

"1년에 300톤 이상의 암석이 지구로 들어온다는 사실도 주목하면 괜찮을 거야. 우주에서 들어오는 물질이라면 현대 과학이 정해 놓은 한계를 뛰어넘는 비범한 능력을 지녀도 이상할 것 없지 않겠나?"

"돌 색깔이 어떻게 되죠?"

"아쉽게도 검은색은 아니었어. 아마 초록색이라지?"

그렇게 말하고 소장은 의미가 불분명한 미소를 지었다. 지수는 무의식적으로 머그잔을 집었다. 이야기하는 동안 차를 다 마셔 컵은 비어 있었다. 탁자 위에 머그잔을 내려놓았다. 지수는 흐트러지려는 마음을 다독였다. 속마음을 읽었는지 소장은 잠자코 지수가 입을 열기를 기다렸다. 지수는 소장의 뒤편 책장에 놓인 작은 사진 액자를 바라봤다. 연구소 사무실에도 똑같은 사진이 있었다. 이제껏 무심코 지나쳤는데 오늘따라 유독 눈길을 끌었다. 소장의 아내와 딸이 사이좋게 자세를 취한 가족사진이었다. 대나무밭을 배경으로, 간편한 나들이 옷차림의 모녀가 웃고 있었다. 언뜻 보면 행복해 보이는 모습이었다. 소장이 카메라를 들고 직접 찍은 사진일까? 그렇지 않은 것 같았다. 두 사람이 서 있는 공간에 이방우 소장의 부재가 뚜렷이 드러났다. 환한 미소와 별개의, 왠지 모르게 서늘하고 처연한 느낌이었다. 지수는 자신의 예감이 틀리기를 바랐다.

"지금 하는 이야기는 소장님과 직접적으로 관련 있습니다."

결정을 내린 지수가 말했다. 소장은 호기심 어린 표정으로 지수를 응시했다.

"아직 확정된 것은 아무것도 없습니다. 사실 확인 단계지만 소장님께 먼저 알려 드리는 게 도리일 것 같아서요. 은영이와 현서의 진술을 근거로 당시 중앙여고 전체 교사들에 대한 조사를 벌였습니다."

소장은 영문을 모르겠다는 표정을 지었다.

"일본인이 가진 사진 속에는 여덟 명의 학생들만 보이지만, 사진을 찍어 준 사람은 수학여행 인솔 교사 중 한 명이었습니다. 아이들이 돌이 빛을 내는 모습을 봤다면 사진을 찍어 준 교사도 그 일을 기억하고 있을 것으로 생각했습니다."

소장은 긍정의 의미로 고개를 끄덕였다.

"현서가 그 교사를 기억하고 있어서 찾는 데 힘들지 않았습니다. 그해 처음으로 부임한 영어 교사였습니다."

그렇게 말하고 지수는 소장의 표정 변화를 살폈다.

"그래서? 뭔가 귀중한 정보라도 찾아냈나?"

소장은 모르는 게 틀림없었다. 지수는 짧게 숨을 마시고 말을 이었다.

"교사의 이름이 이영원입니다."

지수는 허리를 꼿꼿이 펴고 소장을 바라보았다. 소장의 얼굴이 기묘하게 일그러졌다가 펴졌다. 그러고는 멋쩍은 웃음을 지으며 말했다.

"왜 우리 딸아이 이름이 거기서 나오지? 동명이인인가?"

"아닙니다, 소장님 따님이 맞습니다. 제가 확인했습니다."

지수는 뜸들이지 않고 말했다. 충격을 완화하려는 의도였다.

"가족 관계 증명서에서 소장님의 이름을 확인했습니다. 소장님의 따님이 분명합니다."

소장의 얼굴이 급격하게 어두워졌다.

"전혀 모르고 계셨나요?"

"영원이가 사범대를 나온 건 맞아. 하지만 어느 학교로 갔는지는 듣지 못했네."

애써 침착하려는 모습이 역력했다.

"연락이 완전히 끊긴 상태인가요?"

지수의 질문에 소장은 답하지 않았다. 이제야 소장은 사태를 인식한 것 같았다. 목소리가 확연히 떨렸다.

"지난번에 술자리에서 대충 이야기했던 것 같은데, 아들이 죽고 나서 우리 가족은 뿔뿔이 흩어졌네. 그때 영원이는 고등학생이었어. 충격이 컸을 거야. 날 원망했고 끝내 용서하지 않았지. 집사람 상태는 더 심각했어. 병원에서 요양을 권할 정도였으니까. 퇴원하고는 딸과 함께 친정으로 가버렸지. 그때 나는 강원도의 전방 사단에서 근무하고 있어서, 어떻게 해볼 도리가 없었네."

헝클어진 퍼즐이 대충 맞춰졌다. 은퇴하고 나서도 소장이 혼자 생활하는 이유이기도 했다. 그러나 지금 중요한 것은 소장의 개인적인 감정이 아니었다. 지수가 알고 싶은 것은 소장의 딸이 이 사건과 얼마나 관련 있는지였다.

"지금까지 조사한 바로는 소장님의 따님이 바로 그 현장에 있었습니다."

소장은 영문을 모르겠다는 표정을 지었다. 일본인이 쫓는 여자는 분명 사진 속의 여고생 중 한 명이었다. 현재 세 명의 여고생이 경찰의 보호를 받고 있었다.

"현재로서는 이영원 씨가 이번 사건과 어떤 관련을 맺고 있는지 확실치 않지만, 현장에 있던 교사 중 한 명이고 아이들과 달리 당시 성인이었기 때문에, 좀 더 구체적으로 기억할 가능성이 큽니다. 참고인으로 만나 볼 작정입니다."

소장의 눈동자가 커졌다. 지수는 머그잔을 들고 자리에서 일어나 개수대로 갔다. 커피포트에 물을 붓고 머그잔에 벌꿀을 담았다. 이방우에게 생각할 시간을 주고 싶었다. 동시성의 신비를 알려 준 이가 바로 소장이었다. 그러나 막상 동시성의 기적이 눈앞에서 일어나면 제아무리 소장이라도 받아들이기 어려울 거라고 지수는 생각했다. 지수는 머그잔을 채워 자리로 돌아갔다. 소장은 팔짱을 낀 채 생각에 잠겨 있었다.

"일본인이 영원이를 쫓고 있는 건가?"

"지금으로서는 아무것도 확실하지 않습니다. 사진 속에 들어 있지 않기 때문에 남은 세 명의 여학생보다 가능성이 적다고 봐야겠죠. 일본인이 이영원 씨를 목표로 정한 것 같지는 않습니다. 따님이 무사한 걸 확인했습니다."

"지금 어디에 있나? 아직 중앙여고에 있는 거야?"

"공항에서 관제사로 일하고 있습니다. 교사 생활은 일 년 만에 그만뒀습니다."

소장의 얼굴이 붉게 달아올랐다. 지수를 통해 딸의 소식을 듣게 되리라고는 생각지도 못했을 것이다.

"관제사라는 게 뭔가?"

"관제탑에서 항공기의 이착륙을 관리하고 통제하는 일입니다. 저도 그쪽 일에 대해서는 아는 바가 별로 없습니다. 왜 교사를 그만두고 관제사로 직업을 바꿨는지도 모릅니다. 소장님이 영원 씨와 연락이 닿으면 곧 알게 되겠죠."

소장의 얼굴에 안절부절못하는 기색이 역력했다.

"불편하시면 제가 전적으로 알아서 처리하겠습니다. 소장님과의 관계를 비밀로 할 수도 있고요."

소장은 지수의 의도를 파악하고는 천천히 말했다.

"고맙네."

소장은 손바닥으로 이마를 짚었다.

"언제 만날 생각인가?"

"내일 첫 비행기를 탈 생각입니다."

그때 노크 소리가 났다. 지수가 손목시계로 시간을 확인했다. 오후 명상이 시작되는 시간이었다. 회원들이 부산하게 움직이는 소리가 얇은 나무 벽을 통해 들려왔다.

"힘드시면 오늘 수업은 모두 연기하도록 하죠."

소장은 지수의 제안을 가볍게 거절했다.

"괜찮아. 이런 일로 수업을 미룰 수는 없지."

그러나 소장의 얼굴은 좀처럼 펴지지 않았다. 자리에서 일어나지도 않았다.

"수업이 끝나고 좀 더 이야기를 나눌 수 있을까?"

"네, 알겠습니다. 저는 도장에 있겠습니다."

김 관장이 반갑게 지수를 맞았다. 김 관장은 도복 차림으로 소파에 누워 오수를 즐기던 중이었다. 그는 손바닥으로 반질반질한 대머리를 매만지며 눈을 찡긋했다. 지수는 정성 들여 몸을 풀었다. 그동안 사무실에 틀어박혀 자료를 조사하느라 몸이 많이 굳어 있었다. 스트레칭하는 동안 김 관장은 목도를 들고 천천히 벽을 따라 돌았다. 평소에는 친절하고 다정한 그가 수련에 들어가면 누구보다 엄한 스승으로 변했다. 요령을 피우거나 잔꾀를 부릴 수 없었다. 자세가 흐트러지면 어김없이 목도가 날아왔다. 그동안 화랑도를 비롯한 각종 고대 무술을 단기간에 습득했는데도 김 관장은 만족하지 않았다. 타격의 파괴력이 약하고 정신을 집중하지 않는다며 몰아붙였다. 그는 화려한 자세보다 간결하고 효과적인 공격을 선호했다. 약점이 드러나는 발차기 공격보다는 방어를 대비한 팔 공격의 이점을 반복해서 강조했다. 발은 오직 몸의 중심을 잡고 이동을 위해 사용할 것을 주문했다. 목표물에 최대한 접근해 짧게 끊어서 쳐야 한다. 주먹을 효과적으로 사용하려면 허리와 등을 유연하게 움직여야 하고 거리가 없는 상태에서는 주먹 대신 팔꿈치와 머리를 사용해 타격한다. 적의 눈과 관자놀이, 턱 등의 급소를 노려야 하고 타격할 때 주저하면 안 된다. 꺾기와 찌르기, 물어뜯기 같은 비주류 공격 수단을 양심의 가책 없이 언제든 사용해 상대를 무력화시켜야 한다. 김 관장은 직접 시연했다. 지수의 귀를 물어뜯었고 손가락으로 눈을 찔렀다. 목을 조를 때는 정신을 잃기 직전까지 팔을 놓지 않았다. 그럴 때마다 지수는 매트리스 위에서 뒹굴었다. 마침내 몸을 푼 지수가 정중앙에 자세를 잡고 섰다.

"오늘은 보호 장구를 착용하도록 해."

"네?"

"고통을 참는 법을 알려 주지."

한 시간의 수련을 마치고 지수는 바닥에 드러누워 숨을 헐떡거렸다. 허공을 가르는 목도의 날카로운 파열음이 아직도 귀에서 들리는 것 같았다. 얼굴과 몸은 땀으로 젖어 있었다. 힘들기는 목도를 휘두른 김 관장도 마찬가지였다. 그는 정수기 앞에서 벌컥벌컥 찬물을 들이마셨다. 보호대를 착용했어도 고통은 어김없이 살을 파고들었다.

지수는 바닥에서 일어나 부상 흔적을 확인했다. 보호대가 미치지 않은 허벅지와 옆구리의 살이 변색되어 있었다. 붉은 살은 곧 시퍼런 멍으로 변할 것이다. 지수는 한숨을 쉬었다.

김 관장이 지수를 내려다보며 입꼬리를 한껏 올리고 어릿광대처럼 미소를 지었다. 그는 처음 보는 쇠꼬챙이 서너 개를 바닥에 던지며 말했다.

"어떤가? 고통이 무엇인지 알게 됐나?"

"이렇게 심하게 할 것까지 있습니까? 고통이란 게 학습한다고 줄어드는 것도 아닌데."

지수가 투덜대며 말했다.

"정말 그렇게 생각하나? 나는 말이지, 고통이란 매운 음식을 먹는 것과 마찬가지라고 생각해. 처음엔 혀에 불이 나는 것 같아서 헉헉대지만, 점차 그 맛에 길들지. 한국인이라면 누구나 아는 사실이지만."

지수는 딴청을 부리며 대꾸하지 않았다. 대신 바닥에 놓인 쇠꼬챙이를 주시했다. 끝이 뾰족하고 날카로웠다. 꼬치구이 쇠꼬챙이처럼 생겼는데 더 굵고 길었다. 설마 저걸로 찌르는 건 아니겠지? 김 관장의 시선이 꼬챙이를 향했다.

"자네가 생각하는 게 맞아. 이걸로 살을 찌르는 거야. 물론 꼬치구이를 할 생각은 아니야."

그는 자신의 농담이 마음에 들었는지 웃었다.

"차력에는 별로 관심이 없습니다."

자신도 모르게 신경질적인 목소리가 나왔다. 김 관장은 도복을 손끝으로 후려친 뒤 땅바닥에 주저앉아 결가부좌를 하고 지수를 바라봤다.

"예전에 소장님의 소개로 이슬람 교인을 만난 적이 있어. 칠십이 넘은 노인인데, 현재 이태원의 한 이슬람 식당에서 양고기를 굽고 있지. 쭈글쭈글한 얼굴에 터번을 쓴 그 영감이 사용하던 거야."

지수는 꼬챙이 하나를 집어서 코에다 대고 냄새를 맡았다. 양고기 냄새가 나지는 않았지만, 기분 탓인지 이국적인 향신료 냄새가 나는 것 같기도 했다. 그 모습을 바라보며 김 관장이 껄껄 웃었다.

"그 노인네는 수피였어. 수피즘이라고 들어 봤어?"

"아뇨."

"정보 요원이라는 자식이 그렇게 상식이 부족해서 어떡할 거야. 하긴 한국인이 모슬렘을 아는 게 이상한 일이긴 하지. 아무튼 수피는 명상과 고행으로 진리를 체득하는 이슬람의 신비주의라고 보면 돼. 요즘 인기 있는 외국 작가 한 명이 수피라고 들었는데, 혹시 『연금술사』라는 소설 읽어 봤나?"

"파울로 코엘료 말인가요?"

"맞아. 그 작자도 수피라고 하더군. 수피들은 신도의 내면적 각성과 코란의 신비주의적 해석을 강조한다고 해. 금욕해야 하고 청빈과 명상을 중요하게 여기지. 어때, 아주 익숙한 이야기지?"

이곳은 '심령정신사연구소'가 운영하는 무술 도장이다. 신비주의가 낯설다는 이야기를 할 수 있는 공간이 아니었다.

"나야 종교에는 관심이 없어서 그 노인네를 만난 게 별로 즐겁지 않았어. 예수가 대표적인 수피라고 하는 대목에서는 나도 모르게 헛웃음을 지었지."

지수는 어깨를 가볍게 들썩였다. 종교에 대해 아는 게 없긴 마찬가지였다.

"그런데 그 노인네가 놀라운 행동을 보였어. 마침내 내 관심을 끌었단 말이야."

지수는 반사적으로 쇠꼬챙이를 내려다보면서 질문했다.

"이걸 살에다 찔렀나요?"

"맞아. 수피 의식에서 행해지는 체험의 일종이라고 하더군. 입을 벌려서 쇠꼬챙이를 양쪽 볼 사이로 관통시켰어. 옆구리에도 찔렀고 허벅다리에도 찔렀어. 피는 전혀 나지 않았지. 마치 마른 소가죽에다 꼬챙이를 꽂듯이 마구 찔러 대더군."

지수는 그 장면을 머릿속으로 떠올렸다. 할리우드의 텔레비전 프로그램에서 그런 쇼를 본 것 같기도 했다.

"고통스럽지 않느냐고 물으니 노인네가 웃으면서 고개를 저었어. 현장에서 보니까 기가 막혔어. 헤어질 때 노인네가 이 꼬챙이를 선물로 주더군."

김 관장은 꼬챙이를 흔들어 대며 말했다.

"그럼 지금 우리가 이 꼬챙이를 살에다 찌를 건가요?"

"물론이지."

지수는 웃지 않았다. 날카로운 쇠꼬챙이를 바라만 봐도 고통이 전해졌다.

"몇 번 실패를 거듭했지만 끝내 그 방법을 알아냈지. 노인네가 말하는 도취 상태나 황홀경 따위는 이해하지 못했지만, 고통을 잊는 방법을 찾아낸 거야. 나는 이걸 기氣라고 하네. 영어로는 에너지 포스라고 한다고 들었는데, 명칭이 중요한 게 아니야. 핵심은 그걸 체득했느냐지."

김 관장은 정좌하고 눈을 감았다. 명상에 들어간 것이다. 지수는 망설이다 자세를 바로잡고 명상 자세를 취했다. 명상 센터에서 늘 해 오던 일이라 어렵지 않았다. 잠시 후 김 관장이 지수를 깨웠다. 지수가 눈을 뜨자 김 관장은 한 손에 쇠꼬챙이를 들고 의미심장한 웃음을 지었다. 그는 천천히 도복 상의를 벗었다. 돌처럼 딱딱한 근육질의 몸이 드러났다. 쇠꼬챙이는 모두 네 개였다. 김 관장은 첫 번째 꼬챙이를 팔뚝에다 꽂았다. 숙련된 간호사가 주삿바늘을 꽂듯 단호했다. 그 모습을 지켜보며 지수는 눈살을 찌푸렸다. 살 속으로 밀려 들어간 꼬챙이는 반대편 살을 뚫고 나왔다. 그는 다른 꼬챙이를 집어서 이번에는 옆구리의 살에다 박았다. 피는 나지 않았다. 그가 묘사한 대로 꼬챙이는 마른 쇠가죽을 파고들듯 부드럽게 그의 살을 통과했다. 마지막으로 그는 입을 벌리고 양쪽 볼을 관통시키며 쇠꼬챙이를 꽂았다. 벌어진 입안으로 쇠꼬챙이의 길고 가느다란 몸통이 보였다. 대머리에 콧수염을 기른 그가 그런 모습을 하니 무척이나 기괴했다. 김 관장은 말 대신 고개를 끄덕이며 지수를 부추겼다. 아직 사용하지 않은 쇠꼬챙이 하나가 바닥에 놓여 있었다.

지수는 침을 삼키고 천천히 꼬챙이를 집어 들었다. 심장이 뛰었다. 좋지 않은 징조였다. 평상심을 유지하는 게 중요한데 처음부터 일이 꼬였다. 지수는 도복에서 한쪽 팔을 빼내 다른 손으로 쇠꼬챙이를 찔렀다. 눈을 감고 명상 상태로 돌아가려고 했다. 눈에 보이지 않는 에너지가 그의 몸을 감싸리라 믿어야 한다. 무엇보다 호흡이 중요했다. 오른손에 천천히 힘을 가했다. 아릿한 느낌이 들었다. 지수는 눈을 뜨고 자신의 왼쪽 팔뚝을 바라봤다. 기다란 쇠꼬챙이가 정확히 피부를 관통해서 꽂혔다. 피도 흐르지 않고 고통스럽지도 않았다. 조금 두꺼운 링거 바늘을 꽂은 듯 뻑뻑한 느낌이었다. 김 관장이 자신의 몸에서 꼬챙이를 모두 빼냈다. 그러고는 놀란 얼굴의 지수를 바라보며 말했다.

"소질이 없진 않군. 기를 제대로 모았어. 어때, 고통을 떨쳐 버린 기분이?"

지수는 눈을 크게 뜬 채 자신의 몸을 관통한 날카로운 쇠를 내려다보았다.

샤워를 끝내고 도장 사무실 소파에서 잠시 눈을 붙였다. 목도로 맞은 자국이 불에 덴 것처럼 아팠는데도 눈이 감겼다. 며칠 동안 관련 서류를 조사하느라 잠이 부족했다. 꿈도 꾸지 않고 깊은 잠에 빠져들었다.

두 시간 남짓 흘러 퇴근한 직장인들이 저녁 수업을 위해 도장으로 모여들면서 도장이 활기를 찾았다. 사내들이 내지르는 우렁찬 기합 소리에 지수는 눈을 떴다. 머리가 맑았고, 고통이 거짓말처럼 말끔히 사라졌다. 피멍이 들 것 같던 자국들을 살폈다. 붉은빛이 돌던 부위가 옅어졌다. 정상적으로 피가 도는 듯 손가락으로 눌러도 별 느낌이 없었다. 부상이 이렇게 빨리 치유되기는 처음이었다. 뭔가 변화가 일어났다. 지수는 소파에서 일어나 사무실을 나왔다. 김 관장은 팔짱을 끼고 어슬렁거리며 제자들에게 특공 무술을 지도하고 있었다. 지수는 가볍게 인사를 하고 도장을 나왔다.

바람이 생각보다 차가웠고 드문드문 눈발이 날렸다. 고개를 드니 낮게 가라앉은 먹구름이 보였다. 도장에 들어올 때만 해도 태양이 내리쬐는 맑은 날씨였는데, 그사이 날씨가 변해 있었다.

명상 수업이 끝난 뒤여서 센터는 한산했다. 소장은 연구소로 돌아가지 않고 센터에서 지수를 기다리고 있었다. 소장의 얼굴에 불안한 기색이 역력했다. 예기치 않은 곳에서 딸의 이름이 나와 당황했을 것이다. 이런 상태로 어떻게 명상을 지도했을까? 지수가 소파에 앉자 소장은 창을 통해 하늘을 올려다봤다. 눈발이 점점 굵어졌다. 소장은 꼼짝하지 않았다. 지수는 소장이 먼저 입을 열기를 묵묵히 기다렸다. 테이블 위에 못 보던 DVD 케이스가 놓여 있었다. 얇은 플라스틱 상자를 들어 이리저리 살폈다. 제목이 특이했다. '아엘리타AELITA'라는 제목 아래에 '화성의 여왕The Queen of Mars'이라는 부제가 붙어 있었다. 마침내 등을 돌린 소장이 지수를 내려다봤다.

"소련에서 만든 무성 영화인데, 본 적 있나?"

"아뇨, 영화만 보면 이상하게 졸려서."

지수는 솔직하게 말했다.

"수업 중에 우주에 대해 토론한 적이 있었네. 그때 한 회원이 보라면서 가져온 거야. 관심 있으면 가져가서 보게."

지수는 대답하지 않고 빙그레 웃었다.

"1924년엔가 만들어진 무성 영화야. 게다가 SF 영화고."

설명을 듣고 보니 흥미가 당겼다.

"화성에 도착한 지구인 남자가 화성의 공주인 아엘리타와 사랑에 빠진다는 줄거리야. 그런데 모든 클래식이 그렇듯, 이 영화도 비극으로 끝나네. 주인공 남자가 계단에서 공주를 밀쳐서 죽이지. 그 이유를 짐작할 수 있겠나?"

지수는 잠깐 생각한 다음 말했다.

"화성인들이 지구를 공격하기로 마음먹었나요?"

"꽤 그럴듯한 추론이지만 틀렸네. 사실은 지구인에게 문제가 있었어. 주인공 남자가 소련 사람이라는 점을 염두에 두면 해답이 쉽게 나오지. 남자는 화성에 프롤레타리아 혁명을 일으켜 완전한 공산 사회를 만들려고 했어. 그런데 공주인 아엘리타가 권력욕에 빠져 혁명을 방해한 거야. 그래서 주인공이 사랑하는 연인을 죽여 버린다는 거야. 개인적인 감정보다는 노동자 계급 전체의 이해가 앞서야 한다는 교훈을 던지는 거지. 어떻게 생각하나?"

"영화를 보지 않아서 뭐라고 말씀드리기 어려운데요."

"이 영화가 좋은 영화인지 나쁜 영화인지는 모르겠네. 하지만 분명한 건 이 영화를 보면 인간이 필연적으로 안고 있는 모순을 간파할 수 있어."

지수는 집중해서 소장의 이야기를 들었다.

"주인공 남자를 보니까 내 옛 모습이 떠올랐어. 자네도 알다시피 나는 군인이었네. 사명감에 차 있었고 '정의'와 '위대한 조국' 같은 거창한 단어에 경도되어 있었어. 지금과는 비교할 수 없을 정도로 다른 사람이었다는 거야."

소장의 목소리가 조금 커졌다.

"자네 울트라가 뭔지 아나?"

울트라? 지수는 무심코 울트라맨을 떠올렸다. 그러나 지금 소장이 말하는 울트라는 지구를 지키려고 우주 괴물과 맞서 싸우는 은색 쫄쫄이를 입은 영웅이 아니었다.

"울트라의 사전적인 정의는 '정치에서 극단주의를 신봉하는 사람'이야. 특히 좌익 진영의 극좌파를 일컫는 말이네. 나는 말이야, 가끔 나 자신이 울트라가 아니었나, 의심하고 있어. 좌익은 아니지만, 어떤 의미에서는 부정할 수 없는 극단주의자였어. 이데올로기와 시스템이 인간에게 행복을 가져다줄 거라고 믿었지. 군인이었던 내게 패배는 곧 죽음을 의미했네. 아들이 친구들과 싸워 지고 돌아온 날, 나는 아들에게 이런 세계관을 강요했어. '절대로 져서는 안 된다. 무슨 수를 쓰더라도 이겨라.' 아들이 죽은 뒤, 무슨 일이 일어난 것인지 모르겠더군. 내가 정상적인 인간의 기준에서 벗어난, 괴물 같은 울트라가 된 사실조차 인식하지 못했네. 아내와 딸이 나를 원망하고 떠나 버린 것도 그 때문이지."

소장의 목소리는 이상하리만큼 차분했다.

"피를 두려워하는 자는 그렇지 않은 자에 의해 반드시 정복당한다. 내가 울트라가 된 이유네."

소장은 지수의 눈을 쏘아보며 말했다.

"자네 품에 든 글록 18 권총이 말하는 시기가 올 거네. 자네가 울트라인지 아닌지는 그때 판가름 날 거야. 내 말 이해하겠나?"

그렇게 말하고 소장은 다시 등을 돌려 창밖을 바라봤다. 거세진 눈발이 하늘 전체를 가리고 있었다.

명상 센터를 나오니 온 세상이 눈으로 덮여 있었다. 갑자기 내린 폭설로 도로가 순식간에 마비되었다. 자동차 문을 열자 표면에 쌓인 눈 뭉치가 후드득 떨어졌다. 지수는 시동을 켜고 와이퍼를 작동시켰다. 비와 함께 내린 눈이 두툼한 눈 이불을 덮은 채 얼음으로 변해 있었다. 지수는 밖으로 나가 앞 유리창의 눈을 손으로 털어 내고 얼어붙은 얼음 조각은 교통카드로 긁어냈다. 국정원으로 돌아가 미처 끝내지 못한 보고서를 완성해야 해서 마음이 급했다. 엔진을 예열하는 동안 라디오를 들으며 시간을 보냈다. 긴급 뉴스 속보가 나왔다. 여자 아나운서의 목소리가 다급했다. 인천공항을 비롯한 내륙 대부분 공항에 항공기의 이착륙이 금지되었고, 비행기들이 제주공항과 일본의 공항으로 회항했다는 소식이었다. 그리고 제주공항 관제탑 테러 뉴스가 이어졌다. 아직은 상황이 정확하게 알려지지 않은 듯, 집중해서 들어도 어떤 사건인지 분명하게 이해할 수 없었다. 공항 폐쇄와 테러가 뒤섞여 있었다. 지수는 제주공항에 소장의 딸 이영원이 관제사로 근무하고 있음을 떠올렸다. 집중해서 스피커에 귀를 기울였다. 백현도라는 테러범의 이름과 관제탑에서 사망한 관제사의 이름이 나왔다. 기자는 섬에 돌풍이 불고 폭우가 내린다고 전했다.

국정원에 도착해 정확한 사실을 확인하려고 지수는 차를 출발시켰다. 대로로 접어들자 꼬리를 문 자동차의 미등이 시야를 가로막았다. 사람들이 버리고 간 자동차가 늘면서 퇴근길의 정체는 복구 불능 상태였다. 도로에 갇힌 채 지수는 새로운 뉴스를 접했다. 화물기 한 대가 바다에 불시착했고 테러범이 인질극을 벌이고 있었다. 그리고 얼마 되지 않아 '이영원'이라는 이름의 관제사가 나왔다. 히터를 틀어 놓아 자동차 내부의 온도가 높았지만 서늘한 기운이 등줄기를 타고 흘렀다. 왜 하필 지금인가? 믿을 수 없었다. 확률을 따질 수 없는 '동시성 현상'이 일어났다. 이것을 단순히 '의미 있는 우연의 일치'라 부르며 합리화하는 게 옳은가. 지수는 내일 첫 비행기로 제주공항에 도착해 이방우 소장의 딸 이영원을 만날 계획이었다. 그런데 마치 기다리고 있었다는 듯 이영원 쪽에서 먼저 모습을 드러냈다.

지수는 명상 센터로 차의 방향을 꺾었다. 어차피 이 눈길에 국정원까지 가려면 내일 아침에나 도착할 것이다. 지수는 휴대 전화를 손에 쥐고 고민에 빠졌다. 최 전무에게 먼저 연락해야 할지, 이방우 소장에게 먼저 전화해야 할지 판단이 서지 않았다.

10

섬은 일찍 찾아온 봄 향기에 취해 있었다. 영원은 침대에서 일어나 속옷 차림으로 커튼을 젖혔다. 손 가리개로 쏟아지는 강렬한 빛을 막으며 눈을 감았다. 창을 열자 포근한 봄바람이 그녀의 몸을 감쌌다. 영원은 숨을 크게 쉰 다음 고개를 들어 멀리 언덕 너머에서 너울대는 수평선을 바라보았다. 오전 11시의 바다는 평화로웠다. 바람에는 봄꽃의 달큼한 향기가 묻어 있었다. 돌풍이 불고 낙뢰가 치던 지난밤이 꿈처럼 여겨졌다. 모든 것이 거짓말 같았다. 관제탑을 나와 어떻게 아파트까지 돌아왔는지 전혀 기억나지 않았다. 비옷을 입은 남자가 커다란 카메라를 들고 영원을 뒤쫓았고, 비에 흠뻑 젖은 여기자가 기다란 마이크를 들고 인터뷰를 요청했다. 영원은 무슨 말을 해야 할지 몰랐다. 경찰의 도움을 받아 겨우 자리를 빠져나왔다.

경찰특공대가 관제소 테러 현장을 정리했고 급히 달려온 동료 관제사들이 투입됐다. 영원은 경찰이 마련한 임시 지휘본부에서 공항 관계자들에게 상황을 간략히 보고했다. 사무장과 선배 관제사가 영원의 어깨를 두드리며 격려했다. 테러와 악천후로 인한 최악의 상태에서도 인명 피해는 없었다. 교차 활주로에서 동시에 비상 착륙할 때 충돌한 두 대의 항공기에서 금전적 손실이 났을 뿐이다. 기적적인 일이었다. 관제소장이 박수를 치자 주변의 모든 사람이 환호하며 호응했다. 접근 관제소에서 달려온 선배가 영원의 손을 잡고 만세를 불렀다. 전화로 영원의 교차 활주로 착륙을 반대한 관제사였다. 그가 영원의 귀에 대고 속삭였다.

"불과 몇 초 차이로 지옥에서 천당으로 온 거야. 실감 나?"

동료 관제사 둘이 총에 맞아 죽었고 눈앞에서 테러범이 자살하는 장면을 목격했다. 테러범은 얼마 전까지만 해도 농담을 주고받던 레이더 정비사였다. 성공을 기뻐하기에는 현실이 끔찍했다. 영원은 넋나간 표정으로 앉아 있던 백현도의 아내와 마주쳤다. 아무 말도, 어떤 눈빛도 주고받지 않았다. 영원은 모든 항공기가 안전하게 착륙한 것을 확인한 다음 공항을 빠져나왔다.

영원은 바다를 바라보며 상념을 털어 냈다. 폭풍은 말끔히 물러났다. 책상 위의 온도계를 보니 영상 18도, 놀라운 일이었다. 밤새 내린 폭설은 눈 깜짝할 사이에 녹았고 폭우가 내린 섬에서는 비가 내린 흔적을 찾을 수 없었다. 신기루처럼 모든 것이 사라졌다. 이게 정상적인 상황일까? 영원은 냉장고에서 우유를 꺼내 벌컥벌컥 마셨다.

오후 2시 정각. 중국인 3인조가 제주공항에 도착했다. 왕할쯔가 앞장서고 위제와 쉬징레이가 뒤따랐다. 왕할쯔는 비행기에서 내려 공항의 거대한 창을 통해 관제탑과 활주로의 전경을 유심히 살폈다. 지난밤 유혈 사태가 난 테러 현장이라고 하기에는 터무니없을 만큼

평화롭고 일상적인 정경이었다. 자본주의 체제의 특징이 고스란히 드러나는 장면이라고 그녀는 생각했다. 톱니바퀴가 맞물려 돌아가는 기계화된 시스템에서 '멈춤'이란 있을 수 없었다. 기계가 제 기능을 하지 못하면 손실이 발생하고, 이로 말미암은 예기치 못한 이윤의 축소는 자본가가 가장 싫어하는 일이다. '일시적인 정지 상태'는 허용되나, 장기적인 태업은 용인되지 않는다.

여파는 있었다. 서울에서 미리 예약해 놓은 렌터카가 제시간에 나오지 않았다. 흰 와이셔츠에 회사 로고로 장식한 넥타이를 맨 영업 사원이 데스크에서 나와 허리를 최대한 꺾으며 사과했다. 오전에 들어오기로 한 입고 차량이 약속을 어겼다며 열심히 부연 설명을 한 후, 자기 자리로 돌아가 차량을 확보하기 위해 여러 곳에 전화를 넣었다. 쉬징레이의 설명을 들은 위제는 인상을 찌푸렸다. 그는 섬의 모든 렌터카가 동난 현실을 받아들이지 못했다. 위제는 오직 자신의 생각에 파묻혀 주변을 제대로 관찰하지 못했다. '중화의 꽃'이라는 단어가 나왔을 때부터 혈관 속 피가 들끓기 시작했고 비행기에 타고서도 흥분 상태는 가라앉지 않았다. 수개월, 아니 10여 년이 오늘 하루를 위해 존재했다. 도인이 지적한 대로 17억 인구가 수천 년간 염원해 온 꿈이 실현되는 순간일지도 몰랐다. 거대한 잠룡이 깊은 잠에서 깨어나는 위대한 시대가 턱밑까지 다가왔다. 그런데 렌터카 회사의 영업 사원이 역사적인 순간에 훼방을 놓고 있었다. 위제의 마음을 읽은 왕할쯔가 위제에게 다가가 자연스럽게 팔짱을 꼈다.

"초조해하지 마요. 이제 곧 '중화의 꽃'을 만날 수 있어요."

위제는 숨을 내쉬며 호흡을 조절했다. 그는 고개를 끄덕이고는 처음으로 주변을 둘러봤다. 지방 도시의 평범한 공항에 '중화의 꽃'이

숨어 있었다니, 기가 막혔다. 위제는 텔레비전으로 본 '중화의 꽃'을 기억해 냈다. 얼굴만 나온 증명사진이라 전체적인 인상을 그려 내기는 어려웠지만, 그동안 자신이 상상해 온 모습과 크게 다르지 않았다. 눈빛이 선하고 어딘지 우수를 띤 분위기였다. 돌발적인 테러에 휘말린 인물로 뉴스에서 소개됐기 때문에 첫인상이 분명하지 않았다. 한시라도 빨리 그녀를 만나고 싶었다.

왕할쯔가 편의점에서 녹차와 오렌지 주스를 사왔다. 위제는 차가운 녹차 음료수를 단숨에 마셨다. 쉬징레이는 이 순간에도 이어폰을 끼고 음악을 듣고 있었다. 30분 가까이 흐른 뒤에야 영업 사원이 종종걸음으로 다가왔다. 쉬징레이가 이어폰을 벗고 그의 말을 들었다.

"죄송합니다. 오늘은 모든 차량이 나갔습니다. 겨우 수소문해서 한 대를 확보했는데, 그게 좀 작은 차라서. 경차가 마음에 들지 않으시면 택시를 이용하시는 것도 괜찮습니다. 비용이 추가되겠지만, 관광 목적이라면 오히려 택시가 더 편리할 겁니다."

이런 일까지 굳이 위제에게 통역해서 허락을 받을 필요는 없었다.

"그 차로 하겠어요."

쉬징레이는 짧고 건조하게 말하고 나서 자리에서 일어섰다. 위제와 왕할쯔가 그녀의 뒤를 따랐다.

영원은 뜨거운 물로 목욕을 끝내고 토스트와 바나나로 배를 채웠다. 창을 활짝 열어 따사로운 햇볕과 포근한 바람이 들어오게 했다. 커피를 마시며 친구 희정이 놓고 간 존 파울즈의 소설을 읽었다. 영국에서 유학한 희정은 존 파울즈의 열렬한 팬이었다. 읽어 보니 희정이 왜 존 파울즈 소설에 열광하는지 알 것 같았다. 뜻하지 않은 문장에 은밀한 모험의 기대가 숨어 있었다. 영원은 핫팬츠에 반소매 티셔츠 차림으로 봄 햇살을 즐기며 연애소설을 읽었다.

그때 초인종이 울렸다. 영원은 조금 주저했다. 모니터 화면에 검은 정장 차림의 낯선 남자의 모습이 보였다. 다문 입술이 부자연스럽지만, 전체적으로 깔끔하고 세련된 느낌이었다. 나이는 이십 대 후반이거나 삼십 대 초반 정도? 그의 뒤로 검은 그림자가 어른거렸다. 망설이다가 통화 버튼을 눌렀다.

"이영원 씨? 국정원에서 왔습니다."

남자가 신분증을 카메라에 비췄다. 화면이 흐릿해서 자세히 보이지는 않았다. 남자는 신분증을 치우고, 마이크 가까이 다가오며 말했다.

"지난밤 사건 때문에 방문했습니다. 협조해 주시기 바랍니다."

국정원이라는 단어에 현실감이 없었다. 그러나 현관문 열림 버튼을 눌렀다. 영원은 작은 방으로 들어가 반바지를 벗고 긴 트레이닝팬츠로 갈아입었다. 관제탑에서 울리던 총소리가 귀에서 되살아났다. 인질극을 벌이는 테러범과 함께 있었고, 뜻하지 않게 그의 자살을 눈앞에서 지켜봤다. 정보기관의 방문을 받는 건 당연한 절차인지도 모른다. 영원은 신발장 옆 거울로 옷매무새를 살핀 뒤, 현관문을 열어 고정 받침대를 내려놓고 남자를 기다렸다. 엘리베이터 벨 소리가 나고 두 명의 남자가 내렸다. 화면에 나타난 남자가 손에 신분증을 쥐고 영원을 향해 미소 지었다. 뒤에 내린 남자는 무뚝뚝한 표정으로 거리를 유지한 채 두 사람을 지켜봤다. 영원은 남자가 내민 신분증을 꼼꼼히 확인했다.

"핸드폰을 꺼놓으셨더군요."

남자의 말에 영원은 대답하지 않았다.

"이해합니다. 지난밤 일은 기억하고 싶지 않으시겠죠."

가까이에서 본 남자의 얼굴은 화면보다 훨씬 말끔했다. 터프한 일이라고는 하지 않을 귀공자 타입이었다. 특이한 향수 냄새가 나고 오른쪽 귀에 걸린 보석 귀고리가 반짝였다. 오른쪽 귀? 게이인가.

"불쑥 나타나 이런 말씀 드려 죄송하지만, 저희와 함께 가주셔야겠습니다."

"네?"

"중대한 사건이고, 이영원 씨가 중요한 목격자이기 때문입니다."

남자는 길게 설명하지 않았다. 당연히 그 정도는 해줘야 하는 것 아니냐는 표정으로 영원을 바라봤다. 영원은 뒤에 서 있는 남자를 흘낏 쳐다보았다. 같은 양복을 입었지만, 분위기가 판이했다. 넓은 어깨에 힘이 잔뜩 들어가 있었다.

"지금 말인가요?"

영원의 질문에 남자는 대답 없이 고개를 끄덕였다. 영원은 마른 침을 삼킨 다음 말했다.

"그럼 차에서 기다리세요. 최대한 빨리 준비하겠습니다."

남자의 얼굴에 미소가 번졌다. 영원은 현관문을 닫았다. 번거로운 행정 절차일 뿐이다. 얼른 해치우고 봄 바다를 보러 가자. 그렇게 마음먹으니 울적해진 기분이 조금 가셨다. 빗질을 끝내고 옷장 서랍에서 세탁한 청바지와 티셔츠를 입었다. 재킷은 새로 산 윈드브레이커로 골랐다. 엉덩이를 덮는 심플한 디자인의 회색 재킷이었다. 취조실은 아닐지라도 관공서의 칙칙한 공간으로 들어가는 것이니 이목을 끄는 옷은 피하는 게 좋았다. 영원은 망설이다 화장대 앞에 서서 옅은 분홍 립스틱을 집었다. 표 나지 않도록 조심스럽게 립스틱을 발랐다. 신발은 평범한 감색 나이키 코르테스를 선택했다. 발소리를 내지 않는 게 중요하다고 생각했다. 엘리베이터를 기다리는데 옆집 현관문이 빠끔 열렸다. 파자마 차림에 부스스한 머리로 연희가 주위를 살피며 나왔다. 그녀는 출입국 관리소에서 일하고 있었다.

"소식 들었어. 어제 굉장했다면서?"

영원은 어깨를 으쓱하며 미소를 지었다.

"어디 가는 거야? 아까 남자들은 누구니?"

출입국 관리소 직원답게 연희는 호기심이 많았다. 문 앞에서 작은 구멍을 통해 조금 전의 상황을 지켜봤을 것이다.

"국정원 직원이야."

"국정원?"

같은 공무원이면서도 국정원 직원은 놀라움의 대상인가 보았다.

"하긴, 이게 보통 일이야? 지금 인터넷에 난리도 아냐. 백현도 이야기가 아니라 네 이야기가 더 인기야. 너 완전히 영웅됐어."

연희의 말에 영원은 자기도 모르게 인상을 찌푸렸다.

"지금 그 사람들하고 같이 가는 거야?"

영원은 머리를 끄덕였다. 때마침 엘리베이터 문이 열렸다. 영원은 손을 들어 연희에게 인사하고 엘리베이터에 올랐다. 문이 닫히자 상념이 밀려왔다. 인터넷에 내 이름이 떴다고? 절로 한숨이 나왔다. 당분간 조용하고 평화로운 일상을 기대하기는 틀린 것 같았다.

검은 차 앞에서 서성이던 남자가 영원을 발견하고는 다가왔다. 밝은 햇빛 아래에서 보니 남자의 인상이 달라 보였다. 왠지 메마르고 단조로운 느낌의 사막이 떠올랐다. 수상쩍은 직업을 가진 남자라서 그런지 수시로 표정을 바꿀 수 있는 능력을 지닌 것 같았다. 남자가 영원을 위해 차 문을 열어 주었다. 문이 닫히자, 갑자기 어둠 속으로 뛰어든 느낌이 들었다.

중국인 3인조를 태운 차가 영원의 아파트 주차장으로 들어왔다. 빨간색 경차에는 쉬징레이가 운전대를 잡았고, 조수석에는 왕할쯔가 탔다. 위제는 뒷좌석에 혼자 앉아 있었다. 차가 정지하자 위제가 급하게 차 문을 열었다. 왕할쯔가 고개를 돌려 위제를 제지했다.

"우리가 올라갈게요."

위제가 멈칫했다.

"여자 혼자 사는 집이에요. 그게 자연스러워요."

왕할쯔의 말에 쉬징레이가 고개를 끄덕였다. 위제가 다시 문을 닫으며 말했다.

"실수하면 안 돼. 무슨 말인지 알지?"

왕할쯔는 대꾸하지 않고 차에서 내렸다. 군에서 특수 훈련만 수년 동안 받았다. 무방비 상태의 여자를 잠재우는 것 정도는 언제든 가능했다. 왕할쯔는 고개를 들어 아파트를 살폈다. 17층 높이의 신축 아파트로 밋밋한 디자인이었다. 이곳 11층에 '중화의 꽃' 이영원이 살고 있다.

쉬징레이가 초인종을 눌렀다. 신호가 울렸다. 왕할쯔는 카메라를 피해 옆으로 물러서서 쉬징레이를 지켜봤다. 아무런 응답이 없었다. 갑자기 인터폰 신호가 뚝 끊겼다. 쉬징레이가 왕할쯔를 바라보며 어깨를 으쓱했다. 이영원의 부재를 염두에 둔 작전이 아니었다. 그때 건물 안 엘리베이터 문이 열리면서 한 젊은 여자가 문으로 걸어왔다.

자동문이 열리자 여자의 인상착의가 분명하게 드러났다. 체육복 하의에 슬리퍼를 신은 여자는 고개를 조금 숙인 채 빠르게 빠져나갔다. 쉬징레이가 고개를 가로저으며 이영원이 아니라는 신호를 보냈다. 왕할쯔는 닫히려는 문 사이로 어깨를 집어넣었다. 엘리베이터에 올라 왕할쯔가 쉬징레이에게 물었다.

"뭔가 보여?"

쉬징레이는 눈만 두어 번 깜빡일 뿐 말이 없었다. '중화의 꽃'이 나타난 이후 쉬징레이는 유난히 예민해져 있었다. 이럴 때는 기다리는 수밖에 없었다. 그녀가 무엇을 볼지는 자신이 관여할 문제가 아니었다. 엘리베이터가 11층에 도착했다. 쉬징레이는 현관문 앞으로 다가가 벨을 눌렀다. 초조했다. 이영원의 이동 경로는 조직을 통해 이미 보고받았다. 오늘은 이영원이 공항에 가지 않는 날이다. 그렇다면 아파트에 있어야 한다. 볼 일이 있어 근처에 나갔는지도 모른다. 쉬징레이가 그녀의 움직임을 포착해 내야만 정확히 알 수 있다. 하지만 그녀는 묵묵부답이었다. 왕할쯔가 문으로 다가섰다. 일단 집 안으로 진입할 생각이었다. 왕할쯔는 디지털 잠금 장치의 덮개를 올렸다. 문을 부술 수도 있지만, 소음을 내는 건 좋지 않은 선택이었다. 왕할쯔는 버튼에다 손을 가볍게 대고 눈을 감았다. 정신을 집중해 기를 모았다. 사물에는 소유자의 정보가 어떤 형태로든 남아 있게 마련이었다. 무의식에 몸을 맡기며 흐름을 타야 한다. 왕할쯔의 길고 가느다란 손가락이 디지털 버튼 패널 위에서 움직였다. 기계음이 나고 문이 열렸다. 왕할쯔가 먼저 들어가고 쉬징레이가 뒤따랐다. 왕할쯔는 구두를 벗지 않은 채 거실로 성큼성큼 들어가 빠르게 실내를 살폈다. 인기척이 없었다. 대신 조금 전까지 사람이 머문 흔적이 남아 있었다. 화장대에 놓인 립스틱과 빗, 의자에 올려놓은 트레이닝팬츠와 티셔츠, 소파에 놓인 두꺼운 책과 접시에 놓인 바나나 껍질, 머그잔에 남은 커피가 집주인의 움직임을 상세하게 설명해 줬다. 왕할쯔는 거울 앞에서 립스틱을 집어 들어 뚜껑을 열고 거울을 바라보며 립스틱을 발랐다. 연한 분홍색. 거울 속에 희미하게 남자의 얼굴이 나타나려다 사라졌다. 이영원은 남자의 얼굴을 제대로 보지 못했다. 가까운 곳에 나들이 간 것도 아니고 예정된 외출을 한 것도 아니다. 누군가 개입해서 이영원의 평화로운 오후를 방해했다. 게다가 그들은 이영원이 '중화의 꽃'이라는 걸 알고 있다. 왕할쯔는 쉬징레이를 바라보았다. 쉬징레이는 왕할쯔의 시선을 피해 창문을 열고 먼 바다를 응시했다. 봄 바다가 눈부신 햇살 아래에서 잔잔하게 너울거렸다. 왕할쯔는 쉬징레이를 내버려 두고 주방으로 들어가 냉장고 문을 열었다. 독신 여성의 냉장고답게 내용물은 단출했다. 정확히 1일분의 음식물이 들어 있었다. 왕할쯔는 사과 요구르트를 꺼내 마셨다. 쉬징레이가 고개를 돌려 말했다.

"아무것도 보이지 않아요."

마치 화난 사람처럼 쉬징레이가 말했다.

지수와 김 관장이 제주공항에 도착했다. 첫 비행기를 탈 예정이었는데 최 전무와의 면담이 길어져 늦었다. 김 관장이 동행한 것은 이방우 소장의 아이디어였다. 김 관장은 단 한 차례 만났지만, 비교적 뚜렷하게 이영원을 기억했다. 당시 김 관장은 현역 군인이었고 콧수염도 없었으며 대머리도 아니었다. "초롱초롱한 눈에 호기심이 많은 아이였어. 그런데 신문에 나온 사진은 좀 다르더군. 누구나 나이를 먹으면 얼굴이 변하지만, 내가 생각했던 것과 많이 달랐어." 여고생때와 이십 대 후반의 직장 여성을 비교한다는 게 무리였다. 지수는 대답하지 않고 웃기만 했다.

공항에 지원 팀이 대기하고 있었다. 최 전무가 특별히 신경 써준 탓이었다. 지수는 경찰에게서 차와 무기를 인수받았다. 차는 신형 세단이고 총은 서울에서와 마찬가지로 글록 18이었다. 그동안 글록 18로 사격 연습을 해왔고 감각을 익혔기 때문에 지수는 같은 총을 요청했다. 총이 품속에 들어오니 이상하게 마음이 편했다. 소장이 한 말이 떠올랐다. 총이 말하는 시기가 올 거야. 자네가 울트라인지 아닌지는 그때 판가름 날 거야. 울트라, 극단주의자. 어쩌면 자신은 이미 과격분자 울트라가 됐는지도 모르겠다는 생각이 들었다. 내비게이션에 아파트 주소를 입력하고 천천히 차를 몰았다. 조수석의 김 관장이 창문을 내렸다.

"20년 전에 신혼여행을 오고서는 처음이군."

왕할쯔와 쉬징레이는 아파트에서 철수했다. 위제는 차에서 나와 주차장에서 서성이고 있었다. 위제가 이렇게 긴장한 모습은 처음이어서 두 여자는 조금 충격을 받았다. 왕할쯔는 위제를 안심시킬 말을 찾으려다 그만뒀다. 지금은 한가하게 서로를 위로할 때가 아니었다. 개인 소지품을 통해 이영원의 기본적인 정보는 취득할 수 있지만, 정확히 그녀가 어디로 움직이고 있는지는 알 수 없었다. 그건 왕할쯔의 능력 밖 일이었다. 미래를 예견하는 건 쉬징레이가 해야 할 일이었다. 쉬징레이는 자신의 머리를 쥐어짰다. '중화의 꽃'이라는 부담감을 털어 내면 그림이 보일지도 모른다. 아파트에 들어섰을 때 쉬징레이는 집 내부에 흐르는 에너지에 압도당했다. 단지 '중화의 꽃'이 머문 장소에 불과했는데도 그 기운이 엄청났다. 쉬징레이는 마치 자신이 태양과 가장 가까운 곳에 자리 잡은 수성이 된 듯한 느낌을 받았다. 태양이 내뿜는 뜨거운 열기를 받아들여 400도까지 달구어진 작고 초라한 행성이 된 느낌. 눈조차 뜰 수 없는 강력한 빛이 모든 것을 막아섰다. 쉬징레이는 말없이 차의 뒷좌석으로 들어가 앉았다. 아파트를 나오자 마음이 가라앉았다. 그녀는 호흡을 가다듬으며 명상에 잠겼다. 흐트러진 기를 모아야 한다. 위제와 왕할쯔는 초조해하며 기다렸다. 잠시 후 차의 뒷문이 열렸다.

"찾았어요. 부두예요."

아파트 정문에서 우회전하는 순간 지수는 마주 오는 차와 충돌할 뻔했다. 지수는 반사적으로 브레이크를 밟았다. 안전벨트를 하지 않은 김 관장이 대시보드에 쿵 하고 머리를 박았다. 시야가 막혀 있었지만 달려오는 차의 속도가 너무 빨랐다. 지수가 놀란 표정으로 맞은편 차를 바라봤다. 젊은 여자였다. 여자는 급히 차를 후진시켜 옆의 좁은 공간을 빠져나갔다. 경차여서 가능했다.

"뭐가 저렇게 급한 거야?"

부딪힌 이마를 매만지며 김 관장이 투덜댔다. 순식간에 일어난 일이라 제대로 상황 파악을 할 수 없었다. 뒷자리에 앉은 남자를 어디선가 본 듯했다. 지수가 고개를 돌렸을 때 경차의 모습은 이미 보이지 않았다.

주차장에서 지수는 다시 이영원에게 전화를 걸었다. 전화기는 여전히 꺼져 있었다. 지수는 건물 입구에서 1101호 호출 번호를 눌렀다. 신호가 여러 번 울렸지만 응답이 없었다. 난감했다. 서울에서부터 연락이 닿지 않았던 터라 마음이 조급했다. 섬에 도착하면 어떻게든 만날 수 있을 거라 여겼는데 처음부터 일이 꼬이기 시작했다. 그때 제복 차림의 젊은 경비원이 나타났다. 지수가 다가가 신분증을 보이고 자초지종을 설명했다. 경비원이 문을 열어 주어 지수와 김 관장은 건물 안으로 들어섰다. 경비원은 긴장한 표정으로 엘리베이터에 올라 11층 버튼을 눌렀다.

"어제는 정말 끔찍했습니다."

지수는 묵묵히 고개를 끄덕이며 생각을 정리했다. 예감이 좋지 않았다. 불길한 기운이 공기에 뒤섞여 있었다. 경비원이 엘리베이터에서 내려 1101호의 초인종을 눌렀지만 아무런 응답이 없었다.

"문을 열 방법이 없을까요? 이영원 씨의 안전을 확인하는 게 좋을 것 같은데."

지수의 질문에 경비원은 디지털 잠금장치를 만지며 고민하더니 말했다.

"잠시만 기다리세요. 장비를 가져오겠습니다."

눈치가 빠르고 행동이 민첩한 경비원이었다. 공항 직원들이 기숙사 형태로 쓰는 아파트라 보안 요원은 입주민의 신상에 대해 잘 알고 있고, 이영원이 어제 무슨 일을 했는지도 알고 있었다. 경비원이 엘리베이터를 타고 내려가자, 지수는 옆집 1102호의 벨을 눌렀다. 곧 "누구세요?"라는 여자의 목소리가 스피커를 통해 들렸다. 지수는 경찰이라고 대충 둘러댔다.

"옆집에 사는 이영원 씨 때문에 그러는데, 잠깐만 이야기를 나눌 수 있을까요?"

272

지수는 최대한 부드러운 목소리로 말했다. 현관문이 열리고 여자가 나왔다. 지수가 간략하게 정황을 설명하자 여자는 이해했다는 듯 고개를 끄덕였다.

"이영원 씨와는 개인적인 친분이 있으신가요?"

"네, 같은 공항에서 일하고 있어요."

"연락이 닿지 않아서 그러는데, 혹시 어디로 외출했는지 짐작 가는 데가 있습니까?"

여자가 호기심 가득한 얼굴로 대답했다.

"길이 엇갈리신 것 같군요. 한 시간 전에 국정원 직원들이 다녀갔어요. 어제 사건 때문에 조사할 것이 있다고 함께 나갔어요."

지수의 얼굴이 조금 굳어졌다.

"국정원이라고 하셨나요?"

"네, 영원이가 분명히 그렇게 말했어요. 뭐가 잘못됐나요?"

이영원을 만나러 온 사실을 아는 건 최 전무뿐이었다. 뭔가 일이 틀어졌다.

"혹시 그 사람들 얼굴을 보셨나요?"

"아뇨, 영원이만 잠깐 봤어요."

지수는 머릿속을 정리했다. 순간 아파트 입구에서 마주친 빨간 경차가 떠올랐다. 아니다. 영원은 한 시간 전에 아파트를 나갔다고 했다. 지수는 여자에게 고맙다는 인사를 하고 자신의 명함을 줬다. '심령정신사연구소'에서 만든 명함이었지만 지금 상황에 그런 걸 따지고 들 때가 아니었다. 여자는 어안이 벙벙한 표정으로 명함을 바라봤다. 때마침 경비원이 돌아왔다. 그는 전기 충격으로 문을 강제로 열었다. 지수는 재빨리 집 안으로 들어가 현장을 꼼꼼히 점검했다. 외부 침입자의 흔적이 곳곳에 남아 있었다. 뭔가 뒤죽박죽인 상황이었다. 이러고 있을 때가 아니었다. 지수는 경비원에게 뒷정리를 부탁하고 집을 나왔다. 김 관장이 그의 뒤를 따르며 말했다.

"국정원에서 왜 영원이를 데려갔지?"

지수는 엘리베이터 보안 카메라를 뚫어지게 바라보며 말했다.

"국정원이 아니에요. 놈들이 먼저 온 겁니다."

차분하게 말했지만 심장이 가파르게 뛰었다.

귀고리를 한 젊은 남자가 영원의 옆자리에 앉았다. 남자는 팔짱을 끼고 의자에 몸을 깊숙이 파묻은 채 스피커에서 들려오는 관현악곡에 귀를 기울였다. 종교적인 색채가 강해 유럽의 오래된 대성당에 들어온 느낌이었다. 영원은 조심스럽게 차 안 분위기를 살폈다. 검은 가죽 시트는 대형 세단에 어울리는 최고급이었고 장식 역시 값비싼 우드였다. 운전대를 잡은 덩치 큰 사내는 검은 선글라스를 낀 채 흐트러짐 없는 바른 자세로 운전에만 집중했다. 두 남자는 대화 없이 일정한 거리를 유지하고 있었다. 샤워 코롱인지 남성용 린스인지 구분되지 않는 시원한 느낌의 향이 내부에 감돌았다. 국정원 요원이 이런 취향일 거라고는 생각해 본 적이 없었다. 정확하게 집어서 말할 수는 없지만, 부정할 수 없는 위화감이 맴돌았다.

영원은 망설였다. 지금 여기서 남자에게 신원을 밝히라고 요구할 수는 없었다. 차에 올라타기 전에 확인했어야 했다. 영원은 창밖을 바라보며 주위를 살폈다. 차는 유채꽃 들판을 지나 경사가 완만한 언덕길을 오르고 있었다. 구불구불한 2차선 시골 도로였다. 언덕을 넘으면 행정 구역이 D면에서 C면으로 바뀐다. 그들이 향하는 곳은 C면

대라리였다. 대라리는 도심에서 멀리 떨어진 한적한 어촌으로 작은 방파제와 부두가 있을 뿐이다. 관청 건물도 없고 소문난 관광지도 없다. 수심이 깊고 바람이 사나워 낚시꾼마저 찾지 않는다. 도대체 어디로 향하는 것일까? 제아무리 국정원이 비밀스러운 집단이라고 해도 대라리와 같은 인적 드문 평화로운 시골 마을에 근거지를 마련해 놓지는 않았을 것이다. '이들은 국정원 직원이 아니다.' 직감이 이처럼 강한 적은 없었다. 영원은 곁눈질로 귀고리한 사내를 훔쳐보았다. 남자는 눈을 지그시 감은 채 음악을 듣고 있었다. 언덕을 올라 내리막길을 타면 탈출 기회가 사라진다. 지난밤 테러범과 있을 때보다 더 지독한 공포가 그녀의 몸을 감쌌다. 도대체 무슨 일이 벌어진 걸까?

마침 앞에 가던 경운기가 커브 길을 돌고 있었다. 자연스럽게 차의 속도가 줄었다. 영원은 어릴 때 아버지에게서 배운 낙법을 떠올렸다. 머리가 지면에 닿지 않도록 조심해서 공처럼 굴러야 한다. 영원은 숨을 크게 들이마신 뒤, 잠금장치를 풀고 차 문을 열어젖혔다. 바람 소리가 유난히 크게 들렸다. 눈을 감고 허공으로 몸을 던졌다. 순식간에 일어난 일이었다. 차가 정지하고 반대편 차 문에서 귀고리를 한 남자가 급히 내렸다. 이미 영원은 봄꽃이 어지럽게 핀 언덕배기를 향해 오르고 있었다. 남자의 입에서 으르렁거리는 일본어가 튀어나왔다.

그때 요이치는 갑판에 서서 정면의 나지막한 산등성이를 응시하고 있었다. 예정된 시간에서 겨우 10여 분이 지났을 뿐인데도 마음이 진정되지 않았다. 어촌 마을의 소박하고 단정한 풍경도, 그림같이 펼쳐진 푸른 하늘과 바다도 눈에 들어오지 않았다. 오직 언덕 정상까지

구불구불 이어진 2차선 도로에만 시선이 집중되어 있었다. 요이치는 작전에 참여하지 않은 것을 후회했다. 여자를 직접 데려오고 싶었으나 교단의 명령을 거스를 수는 없었다. 명목은 '안전상의 이유'였지만, 실제로는 이번 작전에서 한 발자국 물러나 있으라는 통보를 받은 것이나 마찬가지였다. 그는 언제나 선봉에서 작전을 이끌었다. 그런데 갑자기 '조선인' 용병을 이용하라는 교단의 명령이 내려왔다. 청천벽력 같은 소리였다.

조선인이라니? 요이치로서는 상상도 할 수 없는 일이었다. 조선인, 한국인, 중국인은 믿을 수 없는 존재였다. 부끄러움을 알고 천성이 너그러운 일본인과는 비교할 수 없는 열등 민족이었다. 천황의 권위를 통해 수천 년간 내려온 일본 민족의 우수한 역사적 DNA는 결코 삼국인의 저열한 DNA와 조화를 이룰 수 없었다. 그런데 조선인과 함께 협동 작전을 펴라는 교단의 일방적인 지령이 떨어졌다. 뭔가 일이 잘못돼도 한참 잘못됐다. 요이치는 책임을 통감했다. 적이 코앞에서 활동하고 있다는 경고를 무시했고, 그들의 능력을 얕잡아봤다. 결국 중국인의 기습을 받아 간지와 조직원 한 명이 살해당했다. 김평남이 암살당했을 때부터, 이미 빨간 등이 켜져 있었는데도 자신은 오직 여자를 찾는 데 혈안이 되어 주위를 살피지 못했다. 만약 이영원을 일찍 찾아냈더라면 모든 실수가 상쇄될 수도 있었을 것이다. 요이치는 이를 갈았다. 이렇게 쉬운 퍼즐을 풀지 못한 것이 개탄스러울 뿐이었다. 우여곡절 끝에 김평남을 통해 사진을 넘겨받았다. 여덟 명의 여학생이 돌 앞에서 찍은 사진이었다. 목표는 그들 중 한 명이었다. 확률은 8분의 1. 그렇게 생각한 게 실수였다. 사진을 찍어 준 여교사가 있었고 그녀가 주인공이었다. 교사의 이름은 이영원. 교단과 자신, 그리고 이번 작전을 위해 조직된 특공대 모두 잘못된 과녁을 향해 화살을 날렸다.

요이치는 손목시계를 확인하고 다시 먼 산을 주시했다. 두 번의 실수는 없다. 그런데 이 중요한 시기에 자신은 아무것도 하지 않고 조선인 용병이 이영원을 데려오길 기다리고 있었다. 조선인 용병에 대해 요이치가 획득한 정보는 거의 없었다. 아는 것이라곤 전 세계 용병이 그러하듯 돈을 위해 움직인다는 것뿐이었다. 이들을 끌어들이기 위해, 교단에서 많은 돈을 썼으리라는 건 쉽게 짐작할 수 있었다. 도대체 교단의 누가 조선인과 접선했을까? 그것은 요이치의 권한 밖 일이었다. 교단의 최상층 지도부에 관심을 둬서는 안 된다. 조직원이 정치에 관여하는 것은 금기였다.

짚이는 인물이 있긴 했다. 야마사키 야쓰오가 이번 작전을 주도하고 있을 가능성이 컸다. 정치적으로 편향되기 전인 이십 대 초반의 청년이었던 요이치는, 야마사키 고문의 정체성과 그를 둘러싼 불명예스러운 소문에 대해서는 무관심했다. 그러나 교단에서 중책을 맡고 체계적인 의식화 교육을 받은 뒤로는 다른 조직원들과 마찬가지로 자연스럽게 야마사키를 의심하게 됐다. 야마사키는 교단에서 유일한 좌익 출신 인사였다. 비록 전향해 과거를 반성했다지만, 야마사키를 못마땅해하는 분위기와 의혹의 눈초리는 좀처럼 사그라들지 않았다. 일흔을 넘긴 노인에 대한 관심치고는 지나친 면이 없지 않았으나, 교단 내에서 확보한 야마사키의 공적인 지분과 눈에 보이지 않는 비밀스러운 권력을 인정한다면 불가피한 감정적 대응이기도 했다. 그는 출세 지향적 성향을 지닌 인사들의 질투와 시기를 집중적으로 받았다. 야마사키를 둘러싼 루머는 불분명했다. 적군파라는 이야기도 있고 중핵파와 혁마르파 출신이라는 말도 있었다. 어느 분파에 가담했는지는 확실치 않지만, 그가 개량주의적 정치 노선을 취한 일본 공산당에 대립 각을 세운 반일공계 신좌익의 일원이었다는 사실은 분명했다. 전후 신좌익의 투쟁 양식이 항공기 납치나 공공 사업장 테러와 같은 모험주의적 성향을 띠었다는 것을 요이치는 학습을 통해 알게 됐다. 특히 신좌익이 일본의 국가 권력 기구를 '국가 독점 자본에 예속된 천황제, 봉건 지주, 독점 자본'이라 규정하고 이들 트로이카를 청산 대상으로 삼았다는 사실에 요이치는 놀랐다. 신성 불가침 영역인 천황을 모독한 인물이 어떻게 교단에 정식으로 입단할 수 있었을까? 요이치로서는 풀 수 없는 수수께끼였다. 이유가 어찌 됐든 교단에서 조총련계 야쿠자와 접촉할 수 있는 인물은 야마사키가 유일했다.

요이치는 인상을 찌푸렸다. 일본인도 아니고 조선인도 아닌 젊은 야쿠자 기무라의 얼굴이 떠올랐다. 조선인은 김일성의 생일인 4월 15일을 태양절이라고 불렀다. 그 이야기를 들었을 때 요이치는 코웃음을 쳤다. 이 세계의 태양은 오직 천황 한 분뿐이다. 기무라는 김일성이라는 우상을 받드는 어리석은 인간이었다. 요이치는 작전에 나가기 전에 기무라에게 귀고리를 풀라고 명령했다. 하지만 놈은 태연하게 명령을 거부했다. 만약 기무라가 직계 조직원이었다면 그 자리에서 갈비뼈를 부러뜨렸을 것이다. 요이치는 어금니를 깨물며 분노를 억눌렀다. 비공식 루트로 한국을 빠져나가려면 그들의 도움이 필요했다. 어쩌면 조선인 용병을 이용하자는 지도부의 판단이 옳을지도 모른다. 민간 업자를 통한 밀항은 위험 부담이 컸다. 조선인에게는 수십 년간 간첩선을 이용해 한국과 일본을 오간 비법이 축적되어 있었다. 중국인의 광범위한 조직망에 걸려들지 않고 무사히 이영원을 데려가기 위한 불가피한 선택이었는지도 모른다.

　요이치는 갑판에 서서 이영원을 기다렸다. 텔레비전으로 본 것뿐이지만 얼굴이 낯설지 않았다. 그녀를 만나려고 1년 가까운 세월을 허비했다. 이제 극적인 순간이 다가오고 있었다. 그때 전화벨이 울렸다. 기무라와 함께 작전에 나간 조직원이었다.

　"여자가 차에서 뛰어내렸습니다."

　부하가 헐떡거리면서 말했다.

　"바가야로!"

　감정을 억제하지 못한 요이치가 전화기에 대고 고함을 질렀다.

　쉬징레이가 뒷좌석에서 스마트폰으로 섬에 속한 부두의 풍경 사진들을 검색했다. 왕할쯔는 운전대를 잡고 룸미러로 쉬징레이를 흘끗 훔쳐봤다. 부두라는 말에 무작정 바다를 향해 왔지만, 목적지가 어디인지는 정해지지 않았다. 김평남 제거 작전 때와 달리 쉬징레이는 흔들렸다. 그때는 매우 선명하게 그림을 제시했다. 확신에 차 있고 태연했다. 그런데 중화의 꽃이 나타난 이후 눈에 띄게 달라졌다. 그림을 구체적으로 보지 못해 허둥거렸다.

　"찾았어요. 대라리에 있는 부두예요."

　마침내 쉬징레이가 장소를 알아냈다.

　"일본인인가?"

　위제의 질문에 쉬징레이는 대답하지 않았다. 작은 등대가 있는 방파제가 보이고 선착장에 배 한 척이 정박한 그림이 보였을 뿐이다. 중화의 꽃은 뒷모습만 보였다. 그러고는 그림이 흐트러졌다. 등대마저 보이지 않았으면 영영 찾아내지 못했을 것이다. 왕할쯔가 차를 세우고 내비게이션을 쉬징레이에게 넘겨줬다. 해변도로라 인적이 드물었다. 왕할쯔는 아파트 정문 입구에서 충돌할 뻔했던 차에 타고 있던 젊은 남자의 얼굴을 기억해 냈다. 급하게 나오느라 무시하고 있었는데 자꾸 그 남자의 얼굴이 떠올랐다. 차가 조금이라도 부딪쳤으면 좀 더 구체적인 느낌을 받았겠지만, 이미 지나간 일이었다. 지금 이 상황에서 확실치 않은 정보를 위제에게 알려서 혼란을 줄 필요는 없었다. 위제는 중화의 꽃을 만난다는 사실만으로도 충분히 흥분한 상태였다. 왜 이렇게 준비도 없이 무작정 왔을까? 이영원의 신상에 문제가 생긴다면 이번 작전은 실패로 끝난다. 위제의 우려대로 일본인이 중화의 꽃을 가로채면 어떻게 될까? 생각만으로도 끔찍했다. 일본인과 한국 정부를 너무 깔본 것은 아닐까? 머릿속이 혼란스러웠다. 무장도 하지 않고 형편없는 출력의 경차를 탄 채 여행객처럼 어슬렁거리는 지금의 꼴이 한심스러웠다. 만약 예감대로 한국 정부가 수사에 나섰다면 일이 걷잡을 수 없이 꼬인다. 결코 우리 뒤를 쫓아오지 못할 거라는 위제의 호언장담은 허세에 그치고 만다.

"놈들이 어떻게 중화의 꽃을 찾아냈을까?"

위제의 질문에 두 여자는 침묵했다. 각자 떠오르는 생각이 있었지만, 함부로 발설해서 위제를 자극하면 안 된다고 생각했다. 왕할쯔는 위제의 관심을 다른 쪽으로 돌리고 싶었다.

"일본인도 문제지만 한국 정부도 신경 써야 해요. 아무래도 꼬리가 잡힌 것 같아요."

"한국 정부?"

"네, 아파트 입구에서 마주친 남자가 우릴 뒤쫓는 느낌이 들어요."

"경찰이란 말이야?"

"그건 확실치 않아요."

위제는 왕할쯔의 얼버무리는 말투에 인상을 찌푸렸다.

"정보가 새고 있다는 이야기일 수도 있겠군."

"그럴지도 모르죠. 분명한 건 우리가 현재 안전하지 않다는 거예요."

사이드미러를 힐끗 쳐다본 위제가 대화를 끊고 갑자기 차에서 내렸다. 그러고는 도로 중앙으로 뛰어들어 팔을 벌렸다. 달려오던 은색 대형 SUV가 요동치며 급정거했다. 타이어 끌리는 소리가 고막을 긁어 댔다. 위제가 멈춰 선 차로 다가가 차 문을 열고 얼빠진 표정의 운전자를 끌어 내렸다. 손날로 목을 내리쳐 남자를 간단히 기절시킨 다음 도로변에 던지고는 운전석에 올라탔다. 왕할쯔와 쉬징레이는 동시에 경차에서 내려 SUV에 옮겨 탔다. 위제가 거칠게 액셀러레이터를 밟으며 말했다.

"위험이 무엇인지는 직접 확인하는 게 제일 좋아."

지수는 지원 팀에 연락해 수사 협조를 구하느라 바빴다. 공항에 연락해 이영원의 탑승 여부를 확인한 다음, 이영원과 용의자로 지목된 일본인들에 대한 출국 금지를 요청했다. 그리고 오늘 입국한 모든 외국인 명단을 뽑아 달라고 청했다. 관제탑 테러 수사본부가 아직 남아 있어 공조는 원활하게 이루어졌다. 문제는 선박이었다. 확인 결과 일본으로 가는 국제선은 수익성 악화로 운항이 중단된 상태였다. 그러나 마음을 놓을 수 없었다. 일본행 부정기 크루즈선이 여전히 드나들었고, 내륙의 항구로 이동해 일본행 여객선으로 갈아탈

가능성도 있었다. 다음은 이영원의 아파트에 설치된 보안 카메라를 분석하는 일이었다. 지원 팀의 수사관이 현장에 도착해 작업을 시작했다.

지수가 이곳저곳에 전화하는 동안 김 관장이 옆에서 운전했다. 맑게 갠 하늘과 청색 바다가 맞닿은 수평선 위로 바닷새가 날고, 모래톱에서는 시폰 치마를 입은 젊은 여성 둘이 맨발로 거닐고 있었다. 반대편 소나무 숲 뒤로 봄날 오후의 목가적인 풍경이 펼쳐졌다. 어디에서도 위기감은 느껴지지 않았다. 지수는 다시 이영원에게 전화를 걸었다. 휴대 전화는 꺼져 있고 위치 추적은 불가능했다. 상황이 이렇게 급박하게 전개되리라고는 생각지도 못했다. 어디로 가야 할지 판단을 내릴 수 없었다. 섬의 모든 경찰력을 동원한다고 해결될 문제가 아니었다. 그들은 언제나 앞서 달리고 있었다. 꼬리가 보였다 싶으면 이내 몸을 숨기고 사라졌다.

최 전무에게서 전화가 걸려 왔다. 지수는 상황 보고를 하느라 진땀을 뺐다. 보고를 받은 최 전무가 담담한 어조로 지시를 내렸다.

"가까운 경찰서로 가서 대기하고 있어. 그렇게 섬을 돌아다녀 봐야 기름만 낭비하는 꼴이야. 50만 명 넘는 사람이 사는 섬인데 무슨 수로 놈들을 찾아내겠어?"

지수는 짧게 대답하고 전화를 끊었다. 최 전무의 판단이 옳았다. 현 상황에서는 또 다른 사건이 터지길 기다리는 수밖에 없었다. 메시지가 들어왔다. 아파트의 보안 카메라를 분석한 수사관이 보내온 사진이었다. 첫 번째 사진에서는 검은색 정장을 입은 두 남자가 보였다. 이들이 국정원을 사칭한 인물이었다. 이들 중 한 명이 요이치일까? 두 번째 사진에는 이영원이 엘리베이터를 타고 내려가는 모습이 찍혔다. 상황이 어느 정도 그려졌다. 문제는 세 번째 사진이었다. 두 명의 여자가 11층에서 내렸다. 복도에는 카메라가 없어서 여자들이 어떻게 이영원의 아파트에 들어갔는지 확인할 수 없었다. 그러나 이들이 아파트 내부에 발자국을 남긴 인물이라는 건 분명했다. 도대체 이 여자들은 누구일까? 왜 이영원을 뒤쫓는 것일까? 혹시 아파트를 급히 빠져나가던 경차에 탄 젊은 여자가 아니었을까? 그렇다면 코앞에서 용의자를 놓친 것이었다. 아니다. 젊은 여자가 운전하고 조수석에 남자가 앉아 있었다. 그렇다면 3인조인가? 지수는 정신을 집중해 나카무라 간지의 살해 사건 용의자를 떠올렸다. 남자와 여자로 된 커플이었다. 몇 명이 이 사건에 관련되었는지는 중요하지 않았다. 그들 뒤에 거대 조직이 있다면 범죄에 가담하는 인물은 무한정 늘어날 수 있었다.

지금까지 상황을 종합해 보면, 누군가가 국정원 직원이라고 속여 이영원을 데려갔고 그 뒤를 의문의 3인조가 뒤쫓는다는 이야기였다. 그런데 이 3인조는 어떻게 이영원을 뒤쫓을까? 아파트를 나와 어디로 간 것일까? 머릿속이 뒤엉키기 시작했다. 지수는 수사관에게 전화를 걸어 사진과 동영상 자료를 국정원과 공항에 보내 주라고 요청했다. 자료 분석이 끝나면 실체가 드러날 것이다. 그러나 지금은 그들의 실체 따위가 중요한 것이 아니다. 그들은 대담하게 자신을 드러내며 사건을 저지르고 있다. 정체가 파악될 즈음에는 이미 상황이 끝나 버린다. 이영원을 찾아내 구출해야 한다. 그런데 무슨 수로? 지수가 상념에 잠겨 있는 동안 두 사람이 탄 자동차는 B읍 경찰서 주차장에 도착했다.

지수는 현관에 대기하던 경찰 당직 간부와 인사를 나누었다. 대부분의 경찰력이 지난밤 공항에서 일어난 테러 사건에 투입되었기 때문에 경찰서는 한산했다.

영원은 숨이 턱까지 차올랐다. 달리면서 뒤를 돌아보니 귀고리를 한 남자가 맹렬하게 추격해 오고 있었다. 낮은 언덕이지만 산길을 달리는 것은 러닝머신 위에서 달리는 것과 비교할 수 없었다. 이내 거리가 좁혀졌다. 남자에게 붙잡히는 것은 시간문제였다. 덩치 큰 사내는 따돌릴 수 있지만, 귀고리를 한 젊은 남자보다 빨리 달리는 것은 불가능했다. 불현듯 구조를 요청해야 한다는 생각이 떠올라 재킷 주머니를 뒤졌다. 전화기가 잡히지 않았다. 낙법으로 몸을 굴렸을 때 떨어진 것 같았다. 전화기부터 챙겼어야 하는데 탈출하는 데 온 신경이 쏠려 깜빡했던 것이다. 영원은 왜 낯선 남자가 자신을 납치하려고 하는지 이해할 수 없었다. 쫓아오는 남자는 잡범 수준의 범죄자가 아니었다. 국정원 직원을 사칭해도 의심받지 않을 정도로 프로다운 분위기를 풍겼다. 지난밤 백현도 사건과 관련 있는 것 같지도 않았다. 그럼 대체 뭐야?

영원은 멈추어 섰다. 소나무와 전나무가 드문드문 보이는 비교적 평평한 곳이었다. 더는 달릴 힘이 없었다. 영원은 허리를 굽혀 숨을 몰아쉬며 남자를 기다렸다. 바닥에 떨어진 물건이 있는지 살폈다. 무기가 될 만한 것은 보이지 않았다. 겨우 전나무 밑에 버려진 구부러진 막대기를 찾아냈다. 야구 배트 정도의 크기였다. 단단하지는 않지만 없는 것보다는 나았다. 영원이 막대기를 집자 재킷 자락을 휘날리며 남자가 도착했다. 남자 역시 영원과 마찬가지로 허리를 굽힌 채 숨을 거칠게 몰아쉬었다. 그러면서도 시선은 영원에게 고정했다. 영원은 남자의 시선을 피하지 않았다. 남자의 눈에는 조롱과 비웃음이 한껏 묻어 있었다. 햇빛을 받은 귀고리가 반짝였다. 일대일 싸움일 뿐이다. 영원은 그렇게 마음먹었다.

중학교 때 검도장에서 아버지에게 목검으로 두들겨 맞은 기억이 되살아났다. 이마에서 굵은 땀방울이 흘러내렸다. 영원이 기합을 지르며 남자에게 달려들었다. 타격점은 남자의 이마였다. 남자가 허리를 비스듬히 기울여 막대기를 피했다. 남자가 허리를 펴서 막대기를 손으로 잡으려는 순간, 공중으로 치솟은 영원의 오른발이 남자의 턱을 향해 날아갔다. 카운터블로가 꽂혀 남자가 주춤대며 뒷걸음쳤다. 영원은 기회를 놓치지 않고 막대기를 휘둘렀다. 파열음이 나면서 어깨를 맞은 남자가 비명을 내질렀다. 다시 턱을 노려야 한다. 영원이 막대기를 공중으로 쳐들었을 때 남자가 몸을 굴려 영원의 발에 태클을 걸었다. 비틀대며 영원이 엉덩방아를 찧었고 순식간에 남자가 영원의 몸 위로 올라왔다. 카운터펀치를 맞은 남자는 어지럼증을 느끼면서도 주먹을 내리꽂았다. 영원은 양팔로 얼굴을 감싸 안으며 주먹세례를 막으려고 안간힘을 썼다. 남자의 우악스러운 손이 영원의 목에 닿았다. 필사적으로 반항했지만 역부족이었다. 이성을 잃은 남자가 영원을 이대로 죽이려는 듯 목을 졸랐다. 영원은 의식을 잃기 시작했다. 때마침 덩치 큰 사내가 나타나지 않았으면 숨이 끊어졌을 것이다. 사내는 영원의 몸에서 내려오지 않으려는 남자를 완력으로 떼어 내 수풀 속으로 내동댕이쳤다. 그러고도 분이 풀리지 않는지 달려가 넘어진 남자의 옆구리를 발로 찼다. 희미한 의식 속에서도 영원은 덩치 큰 사내가 내지르는 욕지거리를 들었다. 일본어였다. 잠시 후 덩치 큰 사내가 영원을 둘러업고 왔던 길을 되돌아 내려갔다.

위제는 최고 속도로 차를 몰았다. 커브 길에서도 브레이크를 제대로 밟지 않아 차체가 휘청거렸다. 뒷좌석에 앉은 쉬징레이는 거칠게 운전하는 위제를 걱정스러운 시선으로 바라봤다. '중화의 꽃'을 놓칠 수도 있다는 불안감이 위제의 냉철한 이성을 뒤흔들고 있었다. 쉬징레이는 이 모든 일이 자신의 실수에서 비롯된 것이라고 생각했다. 서울을 떠나기 전, 모든 준비를 끝냈어야 했다. 좀 더 정확한 그림을 보았더라면 지금의 혼란은 예방할 수 있었다. 중화의 꽃과 대면한 것도 아니고, 단지 그녀의 아파트에 있었을 뿐인데도 자신의 에너지는 위축되었다. 블랙홀에 빨려 들어가는 무기력한 떠돌이별이 된 느낌마저 들었다. 중화의 꽃이 미래를 얼마나 정확히 예측할 수 있는지는 누구도 알지 못한다. 지금 그 대답을 아는 사람은 아무도 없다. 오직 중화의 꽃만이 답할 수 있다. 중화의 꽃이 만개하면 자신의 능력은 폐기 처분될지도 모른다. 존재 이유가 사라지는 것이다. 그렇게 생각하자 오히려 마음이 편안해졌다.

"이제 곧 부두에 도착할 거예요. 염두에 둔 작전이 있나요?"

왕할쯔가 위제에게 물었다. 위제는 묵묵부답으로 운전에만 집중했다.

"권총 한 자루도 없다는 건 잘 알고 있죠?"

왕할쯔의 목소리는 신경질적이었다.

"작전 따위는 없어!"

오르막길이 끝나고 내리막길로 접어들었다. 눈앞에 푸른 바다가 펼쳐지고 작은 포구에 어선들이 정박해 있는 것이 보였다. 쉬징레이는 방파제 끝의 등대를 확인했다. 그림에서 본 등대였다. 중화의 꽃이 가까이에 있지만, 더는 구체적인 그림을 볼 수 없었다. 불안감이 증폭됐다. 일본인은 만반의 준비를 마친 상태고 뒤에서는 한국 정부가 쫓아오고 있었다. 왕할쯔는 해변 도로에 버리고 온 렌터카가 신경 쓰였다. 지금쯤 경찰에 신고 접수되었을 가능성이 컸다. 그러나 위제를 막을 방법이 없었다. 그는 산사태로 굴러떨어지는 거대한 바위처럼 속도를 줄이지 못한 채 맹렬하게 낙하하고 있었다. 왕할쯔는 이를 악물고 어깨와 허리를 비틀며 몸의 근육을 풀기 시작했다. 피할 수 없는 싸움이라면 반드시 이겨야 한다.

요이치는 부하를 맞으려고 갑판에서 내려왔다. 시간이 지체되긴 했지만 결국 이영원을 데려오는 데 성공했다. 언덕바지 도로에 검은 세단이 모습을 보이자 들끓던 화가 겨우 가라앉았다. 자신의 조직원을 기무라 옆에 붙인 건 옳은 판단이었다. 멍청한 조선인만 보냈더라면 어떤 식으로든 일이 꼬였을 것이다. 요이치는 조선인 대부분이 얼렁뚱땅 대충대충 일하는 족속이라는 편견을 갖고 있었다. 궁여지책으로 조선인 용병과 손을 잡았지만, 그는 원칙적으로 외국인을 신뢰하지 않았다. 턱수염을 지저분하게 기른 조선인 선장과 예절 교육 따위는 받은 적도 없어 보이는 두 명의 선원도 마음에 들지 않았다. 한때나마 그들이 북조선의 정규 군인이었다는 사실도 요이치는 믿지 않았다. 그들은 돈을 위해 움직이는 용병에 불과했다. 위대하고 고상한 사명감을 상실한 채 폭력을 휘두르는 인간이란 개돼지와 다를 바 없었다.

이영원을 태운 차가 언덕에서 포구로 이어지는 낮은 경사 도로를 타고 내려왔다. 꽃가루를 뿌리고 팡파르를 울려도 좋을 순간이었다. 역사의 전환점이라고 요이치는 생각했다. 이영원, 그녀가 미래의 새

역사를 쓸 것이다. 요이치의 가슴이 흥분으로 뛰기 시작했다. 오직 한 곳에 주의가 집중된 탓인지 요이치는 언덕 내리막길을 내리꽂듯이 질주하는 은색 SUV를 제대로 보지 못했다. 드디어 이영원을 태운 세단이 도착했다. 차 문이 열리고 기무라가 이영원을 끌어 내렸다. 그제야 뒤따라오는 SUV가 자신을 향해 돌진하고 있다는 사실을 인식했다. SUV는 세단의 측면을 정면으로 들이박았다. 운전석에 앉아 있던 덩치 큰 야쿠자가 미처 피하지 못하고 그 자리에서 즉사했다. SUV의 차 문이 열리고 남자와 여자 둘이 내렸다. 남자의 얼굴은 얼음처럼 차가웠다. 요이치는 그가 간지를 죽인 중국인이라는 사실을 직감적으로 알아차렸다. 반사적으로 요이치는 뒤를 돌아다봤다. 시퍼런 바다가 펼쳐졌다. 퇴로는 없었다. 이영원도 넋 나간 표정으로 세 명의 중국인을 바라보았다.

왕할쯔가 기합을 지르며 달려 나갔다. 그녀의 목표는 영원 옆에 서 있는 기무라였다. 기무라는 왕할쯔가 내지르는 주먹을 얼떨결에 피했지만, 공중으로 치솟아 내리꽂히는 발차기에는 속수무책으로 당했다. 턱이 완전히 돌아갔고 벌어진 입에서 붉은 피가 아스팔트로 뚝뚝 떨어졌다. 비틀거리면서도 기무라는 재킷 주머니에서 잭나이프를 꺼냈다. 틈을 주지 않고 왕할쯔가 깍지를 낀 채 양팔을 휘둘러 기무라의 관자놀이를 타격했다. 기무라의 손에서 잭나이프가 힘없이 떨어졌고, 무릎을 꿇은 그의 몸이 충격으로 부들부들 떨렸다. 최후의 일격을 준비하던 왕할쯔는 멈칫했다. 이질적인 에너지가 그녀 앞을 막아섰다. 기무라를 향해 앞으로 쏠려 있던 그녀의 몸은 용수철에 부딪힌 것처럼 튕겨 나갔다. 두어 발자국 뒤로 물러난 그녀가 옆으로

288

고개를 돌렸다. 일본인 사내가 손바닥을 내보이며 팔을 내밀고 있었다. 왕할쯔의 입이 조금 벌어졌다. 믿을 수가 없었다. 자신을 밀어낸 힘이 진짜 저 사내의 손바닥에서 나온 에너지란 말인가?

왕할쯔가 혼란스러워하는 순간을 요이치는 놓치지 않았다. 서녁 하늘의 태양을 가리며 요이치의 몸이 공중으로 솟아올랐다. 그의 등 뒤로 검붉은 아우라가 펼쳐졌다. 위제와 대적해 본 적 있는 왕할쯔는 자신을 향해 쏟아지는 무수한 빛이 무엇인지 알고 있었다. 찬란하고 투명한 빛은 인간의 몸을 관통하는 날카로운 칼날이었다. 살기는 살을 베고 뼈를 부서뜨린다. 왕할쯔는 양팔을 방패 삼아 자신의 몸을 가리고 에너지의 흐름에서 벗어나려고 비켜섰다. 사나운 폭풍 앞에 선 듯 그녀의 몸이 뒤로 밀려났다. 가슴과 복부에 고통이 파고들었다. 숨조차 쉴 수 없었다. 순간, 뱀의 몸통이 두 동강 나듯 갑자기 살기가 끊어졌다. 왕할쯔는 고개를 들었다. 위제의 건장한 어깨와 등이 보였다. 위제는 요이치를 향해 성큼성큼 걸어갔다. 두 남자의 거리가 좁혀졌다. 요이치는 의미가 불분명한 미소를 지었다. 왕할쯔는 일본인의 미소에서 짐승의 피 냄새를 맡았다. 남자가 들개의 내장을 끄집어내고 마지막 숨을 내쉬는 짐승의 턱을 찢어 버리는 장면이 선명하게 그려졌다. 위제에게 경고하기에는 이미 늦었다.

위제는 짧게 팔을 내뻗어 요이치의 얼굴에 가볍게 주먹을 날린 뒤 이내 강력한 스트레이트를 먹였다. 요이치는 안면을 강타당했지만, 표정에는 여전히 미소를 담고 있었다. 왕할쯔는 충격을 받았다. 위제의 주먹을 정타로 맞고도 멀쩡한 인간이 있다니 믿을 수 없었다. 위제가 몸을 비틀며 왼손으로 훅을 날리자 요이치가 오른팔로 주먹을 막아냈다. 전광석화처럼 요이치의 머리통이 위제의 턱을 치받았다.

카운터블로였기 때문에 위제의 무릎이 조금 꺾였다. 기회를 놓치지 않고 요이치가 2차 공격을 펼쳤다. 요이치의 무릎이 위제의 심장에 꽂혔다. 위제가 충격으로 주춤대는 사이 요이치가 오른 손바닥을 펼쳐 기를 모았다. 강철판조차 구멍이 날 정도의 위력이었다. 왕할쯔의 입에서 비명이 터지려는 순간 위제가 괴성을 지르며 몸을 일으켰다. 요이치의 손바닥에 위제의 손바닥이 맞닿았다. 요이치가 왼손을 들자 위제의 오른손이 올라갔다. 두 사람은 손바닥을 마주 댄 채 상대를 노려봤다. 적대적인 에너지가 두 사람의 손을 통해 부딪쳤다. 왕할쯔와 쉬징레이 그리고 기무라와 영원은 얼어붙은 듯 움직이지 못하고 양극단에 대치한 두 남자를 지켜봤다. 분출되지 못한 에너지가 거대한 파동을 이끌며 사방으로 분산됐다. 연쇄 핵분열 반응이 일어나기라도 한 듯 초자연적인 바람이 불어 여자들의 머리카락을 날렸다.

위제가 요이치를 제압하고 힘에서 우위를 보였다. 요이치의 몸이 뒤로 밀려났고 다문 입 사이로 붉은 피가 흘러내렸다. 위제는 멈추지 않았다. 조금만 힘을 쓰면 적의 피가 역류해 뇌수까지 미칠 것이다. 놈의 심장을 꺼내 바다에 던져 버리면 모든 게 끝난다. 그때 총소리가 터졌다. 왕할쯔는 총소리가 난 곳을 향해 고개를 돌렸다. 뱃머리에 총을 든 남자의 모습이 보였다. AK-74 소총이었다. 탄젠트 방식 가늠자를 사용해 장거리 사격에는 단점이 있지만 짧은 거리에서는 위력적인 화기였다. 왜 일본인이 AK 소총을 휴대한 것일까? 곧이어 두 명의 남자가 더 나타났다. 한 남자가 몸을 엎드려 양각대를 펼치고 사격 자세를 취했다. 원형의 드럼 탄창을 장착한 RPD 경기관총이었다. 중국에서도 생산되는 무기이기 때문에 누구보다 화력에 대해 잘 알고 있었다. 왕할쯔와 쉬징레이는 동시에 몸을 날려 자동차 뒤쪽으로 숨었다. 배와 자동차 사이의 거리는 불과 100여 미터도 되지 않았다. 요이치가 손을 떼고 옆으로 물러나며 멍하니 서 있는 영원의 허리를 붙잡고 땅바닥으로 엎드렸다. 동시에 경기관총이 불을 뿜기 시작했다. 평화롭고 한적한 어촌의 포구가 일시에 전장으로 변해 버렸다. 정신을 차린 위제는 간신히 차 뒤로 몸을 숨겼다. 차의 유리 파편이 튀고 타이어가 터지면서 차체가 주저앉았다. 요이치와 기무라가 힘을 합해 영원을 끌어당겼다. 영원은 눈앞에서 벌어진 상황을 현실로 받아들이지 못했다. 두 남자의 불가해한 격투와 난데없는 총알 세례 앞에서 정신을 잃을 것 같았다. 무차별 사격은 요이치 일행이 배에 오를 때까지 계속되었다.

해변도로에서 자동차 탈취 신고가 들어온 지 얼마 되지 않아 C면 대라리 포구에서 총격 사건 신고가 들어왔다. 경찰서의 모든 전화기가 동시에 울렸다. 지수는 벽면에 걸린 지도로 위치를 확인했다. B읍 경찰서에서 C면 대라리까지는 아무리 빨리 달려도 30분은 족히 걸리는 거리였다. 정반대 방향의 공항에 대기 중인 경찰 특공대는 더 늦을 것이다. 판단을 내리기 어려웠다. 도대체 누가 누구를 향해 총을 쏜 것일까? 국정원을 사칭한 무리가 이영원을 납치했고, 또 다른 일당이 뒤늦게 이영원의 아파트에 도착했다. 둘은 적대적인 관계다. 분명한 건 두 패거리가 이영원을 놓고 경쟁한다는 것이다. 어이없게도 자신이 가장 뒤늦게 도착했다. 포구에서 총격전이 끝나고 정체불명의 선박이 출항했다는 소식이 들어왔다. 시골 노인들이 대부분인 목격자의 구술 신고만으로는 사태를 파악하기 어려웠다. 이영원이 배에 탔는지도 불분명했다. 곧이어 마을에서 트럭 도난 신고가 들어왔다. 두 패거리가 나누어졌다. 배와 트럭, 어느 쪽을 우선 목표로 해야 하는가? 누가 이영원을 데리고 있는가?

"북에서 무장 공비들이 온 건가요?"

사십 대 중반의 당직 근무자는 창백하게 질려 있었다. 국정원 직원이 이십 대 후반의 젊은 사내라는 사실을 확인했을 때만 해도 그는 여유를 부렸다. 그러나 총격 사건이 접수되면서부터는 상황이 돌변했다. 한적한 시골 경찰서에서 처리할 수 있는 사건이 아니었다.

"대라리까지 최대한 빨리 갈 방법이 없을까요?"

"출동 준비는 끝났습니다."

경찰은 마당에 세워 둔 지프를 손짓으로 가리켰다. 그의 목소리는 긴장으로 떨렸다.

"공항의 대원들이 도착하려면 얼마나 걸릴까요?"

"버스로 오면 못해도 50분은 걸릴걸요."

이미 총격전이 끝나고 상황이 종료되었는데 대라리까지 갈 필요가 있을까? 트럭을 탈취하고 달아난 범인들을 검거하는 일이 남아 있으니 어떻게든 병력을 보내야 한다. 문제는 배를 타고 달아난 놈들이었다.

"헬기가 있을까요?"

"헬기요? 해경에 연락해 보겠습니다."

지수는 배를 쫓기로 마음을 굳혔다. 정황상 이영원이 배에 타고 있을 가능성이 높았다. 범인을 체포하는 것도 중요하지만, 무엇보다 이영원을 구하는 게 우선이었다. 지수는 김 관장을 불렀다.

"어떻게 하시겠습니까? 경찰과 함께 작전에 나가시겠습니까?"

"당연하지. 소장님과 관련된 일인데, 내가 나가야지."

"좋습니다. 그럼 관장님은 경찰과 함께 현장으로 가서 도주한 트럭을 쫓으세요. 저는 헬기를 타고 배를 뒤쫓겠습니다."

김 관장이 힘차게 고개를 끄덕였다.

"조심하십시오. 혹시 놈들과 부딪치더라도 절대 정면 대결을 펼치면 안 됩니다. 제게 먼저 연락해 주세요. 무슨 말인지 아시죠?"

미심쩍은 얼굴로 김 관장이 지수를 바라봤다.

"트럭을 탈취해 달아난 인물이 나카무라 간지를 살해한 용의자와 동일범일 가능성이 큽니다. 만약 제 추리가 맞다면 절대 만만한 상대가 아닙니다. 야쿠자 셋을 맨손으로 처리했습니다."

"알겠네. 걱정하지 말고 자네나 몸조심하도록 해."

김 관장이 남아 있는 경찰과 함께 먼저 경찰서를 빠져나갔다. 지수는 헬기를 기다리며 현 상황을 정리했다. 해양 경찰이 괴선박의 뒤를 쫓기 시작했다. 하지만 괴선박은 이미 가까운 바다를 벗어나고 있었다. 연해에서 갈치나 고등어를 잡는 어선이라고 하기에는 너무 빠른 속도였다.

왕할쯔가 탈취한 1톤 트럭은 대라리의 해녀들을 실어 나르는 화물차였다. 짐칸에는 해녀들이 놓고 간 어망과 큰 대야가 실려 있고, 플라스틱 대야에는 문어와 해삼, 광어, 가오리, 꽃게, 백합 따위의 해산물이 들어 있었다. 운전대를 잡은 왕할쯔는 말없이 앞만 바라봤다. 중간에 앉은 쉬징레이는 위제의 왼쪽 팔에 천 조각을 감아 지혈했다. 뼈를 관통하지 않았기 때문에 부상은 심각하지 않았다. 그러나 이번 작전은 변명의 여지가 없는 실패였다. 목숨을 부지한 것이 다행일 정도로 비참하게 깨졌다. 중화의 꽃을 코앞에서 놓쳤을 뿐만 아니라 적에게 전력을 그대로 드러내는 우를 범했다. 실상 그들은 강력한 화기 앞에서 무기력했다. 위제의 가공할 초능력과 전투력도 현대 무기를 압도하지는 못했다. 이 사실을 알게 된 적은 앞으로 그들의 약점을 집요하게 파고들 것이다.

"누구라고 생각하나?"

위제가 눈을 감고 느릿하게 말했다. 그는 갑판에서 총을 쏜 사내들을 떠올렸다.

"누구라뇨?"

왕할쯔가 다소 차갑고 비꼬는 어투로 말했다.

"AK 소총과 RPD 경기관총을 들고 있었어. 일본 놈들이 그런 구식 무기를 사용하지는 않겠지."

위제는 여전히 눈을 감은 채로 말했다.

"죄송합니다. 제가 좀 더 정확히 봤어야 하는데."

쉬징레이가 처음으로 입을 열었다.

"미안해할 것 없어. 네 탓이 아니야. 굳이 책임을 묻자면 상황을 오판한 내 책임이 커. 중화의 꽃 때문에 성급하게 행동했어."

위제가 눈을 떴다. 어떻게 여길 벗어나느냐가 급선무였다. 한국 경찰이 쫓아올 것은 불을 보듯 뻔했다. 시내로 향하는 주요 도로에 검문을 위한 바리케이드가 설치되었을 것이다. 공항에서 비행기를 타고 여유롭게 서울로 돌아가는 것은 꿈도 못 꿀 상황이니, 꼼짝없이 섬에 고립된 꼴이었다. 조직에서 퇴각로를 확보할 동안 숨어 지내야 한다. 왕할쯔는 신경질적으로 브레이크를 밟았다. 산 중턱의 구불구불한 내리막 도로였다. 이대로 내려가면 D면의 중심가가 나온다.

"여기서부터는 산길을 타야겠어요."

왕할쯔가 완만하게 이어진 산 능선을 쏘아보며 말했다. 세 시간 정도 달리면 국립공원 초입에 당도할 것이고 날은 어둑해질 것이다.

대라리로 향하는 국도변에서 탈취 차량이 발견되었다는 무전이 들어왔다. 지프 뒷좌석에 앉은 김 관장이 지도를 펼쳐 적의 도주로를 예상하며 작전을 구상했다. GP에서 수색대 소대장으로 수년간 복무했기 때문에 수색 정찰에는 이골이 나 있었다. 등고선이 표시된 지도만 있으면 지형은 물론이고 산의 생김새까지 입체적으로 그려낼 수 있었다. 김 관장은 펜으로 예상 경로를 표시한 다음 지도를 재킷 주머니에 넣었다.

"여기서 내립시다. 아무래도 산을 타고 도주하는 것 같은데 이곳에서 올라가면 놈들보다 먼저 도착할 수 있을 거요."

지프 앞좌석에 앉은 형사가 고개를 돌려 김 관장을 바라봤다. 그의 얼굴에는 미심쩍어하는 기색이 역력했다. 그제야 형사는 빡빡머리에 콧수염까지 기른 중년 남자의 신분을 정확히 확인하지 않았다는 사실을 떠올렸다. 국정원 요원과 동행했기 때문에 신경 쓰지 않았던 것이다.

"우리끼리 말입니까?"

짜증이 묻은 목소리였다. 옆에서 운전대를 잡은 젊은 의경이 힐끔거렸다.

"겁나면 나만 여기서 내려 주시오. 거기 가봐야 고물 트럭이나 있을 텐데, 헛걸음하고 싶지는 않소."

김 관장이 조금 퉁명스럽게 말했다. 의경이 상관의 지시도 받지 않고 브레이크를 밟았다. 젊은 의경은 자신의 행동에 놀란 것 같았다. 김 관장이 차에서 내려 화물칸에 실은 K2 소총을 꺼내 익숙한 동작으로 탄창을 결합한 다음 말했다.

"여기서 기다리든지 본대에 합류하시오."

형사는 김 관장의 표정에서 결연한 의지를 읽었다. 어쩔 수 없다는 듯 형사가 소총을 집어 들며 말했다.

"넌 여기서 대기하다가 지원 병력이 오면 올려 보내."

상관의 말에 의경은 "네, 알겠습니다"라고 크게 외쳤다. 사복 차림의 두 중년 남자는 멜빵을 단 K2 소총을 어깨에 메고 산길을 오르기 시작했다. 김 관장이 앞장서고 형사가 뒤따랐다. 그들은 앞으로 만나게 될 상대가 어떤 인물인지 전혀 상상도 하지 못했다.

지수는 유선 전화로 최 전무에게 상황을 보고했다. 시간이 지날수록 작전 지휘 체계에 혼선이 빚어지고 있음이 드러났다. 최 전무는 섬 주변에 주둔한 해군과 해병대에 작전 요청을 하는 것을 두고 망설였다. 정보기관은 체질적으로 공개적인 작전에 뛰어드는 것을 꺼렸다. 최 전무는 이번 사건도 철저하게 기밀에 부치고 싶었다. 김평남의 죽음이 암살일 가능성이 커지고, 사건의 핵심에 일본 우익 단체가 관련되어 있음이 드러났을 때부터 그는 긴장한 상태로 사건을 예의 주시했다. 그런데 난데없이 어촌 마을에서 총격전이 터졌다. 그 중심에는 지난밤 공항 테러로 언론과 사람들의 많은 관심을 받기 시작한 여자 관제사가 있었다. 게다가 그 젊은 여자가 다름 아닌 이방우의 딸이라는 소식을 접했다. 공개적으로 사건을 처리하기에는 예민한 문제가 너무 많았다. 최 전무는 할 수 있다면 경찰력만으로 이번 사건을 수습하고 싶었다. 군이 개입하면 문제가 확대되어 사후 처리가 복잡해질 것이다.

　일단 현장에 있는 차지수에게 희망을 걸어야 했다. 지수가 어떻게 처리하느냐에 따라 상황이 돌변할 것이다. 섬의 분원에 상주하는 국정원 요원에게도 공개적인 활동을 자제하라고 지시를 내렸다. 최 전무는 이번 사건에서 정보 누출 여부가 중요한 변수로 작용할 것을 본능적으로 감지했다. 행정안전부 소속 경찰과 국토해양부 소속 해양경찰에게 따로따로 협조 요청을 구하느라 그는 쉬지 않고 전화를 돌렸다. 국정원에서 정확한 정보를 공개하지 않았기 때문에 경찰은 경찰대로 기분이 상한 채 작전에 임했다.

　최 전무와 통화를 끝내고 얼마 지나지 않아 B읍 경찰서 마당에 해양경찰 소속 헬기가 내려앉았다. 아구스트웨스트랜드사에서 만든 AW-139였다. 응급 환자 이송을 위해 해양경찰이 최근 도입한 중형 쌍발 터빈 헬기였다. 지수는 순경의 도움을 받아 헬기에 탑승했다. 헬기에는 경위 계급장을 단 기장과 부기장이 조정석에 앉고, 정비사 한 명과 항공 대원 두 명이 뒷자리에 타고 있었다. 지수는 항공 대원과 악수를 나눴다. 문이 닫히고 헬기가 공중으로 떠올랐다. 지수는 경찰에게서 지원받은 K2 소총을 손에 쥐고 지상을 초조하게 내려다봤다. 순식간에 읍내를 벗어나 청색 바다가 펼쳐졌다. 저공비행하는 헬기 아래로 파문이 일었다.

　산마루턱에 오른 김 관장은 지도와 비교하며 지형과 산세를 살폈다. 숲에 어둠이 깔리기 전에 놈들을 찾아야 했다. 그는 다시 한 번 예상 도주로를 확인했다. 예측이 맞다면 얼마 뒤 적이 이곳을 지날 것이다. 숲의 그늘에 몸을 숨기고 매복 작전을 펼치기에 적합한 장소였다.

"정말 놈들이 이곳을 지나갈까요?"

소총을 어깨에 멘 형사가 이마의 땀을 손바닥으로 닦으며 말했다.

"설악산에 무장 공비가 나타났을 때 내가 코로 냄새를 맡아 다 찾아냈소."

형사는 그의 농담에 웃지 않았다.

"저기 내려가서 숨어 있으면 놈들이 나타날 거요."

그렇게 말하고 김 관장은 갓머리에서 내려갔다. 그는 적당한 비탈에 밑동이 굵은 나무나 바위 같은 은폐물이 있는 최적의 장소를 머릿속으로 그렸다. 얼마 지나지 않아 그는 사냥개처럼 훌륭한 매복지를 찾아냈다. 김 관장은 형사에게 무전기와 휴대 전화를 꺼놓으라고 지시하고, 땅바닥에 퍼질러 앉아 물기가 남은 검은 흙을 자신의 반질거리는 대머리에 발랐다. 열이 오른 피부에 차가운 흙이 닿자 그는 진저리를 쳤다.

중국인 3인조는 산등성이를 타고 쉬지 않고 바쁜 걸음으로 내려왔다. 밤이 깊어지기 전에 국립공원 초입에 도착해 관광객 무리에 섞이는 것이 그들의 목표였다. 위제가 앞장서고 왕할쯔와 쉬징레이가 차례로 뒤따랐다. 위제는 쉬징레이가 대열에서 낙오하지 않도록 신경쓰며 속도를 조절했다. 일본인에게 불의의 일격을 당한 게 분했지만, 지금은 조원의 안전을 추슬러야 했다.

왕할쯔는 위제의 큼직한 등을 바라보며 걸었다. 시야가 트이면 황혼에 물들어가는 하늘과 바다를 살피기도 했다. 전투에 패해 줄행랑치는 꼴이지만 회색 도시를 벗어나 모처럼 대자연에 몸을 맡긴 터라 상쾌한 기분마저 들었다. 위제의 부상은 찰과상에 불과했고 잠시 후

298

면 한국 경찰의 수색망에서도 벗어날 수 있었다. 왕할쯔는 뒤에서 따라오는 쉬징레이의 발이 돌부리에 차이는 소리에 움찔했다. 쉬징레이에게 타인의 속마음을 읽어 내는 능력이 없다는 게 다행스러웠다. 중화의 꽃을 놓친 책임을 어떻게 질 것인가? 중화의 꽃? 불현듯 이영원의 얼굴이 떠올랐다. 일본인과 격투를 벌이느라 제대로 관찰하지 못했지만, 대략의 인상착의는 훑어보았다. 사진으로 본 느낌과 확연히 달랐다. 납치 상황에서 반항한 것인지 아랫입술이 터져 부어 있었다. 그렇긴 해도 본연의 아름다운 모습이 훼손되지는 않았다. 풍성한 검은 머리카락과 맑은 눈동자가 유난히 두드러져 보였다. 이목구비도 선명하고 타고난 신체 조건도 좋았다. 바르게 선 자세도 흠잡을데가 없었다. 훤칠한 체격 탓인지 북방계 미인을 연상케 하는 분위기였다. 다만 황당한 일을 당해서인지 창백해진 피부가 조금 눈에 거슬렸다. 중화의 꽃이라면 좀 더 담대하고 의연한 모습을 보일 필요가있었다. 왕할쯔는 피식 미소를 지었다. 스물아홉 살 한국 미혼 여성은 아직 자신이 누구인지 알지 못했다. 지금 이영원에게 중화의 꽃다운 모습을 기대하는 것은 욕심이었다. 현장에서 놀라 쓰러지지 않은게 다행일지도 모른다.

왕할쯔가 상념에 빠져 있는 동안 쉬징레이는 부지런히 발걸음을 옮기면서도 앞으로 일어날 일을 떠올렸다. 만약 자신이 이전 상황을 정확히 예측했다면 이런 참담한 꼴은 당하지 않았을 거라는 생각이 머릿속에서 떠나지 않았다. 중화의 꽃이 미래에 어떻게 변할지, 중화의 꽃이 조직에 어떤 영향을 미칠지는 쉬징레이의 관심사가 아니었다. 그녀는 컨베이어 벨트에 앉아 자신에게 주어진 몫을 기계적으로 처리하면 그만이었다. 이번 작전에서는 위제가 중화의 꽃을 탈 없이 조직에 인수하도록 돕는 게 임무였다. 작전이 실패한 지금으로선 앞으로 어떤 일이 벌어질지 장담할 수 없었다. 중화의 꽃에서 뿜어져 나오는 에너지는 그녀를 압도적으로 짓눌렀고, 이영원을 직접 대면하고 받은 심리적 압박감은 희망과 절망이라는 두 개의 분리된 감정을 낳았다. 중화의 꽃이 등장하면서 자신을 얽어맨 끈에서 해방될 수도 있다는 기대와 그녀의 출현으로 자신은 조직에서 영구히 폐기 처분될지도 모른다는 두려움이 함께 생겨났다.

그때 쉬징레이의 머릿속으로 새로운 그림이 보였다. 구체적이고 사실적인 그림이었다. 그림을 해석하는 데는 오랜 시간이 걸리지 않았다. 중화의 꽃이 멀어지고 있다는 사실의 반증이기도 했다. 쉬징레이가 위제를 불렀다.

"전방에 매복조가 있어요."

좁은 경사로를 오르던 위제가 발걸음을 멈추었다.

"한국 경찰인가?"

위제가 담담한 어조로 묻자 쉬징레이는 고개를 끄덕였다.

"몇 명이야?"

몸을 돌린 왕할쯔가 쉬징레이를 내려다보며 물었다.

"두 명이에요. 모두 자동 소총으로 무장하고 있어요."

"여기서 다른 길을 택할 수 있나?"

위제가 왕할쯔를 바라보며 말했다.

"이 길을 버리면 중간에 길을 잃을 가능성이 높아요. 곧 밤이 될 거고 산세도 만만치 않아요."

위제는 뜸을 들인 뒤 쉬징레이를 바라보며 말했다.

"그렇다면 정면 돌파하는 쪽이 낫겠군."

쉬징레이는 아무 말도 하지 않았다. 위제는 몸을 돌려 다시 경사로를 오르기 시작했다. 숲은 다시 기묘한 적막에 잠겼다.

발소리가 들렸다. 김 관장의 지시에 형사는 땅에 배를 대고 낮게 엎드렸다. 김 관장은 조정 핀을 안전에서 자동으로 옮기고 숨을 죽였다. 40여 미터 전방에 어슴푸레한 형체가 나타났다. 김 관장은 그들의 무장 상태에 촉각을 곤두세웠다. 놈들이 어떤 화기로 무장했느냐에 따라 사살할 것인지 생포할 것인지 판단해야 했다. 적과의 거리가 점점 가까워지자 그의 호흡도 빨라졌다. 마침내 놈들의 모습이 시야에 정확히 들어왔다. 키가 큰 남자와 여자 두 명의 모습이 보였다. 순간 김 관장은 인상을 찌푸렸다. 3인조는 캐주얼한 사복 차림에 무장도 하지 않은 상태였다. 등산객인가? 그럴 리가 없었다. 이 시간에 산중을 헤매는 민간인이 있을 가능성은 적었다. 능선을 따라 산길이 나 있긴 하지만 알려진 등산 코스에서 한참 벗어난 곳이었다. 김 관장은 침을 꿀꺽 삼킨 뒤 판단을 내렸다. 상대는 무방비 상태였고 젊은 여자가 둘이었다. 긴장 상태로 조준 자세를 취하고 있던 형사가 얼떨떨한 얼굴로 고개를 들었다. 긴장의 이완이 느껴졌다. 좋지 않은 상황이었다. 김 관장이 허리를 들어 올리는 것과 동시에 허공에 대고 한 방을 쏘았다. 총소리와 함께 그의 몸이 스프링처럼 튀어 나갔다. 3인조와의 거리는 불과 10여 미터였다. 총부리를 그들의 심장으로 향한 채 김 관장이 앞으로 달려갔다. 뒤이어 형사가 어정쩡한 자세로 그늘에서 나왔다. 김 관장이 고함을 치기도 전에 3인조는 양손을 들어 투항 의사를 밝혔다. 총소리에 놀란 형사의 심장이 격렬하게 뛰었다.

"배를 바닥에 대고 엎드려!"

서너 발자국 앞까지 다가선 김 관장이 고함을 질렀다. 그러자 두 남녀의 얼굴이 동시에 키 작은 여자에게로 향했다. 마치 무슨 말인지 알아듣지 못했다는 표정으로 여자를 바라봤다. 이놈들도 일본인인 가? 김 관장은 그들의 태연한 행동에 놀란 반면, 형사는 젊은 여자들의 얼굴을 가까이에서 확인하고는 빠르게 자신감을 회복했다. 용의자는 비무장 상태였고 남자는 단 한 명이었다. 물러서 있던 형사가 김 관장 옆으로 다가섰다. 그 순간 팽팽하던 기의 흐름이 조금 느슨해졌다.

위제는 기회를 놓치지 않았다. 염력이 미치기에 적당한 거리였다. 올렸던 양팔을 세차게 내리꽂았다. 가슴을 향해 있던 총부리가 불분명한 힘에 밀려 땅바닥으로 내려갔다. 얼빠진 표정으로 김 관장과 형사는 아래로 향한 총부리를 바라봤다. 틈을 주지 않고 날아오른 왕할쯔의 몸이 형사를 향했다. 위제는 김 관장에게 팔을 뻗으며 달려갔다. 왕할쯔의 발이 형사의 턱을 강타하자 형사는 그 자리에서 의식을 잃었다. 김 관장은 총을 들어 올리려 했지만 위제의 주먹이 빨랐다. 광대뼈를 맞았는데 해머로 두들겨 맞은 듯한 충격이었다. 겨우 방아쇠를 당겼지만, 총알은 지면에 박혔다. 김 관장은 소총을 놓치고 풀숲으로 나뒹굴었다. 몸을 일으켜 방어 자세를 취하려고 했지만 팔과 다리에 힘이 남아 있지 않았다. 현기증이 일어났다. 이제껏 이렇게 강한 주먹은 경험한 적이 없었다. 흙바닥에 얼굴을 파묻은 김 관장에게 두려움이 엄습했다. '놈들과 부딪치더라도 절대 정면 대결을 펼치면 안 됩니다.' 지수의 경고가 떠올랐다. 김 관장은 몸을 웅크리고 입을 크게 벌린 채 숨을 내쉬었다. 위제가 천천히 김 관장에게로 다가와 허리를 숙였다. 그는 엎드린 채 겨우 숨을 쉬는 김 관장의 목덜미를 손으로 눌렀다. 기절한 형사의 상태를 확인한 왕할쯔가 위제를 막아섰다.

"죽이지 마요. 상대는 한국 경찰이에요."

김 관장의 목덜미를 쥔 위제가 고개를 들어 왕할쯔를 바라봤다. 그러고는 짧게 고개를 끄덕였다. 위제의 손이 김 관장의 관자놀이로 옮겨 왔다. 엄지에 힘을 주어 혈을 짚었다. 김 관장은 처음 맛보는 고통에 온몸을 떨었다. 손바닥을 펼쳐 땅바닥에 대고 필사적으로 위제의 기를 내보내려 했지만 역부족이었다. 대신 바지 아랫도리가 축축해졌다. 전기 충격을 받은 물고기처럼 몸을 퍼덕이고는 이내 의식을 잃었다. 위제는 김 관장의 맥박을 확인한 뒤 자리에서 일어났다.

"총은 어떻게 할까요?"

쉬징레이가 두 사람에게 물었다. 왕할쯔와 위제는 대답하지 않았다. 아무 일도 일어나지 않은 듯 두 사람은 몸을 돌려 발걸음을 옮겼다. 쉬징레이는 쓰러진 두 남자를 살펴보고 왕할쯔의 뒤를 따랐다. 세 사람은 숲의 어둠 속으로 사라졌다.

시속 260킬로미터로 날아간 AW 139 헬리콥터는 빠르게 괴선박을 따라잡았다. 12해리 통상 기선의 영해를 벗어난 괴선박은 어느새 배타적 경제 수역 안쪽 깊숙한 곳까지 다다랐다. 헤드셋으로 기장의 목소리가 들렸다.

"전방 6킬로미터 지점에 정체불명의 어선이 보입니다. 40노트 이상의 빠른 속도입니다."

헬기가 선박을 따라잡는 동안 작전을 세워야 했다. 문제는 탑승한 헬기가 공격용이 아니라 응급 환자 후송과 해상 수색용이어서 제대로 된 무기를 장착하지 않았다는 점이었다. 지수는 초조한 마음으로 K2 소총을 장전했다. 어떻게든 선박의 속도를 늦추어 해양 경비선이 따라잡도록 유도하는 게 목표였다. 그런데 겨우 K2 소총으로 가능할까? 어선이라고 하지만 강철로 된 디젤 선박이 파도를 헤치며 최고 속도로 달아나고 있었다. 신고 내용에 따르면, 선원들은 중화기로 무장한 것이 틀림없었다. 고기잡이배라기보다는 간첩선이나 해적선으로 봐야 옳았다. 그때 항공 대원이 지수에게 손짓했다. 응급 처치 의료 기구를 담은 하얀 박스 옆에 철로 된 국방색 상자가 있었다. 항공 대원이 자리에서 일어나 상자를 가져왔다. 걸쇠를 풀고 상자의 케이스를 들어 올렸다. K201 유탄 발사기였다. 탄환은 대인 살상용 유탄이었다. 우수한 화기이긴 하지만 강철 선박을 단번에 제압하기에는 무리가 있었다. 게다가 적들이 응수 사격을 하면 덩치 큰 헬기가 유효 사거리로 근접하기 어려워 적중률이 떨어진다. 항공 대원이 K2 소총에 유탄 발사기를 장착했다. 옆에 있던 다른 대원이 지수의 표정을 읽고는 말했다.

"연락을 받고 특별히 준비한 무기가 있습니다. 보시겠습니까?"

지수가 고개를 끄덕이자 대원이 제법 큰 철제 케이스를 끌고 왔다. 첼로 케이스 크기의 직사각형 철제 상자였다. 대원이 상자의 뚜껑을 열었다. 지수는 숨을 들이마셨다. 짙은 녹색의 일회용 대전차 로켓 발사기였다. 옆에는 로켓이 놓여 있었다. 탱크의 두꺼운 강판을 뚫을 수 있게 설계된 무기여서 어선을 침몰시키기에 충분했다. 자연스럽게 최 전무의 얼굴이 떠올랐다.

"어떻게 하시겠습니까?"

젊은 대원이 걱정스러운 눈빛으로 지수를 바라봤다. 군대에서 대전차 무반동총을 쏘아 본 경험이 있기 때문에 자신 있었다. 문제는 배에 타고 있을 이영원의 안전이었다. 기관총까지 쏘며 이영원을 납치했는데 해양경찰 헬기가 나타났다고 순순히 투항할 상대가 아니었다.

"갑판에 사람들이 보입니다. 소총을 들고 있어요."

한층 다급해진 톤으로 기장이 말했다. 지수는 아래를 내려다봤다. 물보라를 일으키며 괴선박이 남동쪽으로 순항하고 있었다. 지수는 항공 대원이 건넨 쌍안경으로 갑판을 살폈다. AK 소총으로 무장한 두 명의 괴한이 헬기를 바라보며 이야기를 나누고 있었다. 생각보다 사태가 심각했다. 위장을 포기하고 총을 들고 있다는 사실은 정면 대결을 선택했다는 의미였다. 선박에 가까이 다가갈수록 헬기가 위험했다. 게다가 AK 소총으로 무장한 건 최악의 상황이었다. 그것은 곧 배에 탄 사내들이 단순한 일본 조직 폭력배가 아니라는 증명이었다. 놈들의 정체가 뭘까? 정말 이영원이 저 배에 타고 있을까? 시간이 촉박했다. 지수는 어선의 구조를 살폈다. 선미에 정사각형 선실이 있고 그 위에 돌출된 조타실이 보였다. 배 중앙에는 용도가 불분명한 카고 크레인이 있었다. 이영원은 선실에 있을 가능성이 컸다. 그렇다면 배의 앞쪽, 선수를 때려야 한다. 충격을 완화하기 위해 선수의 아래쪽에 있는 선체와 물속에 가라앉은 배 밑바닥의 경계면을 표적으로 설정한다. 이중 바닥일 가능성이 크지만, 로켓포의 장갑 관통 능력은 400밀리미터에 이른다. 지수가 기장에게 말했다.

"경고 방송을 하는 척하며 배의 주위를 돌아 주세요. 공격용 헬기가 아니어서 선제공격을 하지는 않을 것 같습니다. 놈들이 방심하는 순간 측면에서 배의 앞쪽을 때리겠습니다."

기장이 고개를 돌려 지수를 바라봤다.

"배를 침몰시킬 작정입니까?"

"네."

지수가 짧게 대답했다. 기장은 지수를 잠깐 바라보고 고개를 끄덕였다. 짙은 색안경을 쓰고 있어 기장의 정확한 표정을 읽어 내지는 못했다. 지수는 로켓 발사기에 로켓을 삽탄했다. 옆에서 도와주는 항공 대원들의 손이 조금 떨렸다. X 반도를 착용하고 선실 기둥에 매달린 안전 고리를 걸었다. 작전에 성공하려면 항공 대원과의 호흡이 중요했다. 짧게 자신의 의도를 설명한 뒤, 지수는 로켓 발사기를 어깨에 올렸다. 발사기의 무게는 7킬로그램에 불과해 가벼웠다. 헬기와 선박의 거리가 500여 미터까지 좁혀졌다. 지수는 깊게 심호흡을 내쉬며 긴장을 털어 냈다. 놈들이 선제공격하지 않기를 빌어야 하는 상황이었다. 최대 유효 사거리는 300미터였다. 비행 중인 헬기에서 움직이는 배를 로켓으로 맞추는 게 쉬운 일은 아니었다. 최대한 가깝게 접근해야 했다. 선박을 200여 미터까지 따라잡은 헬기는 오른쪽으로 방향을 틀어 선회하기 시작했다. 헬기의 속도도 느려졌다. 배는 여전히 30노트 이상으로 달려가고 있었다. 육안으로도 갑판에 나온 괴한의 모습이 보였다. 그들은 손으로 헬기와 정면을 번갈아 가리키며 이야기를 나누었다. 지수의 시선도 자연스럽게 배의 정면으로 향했다. 하지만 아무것도 보이지 않았다. 망망대해가 펼쳐져 있을 뿐이었다. 뭔가 기다리는 건가? 놈들의 의도가 뭘까? 지수는 집중하려고 노력했다. 기회는 단 한 번뿐이다.

"시작하겠습니다."

기장의 메마른 목소리가 들리는 것과 동시에 헬기는 수면으로 하강했다. 순식간에 배와의 거리가 100여 미터로 좁혀졌다. 총을 든 괴한이 우왕좌왕했지만, 공격 자세를 취하지는 않았다. 공격용 헬기가 아닌 것이 다행스러웠다. 지수가 신호를 주자 항공 대원이 옆문을 열었다. 바람이 쏟아져 들어왔다. 지수가 발판에 디디고 서자 항공 대원 한 명이 지수의 허리와 안전 로프를 잡고 균형을 유지하도록 도왔다. 어깨에 올린 발사기에 뺨을 대고 지수는 가늠자를 노려봤다. 그제야 놈들은 상황을 이해한 것 같았다. 조타실에 수신호를 하고 총을 들어 조준 자세를 취하려 했다. 그러나 이미 지수가 발사기의 방아쇠를 당긴 뒤였다. 대전차 로켓 탄두가 배를 향해 불을 뿜으며 날아갔다. 로켓은 정확히 선수의 목표 지점에 꽂혔다. 폭음이 울리며 화염과 물보라가 배 앞쪽에서 솟구쳤다. 충격을 받은 선체가 심하게 요동치고 배의 진행 방향이 옆으로 틀어졌다. 다행히 배는 전복되지 않았다. 헬기에 아슬아슬하게 매달린 채 지수가 배의 상황을 살폈다. 갑판에 있던 괴한 중 한 명이 앞으로 고꾸라지며 바다로 떨어졌고 나머지 한 명은 뒤로 튕겨 나가 선실 벽에 부딪혔다. 신호를 주자 헬기가 공중으로 높이 떠올라 배 주위를 선회했다. 동력을 잃은 배는 정지 상태에서 침몰하고 있었다. 불 붙은 선수에서 검은 연기가 피어올랐다. 성공이었다. 기내로 들어온 지수는 항공 대원에게서 유탄 발사기를 장착한 K2 소총을 넘겨받았다.

곧이어 배의 선실에서 사람들이 나왔다. 충격으로 상처를 입은 듯두 명의 사내가 비틀거리며 나왔다. 총을 들고 있지는 않았다. 지수는 조준 자세를 취하고 배에서 눈을 떼지 않았다. 이영원을 찾아야한다. 만약 그녀의 신상에 문제가 생겼다면 작전은 실패다. 무장 병력이 없는 걸 확인한 기장이 헬기를 배 가까이에 붙였다. 지수는 다시 헬기에서 몸을 내밀고 갑판으로 경고성 사격을 시작했다. 총소리에 혼비백산한 사내 둘이 무작정 바다로 뛰어들었다. 그때 선실에서 작은 체구의 여자가 팔로 머리를 감싸고 뛰어나왔다. 총을 내리고 지수는 여자의 뒷모습을 눈으로 좇았다. 또 한 명의 사내가 선실에서 나왔다. 남자는 검은색 정장 차림이었다. 다친 것처럼 보이는 남자가 바른 자세로 서서 헬기를 쏘아봤다. 지수는 남자가 요이치임을 직감했다. 은영과 현서를 비롯한 네 명의 여자를 납치하고 최보라를 죽인 범인. 먼 거리에서도 놈의 분노가 느껴졌다. 놈이 사나운 표정으로 헬기를 올려다봤다.

지수는 사내의 심장을 조준했다. 비무장 상태였고 사정거리에 들어와 있었다. 그러나 지수는 망설였다. 무방비 상태의 투항하지 않는 적을 사살하는 것이 옳은 일인가? 왜 갑자기 이런 감상적인 의문이 드는지 이해할 수 없었다. 놈이 이영원에게 한 걸음이라도 다가서면 방아쇠를 당길 것이다. 하지만 그는 지수의 생각을 읽은 듯 꿈쩍하지 않고 헬기를 바라보기만 했다.

요이치가 미소를 지었다. 실제로 그가 미소를 지었는지는 불분명하지만, 지수는 분명히 그렇게 생각했다. 선미의 끝자락에 선 이영원이 헬기를 힐끗 쳐다보고는 바다로 뛰어들어 헤엄치기 시작했다. 어차피 침몰하는 배였으니 나쁘지 않은 선택이었다. 지수는 다시 요이치를 내려다봤다. 저항하려는 의도는 엿보이지 않지만 그렇다고 완전히 투항 의사를 밝힌 것도 아니었다. 놈이 이영원의 뒤를 따라가면 모든 것이 끝난다. 유탄 한 방이면 놈을 저승길로 보낼 수 있다. 제발 한 걸음만 움직여라. 그러나 이번에도 놈은 꿈쩍하지 않았다. 마치 배와 함께 수장될 각오라도 한 것 같았다. 파시스트의 면모와 수도승의 초연한 태도가 뒤섞여 기이한 분위기를 풍겼다. 절체절명의 위기에도 지나치게 태연한 그의 태도가 지수의 심기를 불편하게 했다.

갑자기 지수가 사격을 가했다. 총소리와 함께 10여 발의 탄피가 바다로 떨어지고 K-100 탄환이 놈이 선 자리 주변에 박혔다. 사내는 몸을 웅크리지도 달아나지도 않고 바위처럼 서 있기만 했다. 빨리 놈을 처치하고 이영원을 구해야 한다. 하지만 총구는 놈의 심장을 정조준하지 못했다. 왜 코앞의 적을 쏘지 못하는 것일까? 화가 난 상태로 지수가 기장에게 외쳤다.

"배의 뒤쪽으로 가주세요. 여자를 먼저 구하겠습니다!"

그렇게 말하고 소총을 대원에게 넘겼다. 배는 침몰 중이고 적은 무방비 상태였다. 바다에 빠진 놈들은 누군가 구조해 주지 않으면 어차피 물고기 밥이 될 처지였다. 넓은 바다에서 놈들이 기댈 곳은 없었다. 납치범들 처리보다는 이영원의 구조가 우선이었다. 헬기가 배의 뒤쪽으로 움직였다. 파문이 일어나는 중심에서 이영원이 손을 들어 구조를 요청하고 있었다. 일몰의 검푸른 바다에 빠진 여자는 우물에 빠진 콩처럼 작아 보였다.

"어떻게 하시겠습니까?"

항공 대원의 질문에 지수가 안전 고리를 풀며 답했다.

"제가 내려가죠."

수면에서 헬기까지의 높이는 대략 20여 미터였다. 항공 대원이 카운트를 세자 지수는 숨을 깊게 들이마시며 바다를 내려다봤다.

"쓰리, 투, 원, 강하!"

정지 상태의 헬기에서 지수가 두 팔을 감싸 안고 막대기처럼 뻣뻣하게 선 채 바다로 수직 낙하했다. 수면에 몸이 부딪히자 절로 눈이 감겼다. 봄 바다의 수온은 얼음처럼 차가웠다. 일시에 몸의 모든 감각이 마비된 것 같았다. 눈을 뜨고 다리에 힘을 주어 수면으로 올라왔다. 이마로 흘러내리는 물을 고개를 흔들어 털어 내고 주위를 둘러봤다. 이영원이 불과 5미터 거리에 있었다. 물에 젖은 검은 머리칼과 창백한 얼굴, 떨리는 속눈썹과 멍든 것처럼 파란 입술, 두려움과 호기심이 뒤섞인 눈동자가 보였다. 지수는 헤엄쳐 그녀에게 다가갔다. 이영원이 양손을 뻗어 지수의 목을 감싸 안자 지수는 왼팔로 그녀의 허리를 둘렀다. 여자의 몸은 차가웠지만, 그녀가 내쉬는 호흡에는 온기가 묻어 있었다. 긴박한 순간인데도 기묘한 느낌이 심장으로 차올랐다. 바닷물에 젖은 여자의 속눈썹이 파르르 떨렸다.

지수는 고개를 들어 헬기를 쳐다봤다. 헬멧을 쓴 항공 대원의 모습이 보였다. 곧이어 와이어에 매달린 구명 도구가 내려왔다. K2 소총을 든 항공 대원의 시선은 남쪽으로 헤엄쳐 달아나기 시작한 일당을 향했다. 거대한 바다에서 그들이 갈 곳은 없었다. 어느새 100여 미터까지 멀어졌지만, 대양의 크기에 비하면 이동하지 않은 것과 마찬가지였다. 놈들은 독 안에 든 쥐 신세였다.

지수는 헬기에서 내려온 구명조끼를 잡았다. 조끼에 양손을 집어넣고 안전벨트를 채운 다음 영원에게도 조끼를 입혔다. 두 조끼 사이의 끈을 조이자 두 사람의 가슴이 밀착됐다. 영원이 추위로 몸을 떨었다. 허리의 이중 안전장치 고리를 연결하자 모든 준비가 끝났다. 이제 헬기에서 두 사람을 끌어 올리는 일만 남았다. 지수가 손을 들어 신호를 보냈다. 그런데 항공 대원의 시선이 다른 곳을 향하고 있었다. 두 대원은 멍하니 먼바다를 바라보고 있었다. 괴한들이 헤엄쳐 달아나는 남쪽이었다. 지수도 그곳으로 고개를 돌렸다. 침몰 중인 배의 선수가 완전히 물에 잠겨 배의 꼬리가 하늘을 가리키고 있었다. 그런데 그 뒤로 멀리 떨어진 곳에 검은 물체가 보였다. 항공 대원들은 그것을 바라보고 있었다. 지수는 검은 물체가 고래라고 생각했다. 한반도 수역에서 사라졌다는, 일명 '움직이는 섬' 왕고래가 떠올랐다. 파도가 잔잔했기 때문에 멀리 떨어져 있어도 비교적 사물을 정확히 볼 수 있었다.

침몰 직전 선실에서 나온 세 명의 남자가 필사적으로 고래를 향해 헤엄쳐 갔다. 언뜻 이해할 수 없는 장면이었다. 왜 인간이 고래를 향해 가는가? 거리가 가까워질수록 검은 고래의 등이 점점 수면 위로 부상했다. 서녘 하늘에서 번진 주황색 노을이 물빛을 물들이고 있었다. 부풀어 오른 고래의 등이 열렸다. 고래가 내뿜는 물줄기일 거라는 기대는 어긋났다. 고래의 등에서 나온 것은 총을 든 인간이었다. 그제야 지수는 대상을 제대로 보았다. 잠수함이었다. 잠수함의 해치가 열린 것이다. 현실 감각을 회복하는 데 시간이 걸렸다. 그때 와이어가 당겨지고 지수와 영원의 몸이 수중에서 허공으로 떠올랐다. 상황의 심각성을 인식한 기장이 재빨리 판단을 내렸다. 지수는 영원의 허리를 두 팔로 감싸며 균형을 유지하려고 애썼다. 그러면서도 잠수함에서 눈을 떼지 못했다. 잠수함 해치에서 나온 사내가 손짓으로 헤엄치는 사내들에게 서두르라는 신호를 보냈다. 소총을 어깨에 메고 공격 의사는 보이지 않았다. 지수는 와이어에 매달린 채 잠수함의 크기를 파악했다. 전장의 길이로 보아 북한 유고급 잠수함인 것 같았다. 20미터 길이에 배수량이 110톤 정도의 소형 잠수함이었다. 어뢰 발사관 2문을 가지고 있지만, 공격은 부차적인 용도이고 실제로는 남파 공작원을 실어 나르는 것이 주 임무였다. 왜 놈이 이곳에 나타난 것일까? 지수가 항공 대원의 손을 잡았을 때 헤엄치던 사내들도 잠수함에 이르렀다.

항공 대원은 영원을 끌어올리고 안전 고리를 풀어 담요를 덮어 줬다. 기장이 지수를 향해 뭐라고 외쳤는데 헤드셋을 쓰고 있지 않아 아무 말도 들리지 않았다. 가장 마지막으로 요이치로 보이는 사내가 잠수함의 등에 올라탔다. 항공 대원이 지수에게 헤드셋을 씌워 줬다.

"어떻게 할까요? 공격해야 하나요?"

기장의 목소리가 심하게 떨렸다. 판단을 내릴 시간이 없었다. 요이치가 잠수함의 해치로 들어가고 나자 잠수함은 곧 물 아래로 가라앉았다. 순식간에 일어난 일이었다.

"해군에 연락하겠습니다."

기장이 말했지만, 지수는 대답하지 않았다. 지수의 시선은 잠수함이 사라져 버린 바다에 꽂혀 있었다. 초계함이 출동할지라도 잠수함을 찾아내 격침한다는 보장은 없었다. 게다가 함정이 도착할 즈음에는 잠수함이 일본 해역으로 접어들 가능성이 컸다. 지수는 담요를 덮고 벌벌 떠는 이영원을 내려다보았다. 지수의 이마에서도 차가운 바닷물이 흘러내렸다. 지금까지의 모든 일이 이 여자 때문에 일어났다는 사실이 믿기지 않았다.

11

대라리 총격전이 터지고 3일이 지났다. 서울로 돌아온 지수는 이틀 동안 거의 잠을 자지 못했다. 국정원에서 사건 경위를 파악하고 보고서를 작성하고 지휘부의 호출에 끌려다니느라 식사도 제대로 하지 못했다. 평화로운 어촌에서 난데없이 총격전이 터졌고 북한 잠수정이 나타났으니 국정원은 말 그대로 벌집을 쑤셔 놓은 듯했다. 각계 요원들이 총동원되어 진상 파악에 나섰다. 수사 지휘권은 여전히 최 전무에게 있었다. 그는 언론을 차단하고 비밀을 유지하는 데 전력을 쏟았다. 만만치 않은 일이었지만, 그는 정보기관의 비밀주의 원칙을 내세워 사건을 교묘하게 은폐했다.

호출을 받은 지수가 최 전무의 사무실로 들어섰다. 사건을 총체적으로 정리할 시간이었다. 지수는 차분하게 사건을 보고했다. 대화가 깊어지면서 지수는 자연스럽게 최 전무의 변화를 인지했다. 최 전무는 나카무라 간지 살해 사건이 터졌을 때도 초능력자의 존재에 대해 회의적인 반응을 보였으나 대라리 총격전 이후 변했다.

"김평남 사건까지 거슬러 올라가야겠지?"

최 전무는 손가락으로 탁자를 톡톡 두드리며 창밖을 바라봤다. 혼잣말을 한 건지 답을 기다리는 건지 구분이 가지 않았다.

"현재로서는 중국인 초능력자 3인조가 김평남을 살해한 것으로 보는 게 합당합니다."

고개를 돌린 최 전무는 눈빛을 번뜩이며 관심을 보였다.

"김평남과 야쿠자 조직의 관계에 대해서는 좀 더 수사를 해봐야 할 것 같습니다. 그러나 둘 사이에 은밀한 거래가 있었던 것은 확실해 보입니다."

"그건 나도 알고 있어. 김평남이 일본인에게 중요한 정보를 제공했고 그 정보 때문에 김평남이 중국인에게 살해당한 거야. 문제는 그 정보가 무엇이냐는 거지."

최 전무의 목소리에는 질책하는 뉘앙스가 담겨 있었다.

"일본인의 하드디스크에서 나온 한국인 여고생들의 사진이 김평남을 통해 일본인에게 전달되었을 가능성이 큽니다. 일본인이 목표로 하는 것은 사진 속의 여고생들이었습니다."

최 전무가 고개를 끄덕이며 지수의 의견에 동조했다.

"일련의 납치 사건이 일어난 이유이기도 하고. 이은영과 정현서, 그리고 죽은 최보라가 놈들에게 당했어. 그런데 실은 놈들이 잘못된 과녁을 향해 화살을 날렸다는 거야. 진짜 목표는 박물관에서 사진을 찍어 준 이영원이라는 영어 교사였어."

지수는 묵묵히 최 전무의 이야기를 들었다. 최 전무는 이미 사건의 전말을 통합적으로 이해하기 시작했다. 정보 분야에서만 수십 년 동안 일해 온 그였다.

"그런데 말이야, 중국인 암살자가 어떻게 김평남보다 앞서 사우나에 도착할 수 있었을까?"

"중국인 3인조 중에 예지력을 지닌 초능력자가 있다고 봐야 합니다. 그렇지 않으면 이 수수께끼는 절대 풀리지 않습니다."

"미래를 보는 능력이라."

최 전무는 얕은 한숨을 내뱉었다. 그러나 이전과 다른 느낌의 감정 표현이었다. 초능력의 존재 유무를 가볍게 무시하던 과거와는 질적으로 달랐다.

"우선 그런 가정을 세우고 접근해야겠지. 중국인 남자는 폭력 수단으로 대용할 수 있는 초능력을 지니고 있어. 사우나에서 한 중년 남자를 손도 대지 않고 골로 보낼 만한 능력 말이야."

"일본인 요이치도 비슷한 초능력을 지니고 있다고 봐야 합니다."

지수와 최 전무는 동시에 최보라의 처참한 사체를 떠올렸다. 최 전무의 얼굴이 약간 일그러졌다. 지난 이틀 동안 계속 이 문제로 긴 토론이 이어졌다. 최 전무는 이내 평정심을 되찾은 듯 말끔한 표정으로 지수를 응시했다. 입가에 경멸과 신뢰를 동시에 담은 기묘한 미소가 엿보였다.

"어쩌면 우리가 가장 좋은 패를 쥐고 있는지도 몰라. 양쪽 세력이 원하는 건 이영원이었어. 그들이 이영원에게 원하는 것이 무엇인지 알아내기만 하면 돼. 싸움의 주도권은 우리에게 있어. 무슨 말인지 알지?"

지수는 초능력에 대한 최 전무의 미온적이고 회의적이던 관념이 임계점에 이르렀음을 알아차렸다. 부글부글 끓어오르던 의심 덩어리가 정점을 찍고 내리막길에서 어떻게 내달릴지는 좀 더 지켜봐야 할 일이었다.

"일주일 안에 내가 원하는 답을 찾아내. 지금 당장 네 할 일은 그 것뿐이야."

최 전무는 자리에서 일어나 책상에 놓인 재킷을 집었다. 지수도 자리에서 일어났다. 사무실 문을 열기 전 최 전무는 지수의 어깨를 툭 쳤다. 부하 직원을 격려하는 행동으로 순수하게 해석할 수도 있지만 지수는 왠지 그의 행동에서 차가운 느낌을 받았다. 마치 최 전무의 머릿속을 휘젓는 냉랭하고 모진 회오리바람이 튀어나온 것 같았다. 그는 무슨 생각을 하고 있는 것일까?

이영원은 국정원에서 마련한 안전가옥에 몸을 숨겼다. 안가에는 국정원 소속 전문 경호 요원들이 배치됐다. 지수는 이틀을 꼬박 국정원에서 보낸 다음 안가로 향했다. 지수가 도착했을 때 이영원은 잠들어 있었다. 지수는 거실 소파에 앉아 그녀가 깨기를 기다리다 잠들어버렸다. 그러고는 악몽에 시달렸다. 눈을 떴을 때 전화벨이 사납게 울렸다. 악몽 탓에 목덜미가 젖어 있었다. 최 전무였다.

"어디야?"

"안가입니다."

"정신사연구소로 가는 중이야. 빨리 준비하고 나와."

전화가 끊겼다. 지수는 욕실에 들어가 찬물로 얼굴을 닦았다. 눈이 조금 충혈되고 입술은 부르터 있었다. 거실로 나와 소파에 벗어둔 재킷을 집었다. 영원은 여전히 잠들어 있었다. 경호원의 양해를 얻어 소리 나지 않게 조심하면서 영원이 잠든 방 안을 살폈다. 가구는 침대와 작은 테이블이 전부였다. 탁자 위에는 수묵화 한 점이 걸려 있고 반대편 벽 안쪽에 커튼을 친 벽장이 있었다. 테이블에는 경호원이 사다 준 티셔츠와 양말, 속옷 등이 놓여 있었다. 아직 포장도 뜯지 않은 상태였다. 영원은 두꺼운 이불을 덮고 잠들어 있었다. 손목시계를 보니 오후 8시 30분이었다. 밤잠을 자기에는 이른 시간이었다. 문을 닫고 나오니 정장 차림의 여자 경호 요원이 기다리고 있었다.

"밥도 먹지 않고 계속 잠만 자려고 하네요."

경호원이 미소를 지으며 말했다.

"병원에서 검사 결과가 나왔나요?"

"네, 건강에는 별문제 없다는 결과가 나왔어요. 서류가 있는데 확인하시겠습니까?"

지수는 고개를 저었다. 지수는 경호원의 얼굴을 살폈다. 전체적으로 무뚝뚝한 인상이지만 입가의 보조개 때문에 미소를 짓는 것처럼 보였다. 일 처리에 능숙하고 싹싹한 성격에 나이도 비슷해 영원과 잘 어울릴 것 같았다. 지수는 가볍게 눈인사를 한 뒤 안가에서 나왔다.

안가에서 연구소까지는 차로 40분 정도 걸렸다. 서둘러야 했다. 차가 복잡한 대로로 나오자 가벼운 현기증이 일었다. 도심 번화가의 어지러운 불빛과 보도를 가득 채운 인파 행렬이 눈을 어지럽게 했다. 잠이 부족했다. 지수는 한숨을 내쉬고는 길게 늘어선 자동차의 미등을 바라봤다.

지수가 도착하니, 사무실 앞 공터에 여러 대의 자동차가 보였다. 그중에서도 2성 장군임을 알리는 붉은색 별을 단 검은색 그랜저가 가장 눈에 띄었다. 지수는 뭔가 심상치 않은 일이 벌어지고 있음을 직감했다. 그는 가볍게 심호흡을 한 다음 문을 열었다. 환한 백열등 아래에 조금 누렇게 떠 보이는 사내들의 얼굴이 보였다. 모두의 시선이 지수에게로 쏠렸다. 지수는 바른 자세로 서서 허리를 굽혔다. 창문을 열어 놓았지만 좁은 사무실에서는 익숙지 않은 냄새가 났다. 낯선 사내에게서 풍기는 특유의 냄새는 불쾌감보다는 오히려 안정감을 주었다. 이방우 소장은 중앙의 1인용 소파에 양팔을 팔걸이에 올린 채 앉아 있었다. 접대용 소파에는 최 전무가 앉았고 바로 옆에서 최 전무의 오른팔 역할을 하는 김일우 부장이 서류 파일을 뒤적거렸다. 맞은편 소파에는 다리를 꼬고 앉은 혈색 좋은 중년 남자와 역시 처음 보는 사십 대 중반의 남자가 앉아 있었다. 둘 다 깔끔한 정장 차림이었다. 호리호리한 체격에 머리를 단정하게 빗어 넘긴 중년 남자는 군인 분위기를 물씬 풍겼고, 안경을 썼지만 눈빛이 날카로운 사십 대 남자는 언뜻 관료처럼 보였다. 소파 뒤쪽에는 중위 계급장을 단 군인과 사복 차림의 젊은 남자가 부동자세로 서 있었다. 김 관장은 소파 옆의 접이식 철제 의자에 앉아 있었다. 그리고 정수기가 놓인 구석자리에 신혜원이 교무실에 불려 온 여학생처럼 불안한 얼굴로 서 있었다.

"이 밤에도 도로가 막히나 보지?"

최 전무가 무뚝뚝하게 말하며 침묵을 깼다. 질책하는 기색은 아니었다.

"죄송합니다."

그렇게 말하고 나서 지수는 가볍게 고개를 숙였다.

"급하면 경광등이라도 켜고 다녀. 노인들을 기다리게 해서 되겠어?"

농담인지 진담인지 구별되지 않아 지수는 대꾸하지 않았다. 사복 차림의 군인이 지수를 바라보며 미소를 지었다.

"이 친구가 이번 사건에서 맹활약한 국정원 요원인가?"

그는 여전히 다리를 꼰 채 말했다. 중앙에 앉은 이방우 소장의 표정이 조금 굳어 있었다. 최 전무가 사내의 질문에 대신 답했다.

"인사드려. 올해 합참으로 옮기신 강민호 소장님이시네. 이방우 선배님과는 사관학교 동기생이고, 그 옆은 위에서 오신 분인데, 통성명은 다음에 하도록 하지."

'위'란 청와대를 지칭하는 말 같았다.

"선배는 무슨 소개를 그렇게 합니까?"

사십 대 남자가 웃으며 최 전무에게 말했다. 남자가 고개를 돌려 지수를 바라봤다.

"오늘은 공적인 일로 온 게 아니니까 너무 신경 쓰지 마요, 젊은 양반."

지수가 두 사람을 바라보며 다시 인사했다.

"시간도 늦었으니 빨리 회의를 진행하겠습니다. 그럼 수행원들은 자리를 좀 비켜 주시죠."

최 전무의 말에 제일 먼저 김일우 부장이 일어났다. 소파 뒤쪽에 선 중위와 정장 차림의 젊은 남자도 나갈 준비를 했다. 지수가 한 발짝 옆으로 물러나며 길을 터주었다. 세 남자는 문 앞에서 인사를 한 뒤 밖으로 나갔다. 그들이 나가자 사무실 안이 한결 넓어졌다. 어정쩡한 표정으로 신혜원이 지수를 바라봤다.

"미스 신은 옆방에 있는 저 사람들한테 차 좀 대접하지."

메마른 목소리로 소장이 말했다. 혜원은 어깨를 움찔하고는 종종걸음으로 사무실을 빠져나갔다.

"관장님이 이쪽으로 오시죠."

최 전무가 자기 옆의 빈자리를 가리키며 김 관장에게 말했다. 김 관장은 접이식 의자에서 일어나 소파로 자리를 옮겼다. 최 전무가 눈짓으로 지수에게 접이식 의자에 앉으라는 신호를 했다. 지수가 앉자 모든 회의 준비가 끝났다. 회의 참석자는 총 여섯 명이었다. 이방우 소장과 김 관장, 최 전무와 차지수, 강민호 소장과 청와대 비서관 정상영. 지수는 현역 군인인 강민호 소장이 어떻게 이 자리에 참석한 것인지 알지 못했다. 특전사 여단장이었던 강민호가 최 전무를 만나 이방우의 동향을 살펴보라고 권유해서 자신이 이 자리에 온 과정을 정작 지수만 몰랐다. 그래서 지수는 강민호 소장의 애정 어린 시선이 조금 부담스러웠다.

본격적인 회의가 시작되었다. 의제는 김평남 암살과 일본인 제일무역회사 살해 사건, 대라리 총격전으로 이어지는 일련의 사건이지만 회의를 소집한 국정원 최창석 전무의 의도는 사건 수사에 초점이 맞춰져 있지 않았다. 최 전무는 비공식적으로나마 회의를 열어 진상을 파악해 보고 싶었다. 핵심은 '초능력자'의 존재 유무였다. 이방우 소장이 퇴역하기 전에 계룡대에서 '초능력 부대원 양성'이라는 황당무계한 말을 한 지 벌써 1년 넘는 시간이 흘렀다. 최 전무는 이제 더는 이방우 소장의 계획을 만화 같은 이야기로 치부할 수 없다고 생각했다. 정체불명의 외국인이 요술을 부리며 국내에서 범죄를 저지르고 다녔다. 어떤 식으로든 대책을 세워야 했다. 최 전무가 직접 사건 개요를 설명했다. 회의 전에 충분한 이야기가 오간 듯 질문하는 사람이 없었다. 시간이 흐르면서 차례로 사건 분석이 이루어졌다. 확증된 사실과 미확인 정보가 뒤섞였지만, 누구도 불만을 표하지 않았다. 마침내 최 전무가 말을 끝맺었다. 지수는 손목시계로 시간을 확인했다. 10여 분이 지났다. 좌중에 필요 이상의 무거운 침묵이 흘렀다. 최 전무는 참석자들의 표정을 살피며 분위기를 파악했다. 첫마디가 중요했다. 너무 심각해도, 지나치게 가벼워도 안 된다.

"초능력에 대해 이야기를 해야 할 것 같습니다."

정상영 비서관이 최 전무를 바라보며 안경 너머 눈동자를 반짝였다.

"초능력을 믿든 안 믿든 초능력자로 여겨지는 인물이 우리 앞에 나타났습니다."

최 전무는 좌중을 둘러보고 나서 이야기를 이어 갔다.

"터놓고 이야기하다 보면 의외로 좋은 결과를 얻을 수도 있겠죠. 솔직히 말씀드려서 이런 이야기를 공적인 자리에서 하기는 어렵습니다. 초능력이라는 게 아직은 국정원이나 정부 기관에서 공개적으로 논의할 수 있는 의제가 아니기 때문이죠. 회의 장소를 이곳으로 정한 것도 같은 이유입니다."

"좋아, 그 부분에 대해서는 우리 모두 공감하고 있어. 그건 걱정하지 않아도 되네."

강민호가 단호한 목소리로 잘라 말했다.

"그보다 말이야, 우선 북한의 잠수정에 대한 이야기를 좀 더 해줬으면 해. 도대체 어떻게 된 거야? 이렇게 손 놓고 있어도 되는 건가?"

강민호가 말하는 동안 이방우는 지그시 눈을 감았다. 마치 장군이 된 동기생의 존재를 의도적으로 무시하려는 것처럼 보였다.

"대북 관련 요원들이 진상 파악에 주력하고 있으니 곧 사실 관계가 밝혀질 겁니다. 국가 안보와 직접 관련된 이야기라 이 자리에서 심도 있게 논의하기는 어렵습니다. 다만 북한 당국이 이번 사건에 직접 개입한 것 같지 않다는 보고가 올라왔다는 정도는 말씀드릴 수 있습니다. '고난의 행군' 이후 북한의 대남 공작 부서에서 돈벌이에 적극적이라는 건 다들 들어 아실 겁니다. 마약과 위조지폐 유통, 총기류나 군수품 밀매에 나섰다는 첩보가 나돌기 시작한 게 꽤 오래전 일이죠. 공작원들이 국외 범죄 조직과 연계를 맺고 있다는 정보도 사실로 드러나고 있고요."

"돈 때문에 그렇다는 건가?"

"장담하지는 못하지만 그럴 가능성이 큽니다. 정치적 의도가 깔린 것 같지는 않고 단순히 밀항을 도와준 것 같습니다."

"돈을 받고 일본의 야쿠자를 도와줬다? 그것도 잠수정을 동원해서?"

"돈을 얼마나 받았느냐가 관건입니다. 달러가 부족한 북한으로서는 선택의 여지가 없었을 겁니다. 우리 인근 해역을 자유롭게 오간 노하우가 축적된 상태라 그들로서는 이보다 편한 사업도 없다고 판단했을 겁니다. 조총련계 비밀 조직을 통해 접촉한 다음 무국적 용병으로 신분 세탁을 하면 정치적 부담을 지지 않아도 된다고 오판했을 확률이 높습니다. 2003년에 일어난 '봉수호' 사건에서 보듯 대량의 마약을 화물선으로 외국에 밀반입하는 것보다 위험 부담이 낮다고 판단했겠죠."

"너무 안이한 판단이라고 생각하지 않나? 다른 것도 아니고 잠수함인데 말이야."

"그럴 수도 있겠죠. 그러나 저희 요원이 파악한 바로는 이번에 나타난 잠수함은 소형에다 건조된 지 오래된 유고급이라고 합니다. 노후 장비라 군사용으로는 폐기 처분 대상인데 이런 식으로 써먹는다면 그들로서는 환영이겠죠."

"자넨 쉽게 받아들일지 몰라도 난 아니야. 해적이 아니고서야 어떻게 그런 일을 벌일 수 있겠어."

강민호 소장의 목소리는 차가웠다. 최 전무는 대답하지 않고 침묵을 지켰다. 그는 이곳에서 잠수함 문제를 논의하고 싶지 않았다. 지수를 제외한 회의 참석자들은 조직 밖의 사람들이었다. 그는 화제를 빨리 바꾸고 싶었다.

"잠수함 문제는 저희 국정원에 맡겨 주십시오. 그리고 오늘은 초능력에 대한 이야기만 했으면 좋겠습니다. 생각하시는 것보다 사태가 심각합니다."

그렇게 말하고 나서 최 전무는 모두의 표정을 살폈다.

"저도 처음에는 너무 황당한 이야기라 무시했습니다. 그러나 이제 그럴 단계가 지났습니다. 우선 중국인 초능력자와 대면한 김 관장님 이야기를 직접 들어 보죠."

최 전무가 옆자리에 앉은 김 관장에게 고개를 돌렸다. 김 관장은 손바닥으로 반짝이는 대머리를 쓱 쓰다듬은 뒤 침을 꿀꺽 삼키고 말문을 열었다.

"제 소개를 짧게 하겠습니다. 좀 늙긴 했지만 제가 가진 무술 단증만 30단이 넘습니다. 태권도에서부터 화랑도와 특공 무술까지 익히지 않은 무술이 없습니다. 특전사에서 15년 근무했고 젊었을 때는 수색대에 있었습니다. 지금도 무술 도장을 운영하면서 꾸준히 운동하고 있죠. 그런데 놈이 단 일 합으로 절 제압했습니다. 저는 당시 K2 소총으로 놈의 심장을 겨누고 있었고 놈은 맨손이었습니다."

"최 전무님이 말한 중국인 남자 말이죠?"

정상영이 끼어들었다. 김 관장이 그를 바라보며 말했다.

"되놈이었소. 우리말을 전혀 알아듣지 못했소."

"그 중국인이 무슨 초능력을 가지고 있었나요?"

정상영의 질문에 김 관장이 주춤했다. 그는 팔짱을 낀 채 눈을 지그시 감은 이방우의 눈치를 살피며 말했다.

"염력으로 알려진 초능력인데, 소장님께서 답해 주시는 게 더 정확할 것 같습니다."

모두의 시선이 이방우에게로 옮겨 갔다. 그러나 이방우는 입을 다물고 미동도 없이 앉아 있었다. 마치 분을 삭이는 사람처럼 보였다. 가장 덩치가 크고 정중앙에 앉아 있어 언뜻 보면 거대한 황소가 연상됐다. 지수가 분위기를 살피며 끼어들었다.

"염력의 사전적인 의미는 단순 명료합니다. 물체에 직접적인 힘을 가하지 않고 정신력만으로 물체를 옮기거나 형태를 변화시키는 초능력을 염력이라 부릅니다."

"영화나 만화에서 등장하는 것 말이오? 장풍 같은?"

정상영은 궁금증을 해결하지 못하면 안달이 나는 성격처럼 보였다.

"장풍은 좀 다른 경우입니다. 장풍은 고대 무술의 영역에 속하지만, 염력은 말 그대로 초자연적인 능력입니다. 염력과 텔레파시, 예지와 투시 등이 잘 알려진 초능력입니다."

"그게 정말 가능한가요?"

정상영의 계속되는 질문에 김 관장이 못 참겠다는 듯 끼어들었다.

"놈이 염력으로 제가 들고 있던 총을 아래로 향하게 했습니다. 허공에서 양손을 내리기만 했는데 총부리가 땅으로 떨어졌습니다. 믿지 못하시면 같이 있던 형사에게 확인해 보셔도 좋습니다."

조금 흥분했는지 그의 콧수염 끝이 바르르 떨렸다.

"함께 있던 형사한테도 확인했습니다."

최 전무가 중재에 나섰다. 정상영에게 그만 하라고 눈짓하고 나서 말을 이었다.

"이러면 이야기가 계속 헛돌게 됩니다. 오늘 회의의 목표는 초능력의 존재 유무에 관한 진실 공방을 하자는 것이 아닙니다. 그런 복잡한 이야기는 과학자들이 알아서 정리하도록 놔두고, 우리는 적으로 여겨지는 초능력자들을 어떻게 처리할 것인지 따져 보자는 겁니다. 제 의도는 중국이 '스텔스 전투기' 개발에 성공했는데 우리가 마련해야 할 대응 조치는 무엇이냐는 거죠."

최 전무의 이야기에 지수는 조금 놀랐다. 이제껏 최 전무는 초능력을 회의적이다 못해 가소롭게 여겼다. 그런데 그의 태도가 180도 달라졌다.

"자네는 어떻게 생각하나?"

최 전무가 정상영을 바라보며 물었다. 정상영은 갑작스러운 질문에 입술만 삐쭉거릴 뿐 대답하지 못했다.

"선배님은 어떻게 생각하시나요?"

이번에는 최 전무의 시선이 강민호 소장에게로 향했다.

"우리도 스텔스 전투기를 만들어야지."

낮지만 단호한 목소리로 강민호가 말했다.

"맞습니다. 제 생각도 그렇습니다. 우리 기술력으로 스텔스기를 개발하지 못한다면 사오기라도 해야죠."

그제야 지수는 오늘 최 전무가 회의를 소집한 의도를 파악했다.

최 전무에게는 초능력의 실체가 무엇이든 상관없었다. 그는 힘의 균형이 깨지는 것을 두려워하는 정보기관의 간부였다. 중국이 초능력자를 보유했다면 한국도 초능력자를 가져야 한다. 북한이 핵을 가지고 있는데 우리는 어떻게 해야 하는가? 남한도 핵을 가져야 한다. 단순하지만 실용적이며 유효한 전략이었다.

"그런데 초능력이라는 게 정말 무서운 건가요? 현대전의 승패는 정보와 과학 기술에 달렸다고 보는 게 보편적인 상식인데 물건을 들어 올리는 염력이 효과적인 무기가 될 수 있을지 의문이군요."

정상영이 손가락으로 안경을 추스르며 말했다. 최 전무는 정상영에게서 시선을 떼고 대답했다.

"전면전에서 개인의 초능력이 어떤 식으로 운용될지 예측하기는 어렵습니다. 하지만 지금까지 파악한 바로는 비대칭 전력, 그중에서도 특수 부대가 주도하는 게릴라전에서는 유용한 전투력이 될 것입니다. 물론 특수 부대란 초능력자로 구성된 부대를 말합니다. 김평남 사건에서 보듯, 요인 암살을 대단히 효과적으로 처리할 수 있죠. 앞서 말씀드렸지만, 중국인들은 김평남이 어디로 움직일지 정확히 예측하고 기다렸습니다. 김평남보다 일찍 사우나에 도착해 경호원과 멀어졌을 때 그를 암살했습니다. 아마도 중국인 여자 중 한 명이 예지력을 가진 것으로 저희는 판단하고 있습니다. 그들이 우리 대통령이나 정부 고위급 인사를 노렸다면 사태가 매우 심각했겠죠."

대통령을 언급한 것은 실수였다. 정상영을 설득하느라 정도에서 벗어난 실언을 했다. 그러나 효과는 있었다. 정상영이 놀란 표정을 지었다. 지수는 최 전무의 말에 귀를 기울이면서 지난 이틀 동안 국정원에서 최 전무와 나누었던 대화를 떠올렸다. 공항 카메라에 찍힌 세 명의 중국인 사진을 펼쳐 놓고 그들의 초능력을 추측하며 일련의 사건을 추적했다. 요이치와 간지가 핵심 인물인 일본 범죄 조직과의 관계, 그리고 박물관 사진 속의 여학생들과 사진을 찍은 이영원과의 연결 고리도 추정해 보았다. 순조롭게 진행되던 추리는 매번 초능력이라는 불가해한 벽에 부딪히면서 끊어졌다. 불신과 의혹이 발목을 잡았다. 지수는 포기하지 않았다. 지치지 않고 초능력에 대해 설명했고 최 전무는 이전과 달리 끈기 있게 이야기를 들었다. 그러나 최 전무가 분명한 반응을 보이지 않아 지수는 그를 설득하는 데 실패했다고 생각했다. 그런데 그가 초능력의 실현 가능성을 염두에 둔 발언을 쏟아 내고 있었다.

"반대의 예를 들면 더 좋겠군요. 만약 우리가 초능력자로 구성된 특수 부대를 가진다면 어떤 현대 무기보다 더 효과적으로 사용할 수 있을 겁니다. 평양에 침투해 지하에 숨은 김정은 일당을 찾아내 처단할 수도 있겠죠."

최 전무의 말을 조용히 듣고 있던 이방우가 몸을 조금 들썩였다. 강민호가 곁눈질로 이방우의 표정 변화를 살폈다. 강민호는 예전 계룡대 모임에서 이방우가 똑같은 이야기를 한 것을 기억해 냈다. 정상영이 다시 말문을 열었다.

"얼핏 들으면 그럴듯하겠지만 여전히 이해할 수가 없습니다. 선배님 말대로 중국인 초능력자가 있다고 치죠. 하지만 그들이 중국의 군인이거나 정보기관의 비밀 요원이라는 증거는 없지 않습니까? 그리고 아까 말씀하신 것처럼 중국이 초능력자를 가졌다고 해서 우리도 초능력자를 보유하는 것이 가능하다는 보장은 없습니다. 차라리 스텔스기를 개발하는 쪽이 더 빠를 것 같다는 생각이 드는군요."

정상영의 지적은 정확했다. 지수 역시 같은 생각을 하고 있었다.

"세 명의 중국인에 관한 수사가 진행되는 시점이라 첫 번째 질문에 답하는 건 적절치 않다고 생각합니다. 그들이 중국 정부와 관련 있는지 아니면 단순한 범죄 조직인지는 확실치 않습니다. 하지만 그들이 암살 대상으로 삼은 자가 북한 고위 관료였기 때문에 정치적 배경을 간과할 수는 없습니다. 정황 증거가 확보되면 알려 드리겠습니다. 베이징과 상하이에서 활동하는 국정원 요원들이 전력을 다해 정보를 수집 중입니다."

그렇게 말하고 최 전무는 이맛살을 찌푸렸다.

"중요한 건, 두 번째 질문입니다. 우리가 어떻게 초능력자를 확보할 수 있느냐에 대해서는 이미 답이 나와 있습니다. 어쩌면 우리가 이미 초능력자를 소유했는지도 모릅니다."

모두가 인상을 쓰며 최 전무를 바라봤다. 조금은 충격적인 이야기였다. 초능력자라니? 누굴 두고 하는 말일까? 분위기가 무겁게 가라앉았다. 지수의 심장이 뛰었다. 최 전무가 지수를 바라보았다.

"이 문제는 자네가 설명하는 게 어떨까?"

부드럽지만 위엄을 갖춘 목소리였다. 지수는 머뭇거렸다.

"그럼 내가 말하지."

최 전무가 차갑게 말한 뒤 지수에게서 시선을 돌렸다.

"수사를 진행하면서 자연스럽게 도출해 낸 결론인데, 현재 중국인과 일본인은 하나의 목표를 향해 싸우고 있습니다. 바로 한국인 여성을 납치하는 것입니다. 자세한 내용은 여기서 말하지 않겠습니다만, 이 문제는 걱정하지 않아도 좋습니다. 현재 이 여성을 국정원이 안전하게 보호하고 있습니다."

최 전무는 이방우의 맹렬한 눈빛을 피하지 않고 담담하게 말했다.

"그 여자가 초능력자란 말인가요?"

이번에도 정상영이 성급하게 끼어들었다. 최 전무가 그의 말을 무시하며 말을 이었다.

"대라리 총격전 사건이 터지기 전날 밤 제주공항 관제탑에서 테러 사건이 일어났습니다. 두 사건은 서로 연관 없는 별개의 사건입니다만, 두 사건에 동시에 개입한 인물이 있습니다. 관제탑에서 일하는 이영원 관제사가 바로 그 주인공이죠. 현재 저희가 신변을 보호하는 여성입니다."

이 이야기를 처음 듣는 사람은 강민호와 정상영뿐이었다. 나머지 사람들은 내용을 속속들이 알고 있었다. 최 전무가 두 사람에게 어디까지 털어놓을지 지수는 궁금했다.

"일본인과 중국인이 이영원을 통해 무엇을 얻으려는지는 정확하지 않습니다. 그러나 지금까지 상황으로 미루어 보건대, 이영원은 우리가 상상하지 못하는 힘을 소유했을 가능성이 매우 큽니다."

"힘이라면, 초능력을 말하는 건가요?"

정상영의 질문에 최 전무가 묵묵히 고개를 끄덕였다.

"관제탑 테러에서 보여 준 이영원의 능력은 놀라웠습니다. 컴퓨터의 계산 속도를 앞질렀을 뿐만 아니라 돌발 상황까지 정확히 예측했습니다. 항공기 관제 전문 팀이 당시 상황을 재연해 봤는데, 이영원의 결정은 통상적인 관제 절차와 상식에서 벗어난 판단이라는 결론을 냈습니다. 그런데도 항공기 관제가 완벽하게 이루어졌습니다."

"그게 초능력의 일종인가요?"

이해되지 않는다는 표정으로 정상영이 최 전무를 바라봤다.

"미래를 정확히 예견하지 않고서는 불가능한 결정이었다고 말하더군요."

최 전무의 눈이 이방우 소장을 향했다. 정상영 비서관의 입이 조금 벌어졌다.

"미래를 본다는 게 가능한가요?"

최 전무는 그의 질문에 답하지 않았다. 자신이 말하려는 것은 이미 다 밝혔다고 생각했다. 그러나 정리할 필요가 있었다.

"상황을 좀 더 지켜보면 우리가 원하는 답을 얻을 겁니다. 그때까지 기다려 주십시오."

정중하지만 상대방을 교묘하게 통제하려는 의도가 엿보이는 화법이었다. 최 전무는 정상영을 향해 눈을 감아 보이며 새로운 신호를 보냈다. 후배인 정상영을 부른 건 최 전무 특유의 압박 전술이었다. 그가 목표로 한 것은 이방우와 강민호를 설득하는 일이었다. 정권의 핵심 세력이라고 볼 수 있는 정상영을 회의에 참석시켜 두 사람에게 이번 사태의 심각성을 인식시키고, 앞으로 벌어질 일에 대한 자신의 공적인 역할을 인정받고 싶었던 것이다. 특히 이영원과 부녀 관계인 이방우의 태도가 중요했다. 사적인 감정에 치우쳐 이방우가 오판을 한다면 계획에 차질이 생길 수 있었다.

"좋아, 자네 생각은 대충 이해했네. 결국 자네는 그 여자 관제사를 이용해, 표현이 좀 그렇긴 하지만, 어쨌든 그녀를 중심으로 우리도 초능력자를 길러 낼 수 있다는 말이지?"

적절한 타이밍에 강민호가 말했다.

"백 퍼센트 장담하지는 못합니다. 시간을 두고 지켜봐야 결론을 도출해 낼 수 있을 겁니다. 그러나 현재 주어진 시간이 넉넉하지 않습니다. 정체불명의 두 외국인 세력이 우리 땅에서 납치와 살인 행각을 서슴없이 저지르고 있습니다. 기관총도 모자라 잠수함까지 동원했습니다. 이런 무모한 행동으로 봐서는 놈들이 국정원을 공격하지 않으리라 장담할 수 없는 상황입니다."

"그럼 우린 뭘 해야 하나?"

강민호의 질문에 최 전무는 잠깐 생각한 다음 말했다. 오늘 회의의 핵심 내용이었다.

"놈들의 실체를 밝혀내는 수사는 국정원이 도맡아서 처리할 것입니다. 그 일과는 별개로 저는 이렇게 모인 자리에서 '초능력 부대' 창설을 제안하려고 합니다. 이방우 선배님께서 이전에 이와 유사한 제안을 하신 걸로 압니다. 이름은 중요하지 않습니다. 뭘 어떻게 부르든 현 상황에 대처할 수 있는 대항 세력을 만들어 내야 합니다."

"국정원의 공식적인 입장인가?"

"아닙니다. 이번 모임은 철저히 사적인 성격입니다. 현 단계에서 우리에게 필요한 것은 비공개 지하 조직입니다."

정상영이 얼굴을 찌푸렸다. 최 전무는 그의 반응을 무시한 채 계속 말을 이었다.

"핵 개발 초창기에는 어느 국가도 그 사실을 국민에게 알리지 않았습니다. 헌신적이고 비밀스러운 소수 집단이 다수인 대중을 이끌어 갔죠. 상황은 지금도 마찬가지입니다. 지금 우리가 중국인과 일본인의 정체를 파악하는 데 어려움을 겪는 이유도 여기에 있을 거라고 저는 믿습니다. 놈들이 비밀 결사체의 조직이란 건 분명합니다."

지수는 놀란 표정으로 최 전무를 바라봤다. 최 전무의 극적인 변화가 믿기지 않았다. 국정원 내에서 보여 준 모습과는 너무나 달랐다. 초능력에 관해서는 철저하게 회의적이었고 미온적인 반응을 보였다. 놀라운 이야기가 연이어서 나왔다.

"미국에 이 사실을 알리지 않아도 되나요?"

정상영이 무심코 던진 질문은 예기치 않은 파문을 몰고 왔다. 질문을 한 사람도, 이야기를 듣고 있던 사람도 모두 혼란에 빠졌다. 왜 미국을 떠올리지 못했을까? 큰 실수를 저지른 것 같았다. 최 전무는 애써 태연한 표정을 지었다.

"미국과의 협력은 시기상조라고 생각합니다. 무엇 하나 밝혀진 것이 없는 상황에서 미국을 끌어들이면 혼란만 커질 겁니다."

침묵이 흘렀다. 최 전무가 강민호를 바라보며 말했다.

"선배님은 어떻게 생각하십니까? 당장 초능력 부대를 만들어 내지는 못하겠지만 어떤 식으로든 대비해야 하지 않겠습니까?"

"솔직히 말해 나는 잘 모르겠네. 초능력이 뭔지 좀 더 연구할 필요가 있다고 봐. 자네 말대로 이미 상대가 그런 무기를 갖추고 있다면 우리도 준비해야겠지. 가만히 앉아서 당할 순 없지 않은가."

강민호의 말에 최 전무가 고개를 끄덕였다. 그가 듣고 싶은 대답이었다. 최 전무는 이방우에게 시선을 돌렸다. 그는 이방우가 어떻게 나올지 궁금했다. '초능력 부대원 양성'이라는 계획은 이방우의 아이디어였다.

"선배님도 한 말씀 해주시죠."

이방우는 양팔을 팔걸이에 올린 채 최 전무를 쏘아봤다. 지수는 그의 노골적인 시선에서 뭔가 일이 잘못되었음을 감지했다. 이방우가 처음으로 입을 열었다.

"난 반대하네."

무거운 중저음의 목소리였다. 최 전무가 눈을 치켜떴다. 최 전무는 이야기를 알아듣지 못했다는 듯 미간을 좁혔지만 이내 표정을 바꾸었다.

"자세하게 설명해 주실 수 있습니까? 조금 당혹스럽군요. 누구보다 선배님께서 가장 적극적으로 지지해 주실 줄 알았는데."

지수는 이방우 소장의 태도에 놀랐다. 그가 이처럼 권위적이고 공격적인 모습을 보이긴 처음이었다. 명상 센터와 사무실을 오가며 한가롭게 시간을 보내는 인자한 퇴역 군인의 모습은 사라지고 사납고 호전적인 현역 군인으로 돌아와 있었다. 뭔가 앞뒤가 맞지 않는 결론이라 지수 역시 당황했다. 심령정신사연구소에 왔을 때, 처음 들었던 이야기가 초능력 부대였다. 그런데 막상 무대를 차려 주니 마이크를 집어 던지는 꼴이었다.

"내가 말한 초능력 부대는 자네가 말하는 특수 부대와 성격이 달라."

"네?"

어이없다는 표정으로 최 전무가 이방우를 바라봤다.

"자네의 특수 부대는 전쟁을 일으키는 수단이 될 거야. 하지만 내가 원한 건 전쟁을 끝내고 평화를 가져오는 부대였어."

모두의 시선이 이방우에게 향했다. 누구도 그의 말을 제대로 이해하지 못했다. 이방우는 탐탁지 않은 시선을 거두지 않은 채 좌중을 둘러봤다. 친구인 강민호 소장의 얼굴에 의미가 불분명한 미소가 어렸다.

"혹시 개인적인 문제가 걸려 있어서 반대하시는 겁니까?"

최 전무가 최대한 정중한 표정을 지으며 물었다. 개인적인 문제란 이영원이 이방우의 딸이라는 사실을 지칭하는 것 같았다. 강민호와 정상영은 영문을 모른 채 두 사람의 표정 변화를 살폈다. 이방우가 갑자기 자리에서 일어나더니 캐비닛의 문을 열고 무엇인가 꺼내 들고 자리로 돌아와 그것들을 원목 테이블에 내던졌다. 형광등 불빛을 받아 반짝이는 물체가 서로 부딪치면서 요란한 소리를 냈다. 모두의 시선이 테이블 위로 쏠렸다. 예닐곱 개의 군용 야전 스푼이었다. 누군가 한숨을 지었다. 지수도 아랫입술을 살짝 깨물었다. 몇 개월 전 이방우와 스푼에 대해 대화를 나눈 기억이 떠올랐다.

"이것들을 봐. 상태가 어떤가?"

이전과 같이 팔걸이에 양팔을 올리고 이방우가 말했다. 최 전무는 입술을 굳게 다문 채 대답하지 않았다. 이방우가 다시 말했다.

"보다시피 어떤 것은 휘었고 어떤 것은 휘지 않았네. 믿지 않겠지만 휜 숟가락은 염력을 이용한 거야. 자네가 말한 초능력이지. 이 자리에서 골치 아픈 이야기를 길게 하고 싶지는 않네. 하지만 지금 자네 눈앞에 보이는 숟가락이 무슨 말을 하는지 알아차렸으면 해."

"실패와 성공이 불분명하다는 건가요?"

최 전무의 목소리에 짜증이 묻어났다.

"나는 내가 가진 힘을 통제하지 못하네. 힘을 통제하지 못한다는 게 무슨 이야기인지 자네도 잘 알 거야. 이런 불완전한 힘은 상대를 제압할 무력으로 쓰일 수 없어."

최 전무는 테이블의 스푼을 바라보며 생각에 잠겼다. 이방우가 하려는 말의 의도를 알아차렸기 때문이다. 그러나 그의 이야기는 논리적이지 못했다.

"그럼 애초에 선배님께서 말씀하신 초능력 부대는 무얼 말하는 겁니까?"

"그건 나도 잊어버렸어. 무슨 말을 했는지 기억나지 않아."

지수가 스푼에서 눈을 떼고 이방우를 바라봤다. 최 전무만큼이나 지수도 놀랐다. 이방우는 어깃장을 놓고 있었다. 몽상가의 기질을 지니고 있어 가끔 모순된 태도를 보이기는 했지만, 오늘처럼 억지를 쓴 것은 처음이었다.

"좋습니다. 선배님께서 염력에 대해 확신하지 못하시는 건 이해합니다. 그러나 이 숟가락들과 이영원의 초능력이 무슨 상관 있는지 모르겠군요."

최 전무가 이영원의 이름을 거론하며 다소 공격적으로 나왔다. 이방우가 굳은 얼굴로 대답했다.

"그 아이가 무슨 능력을 갖추었는지 모르지만, 난 그 아이를 믿지 않네. 자네 말대로 미래를 예측할 수 있는 능력을 갖추고 있다고 치세. 그러나 그 아이가 언제나 정확하게 미래를 그려 낸다는 보증은 없어. 자네도 정보기관에서 관록이 붙었으니 정보가 얼마나 불확실한 것인지 잘 알 거야. 여기 이 숟가락들을 살펴보게. 숟가락이야 휘든 휘지 않든 아무 상관 없어. 자네가 이걸 초능력으로 보든 아니면 단순한 눈속임으로 생각하든 상관없다는 말이야. 이런 걸 난 평화라고 부르네. 숟가락이 휘는 것 정도로는 아무 일도 일어나지 않지."

최 전무의 얼굴이 일그러졌다. 두 사람의 대화를 주의 깊게 듣던 강민호의 얼굴에 흐릿한 미소가 어렸다. 이방우가 말을 이었다.

"하지만 지금 자네가 하려는 시도는 매우 위험해. 자네는 공권력을 쥔 사람이야. 국정원이 다루는 정보는 합법적인 절차를 통해 투명하게 처리해야 해. 자네가 할 일이 그런 거야. 그런데 이 경우는 전혀 다른 이야기야. 모든 정보는 안전하지 않고 오류투성이야. 만약 그 아이가 미래를 잘못 읽어 낸다면 어떻게 할 작정인가? 자네도 잘못된 정보를 줘서 요원들을 사지로 몰아넣고 싶지는 않을 거야."

이방우는 그렇게 말하고 휘지 않은 멀쩡한 상태의 스푼 하나를 집어 들었다. 스푼은 목을 빳빳이 세우고 있었다.

"이 숟가락을 자세히 보게. 실수가 일어나지 않을 거라고 어떻게 보증할 거야?"

강민호와 정상영이 최 전무를 바라봤다. "그래서 선배님과 의논하는 겁니다"라는 말이 목구멍까지 나왔지만, 최 전무는 참았다. 이방우는 흥분한 상태였고 다분히 감정적으로 대응하고 있었다. 딸이 관련된 문제여서 쉽게 승낙하지 않으리라 생각했지만, 이처럼 강하게 반대하리라고는 예상하지 못했다. 이럴 때는 한 발짝 물러나는 게 나을 수도 있었다. 아직 시간은 있었다. 이영원을 데리고 있는 한 기회는 언제든 찾아온다. 최 전무는 시선을 거두고 식은 녹차를 홀짝거렸다.

이후 회의 분위기는 산만해졌다. 이방우가 보여 준 시각적인 효과는 기대 이상이었다. 강민호와 정상영의 경우, 상대적으로 휘지 않은 스푼이 상당한 힘을 발휘했다. 인간은 태생적으로 부정적이고 회의적인 성향을 가진 동물이다. 그들은 뒤섞인 스푼을 내려다보며 나름의 결론에 도달했다. 휘지 않은 스푼은 이 세계의 정상적인 모습을 보여 주는 거울이었다. 반면 생기를 잃은 채 축 늘어진 해바라기처럼 목이 구부러진 스푼은 불신과 추문을 담고 있었다. 그들은 반듯하고 모범적인 인생을 살았다. 언제나 메이저였기 때문에 소수의 편집증에 가까운 집착과 중독에 무관심했고 자연스럽게 마이너의 독특한 취향을 폄훼했다. 초능력은 사회에서 소외된 소수의 전유물이었다. 엘리트이며 거대 조직의 리더인 그들이 관심을 둘 대상이 아니었다. 찌그러진 깡통과 담배꽁초가 나뒹구는 사창가의 좁고 더러운 골목으로는 여간해서 발길을 옮기지 않는 것과 같은 이치였다. 유혹에 굴복하는 순간 자신이 쌓아 온 무형의 이미지가 무너질 수 있다는 것을 그들은 잘 알고 있었다. 소통되지 않는 단어와 문장이 소진된 뒤에야 회의가 끝났다. 명쾌한 결론을 이끌어 내지 못해 최 전무는 답답했다. 그의 눈이 둥근 벽시계로 향했다. 시곗바늘이 자정을 넘겼다.

"오늘 회의는 여기서 접도록 하겠습니다. 다음 모임에서는 어떤 식으로든 진전이 있길 기대합니다."

최 전무의 말에 강민호와 정상영이 가볍게 고개를 끄덕였다. 두 사람은 좀 더 지켜보기로 마음먹었다. 무턱대고 무시하기에는 최 전무가 서 있는 자리의 무게가 워낙 무거웠다. 그는 일급 비밀 정보를 다루는 국정원의 핵심 간부였다. 지수가 자리에서 일어나 뒷정리를 도왔다. 강민호 소장은 동기생 이방우의 언짢은 눈빛은 개의치 않고 지수에게 다가가 악수를 청했다. 그러고는 왼손으로 지수의 팔을 토닥이며 말했다.

"합참에 오기 전에는 공수특전여단을 지휘했네. 누구보다 특전사 용사들의 용맹함을 잘 알고 있지. 자네가 할 일이 많을 거야."

지수는 예를 다해 고개를 숙였다. 사무실 앞마당이 자동차 엔진 소리와 밝은 전조등 빛으로 소란스러웠다. 강민호 소장과 정상영 비서관이 탄 차가 먼저 출발했다. 최 전무가 지수에게 말했다.

"어떻게 할 거야?"

"조금 있다 출발하겠습니다. 회사로 들어갈까요?"

"그럴 필요 없어. 피곤할 테니 집에서 쉬다가 내일 출근하도록 해."

평범한 인사말이었는데 뭔가 복합적인 의미가 숨어 있는 것처럼 들렸다. 최 전무가 탄 차가 사라지자 마침내 긴장이 풀렸다. 절로 긴 한숨이 나왔다. 손님이 빠져나간 연구소는 이내 평소의 평온한 모습을 되찾았다. 이방우 소장이 김 관장과 신혜원에게 퇴근하라고 말했다. 신혜원이 김 관장의 낡은 승용차 조수석에 앉았다. 그들마저 떠나자 이방우는 소리 없이 사무실로 들어갔다. 지수도 허공에 뜬 처연한 보름달을 흘낏 쳐다보고는 문을 닫고 사무실 안으로 들어갔다. 심령정신사연구소는 갑작스러운 적막에 휩싸였다.

이방우 소장은 소파에 앉아서 편안한 자세로 눈을 지그시 감고 있었다. 한동안 전화로만 이야기를 나누어 그런지 직접 얼굴을 대하니 낯설었다. 지수는 최 전무가 앉았던 소파에 자리를 잡았다. 소장은 여전히 팔걸이에 양팔을 올리고 있었다. 방금 전과 확연히 다른 분위기였다. 권위적이고 공격적이던 모습은 사라지고 명상 센터의 인자한 상담소장으로 돌아와 있었다. 지수는 저도 모르게 고개를 숙이고 미소를 지었다. 눈을 뜬 소장이 말했다.

"술 한잔할까?"

소장이 바닥에 놓인 위스키 박스를 테이블 위에 올려놓았다.

"강민호가 가져온 술이야. 면세점에서 산 술이라고 생색을 내더군. 맛은 별로겠지만."

지수가 일어나 냉장고에서 얼음을 꺼내고 유리컵을 준비했다. 그렇게 몸을 움직이자 잊고 있던 감각이 살아났다. 사무실은 그에게 매우 익숙한 공간이었다. 국정원에 있으면 느낄 수 없는 내밀한 안정감이 몸을 감쌌다. 회의 중에 떠돌던 이질적인 무거운 공기는 사라지고 가볍고 상쾌한 공기가 피부에 스며들었다. 소장이 얼음이 든 컵에 스카치위스키를 가득 따랐다.

"따님은 국정원에서 잘 보호하고 있습니다."

지수의 말에 소장은 고개를 두어 번 끄덕였을 뿐 대꾸하지 않았다. 얼마간 침묵이 흘렀다. 소장이 술잔을 들어 건배를 했다.

"자넨 어떻게 생각하나?"

딸에 대한 질문인지 초능력 부대에 관한 질문인지 알 수 없었다.

"방금 온 사람들 말이야? 강민호와 정상영이라는 작자."

"오늘 처음 본 분들이라 섣불리 판단하기가 어렵네요."

"그런 이야기가 아니야. 나이가 들면 말이지, 굳이 보지 않아도 될 것이 보인다네."

이방우는 느릿하게 말을 이어 갔다.

"강민호는 사관학교 동기생이네. 잘 안다면 아는 친군데도 오늘 보니 그렇지 않더군. 전혀 다른 사람 같았어. 그 친구가 투 스타가 되었다고 하는 말이 아니야."

지수는 강민호 소장의 인상을 떠올렸다. 깔끔하고 빈틈이 없어 보였다.

"최 전무가 왜 그들을 끌어들였는지 알고 있나?"

강민호는 현역 장성이고 정상영은 권력의 핵심 그룹에 속한 관료였다.

"사태가 그만큼 심각해서 아닐까요?"

지수의 말에 소장은 이맛살을 조금 찌푸렸다.

"그건 밖으로 드러난 사실에 불과해. 우리가 봐야 하는 건 다른 거야. 오늘 내가 조금 과하게 반응했다면 아마도 그 탓이었을 거야. 나는 최 전무의 계획에 동의할 수 없네. 자네 상관이지만 나는 그런 유형의 인간을 신뢰하지 않아."

소장의 태도에는 지나친 면이 있었다. 그는 회의 도중 노골적으로 불쾌함을 표시했고 상대의 질문에 무성의한 답을 내놓으며 긴장된 분위기를 흐트려 놓았다.

"그들은 나와 같은 부류의 인간이네. 정확히 말하면 이전의 내 모습이지."

"조직에 속한 인간이라는 말인가요?"

지수의 말에 소장이 처음으로 미소를 보였다.

"자네도 이제 제대로 된 대화법을 익혔군."

지수는 어깨를 으쓱했다.

"은영이가 처음 우리를 찾아왔을 때가 생각나네. 외계인에게 납치당했다는 황당한 말을 했었지. 그때 자네가 일본인들을 추적하며 처음 내게 한 말이 무엇인지 기억하나? 자넨 은영이와 대화한 뒤 그들이 일본의 우익 집단일 가능성이 크다고 말했어."

지수가 고개를 끄덕였다.

"아직 국정원은 요이치라는 인물의 정체를 밝혀내지 못했을 거야. 가장 큰 이유가 뭐라고 생각하나?"

"일반에 공개되지 않은 지하 그룹이기 때문입니다."

소장이 눈을 반짝였다.

"정확하네. 놈들을 찾아내기 어려운 이유는 단순해. 놈들이 땅속에 몸을 엎드리고 있기 때문이야. 이른바 비밀 결사 조직이지. 지상에서 생활하는 인간이 두더지의 지하 세계를 이해하는 데는 한계가 있어. 놈들이 언제 땅 위로 올라올지 예측이 거의 불가능해. 상황은 중국인 그룹도 마찬가지일 거야. 용의자 사진을 확보했지만 그들의 신분을 알아내는 데 어려움을 겪고 있지. 그렇지 않은가?"

공항의 보안 카메라에서 중국인 3인조의 사진을 얻었지만, 소장의 말대로 그들의 정체를 파악하기란 쉬운 일이 아니었다. 첩보 영화에서 보듯 사진 한 장으로 외국인 용의자의 이력과 개인 정보를 얻어 낼 수 있는 첨단 시스템은 아직 구축되지 않았다.

"국외의 요원들이 정보를 수집하고 있으니 조만간 결정적인 단서를 찾아낼지도 모릅니다."

"좋아, 그렇게 돼야겠지. 하지만 전망이 부정적이라는 건 자네도 인정할 거야. 이 모든 이유의 중심에는 비밀 조직이 버티고 서 있네. 최 전무가 오늘 제안한 것이 바로 우리도 놈들에 맞설 비밀 조직을 만들자는 거야. 이해하겠나?"

"초능력 부대는 애초에 소장님께서 제안하셨다고 알고 있습니다."

소장의 얼굴이 조금 굳어졌다.

"정확한 지적이야. 그러나 자넨 중요한 걸 놓치고 있어. 내가 초능력 부대를 거론한 장소는 군의 회의장이었어. 현역 장성들이 모인 작전 회의에서 정식으로 내놓은 의제였네. 반면 자네 상관인 최 전무는 오늘 이곳에서 사람들의 눈을 피해 이야기를 꺼냈네. 아주 다른 상황이지. 오늘 같은 모임은 특히 위험하네. 최 전무와 강민호, 정상영은 각기 다른 조직에서 나름의 권력을 가진 사람들이야. 현재 이들이 가진 권력이 겉으로 드러나지 않는다고 해서 이들의 힘을 과소평가해서는 안 되네. 미래에 이들이 어떻게 변할지는 아무도 장담하지 못해. 그런데 이들이 엄청난 힘을 가진 비밀 조직까지 갖게 된다면 위험한 상황이 벌어질 수도 있어."

"세 사람 모두 국가를 위해 일하시는 분들입니다."

"국가라, 그렇게 볼 수도 있겠지. 그러나 내 눈에는 정도를 넘어선 보수 우익 인사의 모습이 보이는군."

소장의 어투에는 조롱이 담겨 있었다.

"독일에는 게슈타포, 소련에는 KGB가 있었네. 이들은 대중에게 알려지지 않은 비밀 조직을 유지했어. 두 조직 모두 국가를 위해 일한다는 사명감이 투철했어. 그들이 무고한 사람들에게 무슨 짓을 했는지는 나열하지 않아도 되겠지."

"제2차 세계 대전 당시 상황과 현재를 단순 비교할 수는 없습니다. 게다가 두 집단 모두 외국의 사례고요."

소장은 잠깐 말을 멈추고 지수를 바라봤다. 지수는 그의 시선을 피하지 않았다.

"자네 선배들이 무슨 일을 했는지 잊어버렸나?"

지수는 대답하지 못했다. 소장이 무슨 말을 하는지 이해할 수 없었다.

"대통령 후보를 납치해 군법 회의에서 사형 판결을 받도록 작전을 펼쳤네. 1980년대에는 학생과 시민을 잡아서 고문한 다음 허위 자백을 받아내 그들을 공산주의자로 몰았어."

"모두 과거의 일입니다. 현재의 국정원은 민주적인 정부의 지원을 받는 합법적인 조직입니다."

"내가 하고 싶은 말이 그거야. 국정원은 합법적인 단체야. 그런데 자네 상관은 방금 이 자리에서 초능력자로 구성된 비밀 조직을 운영하고 싶다고 했네."

지수는 소장의 논리에 말려든 것 같았다.

"모르긴 해도 일본인과 중국인 조직은 최 전무가 의도하는 형태의 단체일 가능성이 커. 정·관계와 재계, 종교계의 지원을 받는 비밀 조직일 거라는 말이네. 이 정도 추리는 자네도 할 것으로 생각하네. 그렇지 않다면 김평남 암살과 북한의 잠수함이 우리 영해에 뜬 일련의 사건을 설명하기 어렵지. 그들은 사조직 형태로 운용되지. 그러나 구성원들은 모두 민족과 국가라는 거대 이데올로기에 중독된 인물들일 거야. 내 추론이 엉성한가?"

소장은 대답을 기다리지 않고 지수의 잔에 위스키를 따랐다.

"내 딸이 관련되었다고 억지를 쓰는 게 아니라는 걸 알아 줬으면 좋겠어."

소장과 정치적 논쟁을 하는 건 지수가 원하는 바가 아니었다. 그는 휴식이 필요했다. 소장을 만나면 그런 일이 가능했다. 마음의 안정을 취하려면 가능한 세계를 단순하고 투명하게 이해해야 한다. 세계는 선과 악으로 양분되어 있고, 선의 세계에 속한 자신은 악과 대항해서 싸운다는 확신이 있으면 만사가 해결된다. 세계를 비스듬히 보는 일은 시인과 예술가에게 맡기면 된다. 지수는 대화 주제를 구체적인 상황으로 바꾸었다.

"전무님이 지적한 바와 같이 중국인이 김 관장님에게 행한 힘은 초능력의 하나겠죠?"

"그렇다고 봐야겠지."

"염력이란 게 어떤 건지 아직 모르겠습니다. 겨누고 있던 총부리가 염력에 의해 땅으로 떨어졌다는데, 뭔가 이치에 맞지 않습니다."

"초능력이란 초자연적인 현상이야. 이치에 맞는다면 초능력이 아니지."

"그런데 대라리에서 일본인과 맞섰을 때 왜 그들이 이기지 못했을까요? 일본인이 무장 상태였다는 건 분명합니다. 그렇다면 그들의 초능력은 일본인이 가진 무기를 이기지 못했다는 이야기가 됩니다. 영원 씨를 빼앗겼고 산으로 도주했으니까요."

"일본인 역시 초능력을 가지고 있다고 볼 수 있겠지. 그리고 총격전이 벌어진 정황을 검토해 보면 중국인이 가진 초능력에 한계가 있다고 봐야 할 거야. 숟가락을 휘게 하는 것보다는 강력하지만, 현대 무기를 압도할 만큼 강하지는 않은 거지. 우선 염력이 미치는 범위를 생각해 볼 필요가 있어. 일본인과 대적했을 때는 거리가 꽤 멀었어. 반면 김 관장과 만났을 때는 불과 몇 미터도 되지 않았어."

"총의 유효 사거리와 같은 한계가 있단 말씀인가요?"

"적절한 표현이야. 그러나 지금처럼 제한된 정보를 바탕으로 이끌어 내는 결론은 지극히 위험해. 무엇이 어떻게 변할지는 누구도 장담하지 못하는 거야."

소장의 말에 지수는 이미 성급한 판단을 내리고 있었다. 놈과 맞닥뜨렸을 때 가장 중요한 것은 일정한 거리를 두는 것이다. 정면 대결보다는 기습 공격이 효과적이다. 팔이 긴 복서를 만났을 때는 빠른 풋워크로 단점을 극복할 수 있다. 번개처럼 파고들어 어퍼컷을 날리면 상대를 KO시킬 수 있다. 지수의 표정에서 소장은 불길한 기운을 읽어 냈다. 소장은 지수에게 경고하고 싶었지만 적당한 말이 떠오르지 않았다. 지수는 초능력을 과소평가하고 있었다. 소장은 아직 치우지 않은 스푼들 중에서 휘지 않은 것을 집었다.

"자네는 헬기에서 일본인을 죽일 기회를 잡았어. 자네가 총을 겨누고 있었고 놈은 침몰하는 배의 갑판에 있었지. 그런데도 자네는 총을 쏘지 못했어. 왜 그랬다고 생각하나?"

지수는 헬기에서 내려다본 일본인의 얼굴을 기억해 냈다.

"그가 최보라를 죽인 용의자라는 확신이 부족했나?"

"그렇지는 않습니다. 다만 비무장 상태의 적을 쏘는 게 조금 꺼림칙했습니다."

"비인도적인 행위라고 생각한 건가?"

지수는 답하지 않았다. 그런 거창한 생각을 한 것은 아니었다. 요이치를 사살하는 것보다는 생포하는 쪽이 사건 해결에 더 도움이 된다고 생각했는지도 모른다.

"자넨 자네 상관에게 결여된 인간적인 면을 갖추고 있어. 타인의 고통을 느낄 수 있다는 거지. 살아 있는 인간에게 총을 쏠 만큼 정치의식이 경직되지는 않았다는 거야. 그러나 최 전무는 다르네. 만약 최 전무가 자네 대신 헬기에 있었다면 망설이지 않고 방아쇠를 당겼을 거야. 적을 죽일 절호의 기회를 절대 놓치지 않는 게 우리 같은 사람의 특징이지."

소장은 '우리'라는 단어를 강조해서 말했다.

"예전에 내가 울트라라는 말을 했었지? 오늘 모임에서 계속 그 단어를 떠올렸어. 그들이 울트라일 가능성이 매우 크다고 생각해."

울트라? 소장은 울트라를 정치적 극단주의자를 일컫는 말이라고 설명했었다. 그렇다면 강민호와 정상영이 울트라란 말인가.

"압도적인 힘을 소유하는 건 놀라운 일이네. 힘을 가진 사람은 자신이 가진 힘의 실체를 제대로 파악하지 못하는 게 일반적이야. 그래서 그 힘에 굴복하는 사람의 고통을 인식하지 못하네."

지수는 이야기를 들으며 위스키를 마셨다.

"힘, 정확히 말해 무력이란 공포를 의미하네."

그렇게 말하고 소장은 입을 닫았다. 지수는 고개를 들어 소장을 응시했다. 소장의 시선은 스푼을 쥔 오른손을 향해 있었다. 소장은 미동도 않고 스푼을 쏘아봤다. 마치 정지된 화면을 보는 듯한 느낌이 들면서 갑자기 눈앞의 사물들이 녹아내리기 시작했다. 집중하려 했지만, 눈이 제 기능을 잃어 갔다. 기묘한 색채가 어지럽게 뒤섞이며 어지럼증이 났다. 순식간의 일이었다. 화면이 밝아지며 다시 사물들이 제대로 보이기 시작했을 때는 전혀 다른 차원의 공간에 들어와 있었다. 소장은 여전히 같은 자세로 앉아 스푼을 바라보고 있었다. 그때 스푼이 휘었다. 엿가락이 휘듯이, 태양을 향해 있던 해바라기가 천천히 고개를 숙이듯 스푼의 목이 아래로 구부러졌다. 지수는 숨을 멈추었다. 동공이 확대되고 등에 소름이 돋았다. 머리카락이 쭈뼛쭈뼛해지고 온몸에 전율이 흘렀다. 소장은 구부러진 스푼을 곧 탁자의 다른 스푼들 위로 내동댕이쳤다. 소장이 차가운 시선으로 지수를 바라보며 말했다.

"공포를 느꼈기 바라네. 그것이 곧 무력의 본질이니까."

지수는 연구소 사무실을 나와 곧장 이영원이 피신해 있는 안전가옥으로 돌아갔다. 야간 근무를 서는 경호원이 허리에 P7M13 권총을 찬 채 지수를 맞이했다. 깊은 밤이고 혼자 있는데도 그는 방탄조끼를 입고 있었다. 응접실의 작은 나무 책상 위에 헤클러&코흐에서 만든 MP5A5 서브머신 건이 놓여 있었다.

"들어가서 눈 좀 붙이세요. 오늘 밤은 제가 자리를 지키겠습니다."

경호원은 손사래를 치며 거절했지만, 지수가 몇 번이나 권하자 묵

례를 하고는 방으로 들어갔다. 그가 사라지자 지수는 MP5의 장전 상
태를 확인한 다음 가죽 소파에 앉았다. X 반도 권총집을 풀어 테이블
위에 올려놓은 뒤 쿠션을 베개 삼아 소파에 드러누웠다. 쉽게 잠들지
못할 거라는 염려와 달리 그는 이내 잠에 빠져들었다. 그리고 기다렸
다는 듯 악몽이 시작되었다.

지수는 가위에 눌렸다고 생각했다. 치렁치렁한 긴 머리에 소복을
입은 여자가 넓은 응접실을 서성이고 있었다. 계란형 얼굴 위로 짙은
마스카라를 칠한 듯한 검은 눈이 두드러졌다. 나이는 십 대 후반이거
나 이십 대 초반? 몸매를 가리는 소복을 입었는데도 팔과 다리가 유
난히 길었다. 흐릿해서 잘 보이지 않지만, 입술 주변에 붉은 피가 묻
어 있는 것 같기도 했다. 귀신이라면 꽤 낡은 타입이라고 생각했다.
미니스커트와 레깅스, 핫팬츠가 주도하는 최신 패션 트렌드에서는
벗어나 있었다. 지수는 소파에서 일어나 거실 벽면의 전등 스위치를
올렸다. 천장 중앙의 소박한 샹들리에에 불이 켜지고 주위가 환해지
자 귀신은 형체도 없이 사라졌다. 불을 켜둔 채 다시 소파로 돌아와
머리를 대고 누웠다. 잠시 뒤, 심연에 빠진 듯 주변 사물들이 엿가락
처럼 녹아내렸다. 눈을 뜨자 허공에 뜬 여자 귀신이 자신을 내려다보
고 있었다. 머리에서 흘러내린 검은 머리카락이 가늘고 날카로운 철
사처럼 목을 찌르고 귀신의 벌어진 입 사이로 새어 나온 흰 입김이
차가운 서리가 되어 피부에 부딪혀 왔다. 눈알이 사라진 텅 빈 눈에
는 흰자위만 보였다. 선혈이 묻은 귀신의 입꼬리가 점점 위로 올라갔
다. 귀신이 어깨를 움직이자 뼈가 뒤틀리는 소리가 귀로 파고들었다.
지수의 호흡이 점점 가빠졌다. 귀신의 벌어진 입술 사이로 붉은 피가
뚝뚝 떨어졌다. 피는 지수의 이마와 뺨을 적시고 아래로 흘러내렸다.

비릿한 피 냄새가 코로 밀려들어 왔다. 여자는 원망스러운 눈빛으로 지수를 내려다보았다. 온몸이 땀으로 젖어 번쩍 눈을 떴다.

처음 보는 여자가 나무 의자에 반듯한 자세로 앉아 지수를 응시하고 있었다. 지수는 소파에 누운 채 눈만 뜨고 여자를 바라봤다. 테이블 위에 뭉쳐진 권총집이 보였다. 권총을 집으려면 몸을 일으켜야 하는데 허리를 들 수 없었다. 무거운 바위에 짓눌린 것처럼 가슴이 답답했다. 아직도 꿈속인가. 말을 하려고 해도 다문 입은 벌어지지 않았다. 어디에선가 철판을 손톱으로 긁는 소리가 났다. 지수는 높은 천장을 바라봤다. 박제된 새마냥 소복을 입은 귀신이 천장에 큰 대자 형태로 대못에 박혀 있었다. 귀신은 날개를 퍼덕이려는 듯 몸을 꿈틀거렸다. 귀신의 몸에서 검붉은 액체가 후드득 떨어지고 피는 여자의 등과 어깨를 흥건하게 적셨다. 피투성이가 된 여자가 자세를 고쳐 앉아 양팔을 공중으로 들어 올렸다. 깍지를 낀 두 손에서는 날카로운 비수가 빛을 내고 있었다. 미처 지수가 손을 뻗기도 전에 여자의 손이 힘차게 아래로 내려왔다. 칼은 어김없이 배를 관통해서 박혔다. 지수는 입을 벌리고 자신의 배에서 솟아 나오는 붉을 피를 바라봤다. 피를 뚫고 검은 돌이 형체를 내밀었다. 돌의 등장과 함께 악몽이 끊어졌다. 마침내 가위에서 풀려났다. 그리고 다시 인기척을 느꼈다.

지수는 권총을 집어 들어 반사적으로 상대의 심장을 겨냥했다. 글록 18을 빠르게 장전하고 안전 모드를 풀었다. 방아쇠만 당기면 된다. 눈이 빛에 적응하며 사물의 형체가 뚜렷해졌다. 겁에 질린 여자가 두 눈을 크게 뜨고 지수를 바라보았다. 이영원이었다. 지수는 총구를 급하게 올렸다. '헉' 하고 한숨이 터졌다. 재빨리 주변을 살펴 안가의 거실임을 확인한 뒤, 고개를 숙여 자신의 배를 살폈다. 칼 따위는 박혀 있지 않다.

"악몽을……."

지수는 털썩 소파에 주저앉았다. 장전을 풀고 아예 탄창을 권총에서 빼버렸다. 실수로 영원에게 총을 쏠 뻔했다는 생각이 들자 등골이 오싹해졌다. 손바닥으로 이마와 얼굴을 쓸어내렸다.

"미안해요. 신음 소리가 나서 내려와 봤어요."

영원은 죄를 지은 사람처럼 말했다. 코앞에서 자신의 심장에 총구를 겨누었는데 그녀는 믿을 수 없을 만큼 침착했다. 그제야 지수는 현실감을 회복했다.

"아닙니다, 잠을 제대로 못 잤더니 악몽을 꿨나 봅니다. 제가 소리를 질렀나요?"

"아뇨, 2층에서 들었을 때는 강아지가 앓는 소리인 줄 알았어요."

강아지? 강아지가 끙끙대는 소리를 냈단 말인가? 지수의 볼이 조금 붉어졌다. 소파 옆 탁상용 스탠드의 백열등만 켜져 있고 천장의 샹들리에는 꺼져 있었다. 잠들기 전에는 분명 조명이 환하게 켜져 있었는데 누가 스위치를 내렸을까? 맞은편 벽의 괘종시계를 보니 4시 50분, 깊은 새벽이었다.

"미안합니다. 저 때문에 밤잠을 설쳤군요."

"어차피 잠도 안 왔어요. 물 좀 갖다 드릴까요?"

그렇게 말하며 영원이 자리에서 일어났다. 영원은 주방의 형광등 스위치를 올리고 냉장고 문을 열었다. 마치 이 집의 안주인이라도 되는 듯 자연스러운 행동이었다. 안가에 온 지 벌써 3일째니 익숙해질 만도 했다.

지수는 마음을 진정시키며 영원의 행동거지를 살폈다. 영원은 싱

크대 찬장에서 물컵을 꺼내 생수를 따랐다. 어디에서도 긴장한 모습은 보이지 않았다. 헐렁한 일자형 감색 트레이닝 바지에 흰색 반소매 티셔츠에 맨발 차림이었다. 키는 168센티미터 정도 되고, 아버지의 유전자를 이어받아서 그런지 팔과 다리가 길었다. 어깨와 허리가 T자형으로 곧추서 있고 몸동작이 유연했다. 지수는 꿈속에서 본 원피스의 여자를 떠올렸다. 알몸으로 자신의 가슴에 얼굴을 파묻은 여자가 영원이었을까? 둥근 가슴과 부드러운 잔풀 같은 치모만 기억날 뿐 얼굴은 제대로 보지 못했다. 이전에 연구소 사무실에서 잠들었을 때도 비슷한 꿈을 꿨다. 원피스를 입은 젊은 여자와 산책을 했다. 여자는 입맞춤을 하고 나서 깊은 숲 속으로 사라졌다. 지금과 마찬가지로 묘한 꿈이었다. 그때는 여자의 얼굴이 뚜렷하게 보였는데 지금은 떠오르지 않았다. 같은 여자일까? 사각 쟁반에 물컵을 올려 영원이 돌아왔다. 지수는 물컵을 받는 대신 영원의 얼굴을 뚫어지게 응시했다. 영문을 모른 채 지수를 바라보던 영원이 물컵을 테이블에 내려놓고는 시선을 피했다.

"고마워요. 이 말을 꼭 하고 싶었어요."

고개를 든 영원이 낮게 말했다. 아마도 바다에서 그녀를 구조해준 일을 말하는 것 같았다.

"아닙니다. 해야 할 일을 했을 뿐입니다."

크고 까만 눈동자와 다소 거만해 보이는 당당한 자세에서 이방우 소장의 모습이 보였다.

"이곳 생활이 불편하지는 않나요?"

지수의 질문에 영원은 대답하지 않고 고개를 저었다. 형식적이고 거추장스러운 대화는 하지 않겠다는 태도였다.

"절 데려가려던 사람들은 어떤 사람들인가요?"

예상대로 질문이 곧장 핵심을 파고들었다.

"수사가 진행되는 시점이라 말씀드리기 곤란하군요. 영원 씨의 안전을 위해 저희가 전력을 기울이고 있다는 정도는 확실히 말씀드릴 수 있습니다."

지수의 모호한 답변에 영원은 짧게 숨을 내쉬었다. 흘러내린 머리카락을 오른손으로 쓸어 올리며 영원이 말했다.

"꿈을 꾸었다고 하셨죠?"

지수가 고개를 끄덕였다.

"방금 꾸신 꿈을 정확히 기억할 수 있나요?"

지수는 귀신이 나온 꿈을 떠올렸다. 이상하게도 꿈이 제대로 기억나지 않았다. 소복을 입은 귀신과 원피스를 입은 젊은 여자가 나타났다는 것만 분명할 뿐, 나머지 구체적인 장면들은 대부분 머릿속에서 지워졌다.

"꿈이 모두 기억난다면 이상한 일이겠죠?"

혼잣말하듯 영원이 중얼거렸다.

"제게 요즘 그런 일이 일어나고 있어요. 정확히 말해 꿈은 아니에요. 하지만 꿈을 꾸듯이 내 의식의 일부가 무엇인가 구체적인 사물을 보고 있어요. 큰 극장에 앉아서 혼자 영화를 보는 기분이 들어요. 주변은 캄캄하고 아무 소리도 들리지 않는데 오직 스크린 위로 불분명한 형태의 영상들이 흘러가요."

지수는 영원의 이야기를 집중해서 들었다. 영원이 어떤 능력을 갖고 있는지 답을 하지 못하는 한 미로에서 빠져나가지 못한다.

"이것 때문에 사람들이 절 쫓는 거죠? 어제 의사 한 분과 수사관으로 보이는 분이 저를 찾아왔어요. 공항에서 일어난 일에 관한 질문을 주로 했는데, 알고 계시나요?"

최 전무가 보낸 국정원 수사 팀일 것이다. 최 전무는 그런 내용을 지수에게 알려 주지 않았다.

"몇 가지 테스트를 받았어요. 정신과 전문의 같았는데, 그분과 아주 어렸을 때부터 지금까지 살아온 이야기를 나누었어요. 낯선 사람과 그렇게 오랫동안 많은 이야기를 나눈 건 처음이었어요."

지수는 영원의 표정 변화를 살폈다. 그녀의 얼굴은 처음과 마찬가지로 담담했다.

"상황이 좀 더 분명해지면 영원 씨에게 모든 사실을 알려 드리겠습니다. 그때까지만 참고 기다려 주시기 바랍니다."

영원이 고개를 돌려 괘종시계를 바라봤다. 옆모습은 앞모습과 차이가 있었다. 눈동자가 보이지 않아서 그런지 다른 느낌이었다. 부드럽고 좀 더 여성적인 분위기를 풍겼다. 지수는 자신도 모르게 영원의 몸을 살폈다. 순간 지수는 자신의 행동에 놀랐다. 왜 이 중요한 순간에 여자의 몸을 보는 걸까?

"운명이란 걸 믿나요?"

지수는 질문을 이해하지 못했다. 영원은 상관없다는 듯 말을 이었다. 주의 깊게 이야기를 들었지만, 지수는 영원을 따라잡지 못했다. 마치 이전의 꿈속에 다시 들어온 듯한 기분이었다. 반면 영원은 여전히 담담한 태도로 말했다.

"내가 무엇을 보는지 궁금하지 않나요? 의사 선생님께는 자세한 이야기를 할 수가 없었어요. 그냥 그렇게 될 거라는 직감이 들었을 뿐이라고 말했죠."

의사가 영원의 이야기를 믿었을까?

"지난 사흘 동안 그런 생각을 했어요. 지금까지 일어난 모든 일이 거짓말이었으면 좋겠다고요. 그렇다면 내가 현재 보는 미래의 일도 일어나지 않겠죠. 그쪽에게는 이런 이야기를 해도 괜찮겠다고 느꼈어요."

영원은 미래를 말하고 있었다.

"구체적으로 말해 줄 수 있습니까?"

"사람들이 죽어 가는 모습이에요."

영원이 처음으로 눈살을 찌푸렸다. 순간 그녀의 마음속 고통이 고스란히 전달됐다. 그녀가 무슨 말을 하는지, 그녀가 보는 미래가 무엇인지는 모르지만, 그녀가 느끼는 고통의 깊이는 정확히 전해졌다.

"미안해요. 그 이상은 설명할 수 없어요."

침착하고 의연하던 태도가 슬그머니 사라졌다.

"사람들이 왜 죽는지는 모르겠어요. 내가 느낄 수 있는 건 오직 눈앞의 세계가 무너진다는 것뿐이에요."

세계의 종말을 이야기하는 건가? 궁금증이 증폭됐지만, 영원은 입을 다물었다. 속눈썹이 가늘게 떨렸다. 좋은 징후는 아니었다.

"시간은 많습니다. 무리하지 마세요."

지수의 말에 영원은 희미하게 미소를 지었다. 영원이 자리에서 일어나며 말했다.

"밤이 깊었어요. 이야기를 들어 줘서 고마워요."

영원은 2층으로 올라갔다. 지수는 탁자에 놓인 물컵을 집어 남은 물을 마신 뒤 다시 소파에 누웠다. 몸은 피곤한데 정신은 말짱했다.

아침이 되어 눈을 떴을 때 지수는 지난밤의 일이 모두 비현실적으로 느껴졌다. 영원과 경호원 세 명과 함께 아침 식사를 했다. 일상적인 영원의 모습이 무척 낯설었다. 식사를 마친 뒤, 지수는 곧장 국정원으로 출근했다. 아침의 평화로운 정경 앞에서 지수는 새삼 자신이 무기력한 존재라는 사실을 인식했다. 지난밤 도시에서 일어난 모든 일을 이해하기에는 자신의 상상력에 한계가 있었다. 사람들은 저마다 비밀스러운 이야기를 숨긴 채 태연한 얼굴로 거리를 활보하고 있었다. 해가 떠오르는 시간, 도시는 평화에 취해 있었다. 밤이 되면 또 어떤 다른 이야기가 펼쳐질지 아무도 알지 못했다. 햇빛이 강해서 지수는 짙은 선글라스를 꼈다.

12

보름이 흘렀다. 어느덧 안가의 정원에 목련과 매화가 피었다. 긴 연휴를 보내려는 도시인들이 남해안 지역의 꽃 축제로 몰려가 도심은 한산한 느낌마저 들었다. 지수가 도착했을 때 영원은 마당 한편에 설치한 파라솔 밑에서 책을 읽고 있었다.

"무슨 책을 보고 있습니까?"

"소설책이에요. 그런데 국정원 요원들은 항상 그렇게 입고 다니나요?"

영원의 말에 지수는 자신의 옷차림새를 살폈다. 평범한 티셔츠에 허리까지 내려오는 얇은 재킷, 낡은 청바지에 신발은 아디다스 운동화였다.

"마치 이 소설에 등장하는 주인공들 같아요."

테이블 위에 놓인 책은 잭 케루악의 소설 『길 위에서』였다.

"주인공이 미 대륙을 여행하면서 겪은 일화를 그린 소설이에요."

지수는 책을 집어서 뒤표지를 살폈다. '비트족의 왕', '히피의 아버지'라는 문구가 눈에 띄었다. 재즈와 히치하이크, 컨버터블 자동차, 하이웨이라는 단어도 보였다.

"읽어 보진 않았지만, 저와 전혀 다른 삶을 사는 사람들인 것 같은데요."

"지수 씨에겐 자동 권총이나 거짓말 탐지기, 변장술 같은 단어가 익숙하겠죠?"

"그럴 수도 있죠. 그러나 실상은 조금 다릅니다. 출근과 보고서, 연차 휴가 같은 단어에 더 민감하게 반응하죠."

영원이 묘한 표정으로 지수를 바라보며 말했다.

"자신에게 특별한 면이 있다는 걸 알고 있나요? 히피는 아니겠지만, 국가에 소속된 사람이라는 느낌도 없어요."

영원의 눈을 보고 있으면 왠지 가슴이 설렜다.

"칭찬으로 받아들이겠습니다. 국정원 요원이라고 얼굴에 써 붙이고 다니면 인사 고과에서 낙제점을 받을걸요."

일본과 중국에서 활동하는 '동백꽃'과 '백곰'의 얼굴이 떠올랐다. 두 사람은 외양에서부터 판이하지만 한 가지 공통점이 있었다. 두 사람 모두 정보기관의 요원처럼 보이지 않는다는 것이었다.

"오늘은 다른 일을 할 수 없을까요?"

달큼한 꽃향기가 바람에 실려 왔다. 지수는 지난 보름 동안의 일을 떠올렸다. 주로 지수가 이야기했고 영원은 듣는 쪽이었다. 영원은 지수가 말하는 일련의 사건에서 자신이 직간접으로 관련을 맺고 있다는 사실을 좀처럼 받아들이지 못했다. 로켓탄이 터지고 배가 침몰하고 북한의 잠수함이 출현한 장면을 목격했으면서도 자신이 사건의 중심에 들어와 있음을 인식하지 못했다. 그녀에게 현실이란 여학교의 교사에서 항공 관제사로 변모한 시간의 흐름을 지칭하는 말이었다. 지수가 스마트폰을 꺼내 문자를 보냈다. '점심 같이할까?'라는 단문이었다. 곧바로 답장이 도착했다. '좋아요. 어디서 볼까요, 오빠?' 지수는 문자 메시지를 영원에게 보여 줬다.

"은영이에게서 온 겁니다. 같이 가시죠."

영원의 눈동자가 조금 커졌다. 영원은 은영이 자신의 제자라는 사실을 떠올리는 데 다소 시간이 걸렸다. 영원은 안가에 온 이후 처음으로 환하게 웃었다.

영원은 베이지색 원피스에 반소매 카디건을 입었다. 카디건은 스카이블루였다. 봄날에 어울리는 색깔이라고 지수는 생각했다. 옷은 모두 여자 경호원이 사다 준 것이었다. 하얀 나이키 운동화에는 얼룩한 점 묻어 있지 않았다. 영원이 치마 끝단을 훑어본 뒤 어색한 미소를 지으며 말했다.

"오랜만에 이런 옷을 입어 봐요."

"때로는 다른 사람의 취향에 맞춰 보는 것도 나쁘지 않죠."

영원의 갑작스러운 외출에 경호원들은 긴장했다. 지수가 행선지와 모임의 성격을 간략하게 설명했다. 남자 경호원들은 묵묵히 고개를 끄덕인 반면, 여자 경호원은 밝게 웃으며 영원의 외출을 반겼다. 약속 장소는 연구소에서 멀지 않은 패밀리 레스토랑이었다. 연구소가 가까이 있다는 사실에 마음이 조금 무거웠다. 영원이 먼저 만나야할 사람은 이방우 소장이었다. 매사에 신중하고 판단이 빠른 소장이이번 문제에서는 미적거렸다. 아직 시간이 있긴 했지만, 소장답지 않은 처신이었다. 지수가 운전하는 동안 영원은 마치 도시에 처음 와본사람처럼 사람들과 거리의 모습을 관찰했다. 정지 신호에 차가 멈추면 지수는 음악을 듣는 척하며 몰래 영원의 모습을 훔쳐봤다. 옆자리에 아름다운 여자가 앉아 있는 것이 남자에게 어떤 느낌인지 지수는 처음으로 깨달았다.

"현서와 은영이는 제가 국정원 직원이라는 사실을 몰라요."

영원은 고개를 돌려 지수를 바라보며 눈을 찡긋해 보였다.

일요일 정오의 패밀리 레스토랑은 여유로운 하루를 시작하려는 사람들로 북적댔다. 봄 햇살 속에 앉아 다소 상기된 표정으로 대화를 나누던 은영과 현서가 지수에게 손을 흔들었다. 곧이어 지수를 뒤따라오는 영원을 보고는 조금 놀란 표정이었다. 은영이 현서에게 낮은 소리로 속삭이듯 말했다. 두 사람이 동시에 자리에서 벌떡 일어났다.

"선생님!"

반가움과 놀라움이 교차한 목소리였다. 은영과 현서가 영원을 맞이했다. 한동안 깜짝 파티에서나 볼 수 있는 환호와 즐거움이 공간을 채웠다. 지수는 한 발짝 떨어져서 세 사람을 관찰했다. 세 여자가 연출하는 일상의 행복은 꽤 오랫동안 지속됐다. 은영과 현서의 얼굴이 몰라보게 밝았다. 침울한 표정과 의심에 찬 눈빛은 사라지고 이십 대의 명랑한 아가씨로 돌아와 있었다. 불과 몇 달밖에 되지 않았다는 점을 고려하면 놀라운 변화였다. 어쩌면 두 사람에게 일어난 기묘한 초능력이 그들을 변화시켰을지도 모른다는 생각이 들었다. 그들은 남들이 모르는 비밀을 가졌고 그 비밀이 그들에게 새로운 삶과 세계를 보여 주었다.

대화는 주로 여고 시절의 추억을 더듬는 것으로 채워졌다. 지수는 여자들의 이야기에 방해되지 않도록 옆에서 크림소스 파스타를 포크로 집어 먹었다. 대화는 끊어지지 않고 물 흐르듯 자연스럽게 흘러갔다. 지수는 여자들 특유의 친화력과 커뮤니케이션 능력에 감탄했다. 식사가 끝나고 후식으로 커피와 아이스크림이 나오면서 들뜬 기운이 조금 가라앉았다. 지수는 스피커에서 흐르는 노래를 들으며 높고 푸른 하늘을 배경으로 바오밥나무를 그린 유화를 올려다보았다. 그림 옆에는 산타클로스 모자에 비키니를 입고 '해피 크리스마스'를 외치는 호주 아가씨 사진이 걸려 있었다.

"오빠, 올해 몇 살이죠?"

현서가 지수를 보며 말했다.

"스물아홉 살 맞죠?"

지수가 고개를 끄덕였다. 이번에는 영원을 바라보며 물었다.

"선생님은요?"

"나도 같은 나이인데."

"그럴 줄 알았어요. 그런데 두 분이 서로 존칭을 하는 건 좀 이상해요. 영원 씨, 지수 씨도 좋지만, 그냥 친구가 되는 건 어때요?"

지수와 영원이 서로의 얼굴을 바라보았다.

"맞아요. 아직 이십 대인데 말을 높이는 건 불편해 보여요."

은영이 현서를 거들었다.

"너희도 날 선생님이라고 부르잖아. 난 이제 교사도 아니고, 너희 말대로 같은 이십 대인데."

"그럼 이제부터 언니라고 부를까요? 그러고 보니 선생님도 우리와 별 차이 없잖아요."

"그래, 언니라고 불러. 그게 더 좋다."

영원이 시원시원하게 말했다. 그러자 현서가 손바닥을 치면서 좋아했다.

"그럼 오빠가 언니에게 '영원아'라고 불러 봐요."

지수가 난감한 표정을 짓자 세 여자가 동시에 웃음을 지었다. 여자들의 생각과 웃음 코드를 따라잡기가 의외로 어려웠다. 지수는 멋쩍어하며 생맥주를 주문했다.

"진작 묻고 싶었는데, 오빠 우리에게 뭐 숨기는 거 있죠?"

은영이 호기심 가득한 눈빛으로 지수를 바라보며 말했다. 현서가 탁자 위에 올린 은영의 손바닥 위로 손을 겹쳐 놓았다. 그러고는 둘이 무언의 신호를 주고받았다.

"비밀이 있다는 건 이해하지만, 우리에게까지 숨길 필요는 없어요. 사실 오빠가 명상 센터 사람들과 좀 다르다는 건 처음부터 눈치채고 있었어요."

은영이 확신에 찬 어조로 말했다.

"오빠, 경찰이죠?"

지수는 무심코 헛기침을 했다. 그러고는 맥주를 마셨다.

"말씀하시기 곤란하면 안 해도 돼요. 우리도 그 정도는 이해하니까."

은영의 순진한 얼굴을 보고 있으니 미소가 절로 나왔다. 지나친 부정은 상황을 악화시킬 수 있다고 지수는 생각했다.

"고마워, 그렇게 말해 줘서."

지수의 말에 은영과 현서가 활짝 웃었다. 현서가 잔을 들어 건배를 청했다. 일요일 정오의 런치타임치고는 지나치게 활기찬 모임이었다. 잔을 내려놓은 은영이 지수를 가만히 바라보며 말했다.

"그동안 현서와 많은 이야기를 했어요. 우리에게 일어난 일과 앞으로 어떤 일이 일어날지에 대해서요. 지난번 명상 센터에서 소장님과 최면을 하고 난 이후, 뭔가 우리가 상상할 수 없는 일이 일어나고 있어요. 현서와 내가 감당할 수 없는 일이에요."

차분한 목소리지만 침울하게 들리지는 않았다.

"선생님이 오신 것도 아마 그 이유일 거라 생각해요."

은영과 영원이 눈빛을 주고받았다. 지수는 무심코 텔레파시를 떠올렸다.

"오빠가 선생님을 지켜 줄 거라고 믿어요."

영원이 손을 내밀어 은영과 현서의 손을 잡았다. 이야기를 듣고 있던 현서의 눈에서 갑자기 눈물이 흘러내렸다. 자신도 놀란 듯 현서는 냅킨으로 눈물을 훔치며 웃음을 터트렸다.

"걱정하지 마. 내 몸 하나 정도는 지켜 낼 수 있어. 고마워, 얘들아."

마치 여교사로 돌아간 듯 영원이 말했다. 지수가 빈 잔에 맥주를 따랐다. 이 자리에서만큼은 깊은 이야기를 피하고 싶었다. 그것이 세 사람을 위해 좋을 거라고 지수는 생각했다. 화제를 돌리면서 다시 분위기가 좋아졌다. 새로 구한 직장 이야기가 나왔다. 은영은 다시 문학 전문 출판사에 들어갔고 현서는 친척의 도움으로 대형 병원 원무과에 자리를 잡았다. 출판사와 병원이 같은 동네에 있어서 두 사람은 곧 자취방을 구해 합칠 예정이라고 했다. 모든 게 순탄하게 흘러갔다. 지수가 계산하는 동안 세 여자는 손을 맞잡고 작별 인사를 나누었다. 조금 떨어져서 보니 마치 일요 예배를 끝내고 돌아가는 사람들 같았다.

"다음에 만나면 꼭 언니라고 불러."

영원의 말에 현서가 답했다.

"그럼 선생님도 오빠와 꼭 친구 하세요."

계단을 내려와 길이 나뉘었다. 현서와 은영이 힘차게 손을 흔들고는 도로를 건넜다. 지수는 영원과 나란히 서서 두 사람이 떠나는 모습을 지켜봤다. 차에 시동을 켜자 스피커에서 알 켈리의 〈러브레터〉가 흘러나왔다. 지난번 만났을 때 은영이 알려 준 노래였다. 시간이 흐르면 자연히 추억이 쌓이는 법이다. 영원은 올 때와 마찬가지로 창밖 풍경을 바라보며 상념에 빠졌다.

"교실과 교무실을 오가며 평생을 살아야 한다고 생각하니 숨이 막혔어요."

지수는 영원이 학교에서 아이들을 가르치는 장면을 머릿속으로 그려 봤다.

"영어를 좋아해서 교사가 됐는데 상상하던 것과 많이 달랐어요."

"저도 마찬가지예요. 국정원이 이런 곳이라곤 생각도 못 했죠."

자동차가 외곽순환도로에 들어서자 영원이 물끄러미 지수를 바라보았다. 지수는 영원의 시선을 의식하며 넓은 도로 끝에 핀 벚꽃과 앞 차의 범퍼를 바라보았다. 차 안에는 나른한 봄날에 어울리지 않는 빠른 비트의 힙합이 흐르고 있었다.

"시간이 남았는데 드라이브나 할까요? 이런 날씨에 안가로 돌아가고 싶지는 않겠죠?"

지수의 말에 영원의 얼굴이 밝아졌다. 지수는 영원의 표정을 확인하고서 안심했다.

"아이들 말처럼 친구가 되는 건 어때요? 처음엔 어색하겠지만, 시간이 지나면 금방 익숙해질 거예요."

상황을 이해한 지수가 피식 미소를 지었다.

"정말 친구가 될 수 있다고 생각해요?"

지수는 영원이 농담하는 것으로 생각했다. 영원은 한 손으로 머리카락을 쓸어 올리며 정면을 응시했다. 뭔가 단단히 마음먹은 듯한 표정이었다.

"저와 친구하기 싫어요?"

"그런 건 아니지만, 조금 이상하지 않을까요?"

"그럼 동의한 걸로 받아들일게요."

무심코 지수가 고개를 끄덕였다.

"지금 어디 가는 거야?"

마치 놀리듯 영원이 미소를 지으며 반말을 했다. 지수는 멍하니 운전대를 잡고 있다가 앞 차를 들이받을 뻔했다. 지수의 모습에 영원은 소리를 내며 웃었다. 이후로 지수는 영원의 질문에 "응", "아니"식으로 짧게 답했다. 분명하지는 않지만 뭔가 그의 내부에 변화가 일어나고 있었다. 마치 10년 전, 열아홉 살로 돌아간 느낌마저 들었다. 여자 친구를 만났을 때가 언제였지? 쉽사리 기억이 떠오르지 않았다. 잠시 후, 목적지를 알리는 이정표가 나왔다. 진입 도로에 들어서자 차의 속도가 현저히 줄어들었다. 영원이 도로를 가득 메운 차들과 보도를 걷는 인파의 행렬을 바라보며 말했다.

"이 사람들 모두 어디로 가는 거야?"

바쁘게 걸어가는 사람들의 뒷모습을 좇으며 지수가 답했다.

"직접 확인해 보는 게 좋겠지?"

즐거움을 가장한 분위기를 내려고 했는데 생각보다 목소리가 조금 무거웠다. 영원은 낯선 도시에 온 여행객처럼 이곳저곳 두리번거리기 시작했다.

경마장은 말 그대로 초만원이었다. 두 사람은 복층의 스탠드를 가득 메운 사람들과 거대한 경주로를 번갈아 보았다. 어느 정도 예상하긴 했지만, 압도적인 광경이었다. 지수는 영원을 데리고 안내 데스크로 향했다. 마사회 제복을 차려입은 안내원이 친절한 미소를 지으며 그들을 맞았다. 그녀에게서 베팅 요령과 경마에 관한 기초적인 지식을 들었다. 경주마와 기수, 조교사에 대한 정보를 정확히 아는 것이 게임을 즐기는 관건이라고 말하며 여자는 웃음을 지었다. 연습 삼아 지수가 OMR 카드를 작성했다. 생각보다 어렵지 않았다. 안내 데스크를 나와 비교적 한적한 장소에 자리를 잡았다. 3층 관람석의 전망이 확 트여 있었다.

"여기에 온 이유는 나를 테스트하려는 거지?"

트랙을 돌아 출발선으로 향하는 경주마를 내려다보며 영원이 말했다.

"테스트라기보다는 그냥 즐겼으면 좋겠어."

영원이 지수를 바라보며 미소를 지었다.

"나쁜 생각은 아냐. 사실은 나도 궁금했어. 내가 정말 미래를 볼 수 있는지."

영원은 고개를 돌려 고운 흙이 깔린 거대한 트랙을 내려다봤다. 트랙 중앙에 대형 모니터가 설치되어 있고 경주에 나올 말과 배당 정보가 적혀 있었다. 고대 상형 문자를 바라보듯 그들은 전광판의 배당 숫자를 읽었다.

"어떻게 하는 건지 설명해 줄 수 있어?"

"뭘?"

"미래를 보는 거 말이야. 특별한 방법이 있는 거야?"

"그건 나도 정확히 설명할 수 없어. 보일 때도 있고 보이지 않을 때도 있어."

영원이 발주기 앞에 대기한 말들을 모니터로 바라보며 말했다. 지수는 주변 사람들을 관찰했다. 심각한 표정으로 정보지를 읽는 사람들이 대다수였고, 담배를 피우거나 대화를 나누는 사람들도 있었다. 언뜻 평온한 장면처럼 보였지만 그들 주변으로 불분명한 형태의 흥분이 떠도는 게 느껴졌다. 팡파르가 울리고 베팅 시간이 종료되자 말들이 차례차례 발주기 안으로 들어섰다. 영원은 무심한 눈길로 대형 모니터를 통해 기수와 경주마를 바라봤다. 지수는 영원을 슬쩍 쳐다봤을 뿐 말을 걸지 않았다. 그녀에게 충분한 시간을 줘야 한다. 모든 경주마가 발주기에 들어서자 영원이 입을 열었다.

"저기 맨 끝에 보이는 회색 말이야."

영원이 무덤덤한 표정으로 말했다. 말을 지목하기까지의 과정이 너무 평범했다. 심호흡을 하거나 눈을 감거나 하는 식의 특별한 의식은 없었다. 지수가 회색 말의 번호를 확인했다. 12번 말이었다. 경주를 보려고 점점 더 많은 사람이 야외 관중석으로 모여들었다. 마권을 손에 쥐고 흥분에 들떠 있는 사람들의 표정과 대조적으로 영원은 평상심을 유지하고 있었다. 누군가 놓고 간 경마 예상지를 주워 말에 대한 정보를 빠르게 읽었다. 영원이 지목한 회색 말의 이름은 울트라러너였다. 경마 전문가들이 뽑은 우승마의 예상 순위에서 울트라러너는 빠져 있었다. 첫 경주부터 영원은 전문가들의 예상과 다른 의견을 내놓았다. 울트라러너의 단식 우승 배당은 12배였다. 가장 인기 높은 말의 1.7배에 비하면 높은 배당률이었다. 1만 원을 베팅하면 12만 원을 돌려받을 수 있었다. 열두 마리의 말 중에서 울트라러너는 여섯 번째 인기마였다. 예외적으로 단 한 명의 전문가만이 울트라러너의 우승을 점쳤다. "혈통적으로 조금 늦게 되는 말이기 때문에 이제야 제 능력이 나오기 시작하는 마필입니다. 짧고 강한 패턴으로 한두 바퀴씩 돌리고 들어가는데 이번에는 의지가 강해 보입니다." 어려운 문장은 아니지만, 뜻이 모호했다. 지수는 예상 정보지를 바닥에 내려놓고 모니터를 주시했다. 영원이 구체적으로 어떤 장면을 본 것인지는 경주가 시작되면 밝혀질 것이다. 경마장의 열기가 점점 달아올랐다.

발주기의 게이트가 열리면서 열두 마리의 경주마가 맹렬한 기세로 뛰쳐나왔다. 경주 초반, 말들이 자리싸움을 하느라 거친 발길질을 하며 내달렸다. 울트라러너는 유일한 회색 말이어서 화면에서 쉽게 찾을 수 있었다. 선행마와 앞 번호를 배정받은 말과의 경쟁에서 울트라러너는 뒤처지고 있었다. 출발 지점에서 삼각 대형으로 뒤엉켰던 말들이 어느새 선두 그룹과 중위 그룹, 하위 그룹으로 나뉘어 일렬로 달리기 시작했다. 1천 미터를 뛰는 단거리 경주였다. 울트라러너는 중위 그룹의 후미에 자리를 잡았기 때문에 선두 그룹의 주행을 중심으로 보여 주는 메인 화면에서 벗어나 있었다. 지수는 선두로 달리는 말의 번호를 확인했다. 3번, 단식 배당에서 가장 많은 인기를 얻은 말이었다. 경마 팬들의 예상대로 경주가 전개되었다. 코너를 도는 지점에서 중위권에 속해 있던 말이 치고 나오면서 장내가 술렁이기 시작했다. 속도를 내는 말 역시 경마 전문가들이 점친 우승 예상마였다. 이변이 없는 순탄한 경주가 이어졌다.

울트라러너의 모습은 보이지 않았고 어느새 선두마가 결승 직선 주로에 접어들었다. 경주가 1분 안에 끝나 버리기 때문에 상황이 초

단위로 바뀌었다. 마지막 스퍼트를 위해 추월 습성을 가진 추입마에 올라탄 기수들의 엉덩이가 들썩이기 시작했다. 4코너에서 외곽으로 돌며 자리를 잡는 말들의 수가 불어났다. 그러나 선두를 지키는 말과는 상당한 거리가 있었다. 지수는 어림없다고 생각했지만, 결승점에 가까워질수록 선두에 있던 말들의 발걸음이 무뎌지기 시작했다. 반면 추월을 시도하는 말들의 움직임은 경쾌했다. 장내 아나운서의 목소리가 높아지고 관중석에 앉아 있던 사람들이 모두 자리에서 일어났다. 수만 명이 내지르는 응원 소리가 거대한 공간을 뒤흔들었다. 사람들은 모니터에서 시선을 떼고 눈앞에서 발길질하는 말들을 좇았다. 지수는 영원이 지목한 울트라러너를 찾았다. 녀석은 중위권 그룹의 후미에 가려 제대로 보이지 않았다.

경주가 막바지로 치달았다. 기수가 말의 엉덩이에 채찍질을 하자 경마 팬들의 함성도 높아졌다. 뒤에 처져 있던 검은 말이 갑자기 맹렬한 기세로 튀어나왔다. 검은 갈기를 휘날리며 앞에서 달리던 말들을 차례차례 추월하기 시작했다. 결승점을 얼마 남기지 않은 지점이었다. 녀석은 맨 후미에서 순식간에 중위권으로 올라섰다. 놀라운 장면이었다. 지수는 자기가 왜 경마장에 왔는지도 잊어버린 채 검은 말을 응원했다. 역전의 순간을 목격하는 일은 짜릿했다. 검은 말은 두어 번 고개를 흔들고는 앞서 달리던 두 마리를 추월했다. 검은 말은 7번이었다. 용수철처럼 튀어 오르며 가속을 붙인 녀석이 결승점 10여 미터를 앞두고 선두를 추월했다. "와!" 하는 관중의 고함에 귀가 먹먹해졌다. 7번 말의 승리가 확실했다. 간격을 2마신 이상 벌리며 검은 말이 결승점으로 들어왔다. 기둥에 세워진 초고속 카메라의 플래시가 터졌다.

그때 녀석이 달리는 지점에서 먼 외곽 주로에서 외따로 떨어진 말이 동시에 결승점을 통과했다. 빛의 속도라고 해도 좋을 순식간에 일어난 일이었다. 지수는 믿을 수 없다는 듯 멍하니 한참 서 있었다. 영원이 지목한 12번 울트라러너였다. 검은 말의 화려한 역전극에 흥분해 울트라러너를 완전히 잊고 있었다. 경주가 끝났지만 1위와 2위가 발표되지 않았다. 곧이어 사진 판독에 들어간다는 문구가 모니터에 나타났다. 지수는 그제야 사진 판독 따위는 기다리지 않아도 된다는 사실을 알았다. 미래는 정해져 있고 어김없이 현실이 되어 나타났다. 지수는 멍한 표정으로 자리에 앉은 영원을 내려다봤다. 영원은 처음과 같은 자세로 경주가 끝난 트랙을 쏘아보고 있었다. 울트라러너에 올라탄 기수가 말의 목을 힘차게 토닥이며 격려했다.

0.1초의 승부였다. 결승점을 먼저 통과한 1위 말은 울트라러너였다. 7번 말과는 코 하나 차이였다. 모니터로 판독 사진이 나타나자 사람들의 입에서 탄식이 흘러나왔다. 누가 먼저라고 할 것도 없었다. 공식적으로는 0.1초 차이지만 실제로는 0.01초에 불과했다. 제아무리 능력 있는 전문가라고 할지라도 이런 식의 예상은 불가능했다.

"뭔가 이상한 일이 일어난 거야, 그렇지?"

영원이 들뜬 표정으로 지수를 바라보며 말했다.

다음 경주에서는 영원에게 좀 더 어려운 과제를 줬다. 한 마리의 우승마를 맞히는 건 우연과 행운이 끼어들 여지가 많았다. 울트라러너의 우승 확률 12배 배당만 해도 경마에서 흔히 일어나는 일 중하나였다. 경마 팬들은 울트라러너의 우승을 목격하고 아무도 이의를 제기하지 않았다. 1.5배의 인기마가 순위권에서 벗어난 것도 문제가 되지 않았다. 경마란 본질적으로 의외성의 이벤트다. 지수는 영원에게 1위와 2위 말을 정확히 알 수 있느냐고 물었다. 영원은 이전과 마찬가지로 경주로에 나온 말들을 직접 눈으로 확인한 뒤 말했다.

"8번과 3번이 순서대로 들어올 거야."

지수는 전광판으로 배당률을 확인했다. 순서에 관계없이 1, 2위를 맞히는 복승식이 38배였고, 1등과 2등 말의 순서가 정확히 맞아야 하는 쌍승식은 86배였다. 경마꾼들이 좋아하는 소위 중고 배당이었다. 지수는 베팅하기로 마음먹었다.

"꼭 그렇게 해야 해?"

"도박을 하겠다는 건 아냐. 다만 우리가 직접 미래에 간섭하면 어떻게 되는지 확인해 봐야겠어. 내가 베팅한다고 해서 미래가 바뀐다면 전혀 다른 이야기가 되거든."

지수는 마권 발매 창구에서 카드를 작성했다. 8번과 3번 말에 표시하고 10만 원을 여직원에게 건넸다. 이번 경주에서 영원의 예상대로 두 말이 순서대로 들어온다면 860만 원을 배당금으로 돌려받을 수 있었다. 지수는 베팅 금액에 대해서는 말하지 않고 영원의 옆자리에 앉았다. 지수는 무표정으로 영원과 함께 대형 모니터를 주시했다.

발주기의 게이트가 열리고 열네 마리의 말이 동시에 쏟아져 나왔다. 경주 거리가 1,400미터로 이전보다 더 길지만, 오히려 경주는 더 빠르게 전개되었다. 마지막 코너를 돌고 직선 주로에 들어서자 8번 말이 일찌감치 선두로 치고 나왔다. 3번 말은 아직 후미에서 달렸다. 사람들의 응원 소리가 점점 커졌다. 지수는 오로지 3번 말에만 시선을 고정했다. 결승점을 앞두고 3번 말이 추월하기 시작했다. 지수는 놀라운 역전 드라마를 펼치는 3번 말을 지켜봤다. 사람들의 환호성이 최고조에 달하고 8번 말이 결승점을 통과했다. 그 뒤를 이어 날렵한 꼬리를 휘날리며 3번 말이 들어왔다. 지수는 반사적으로 전광판을 확인했다. 정확히 86배당이었다. 860만 원. 평소 강심장이라 자부하던 지수도 이번만큼은 숨을 크게 내쉬지 않을 수 없었다.

세 번째, 네 번째 경주도 영원의 예상대로 정확히 맞아떨어졌다. 어느새 배당금이 천만 원을 넘어섰다. 다섯 번째 경주를 앞두고 두 사람은 관람석 밖으로 나와 나무 그늘 아래에서 휴식을 취했다.

"눈앞에서 확인했는데도 믿을 수가 없어. 미래를 본다는 건 확실해졌어. 문제는 어떻게 이걸 설명할 수 있느냐는 거야."

영원의 시선이 마권 발매소와 모니터 앞에 모여든 사람에게로 향했다.

"우린 불공정한 게임을 하고 있어."

경마장에 모인 수만 명의 사람은 예외 없이 경주가 공정한 조건에서 이루어진다고 믿고 있었다. 누군가 경기 결과를 미리 알고 있을 거라고는 생각하지 않는다. 만약 그런 일이 발생하면 영원의 말대로 경주는 불공정한 게임이 되고 만다. 유력한 예상은 존재할 수 있지만 100퍼센트 성공 가능성을 가진 예상은 성립될 수 없다. 그것이 확률 게임의 조건이다.

"어쩌면 삶 자체가 불공정한 게임일지도 몰라. 누군가의 속임수가 존재하기 때문에 이 세계가 평화롭게 굴러가는 것 아닐까?"

영원이 알쏭달쏭한 표정으로 말했다. 지수는 그녀의 모습에서 이 방우 소장의 얼굴을 봤다. 표정과 말투 모두 아버지를 빼다 박은 듯 똑같았다.

"이번이 마지막이야. 앞으로 무슨 일이 일어날지는 돌아가서 생각해 보자."

마지막 경주는 의외로 시시했다. 영원이 지목한 말들 모두 우승 후보군에 올라 있었다. 영원은 여전히 배당은 확인하지 않고 트랙에 나온 말들만 관찰해 말을 선택했다. 복승식이 2.5배고 쌍승식도 3.2배인 최저 배당의 인기마였다. 배당금은 적었지만, 마음은 한결 가라앉았다. 가벼운 마음으로 경주를 관전하기만 하면 되었다. 지수는 마권을 사서 자리로 돌아왔다.

"가까운 미래일수록 더 분명하게 보이는 것 같아. 시간이 길어지면 흐릿하게 보여. 하지만 지금처럼 말을 직접 눈으로 보면 장면이 점점 뚜렷해져."

지수는 의자에 깊숙이 몸을 파묻고 생각에 잠겼다. 가능성이 충분한 이야기였다. 시간이 길다는 것은 결국 변수가 더 많이 존재한다는 이야기였다. 변수를 줄일수록 실현 가능성은 늘어나고 불확실성은 줄어든다. 수학적인 결론에 가까웠다.

경주에 익숙해져서인지 두 사람은 이전처럼 들뜨지 않았다. 배당도 낮아 차분히 앉아서 마지막 장면을 확인하면 된다고 생각했다. 경주가 시작됐다. 뛰쳐나온 말들이 코너를 돌기 시작했다. 우승이 유력한 말들이 일찌감치 선행을 나서 선두권에 자리를 잡았다. 이전의 경주로 볼 때 선행을 이끌어 가는 말이 오버페이스를 해서 도주하지 않는 한 승부는 대부분 직선 주로에서 결정됐다. 지수는 말들이 주로에 모습을 드러내기를 기다리며 야외 스크린을 응시했다. 이변이 있을 수 없는 경기였다. 서너 마리의 말이 마지막 코너를 돌아 직선 주로에 모습을 드러냈다. 영원의 예상대로라면 1번과 8번 말이 결승점을 먼저 통과할 것이다. 두 말은 선두에 선 말의 꼬리를 물며 순조롭게 달렸다. 어느 지점에서 스퍼트를 낼지가 관전 포인트였다.

뒤이어 중위권 그룹의 말들이 코너를 돌아 맹렬한 기세로 달려왔다. 영원의 예상대로라면 녀석들은 역전 질주를 펼치지 못할 것이다. 곧 발걸음이 무뎌질 것이라고 지수는 믿었다. 그러나 중위권 그룹의 속도는 직선 주로의 반을 넘어서고 있는데도 줄지 않았다. 가속도가 붙은 말들이 선두권 그룹의 말들이 달리는 비좁은 공간을 향해 돌진해 들어갔다. 관중석 어디에선가 "쳐라!" 하는 함성이 터져 나왔다. 순간, 중위 그룹에서 달리던 말 한 마리가 사행하기 시작했다. 말은 일직선으로 달리지 못하고 옆으로 쓰러질 듯 대각선으로 달렸다. 최고 속도를 내고 있었기 때문에 녀석은 순식간에 선두 그룹의 대형 속으로 미끄러져 들어갔다. 녀석과 충돌을 피하려고 앞서 달리던 기수가 고삐를 당겼고, 그 순간 뒤따르던 말들이 한 공간 속으로 밀집되어 들어왔다. 제일 선두에 선 말들이 가볍게 충돌했지만 사고는 일어나지 않았다.

그러나 바로 그 뒤에 선 1번 말이 균형을 잃고 앞다리가 꺾였다. 1번 말의 기수가 말의 머리 위로 점프하듯 공중으로 날아올라 흙바닥에 내리꽂혔다. 관중석에서 외마디 비명이 날카롭게 울려 퍼졌다. 1번 말 뒤로 중위권 그룹의 말들이 서너 마리 있었다. 거리가 짧았기 때문에 말들은 트랙에 넘어진 기수를 피하지 못하고 그대로 밟고 지나갔다. 적게는 400킬로그램, 많게는 500킬로그램에 육박하는 말들이 50킬로그램밖에 나가지 않는 왜소한 기수의 몸을 시속 60킬로미터로 달리며 밟았다. 충격적인 장면에 사람들은 얼이 나간 채 멍하니 서 있었다. 동료 기수를 밟고 지나간 기수들은 결승점을 보는 대신 바닥에 넘어진 기수를 보려고 고개를 뒤로 돌렸다. 결승점을 불과 100여 미터 앞두고 일어난 사고였다. 경주는 혼전 상태에서 끝났다.

우승 기수는 승리의 세레모니를 하지 않았다. 대기하고 있던 구급차가 출동하고 문이 열리기 무섭게 들것을 든 구급 대원과 마사회 직원이 쓰러진 기수에게로 달려갔다. 경주 결과는 전광판에 나오지 않았다. 비디오 판정이 필요한 상황이었다. 심사 결과가 어떻게 나오든 경주가 혼돈 상태로 끝나 버린 것만큼은 분명했다. 앞다리가 꺾이며 사고를 당한 1번 말 '새벽빛'이 바로 영원이 우승을 예상한 말이었다. 쓰러진 '새벽빛'은 기수 옆에 누워서 다리를 심하게 떨었다. 영원이 본 미래와 전혀 다른 현실이 펼쳐진 것이다. 지수가 영원을 살폈다. 영원은 한 손으로 입을 막고 넋 나간 표정으로 트랙을 내려다보고 있었다.

경마장은 묘한 장소였다. 끔찍한 사고가 바로 몇 분 전에 일어났는데도, 금세 일상적인 분위기로 돌아왔다. 비디오 판독 결과가 장내에 설치된 수백 대의 모니터 화면으로 발표되고 결과를 초조하게 기다린 경마 팬들은 뒤바뀐 결과를 놓고 희비가 엇갈렸다. 승자가 된 측은 환호성을 질렀고 패자가 된 측은 탄식했다. 사행해서 경주를 망쳐 버린 말은 페널티를 받아 순위에서 탈락했다. 그것이 전부였다. 사고 수습을 하고 비디오 판정을 하느라 다음 경주 시간이 10분 늦어졌을 뿐이다. 판정이 내려지기 전까지는 사람들이 모여 낙마한 기수의 상태에 대해 걱정했으나, 판정이 끝나자 경주 결과를 놓고 시시비비를 가리느라 정신이 없었다. 대화에 끼이지 않은 사람 대부분은 아무 일도 일어나지 않은 듯 다음 경주를 준비했다. 어떻게 보면 무척 괴기스러운 장면이었다. 심사의 투명성을 공개한다는 명목으로 주최

측은 끔찍했던 사고 장면을 반복해서 보여 줬고, 모니터 앞에 모여든 사람들은 제각각 사고 원인을 분석했다. 어떤 녀석이 어떻게 경주를 망쳤는지가 사람들의 관심사였다. 경주 도중 기수가 낙마하는 일은 심심찮게 일어났다. 고배당이 터지는 원인 중 하나인 경미한 사고에 불과하다는 말도 엿들었다.

"저 새끼, 일부러 나자빠진 것 아냐!"

어떤 남자가 소리를 지르자 그의 의견에 찬성하는 목소리가 여기저기서 들려왔다. 심하다는 질책도 나왔지만, 다수의 의견에 밀려 무시되었다. 그것도 잠시, 다음 경주에 나오는 말들이 예시장에 모습을 보이자 경마 팬들의 발걸음은 바빠졌다. 사람들은 예상지와 모니터의 배당을 번갈아 확인하며 서둘러 다음 경주를 점치기 시작했다.

지수는 영원을 안정시키려고 노력했다. 처음으로 예상이 맞아떨어지지 않았고, 게다가 예기치 않은 사고까지 목격했다. 지수에게는 더없이 나쁜 시나리오가 현실화된 것이다. 영원이 이 사고를 전적으로 자신의 잘못이라고 여길 가능성이 높았다. 주차하기 전 차 안에서 영원이 했던 말이 기억났다. '미래라는 건, 시간이 흐르면 자연스럽게 이루어지는 것 아닐까? 물이 흐르고 바람이 부는 것처럼. 그런데 내가 그 사이에 개입하면 결국 자연스러운 흐름을 방해할 것 같아.'

지수는 사고에 대해 말하지 않았다. 영원이 안심할 수 있도록 경마장에서는 낙마 사고가 흔히 일어난다고 말했다. 서둘러 경마장을 빠져나가는 게 좋을 것 같았다. 지수와 영원이 자리에서 일어났을 때, 주변이 갑자기 술렁이기 시작했다. 어디에선가 날카로운 여자의 비명이 들려왔다. 사람들의 시선이 모두 대형 야외 모니터를 향했다. 거대한 화면이 온통 검은 색깔로 덮여 있었다. 지독하게도 어두운 검은색이었다. 지수는 흰 바탕체로 쓰인 글씨를 천천히 읽었다.

'나현우 기수 병원 후송 중 사망. 삼가 고인의 명복을 빕니다.'

검은 바탕에 눈이 아플 정도로 흰 글씨가 쓰여 있었다. 대형 모니터여서 그런지 충격의 강도가 컸다. 영원은 모니터를 바라보다 관람석 의자에 주저앉았다. 곧이어 장내 안내 방송이 나왔다. 소식을 접한 동료 기수들이 동요하고 있어 이후의 경주는 모두 취소한다는 내용이었다. 지수는 주변을 살폈다. 넋이 나간 듯 사람들은 모니터에서 눈을 떼지 못했다. 펑퍼짐한 바지에 슬리퍼 차림의 사십 대 여자가 시멘트 바닥에 주저앉아 눈물을 훔쳤다. 그녀의 손에는 베팅을 위한 사인펜이 쥐어 있었다. 찢어 버린 마권과 OMR 카드, 경마 정보지 등으로 바닥은 어지러웠다. 지수는 옆에 앉은 사내들의 대화를 엿들었다.

"새벽빛도 발목이 부러져서 어쩔 수 없이 안락사시켰나 봐. 참 잘 달리는 놈이었는데 안됐어."

지수가 한숨을 내쉬며 영원의 옆자리에 앉았다. 영원은 눈을 감고 있었다. 지수가 영원의 손을 잡았다. 그녀의 손이 가늘게 떨렸다. 적당한 말이 떠오르지 않았다. 지수는 영원의 손을 잡은 채 텅 빈 트랙을 바라봤다. 인근 산에서 날아온 흰 새가 큰 날개를 퍼덕이며 트랙 주위를 배회하고 있었다. 새의 눈부신 하얀 날개가 대형 스크린에 드리워진 검은색과 대조를 이루었다.

안가로 돌아가는 길은 멀고 지루했다. 지수와 영원은 거의 말을 주고받지 않았다. 영원은 피곤한 기색으로 머리를 옆으로 기울인 채 창밖만 바라보았다. 지수는 거북이걸음을 하는 자동차 꽁무니에 시선을 고정하고 상념에 잠겼다. 불현듯 이방우 소장의 스푼이 떠올랐다. 흰 스푼과 휘지 않은 스푼. 두 스푼은 각기 다른 두 세계를 표방

하며 무형의 바리케이드를 사이에 두고 대치하고 있었다. 두 세계의 충돌이 어떤 결과를 낳을지는 짐작하기 어려웠다. 경마장의 마지막 경주가 그것을 경고하고 있었다. 영원이 보는 미래 역시 소장의 스푼만큼이나 기묘한 형태로 꼬여 있었다.

안가에 도착하자 여자 경호원이 반갑게 두 사람을 맞았다. 영원은 2층으로 올라가 샤워를 하고 간편한 옷으로 갈아입은 다음 다시 아래층으로 내려와 경호원들이 저녁상 차리는 것을 도왔다. 그동안 지수는 전화로 최 전무에게 간단한 보고를 올리고 지시 사항을 전달받았다. 그런 뒤 주방에 들어가 일을 거들었다. 갈비찜이 커다란 냄비에서 끓고 있었다. 분위기가 화기애애했다. 젊은 사람들뿐이어서 서로 편안하게 말하고 행동했다.

식사를 마친 뒤 지수는 마당으로 나와 어슬렁거렸다. 아무렇지 않은 듯 행동했지만, 경마장에서 벌어진 일로 머릿속이 어지러웠다. 미래를 볼 수 있는 능력만큼이나 영원의 실패는 충격이었다. 이방우 소장이 지적한 대로 스푼이 휘는 것과는 비교도 할 수 없었다. 만약 최 전무의 의도대로 초능력 부대가 만들어지고 영원이 그곳에서 중심 역할을 한다고 가정하면 사태가 분명해진다. 수십 명의 전투 요원이 영원의 예측에 따라 작전에 투입될 것이다. 영원의 예측이 맞으면 작전은 성공하겠지만, 예측이 빗나가면 엄청난 희생을 치를 것이다. 유사한 실패가 반복되면 무엇이 진짜 정보인지 구분할 수 없고, 오히려 작전을 세우는 데 혼란만 가져올 것이다. 부정확한 정보는 독이다. 발목이 부러진 말이나 낙마한 기수의 신세가 되어서는 안 된다. 그것은 도박이지 작전이 아니다. 최 전무가 너무 앞서 가는 것 아닐까? 그때 영원이 다가왔다.

"무슨 생각 하고 있어?"

저녁을 먹고 즐거운 대화를 나눈 탓인지 영원의 목소리는 이전보다 한층 밝았다.

"경마장에서 생긴 돈으로 뭘 할까 생각하고 있었어."

영원의 얼굴이 조금 굳어졌다.

"반복해서 같은 실수를 저지르고 싶지 않아."

지수는 그녀의 목소리에서 단호한 의지를 읽었다.

"농담이야. 네 마음 잘 알아. 다시는 그런 일 하지 않아도 돼. 그리고 오늘 일은 가볍게 생각했으면 좋겠어. 그건 네가 어떻게 해볼 수 있는 일이 아니었어. 넌 단지 예측을 잘못했을 뿐이야. 경마장에 온 사람들 수만 명이 빗나간 예측을 해. 넌 그 사람들 중 한 명일 뿐이야."

"고마워, 그렇게 말해 줘서."

발로 잔디를 툭툭 차며 영원이 말했다. 지수는 그런 영원을 바라보며 웃었다.

"이제 어떻게 할 거야? 집으로 돌아갈 거야?"

영원이 지수를 보며 말했다.

"글쎄, 그래야 하지 않을까?"

지수가 어둑해진 하늘을 둘러보며 답했다.

"집에 가면 혼자지?"

지수가 무심코 고개를 끄덕였다.

"괜찮으면 오늘 여기서 자고 가면 안 돼?"

지수가 의아한 표정으로 영원을 바라봤다. 그 모습을 보니 처음 만났을 때가 떠올랐다. 영원은 차가운 바닷물에 빠져 덜덜 떨고 있었다.

"좋아, 그러지 뭐. 어차피 집에 가봐야 별로 할 일도 없는데."

영원의 얼굴이 환해졌다.

"네가 건드리지만 않으면 여기서 살 수도 있어."

지수의 농담에 영원이 조금 황당한 표정을 지었다. 하루 만에 일어난 일치고는 엄청난 변화였다.

집 안으로 들어가자 눈치 빠른 여자 경호원이 눈을 가늘게 뜨고 두 사람을 살폈다. 지수는 그녀의 시선을 무시하고 소파에 앉아 신문을 펼쳤다. 영원은 곧바로 2층으로 올라갔다.

지수는 거실 소파에 누워 잠들었다. 눈을 붙이기 전에 영원이 준 소설을 읽었다. 머릿속이 어지러워서인지 내용이 제대로 들어오지 않았다. 건성으로 문장을 읽고 책장을 넘겼다. 책을 바닥에 내려놓고 대신 글록 18을 허리춤에 끼운 뒤 눈을 감았다.

시간이 얼마나 흘렀을까? 열린 커튼 사이로 들어온 희미한 빛이 어둠의 농도를 옅게 만들었다. 지수는 예전과 마찬가지로 나무 의자에 앉아 있는 영원을 바라보았다. 귀신에게 시달렸을 때와 달리 지수는 비교적 침착하게 상황을 판단했다. 새벽이고 잠에서 깬 영원이 자신 앞에 앉아 있었다. 영원은 미동도 하지 않고 조각상처럼 굳은 채 자신을 주시하고 있었다. 등줄기가 서늘해졌다. 허리춤의 권총을 만지자 얼음에 손을 댄 듯한 느낌이었다. 영원이 의자에서 일어나 주방으로 향했다. 면 반바지에 스포츠 러닝셔츠 차림이었다. 냉장고 문을 열자 맨살의 팔과 다리가 두드러져 보였다. 영원은 컵에 생수를 따라 마신 다음 컵을 가지고 돌아왔다. 적막에 싸여 있는데도 발소리가 거의 들리지 않았다. 지수는 정신을 차리고 몸을 일으켜 소파에 앉았다. 손바닥으로 얼굴을 북북 문지르며 영원을 응시했다. 영원은 고개를 숙인 채 탁자 위의 물컵에 시선을 고정했다. 지수는 컵을 들어 물을 마셨다.

"미안해, 놀라게 해서."

차가운 물이 목구멍을 타고 흘러내리자 잠들어 있던 감각이 깨어났다.

"괜찮아. 지금 몇 시쯤 됐지?"

영원이 고개를 돌려 물끄러미 괘종시계를 바라봤다.

"불 켤까?"

"아니, 괜찮아."

지수가 권총을 쿠션 밑으로 집어넣으며 말했다.

"미안하지만 이 말을 해야겠어."

영원은 흘러내린 머리카락을 귀 뒤로 넘기며 말했다.

"이곳에 우리 말고 누군가가 있어."

지수가 마른침을 꿀꺽 삼키고 나서 말했다.

"방에 경호원들이 자고 있잖아."

"아니, 그 사람들 말고 다른 사람이야. 정확히 말하면 젊은 여자야."

지수의 머리카락이 주뼛주뼛해졌다. 한기가 느껴지면서 팔에 소름이 돋았다.

"미안해. 일부러 무서운 이야기를 하는 건 아냐."

"악몽을 꿨니?"

지수는 지난번 꿈에 나타난 여자 귀신을 기억해 냈다. 사지가 천장에 박힌 채 붉은 피를 뚝뚝 떨어뜨리는 여자였다.

"처음엔 나도 꿈인 줄 알았어. 잠을 자려고 침대에 누우면 여자가 내 옆에 와서 누워. 내 얼굴을 가까이에서 바라보며 낮은 목소리로 중얼거려. 무슨 말인지는 알아듣지 못하겠어."

불현듯 성폭행당한 채 발가벗겨져 한강변에 버려진 최보라의 처참한 시신이 떠올랐다. 납치 사건이 일어나고 얼마 지나지 않아 시신이 나타났지만, 시신의 상태는 참혹했다.

"잠자리가 바뀌어서 그럴 거야, 아니면 체력이 약해졌거나."

영원이 조용히 지수의 눈을 바라봤다. 눈동자의 초점이 조금 흐트러져 보였다. 꿈속에서 빠져나오지 못한 탓이라고 지수는 생각했다.

"네가 악몽을 꾸었던 날, 조금 안심됐어."

"시간이 필요할 거야. 모든 일이 해결되고 정상적인 삶이 다시 시작될 거야. 그때까지는 어떻게든 버텨야 해. 귀신 따위는 무시해 버려."

영원의 입꼬리가 조금 올라간 듯한 느낌이었다. 영원은 컵을 집어서 남은 물을 마저 마셨다.

"넌 남자잖아. 그리고 귀신 잡는 군대에도 있었고."

지수가 미소를 지으며 답했다.

"귀신을 잡는 건 해병대야. 나는 특전사 출신이라서 귀신을 보면 도망갈 거야."

어두워서 지수도 영원의 표정을 정확히 읽지는 못했다. 영원은 아무런 반응도 보이지 않고 말했다.

"지난번에 말했듯이 계속 이상한 꿈을 꿔. 젊은 여자가 보이는 것과 다른 차원의 꿈이야. 나도 뭘 어떻게 설명해야 할지 모르겠어. 그런 장면을 보고 있으면 꿈과 현실을 구분할 수가 없어. 경마장에서 본 그림처럼 모든 것이 선명하게 보였으면 오히려 좋겠다는 생각이 들어. 카메라에 사진이 찍히듯 구체적인 장면이 드러나면 무엇이든 할 수 있을 것 같아."

"사람들이 죽어 가는 모습이라고 네가 말했던 것 같은데."

지수가 조심스럽게 말했다.

"앞뒤가 잘려 있어서 뭐가 뭔지 모르겠어. 먹구름이 하늘을 뒤덮고 흙먼지가 자욱해서 바로 앞의 사물도 제대로 보이지 않아. 손을 뻗으면 사람들의 얼굴이 잠깐 나타났다가 사라져. 피를 흘리는 사람도 있고 이미 해골이 된 사람도 있어. 사람이 죽는 모습을 본 적 있어?"

지수는 대답하지 않았다.

"네가 생각하는 것보다 훨씬 고통스러운 일이야."

그렇게 말하고 영원은 고개를 떨어뜨렸다. 지수는 이전처럼 그녀의 마음속 고통이 느껴졌다.

"내가 도울 수 있는 일이 있을까?"

지수가 진심을 담아 말했다.

"미래의 일 같은 건 보고 싶지 않아. 눈앞에서 벌어지는 일도 제대로 보지 못하는데 미래의 일을 어떻게 볼 수 있겠어. 그건 거짓말이야."

그렇게 말하고 영원은 입을 닫았다. 손을 뻗으면 잡히는 곳에 영원이 앉아 있었다. 그러나 그녀가 앉은 장소가 현실에 존재하는 장소라는 생각이 들지 않았다. 영원은 그가 보는 세계의 차원을 벗어난 공간에 있었다. 지수는 영원의 다음 말을 기다렸다. 가느다란 눈물이 영원의 볼을 타고 흘러내렸다. 영원이 손등으로 눈물을 훔치며 말했다.

"아버지한테 데려다 줘. 더 이상 못 참겠어."

처음으로 지수는 영원에게서 공포를 느꼈다. 불확정적인 미래가 가져온 두려움이었다. 아직 이방우 소장에 대해 말한 적이 없었는데도 그녀는 모든 사실을 인지하고 있었다. 도대체 어떻게 알았을까? 영원이 보는 것은 무엇일까?

— 2권에서 계속

중화의 꽃 ①

초판 1쇄 발행일 • 2013년 4월 20일
초판 2쇄 발행일 • 2013년 4월 25일
지은이 • 신경진
펴낸이 • 임성규
펴낸곳 • 문이당

등록 • 1988. 11. 5. 제1-832호
주소 • 서울시 성북구 동소문동 4가 83 청구빌딩 3층
전화 • (02) 928-8741~3(영업부) 927~4990~2(편집부)
팩스 • (02) 925-5406
ⓒ신경진, 2013

홈페이지 http://www.munidang.co.kr
이메일 munidang88@naver.com

ISBN 978-89-7456-470-4 03810